I0588459

FROHSINN FÜR DEN MÜRRISCHEN BARON

REGELN FÜR HALUNKEN
BUCH ZWEI

DARCY BURKE

Übersetzt von
PETRA GORSCHBOTH

Zealous Quill Press

Frohsinn für den mürrischen Baron
Copyright © 2024 Darcy Burke
All rights reserved.
ISBN: 9781637262061

Das ist ein fiktives Werk. Namen, Charaktere, Orte und Vorfälle sind das Ergebnis der Fantasie der Autorin oder werden fiktiv verwendet. Jede Ähnlichkeit mit tatsächlichen Ereignissen, Orten oder Personen, lebendig oder tot, ist rein zufällig.

Buchgestaltung: © Darcy Burke.
Buchumschlag: © Dar Albert, Wicked Smart Designs.
Deutsche Übersetzung: Petra Gorschboth.

Alle Rechte vorbehalten. Vorbehaltlich der Bestimmungen des U.S. Copyright Act von 1976 darf kein Teil dieser Publikation ohne vorherige schriftliche Genehmigung des Urhebers in irgendeiner Form oder mit irgendwelchen Mitteln reproduziert, verteilt oder übertragen oder in einer Datenbank oder einem Abrufsystem gespeichert werden.

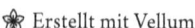 Erstellt mit Vellum

FROHSINN FÜR DEN MÜRRISCHEN BARON

Als eine junge Lady ruiniert wird, schwören ihre Freundinnen, dass keine von ihnen sich jemals wieder von einem Herzensbrecher umgarnen lässt. Sie werden dem Charme eines jeden Gentleman widerstehen, selbst – und vor allem – wenn dies bedeutet, sich damit den Ruf zu erwerben, unmöglich zu erobern zu sein. Es braucht schon außergewöhnliche Herzensbrecher, um ihre Regeln zu brechen ...

Tamsin Penrose, die im abgeschiedenen Cornwall isoliert aufwächst, freut sich auf den einen Monat im Jahr, den sie mit ihren besten Freundinnen in einem idyllischen Küstenort verlebt. Als sie einen Brief von ihrem zurückgezogen lebenden Vater erhält, ist sie schockiert, denn er schlägt ihr darin einen potenziellen Bräutigam vor – nie zuvor war von Heirat die Rede gewesen, und sie war eher darauf gefasst, ein Leben als Jungfer zu führen. Doch dann lernt sie einen charmanten, wenn auch ernsten Baron kennen und träumt nun von einem romantischen Eheleben.

Während seiner jährlichen Reise zum Anwesen eines Freundes am Meer gerät der mürrische Isaac Deverell, Baron Droxford, in eine unangenehme Situation: Er trifft sich über mehrere Tage mit einer Gruppe von jungen Ladys. Auf den von Miss Penrose ausgelösten Sturm von Frohsinn ist er nicht vorbereitet, doch er kann auch nicht abstreiten, sich mit ihr … gut zu fühlen.

Da Isaac ein nicht gerade heldenhafter Halunke mit einem verheerend sündigen Geheimnis ist, sollte er vor dieser reizenden Lady mit dem sonnigen Gemüt die Flucht ergreifen. Als ihr übereifriger Verehrer auftaucht und ein Nein als Antwort nicht akzeptieren will, beschützt Isaac sie auf skandalöse Weise in der Öffentlichkeit. Nun kann er nicht mehr vor ihr davonlaufen. Können diese beiden sich anziehenden Gegensätze ein Happy End finden, oder wird die Vergangenheit ihre Chance dazu zerstören?

REGELN FÜR HALUNKEN

Bleibe nie mit einem Halunken allein.
Flirte nie mit einem Halunken.
Gewähre einem Halunken nie eine Chance.
Zweifle nie am Ruf eines Halunken.
Glaube nie an die Liebesschwüre oder
Ergebenheitsbekundungen eines Halunken.
Vertraue nie einem Halunken, der verspricht, sich zu ändern.
Lasse nie zu, dass ein Halunke dein Herz sieht.
Ruiniere einen Halunken, bevor er dich ruiniert.

KAPITEL 1

Weston, England, August 1815

Tamsin Penrose zog die Locke an ihrer Schläfe zurecht und wünschte, sie wäre ebenso federnd, wie diejenige, welche die andere Seite ihres Gesichtes zierte. Nun gut, sie gab sich alle Mühe, ohne sich darüber zu beklagen, dass sie keine Kammerzofe hatte. Sie brauchte keine, und ihre illustren Freundinnen, darunter eine Herzogin und die Tochter eines Herzogs, gaben ihr nie das Gefühl, als würde sie sich von ihnen unterscheiden.

Das war allerdings der Fall, wenn sie auch die Cousine eines Viscounts war. Ihre Freundinnen stammten aus den angesehensten Familien und sahen einer glänzenden Zukunft mit Saisons und vorteilhaften Ehen entgegen, während Tamsin bei ihrem einsiedlerisch lebenden Vater in Cornwall wohnte. Aber sie hatte das Glück, jeden August in Weston verbringen zu dürfen, da ihre Großmutter dort lebte.

Vor drei Jahren hatte sie ihre lieben Freundinnen in Weston kennengelernt.

Die zwischen ihnen herrschenden Unterschiede spielten für Tamsin ebenso wenig eine Rolle wie für ihre Freundinnen. Sie bildeten einfach ein Grüppchen aus jungen Ladys, die sich an der Gesellschaft der anderen erfreuten. Am heutigen Tag wollten sie alle zusammen ihr Lunch im Freien genießen, das von ihrer Freundin Lady Minerva, der Tochter des Herzogs von Henlow, ausgerichtet wurde.

Tamsin schob das Band ihrer Haube zurecht und ergriff ihre Handschuhe, ehe sie die Treppe hinunterging. Ihre Freundin Persephone, die nach ihrer Heirat im letzten Herbst nun die Herzogin von Wellesbourne war, würde sie auf dem Weg zu The Grove abholen, das eines der vielen Anwesen des Herzogs von Henlow war. Sie würde auch die aus Bristol stammende Gwendolen Price beim Weston Hotel abholen, wo sie mit ihrer Mutter residierte.

Tamsins Großmutter erwartete sie in der Treppenhalle. Sie ließ ihren Blick aus den blauen Augen über Tamsin schweifen, während sie lächelte. »Du siehst reizend aus, Liebes. Dieses Narzissengelb ist eine hervorragende Farbe für dich.«

»Danke, Großmama.« Tamsin zog ihre Handschuhe an. »Somerton ist vermutlich schon vor einiger Zeit gegangen?«

Tamsins Cousin, der Viscount Somerton, war ebenfalls zu Besuch. Seine und Tamsins Mutter waren Schwestern gewesen – und Großmutter war ihre Mutter –, die sich allerdings nie sehr nahegestanden hatten. Insbesondere nicht mehr, nachdem Tamsins Eltern geheiratet hatten und nach St. Austell umgesiedelt waren. Folglich war Tamsin nicht mit Somerton oder seinen älteren Schwestern aufgewachsen und kannte sie deshalb auch nicht sonderlich gut. Tatsächlich hatte sie ihren Cousin bis vor wenigen Jahren, als sich ihre und Somertons Reisen nach Weston zu überschneiden begannen, nur bei einigen vereinzelten Gelegenheiten getroffen.

Somerton, der generell als lebenslustiger Gentleman mit leichtsinnigen Neigungen galt, war eng mit Minervas Bruder, dem Earl of Shefford, befreundet. Zusammen mit einigen anderen Gentlemen trafen sie sich ebenfalls im August, wenn auch nicht für den ganzen Monat. Es wurde ihnen nach einer Weile in dem verschlafenen Küstenort zu langweilig und sie zogen weiter zum nächsten Ort, wo auch immer auf junge und unverheiratete Halunken Unterhaltung wartete.

»Das ist er«, antwortete Großmutter. Sie war zierlich, hatte dunkelblaue Augen und hellgraues Haar und sie war eine Naturgewalt, der man ihre siebzig Jahre weder ansah noch anmerkte. Sie hielt einen Umschlag hoch. »Gerade ist ein Brief von deinem Vater angekommen.«

Tamsin blinzelte. »Wie seltsam. Er schreibt mir nie, wenn ich hier bin.«

»Nun, du kannst ihn lesen, wenn du zurückkommst.«

»Würdest du ihn bitte öffnen?«, bat Tamsin, die sich bereits die Handschuhe angezogen hatte. »Ich fürchte, meine Neugierde ist stärker als ich.«

Großmutter öffnete das Schreiben und reichte Tamsin den Brief. Sie überflog die kurze Nachricht, und ihr Herz schlug mit jeder Zeile schneller.

Als sie fertig war, sah sie ihre Großmutter an. »Er sagt, er hat einen Verehrer für mich gefunden und er spricht sich dafür aus, dass ich ihn heirate.«

Großmutter stellte sich neben Tamsin, damit sie den Brief sehen konnte, und fragte: »Wer?«

»Das sagt er nicht.«

Großmutter zog die Augenbrauen tief herab. »Das ist doch Unsinn. Warum sollte er diesen Teil auslassen?«

»Wahrscheinlich handelt es sich um ein Versehen«,

entschuldigte Tamsin ihren Vater seufzend. Immer war er so
sehr auf seine Arbeit konzentriert. Die Tatsache, dass er ihr
überhaupt geschrieben hatte, war ein Wunder, dabei wichtige Informationen zu vergessen, schien leider genau seiner
Natur zu entsprechen.

Seit Mutter sie verlassen hatte, als Tamsin acht Jahre alt
gewesen war, war das Bedürfnis, auf ihren Vater aufzupas-
sen, immer in ihr lebendig gewesen. Sie sorgte dafür, dass er
nichts vergaß, wie zum Beispiel das Dinner. Bevor ihre
Mutter gegangen war, hatte er sich bereits ein wenig in seine
Arbeit zurückgezogen, doch ihr Weggang hatte ihn noch
weiter in die Abgeschiedenheit getrieben. Seine Tage
verbrachte er stets in seinem Arbeitszimmer und sogar
manche Nacht. Tamsin gab sich alle Mühe, um ihn aufzuhei-
tern, denn er war sehr oft mürrisch. In ihrer Gegenwart
wirkte er tatsächlich ein wenig heiterer, und sie glaubte, dass
sie ihm einen großen Dienst erwies.

»Es ist furchtbar. Genau das ist es«, empörte sich ihre
Großmutter mit einem tiefen Stirnrunzeln. »Er hat sich so
gut wie gar nicht für dein Leben interessiert, ganz zu
schweigen von einer angemessenen Heirat oder einer
Verlobung.«

Das war richtig. Tatsächlich hatte Tamsin damit gerechnet, als Jungfer zu enden, und sie war der Ansicht gewesen,
dass Vater damit kein Problem hatte. »Er erlaubt mir nicht
einmal, an dem vierteljährlich stattfindenden Vergnügungs-
ball teilzunehmen.« Er konnte keinen Sinn darin erkennen,
in für diesen Anlass angemessene Kleidung zu investieren.
Mehr als einmal hatte er auch verlauten lassen, dass die Ehe
nicht immer das Beste sei. Andererseits wusste Tamsin aber
auch, warum er das sagte: weil seine Frau ihn verlassen hatte.

War er einem Sinneswandel bezüglich ihrer Heirat
anheimgefallen? Hatte er erkannt, dass Tamsin vielleicht
heiraten wollte? Sie selbst hatte sich nicht gestattet, zu einge-

hend darüber nachzudenken. Wozu auch, wenn sie ohnehin keine Gelegenheit bekam, die Bekanntschaft von in Frage kommenden Bewerbern zu machen? Vielleicht sollte sich das nun ändern. Eine seltsame Aufregung machte sich in ihrer Brust bemerkbar. »Bekomme ich eine Saison?« Bei diesem Gedanken fühlte sie sich plötzlich atemlos.

»Das glaube ich nicht«, entgegnete Großmama nüchtern. »Dafür ist dein Vater viel zu egoistisch und auch zu kurzsichtig.« Großmutters Beschreibung überraschte Tamsin nicht, denn die beiden verstanden sich nicht gut. »Ich wünschte, du hättest dich entschlossen, bei mir zu leben, als du in das heiratsfähige Alter kamst.«

Obwohl Großmama ihre Enkelin Tamsin seit Jahren einlud, bei ihr einzuziehen, lehnte diese das großzügige Angebot immer wieder ab. Sie führte ihrem Vater den Haushalt, und obwohl die Haushälterin, Mrs. Treen, diese Aufgaben ebenso gut übernehmen könnte, war sie nicht seine Tochter. Er brauchte Tamsin, und in gewisser Weise brauchte sie ihn auch. Nachdem sie beide von ihrer Mutter verlassen worden waren, hatten sie nur noch einander.

»Du weißt, aus welchem Grund ich das nicht getan habe«, entgegnete Tamsin auf den Vorschlag ihrer Großmutter.

»Weil er dich braucht.« Großmutter schürzte ihre Lippen. »Das ist wirklich nicht so, mein Liebes. Hoffentlich wird dich seine Gefühllosigkeit in dieser Heiratsangelegenheit vom Gegenteil überzeugen. Ich kann mir nicht vorstellen, wem er dich als Frau geben will.«

»Er sagt, der Gentleman könnte gegen Ende des Monats in Weston eintreffen, um mich nach St. Austell zu begleiten.« Wie sollte sie wissen, wann sie ihn erwarten sollte? Das war alles sehr seltsam.

Tamsin versuchte sich vorzustellen, wer der geheimnisvolle Verehrer sein könnte, aber alle, die ihr Vater kannte,

waren, nun ja, alt. Oder zumindest fast so alt wie er. Es gab
einen jüngeren Herrn, mit dem er korrespondierte. Er hatte
Papa in einer akademischen Angelegenheit um Rat gefragt,
und Papa hatte die Briefe des jungen Mannes in den
höchsten Tönen gelobt. Könnte er der potenzielle Verehrer
sein? Obwohl Tamsin so gut wie nichts über ihn wusste,
konnte sie sich einer gewissen Aufregung nicht erwehren, als
sie erfuhr, dass es jemanden gab, der sie nicht nur kennenlernen wollte, sondern auch bereit war, mit ihr nach St.
Austell zu reisen. Das klang doch vielversprechend, nicht
wahr?

Wenn es dieser Gentleman war. Sie wusste im Moment
nicht genug, um zu beurteilen, ob dies eine gute oder eine
schlechte Nachricht war. Und da sie sich nie mit negativen
Dingen beschäftigte, nahm sie an, dass dies eine gute Nachricht sein musste. Das musste sie sein. Auch wenn das bedeutete, dass sie ihren jährlichen Aufenthalt abkürzen musste,
was, wenn sie ehrlich zu sich selbst war, ein wenig enttäu-
schend *war*.

»Ich hoffe, er ist ein großartiger Kerl, und wir werden
eine glänzende Partie sein«, meinte Tamsin fröhlich und
dachte zum ersten Mal über die Idee nach, den Haushalt
ihres Vaters zu verlassen, um eine eigene Familie zu gründen.

»Obwohl es immer schön ist, deinen Optimismus zu
hören, muss ich sagen, dass dein Vater die Sache nicht durch-
dacht hat. Er hätte zumindest die Identität dieses Herrn
preisgeben sollen, damit du nicht im Ungewissen bleibst«,
meinte Großmutter mit Nachdruck. »Ich werde ihm schreiben, während ihr zu Mittag esst. Ich bin auch nicht geneigt,
dich vor Ende des Monats gehen zu lassen. Ich habe dich
ohnehin nur für eine kurze Zeit bei mir.«

»Du hast recht. Ich würde gerne bis August bleiben.«
Tamsin freute sich so sehr auf diese Zeit mit ihrer geliebten
Großmutter und mit ihren Freundinnen – zwei Dinge, die

sie in St. Austell nicht hatte. »Danke, Großmama.« Tamsin umarmte sie.

»Ich werde immer für dein Glück sorgen, meine Liebe«, meinte Großmutter leise, als sie sich trennten.

Tamsin hörte draußen eine Kutsche und drehte sich zur Tür.

»Amüsiere dich gut, Tam«, meinte Großmutter. »Vergiss den Unsinn deines Vaters.«

Nachdem sie ihrer Großmutter einen Kuss zugeworfen hatte, ging Tamsin hinaus in den hellen Sommertag. Als sie die Tür hinter sich schloss, sah sie, wie der Duke of Wellesbourne herunterstieg. Er hielt ihr die Tür auf. »Guten Tag, Miss Penrose.«

»Guten Tag, Euer Gnaden.«

»Sie müssen mich Wellesbourne nennen. Oder Welles. Oder Wellesy, nehme ich an.« Er grinste, und es bildeten sich Lachfalten an den äußeren Augenwinkeln seiner dunklen Augen.

»Ermutigst du die Leute, dich Wellesy zu nennen?« rief seine Frau Persephone von drinnen.

»Warum nicht?«, meinte er achselzuckend, während er Tamsin in die Kutsche half.

Sie saß auf dem nach hinten gerichteten Sitz neben Gwen. Gwen war das jüngste Mitglied der Gruppe, das erst im August letzten Jahres zu ihnen gestoßen war, und war ein Jahr jünger als Tamsin mit ihren zweiundzwanzig Jahren. Ihr Vater war ein Lord Commissioner des Finanzministeriums, und sie hatte einen älteren Bruder, einen Anwalt, der vor kurzem eine Stelle in derselben Abteilung angenommen hatte. Gwen hatte noch keine Saison gehabt, weil sie noch mehr »Schliff« brauchte. Sie war manchmal ungeschickt und behauptete, eine miserable Tänzerin zu sein. Das waren nur zwei der Dinge, die sie vor ihrem Debüt auf dem Heiratsmarkt noch verbessern wollte. Obwohl Tamsin sicherlich keine Expertin war, fand sie Gwen reizend, genauso wie sie war. Sicherlich gab es einen Herrn, der das auch so sehen würde.

»Was für eine hübsche Haube«, meinte Persephone zu Tamsin. Mit ihren dreiundzwanzig Jahren war Persephone die Einzige aus ihrer Gruppe, die verheiratet war. Es war eine bemerkenswerte Wendung im letzten Jahr gewesen, als sie plötzlich den Duke of Wellesbourne geheiratet hatte. Ihre Mutter und seine Mutter waren alte Freunde und hatten die Verbindung vorgeschlagen. Obwohl Persephone anfangs dagegen gewesen war – wegen Wellesbournes enger Verbindung zu dem abscheulichen Bane, der ihre Schwester Pandora im letzten August hier in Weston ruiniert hatte –, hatte sie sich schließlich verliebt.

Vielleicht würde Tamsin mit demjenigen, den ihr Vater ihr zur Frau geben wollte, so viel Glück haben. Tamsin hoffte es. In der Tat schlug der Gedanke schnell Wurzeln.

»Jetzt, wo wir alle hier sind, habe ich Neuigkeiten zu erzählen«, meinte Gwen, und ihre dunklen Augen funkelten. »Außer Min. Ich werde es ihr später erzählen, denn ich fürchte, ich kann es nicht länger für mich behalten!«

Alle sahen sie erwartungsvoll an, auch Wellesbourne. Tamsin überlegte erneut, ob sie ihre Neuigkeiten mitteilen sollte, aber sie war nicht annähernd so begeistert wie Gwen. In der Tat *fehlte* es ihr entschieden an Enthusiasmus.

»Ich werde eine Londoner Saison haben!«, meinte Gwen, und ihre Schultern hoben sich vor Freude.

»Wie herrlich!« Tamsin freute sich so sehr für ihre Freundin. Tamsin war noch nicht einmal in Bath gewesen. London schien so weit weg zu sein. Sie war sich ehrlich gesagt nicht sicher, ob sie jemals erwartete, es zu sehen.

Persephone streckte die Hand aus und gab Gwen einen Klaps auf die Hand. »Ich freue mich für dich. Ich werde dich unterstützen, so gut ich kann, aber ich habe auch eigene

Neuigkeiten zu berichten.« Sie blickte zu ihrem Mann, und ihre Lippen verzogen sich zu einem warmen Lächeln. »Acton und ich erwarten ein Kind. Noch vor dem Frühling werde ich ein Baby in den Armen halten.«

»Oh!«, riefen Tamsin und Gwen unisono aus. Sie lehnten sich beide nach vorne, als wollten sie sich auf Persephone stürzen.

»Ich will dich umarmen!«, weinte Tamsin.

»Ich auch!«, meinte Gwen.

»Ich nehme eure Umarmungen gerne an, wenn wir im The Grove ankommen«, antwortete Persephone lachend und ihre blauen Augen leuchteten. Sie strich sich eine dunkelgoldene Locke aus dem Gesicht.

Gwen sah zu Wellesbourne. »Sie müssen begeistert sein.«

Er gluckste. »Ich gestehe, ich muss mich noch an den Gedanken gewöhnen.« Er nahm Persephones Hand und drückte sie in ihrem Schoß. Es war eine so süße Geste, dass Tamsin sich ein Lächeln nicht verkneifen konnte. »Meine Mutter ist überglücklich.«

»Genau wie deine Schwestern«, meinte Persephone. Sie sah über die Kutsche hinweg zu Tamsin und Gwen. »Sie haben mit allen möglichen Ratschlägen geschrieben. Sie sind sehr nett.«

Tamsin fragte sich, was Persephones Schwester Pandora von dieser Nachricht hielt. Sie waren sich besonders nahegekommen, als Pandora nach Persephones Hochzeit zu Tamsin nach Cornwall gekommen war. Auf der Suche nach Zuflucht vor dem Skandal, den Bane verursacht hatte, als er sie ruiniert hatte und dann geflohen war, um eine andere zu heiraten, hatte Pandora den Spätherbst und den ganzen Winter mit Tamsin in St. Austell verbracht.

Aus ihren gemeinsamen Monaten wusste Tamsin, dass Pandora ihre Schwester um ihr Glück beneidete – vor allem wegen der Akzeptanz, die Persephone von der Familie ihres

Mannes erhalten hatte. Pandora war der Meinung, dass sie nach dem, was mit Bane geschehen war, niemals heiraten würde. Und da auch Tamsin nicht damit gerechnet hatte, zu heiraten, hatten sie lachend eine Zukunft als alte Jungfern geplant, in der sie Zeit in Weston verbrachten und Ziegen oder Katzen oder beides hielten.

Persephone sah zu Gwen. »Wie aufregend, dass du eine Saison hast. Ich nehme an, das bedeutet, dass mindestens eine weitere von uns vor dem nächsten August verheiratet sein wird.«

»Wenn ich überhaupt Angebote bekomme«, meinte Gwen mit einem selbstironischen Lachen. Ihre Saison war so lange aufgeschoben worden, dass Tamsin verstand, warum sie nervös sein könnte.

»Natürlich wirst du das«, meinte Persephone fest. »Du bist klug und geistreich, und es ist unendlich interessant, mit dir zu reden. Ich wage zu behaupten, dass du *mehrere* Angebote bekommen wirst.«

»Ich hoffe jedoch, sie kommen nicht von Halunken«, meinte Gwen und warf Wellesbourne einen nervösen Blick zu. »Ich meine es nicht böse.«

»Das fasse ich auch nicht so auf«, meinte er freundlich. »Ich gebe offen zu, dass ich ein Halunke war. Ich habe nichts als Privilegien und Exzesse gekannt, und ich habe diese Dinge bereitwillig ausgenutzt.« Er führte Persephones behandschuhte Hand zu seinem Mund und drückte ihr einen Kuss auf den Daumenansatz. »Zum Glück hat meine liebe Frau über meine Verfehlungen hinweggesehen und mir die Chance gegeben, der Mann zu sein, der ich sein möchte - ein dankbarer, loyaler und durch und durch besessener Ehemann.«

»Und Vater«, murmelte Persephone.

Sie zusammen zu sehen, gab Tamsin Hoffnung. Verliebt zu sein sah wirklich schön aus. Sie fragte sich, wie es sich anfühlte. Sie stellte es sich so vor, wie wenn man von Licht und Freude erfüllt sei. So voll, dass man vor lauter Freude fast platzte. Sie hatte nie daran gedacht, Mutter zu werden, aber wenn sie mit diesem geheimnisvollen Verehrer zusammenkäme, könnte sie sehr wohl eine eigene Familie haben. Eine enge, liebevolle Familie, die sie nie gehabt hatte. Sie begann, sich den Mann vorzustellen, den sie heiraten könnte. Vielleicht war er groß und gutaussehend, mit lächelnden Augen und einem strahlenden Lachen, das sie schwindlig werden ließ. Er würde sie in seine Arme schließen, und sie würde sich vollkommen geliebt und beschützt fühlen.

»Kennt Ihr unsere Regeln für Halunken?« fragte Gwen und riss Tamsin aus ihrem albernen Tagtraum. Aber war es albern?

Tamsin konzentrierte sich auf das, was gerade besprochen wurde – ihre Regeln für Halunken. Sie waren entstanden, nachdem Bane Pandora ruiniert hatte. Empört hatten die Freunde die Regeln aufgestellt, um sich vor Halunken zu schützen. Hoffentlich würde der Mann, den sie heiraten würde, kein Halunke sein. Sie hatte sich geschworen, sie zu meiden. Wie sollte ein Halunke ihr überhaupt das Gefühl geben, geliebt und beschützt zu sein? Es sei denn, er war wie der Herzog. Persephone hatte so viel Glück.

»Ich kenne eure Regeln über Halunken«, meinte Wellesbourne. »Eine gestickte Kopie davon hängt in Perseys Wohnzimmer.«

»Ich frage mich allerdings, ob die Regeln dafür gemacht sind, gebrochen zu werden«, meinte Tamsin. »Wenn ich mir Persey und Wellesbourne so ansehe, scheint es, dass ein Halunke sich ändern kann.« *Traue niemals einem Halunken, sich zu ändern*, lautete eine der Regeln. Ebenso wie: *Zeige einem Halunken niemals dein Herz.* Offensichtlich hatte Persephone auch diese Regel gebrochen.

»Ich habe mich sehr bemüht, ihnen zu folgen«, meinte

Persephone. »Acton war jedoch sehr hartnäckig und zeigte nicht nur die Fähigkeit, sich zu ändern, sondern auch den aufrichtigen Wunsch, sich zu reformieren.«

»Aber was ist, wenn nicht alle Männer von vornherein Halunken sind?«, schlug Tamsin vor.

»Ich glaube, das ist wahr«, meinte Wellesbourne. »Ich habe mehrere Freunde, die keine Schurken sind, zumindest nach dem, was ich darunter verstehe, nach dem, was Persey mir erzählt hat. In unserer eigenen Gruppe ist Droxford nicht besonders schurkisch«.

»Ich habe gesehen, dass Frauen in London hoffen, sein Interesse zu wecken«, meinte Persephone. »Aber das liegt wohl an seinem Titel und seinem Reichtum. Er ist im Allgemeinen zurückhaltend, ja sogar grüblerisch. Ich würde ihn nicht für schurkisch halten, aber ich kenne ihn auch nicht sehr gut.«

»Wenn jemand das Glück hat, einen Mann zu finden, der kein Halunke ist, dann ist es Tamsin«, meinte Gwen. »Vorausgesetzt, es gelingt ihr, jemanden kennenzulernen«, fügte sie mit einem leichten Lachen hinzu. Sie alle wussten, dass Tamsin keine Gelegenheit hatte, Herren zu treffen oder umworben zu werden.

Tamsin überlegte, ob sie ihnen von dem Brief ihres Vaters erzählen sollte, aber sie musste sich erst noch an den Gedanken der Ehe gewöhnen. Sie würde es ihnen bald sagen. Heute jedoch würde sie die Zeit mit ihnen genießen, die ihr plötzlich sehr wichtig geworden war, wenn sie Weston vorzeitig verlassen sollte.

Sie hoffte, dass dies nicht der Fall sein würde, aber wenn die wahre Liebe sie überkam, befürchtete sie, nicht widerstehen zu können.

KAPITEL 2

Isaac Deverell, Baron Droxford, trat auf die Backsteinterrasse hinaus, wo der Lunch im Freien eingenommen werden sollte. Der Bereich war in ein elegantes Esszimmer im Freien mit einem großen Tisch verwandelt worden, der Platz für acht Personen bot.

In seiner Nähe stand sein Freund, der Earl of Shefford, dessen Vater dieses Anwesen hier, The Grove, gehörte, wo sie sich jeden August aufhielten, und unterhielt sich mit Somerton und Evan Price. Somerton bedeutete Isaac mit einem Zeichen, sich zu ihnen zu gesellen.

Isaac betrachtete die drei, wie sie die Köpfe zusammengesteckt hatten. Sie wirkten beinahe schuldbewusst, und Isaac vermutete, dass er den Grund dafür nur zu gut kannte. Shefford setzte alles daran, um seine Schwester zu ärgern, und sie revanchierte sich entsprechend. Da Lady Minerva diesen Lunch ausrichtete, keimte in Isaac der Verdacht auf, dass Shefford Ärger machen wollte. »Was heckt ihr aus?«

»Nichts Schlimmes«, antwortete Shefford unschuldig. »Meine Schwester ist genauestens darüber im Bilde, dass sie mit irgendeinem Unfug meinerseits rechnen muss.«

Evan nickte. »Das kann ich bestätigen, denn auch ich habe eine jüngere Schwester.«

Somerton verzog das Gesicht zu einer Grimasse. »Mit *drei älteren Schwestern* hat es mich wohl am schlimmsten getroffen. Drox, wenn du Geschwister hättest, wüsstest du, dass so etwas eine Frage des Überlebens darstellt.«

Isaac hatte keine Geschwister, denn seine Mutter war bei der Geburt seines Bruders verschieden, der dann ebenfalls starb, als Isaac vier Jahre alt war. Zweifelsohne war dies eine furchtbare Tragödie, und sogar noch mehr, weil sein Vater, der Rektor war, Sorge dafür trug, dass die Trauer über den Verlust der beiden stets präsent war. Kein Tag war vergangen, an dem Vater und Sohn nicht inständig für die Seelen seiner Mutter und seines Bruders gebetet hätten.

Isaac schob seinen Hut so zurecht, dass er die Sonne besser abschirmte. »Wenn ich Geschwister hätte, würde ich ihre Gesellschaft genießen, anstatt nach Wegen zu suchen, sie zu ärgern oder ihnen Streiche zu spielen.«

Shefford lachte leise. »Wirst du denn nie müde, so ernst zu sein?«

»Die Antwort darauf kennst du ja«, gab Isaac zurück.

»Ich kenne sie in der Tat. Ernst ist wahrscheinlich einer deiner weiteren Namen. Isaac Ernst Deverell.« Shefford wackelte scherzhaft mit den Brauen, doch so ganz unrecht hatte er eigentlich nicht. Es war dem Bestreben von Isaacs Vater zuzuschreiben, dass Isaac so war, wie er nun einmal war: ernst und freudlos.

»Isaac Ernst Grimmig Deverell«, fügte Somerton grinsend hinzu.

»Wie auch immer du dich nennen magst, freue ich mich über deinen Entschluss an dem Lunch teilzunehmen«, meinte Shefford mit seiner aufrichtigen Herzlichkeit.

Somerton streifte einen Fussel von seinem Ärmel. »Ich

bin froh, deine Wette nicht angenommen zu haben, dass er sich drücken würde.«

»Gibt es denn gar nichts, worauf ihr nicht wetten würdet?«, wollte Isaac von seinem Gastgeber wissen.

Shefford zuckte mit den Schultern. »Mir schien es leicht verdientes Geld zu sein. Aber Somerton ist schlauer, als seine Noten in Oxford vermuten lassen.«

Somerton verdrehte die Augen und versetzte Shefford einen kleinen Schubs. Dies gehörte durchaus zum normalen Umgang unter den Freunden. Sie zogen Isaac wegen seiner Launenhaftigkeit auf. Dann witzelten sie über Somerton, der sein Studium nicht ernst nahm – und über vieles andere. Bei Shefford war es seine Angst vor der Ehe, mit der sie ihn aufzogen, und das bevorstehende Ultimatum seines Vaters, endlich zu heiraten. Isaac war sich noch nicht sicher, in welcher Weise Price einmal den Spott der anderen über sich ergehen lassen müsste.

»Warum du denkst, Somerton würde auf so einen Unsinn hereinfallen, ist mir ein Rätsel«, meinte Isaac zu Shefford. »Es ist kein Geheimnis, dass mir eher der Sinn danach steht, drinnen im Haus zu arbeiten, als an diesem Lunch teilzunehmen.«

In der Regel zog Isaac es vor, gesellschaftlichen Veranstaltungen ganz aus dem Weg zu gehen, doch bei dieser hier handelte es sich nur um eine kleine Zusammenkunft. Zudem konnte er unter dem Vorwand mühelos ins Haus flüchten, er müsse arbeiten – was eigentlich kein Vorwand war, da er *tatsächlich* zu tun hatte.

»Du nimmst aber doch an einigen gesellschaftlichen Anlässen teil«, wandte Price ein. »Ich weiß, dass ich dich einmal bei einer Londoner Veranstaltung getroffen habe.«

»Du hast recht«, bestätigte Isaac. »Ich habe diesen Deppen vergangenes Jahr erlaubt, mich zu mehreren Veranstaltungen zu schleppen, angefangen mit einer Soiree in Bath im letzten Herbst und mindestens *drei* gesellschaftlichen Anlässen während der Londoner Saison.«

»Du hattest diesen Anlässen nur zugestimmt, weil du mit den daran beteiligten Gentlemen gewisse geschäftliche Dinge besprechen musstest und nicht, weil du dich amüsieren wolltest«, schnaubte Somerton.

»Auf genau *diese* Art und Weise amüsiere ich mich«, entgegnete Isaac verschnupft. Seine größte Freude hatte er an seiner Arbeit im Oberhaus und daran, andere für seine Sache zu gewinnen.

»Versprich mir, dass du während deines Aufenthalts hier nicht zu viel arbeitest.« Shefford klopfte ihm auf die Schulter. »Wir haben für unsere gemeinsame Woche jede Menge Aktivitäten geplant. Und bitte sag mir, dass du dieses Mal für die gesamte Dauer bleibst.«

Isaac war erst am Vortag angekommen und blieb normalerweise vier oder höchstens fünf Tage. Nach dieser Zeit war er mehr als bereit, in die Einsamkeit von Wood End zurückzukehren, dem Landsitz seiner Vorfahren in Hampshire, den er vor vier Jahren geerbt hatte. »Wir werden sehen, wie lange ich eure Gesellschaft ertragen kann.« Zum Abschluss hob er einen Mundwinkel an.

»Das Droxford-Lächeln«, brachte Somerton lachend hervor. »Jedenfalls ist es das, was einem Lächeln am nächsten kommt.«

»Stimmt das?«, fragte Price. Er war ein relativer Neuling in ihrer Gruppe, nachdem Shefford sich in der letzten Saison mit ihm angefreundet hatte. Nachdem Wellesbourne und Bane geheiratet hatten, war er bei ihrer schwindenden Zahl vielleicht unbewusst als Ersatz aufgenommen worden.

»Früher hat er immer gelächelt und gelacht«, meinte Shefford und bezog sich dabei auf ihre erste Begegnung, die kurz nach Isaacs Ankunft in Oxford stattgefunden hatte. Als sein Onkel, der damalige Baron, Isaac zur Ausbildung geschickt hatte, war er zum ersten Mal in den Genuss gekommen, Freude zu erleben. Genau wie sein Vater es ihm vorhergesagt hatte, war es nicht dabei geblieben und er hatte einen Weg gefunden, sich dieses neue Lebensgefühl zu vermiesen. Er hatte Isaac darauf hingewiesen, dass Fröhlichkeit und Glück unweigerlich zu Enttäuschung und Unglück führen, was auch unweigerlich eingetreten war. Diese Lektion hatte Isaac auf schmerzhafte Weise lernen müssen.

Nun lenkte er das Gespräch wieder auf ein weniger persönliches Thema. »Was hast du außer Reiten und Billard spielen noch geplant?« Diese beiden Dinge machten während ihrer Zeit auf The Grove ihre Hauptbeschäftigungen aus.

»Ich versuche, ein Boot aufzutreiben, das uns nach Steep Holm bringen kann.« Shefford verwies damit auf eine Insel im Kanal, die er wegen ihrer vielen Höhlen erkunden wollte.

Isaac würde sich einen Grund ausdenken, nicht mitzufahren. Obwohl er in einem Dorf am Meer aufgewachsen war, das Weston nicht unähnlich war, konnte er Booten nichts abgewinnen, und das aus gutem Grund.

»Brillant«, rief Somerton aus. »Wellesbourne wird bestimmt mit von der Partie sein.« Er hielt inne, bevor er hinzufügte: »Ohne ihn ist es hier auf The Grove nicht ganz dasselbe.«

Im vergangenen Herbst hatte der Herzog geheiratet, und anstatt in diesem Jahr auf The Grove zu wohnen, hatte er für sich und seine Frau, die, wie Isaac glaubte, zu Beginn des Monats angekommen war, ein Cottage gemietet. Nach allem, was Isaac beobachtet hatte, schien sich Wellesbourne seit seiner Heirat ziemlich verändert zu sein, was insbesondere während der Londoner Saison zutage getreten war. Hatte der Herzog in der Vergangenheit gesellschaftliche Veranstaltungen gemieden, um sich vor dem Heiratsmarkt zu drücken, so besuchte er selbige Veranstaltungen nun in

Begleitung seiner Frau. Die beiden schienen einander zugetan zu sein, als ob sie sich wirklich liebten. Obwohl Isaac sich für die beiden freute, wusste er aber auch, dass den meisten Menschen nicht so viel Glück beschieden war.

Shefford legte die Stirn in Falten. »Ich frage mich, ob er jetzt, da er verheiratet ist, weiterhin Zeit mit uns hier verbringen wird. Ganz bestimmt will er lieber bei seiner Herzogin sein.« Seine Stimme klang resigniert und leicht enttäuscht.

»Eine Heirat ist kein Todesurteil«, entgegnete Somerton. »Wir wissen, dass du dem Gedanken abgeneigt bist, zumal deine Eltern auf deiner baldigen Heirat bestehen.« Je mehr sie ihn bedrängten, desto größer wurde Sheffords Abwehr.

Sheffords Unbehaglichkeit war offensichtlich und er zuckte mit den Schultern, ehe er den Blick abwandte. »Ich bin nicht bereit, mich in einer Ehe fesseln zu lassen. Wie ihr wisst, ist sie für die Ewigkeit gemacht.«

Isaac war sich der Pflichten bewusst, die mit einer Ehe einhergingen, nämlich Kinder zu zeugen. Noch war er allerdings nicht bereit dafür und er wusste auch nicht so genau, ob das je der Fall sein würde. Er könnte nie ein guter Vater sein.

»Von mir wirst du keine Einwände zu hören bekommen«, meinte Isaac. »Von keinem von uns.« Dass Somerton oder Price sich mit Heiratsabsichten trugen, war ihm nicht bekannt.

»Ihr könnt euch glücklich schätzen, dass euch keine Familienmitglieder auf die Pelle rücken«, brummte Shefford. »Seht nur, was mit Bane passiert ist.«

»Bane ist nichts *passiert*«, widersprach Isaac. »Er hat sich für die Heirat entschieden.«

Somerton zog eine Augenbraue hoch. »Das wissen wir nicht. Seit Monaten hat ihn keiner von uns gesehen oder mit ihm gesprochen.« Das war richtig. Bane war mit seiner neuen Frau in Nordengland geblieben, und keiner von ihnen war zur Hochzeitsfeier eingeladen gewesen. »Mir scheint allerdings, dass er eine Frau geheiratet hat, die seine Eltern ausgesucht haben.«

»Die ganze Sache ist nicht auf natürlichem Wege vonstattengegangen«, überlegte Shefford. »Er hat keinem von uns etwas von seiner Braut erzählt. Erst nachdem er bereits in die Heirat eingewilligt hatte.«

Die Freunde nahmen Bane zwar nicht unbedingt in Schutz, aber sie verurteilten sein Verhalten nicht so unerbittlich wie Isaac. Vielleicht lag das daran, dass sie sich nicht so schlecht – oder verwerflicher als Bane – benommen hatten. Nicht wie Isaac es sich vor Jahren hatte zuschulden kommen lassen. »Ich würde gerne wissen, warum er sich mit der Schwester der Herzogin von Wellesbourne abgegeben hat, wenn er bereits verlobt war. Kein Wunder, dass er sich seither nicht mehr in der Gesellschaft blicken lässt.«

»Ich möchte bezweifeln, dass er dabei einen Hintergedanken hatte«, entgegnete Somerton. »Noch nie hat Bane ein hübsches Gesicht unbeachtet lassen können.«

Isaac warf ihm einen finsteren Blick zu. »Verteidige ihn *nicht*. Es sei denn … Findest du sein Verhalten etwa akzeptabel?« Bei seiner Frage sah er sowohl Somerton als auch Shefford an, aber nicht Price, denn dieser war nicht mit Bane bekannt.

»Natürlich nicht.« Shefford runzelte die Stirn. »Aber ich wäre ein Heuchler, wenn ich behaupten wollte, mich nicht auch schon in einer ähnlichen Situation befunden zu haben – und mich von einem romantischen Moment habe hinreißen lassen, den ich nicht hätte erleben dürfen.« Er warf Isaac einen spitzen Blick zu. »Wir haben alle Fehler gemacht.«

Isaac wusste genau, worauf Shefford anspielte, und seine Verfehlungen als »Fehler« zu bezeichnen, war eine grobe

Untertreibung. »Banes Verhalten war ungeheuerlich. Er hat sich auf unangemessene Aktivitäten mit einer jungen Lady eingelassen, während er offenbar mit einer anderen verlobt war. Das ist einfach unentschuldbar.« Was auch genau auf Isaacs Handlungen zutraf.

Shefford stieß die Luft aus. »Dem kann ich nicht widersprechen. Allerdings sind wir auch nicht genau darüber informiert, was zwischen ihm und Miss Barclay vorgefallen ist. Ich bin nicht bereit, die Freundschaft mit einem guten Freund aufzukündigen, obwohl er es mir mit seinem beharrlichen Schweigen verdammt schwer macht. Vor einigen Monaten habe ich aufgehört, ihm zu schreiben. Es hatte keinen Sinn, da er nie antwortet.«

»Es ist seltsam, ihn dieses Jahr nicht hier zu haben«, meinte Somerton. »Wenn Wellesbourne kommt, wird es sich hoffentlich mehr wie in den vergangenen Jahren anfühlen.

Shefford kickte einen Kieselstein von der Terrasse. »Allerdings wird Wellesbourne nicht hierbleiben. Wir können uns also nur unsere Nostalgie bewahren, fürchte ich. Die Ehe setzt unseren lustigen Zeiten hier ein Ende. Jetzt verstehst du, warum ich sie vermeide.«

Somerton verdrehte die Augen und sah dann zu Price. »Hör nicht auf Sheff. Er ist rührselig. Wir können jede Menge Spaß haben.«

Das machte Shefford hellhörig. »Ja, das ist richtig. Wir fangen mit dem heutigen Tag an. Da kommen meine Schwester und ihre Begleiterin.«

Lady Minerva schlenderte auf die Freundesgruppe zu, und der lilafarbene Rock ihres Kleides schwang sanft mit, während sie sich bewegte. Sie war wunderschön und charmant und wäre verheiratet, wenn sie nicht in der letzten Saison ein halbes Dutzend Heiratsanträge abgelehnt hätte, wie Shefford ihnen erzählt hatte.

Dunkle Locken umspielten ihre Schläfen unter der

Haube, während ihre hellgrauen Augen auf sie gerichtet waren. Sie hatte ihre eleganten Brauen ein wenig hochgezogen, als sie sie betrachtete. »Ich hoffe, ihr habt alle Pläne fallengelassen, mein Lunch zu sabotieren.«

»Wir sind noch dabei, ihnen den letzten Schliff zu geben«, verkündete Shefford mit einem verschmitzten Funkeln.

Minerva reagierte mit einem leichten Kopfschütteln. »Um ehrlich zu sein, weiß ich überhaupt nicht, warum ich dich eingeladen habe.«

Shefford grinste. »Nun, da Wellesbourne und deine Freundin verheiratet sind, müssen wir uns zusammenraufen.«

Lady Minerva verdrehte die Augen. »Beim nächsten Mal werde ich es bestimmt vermeiden, dich mit einzubeziehen, insbesondere, wenn du heute etwas anstellst.« Sie blickte in Isaacs Richtung. »Ich würde *dich* trotz deines ständigen finsteren Blicks dennoch einladen. Wenigstens versuchst du nicht, zu viel Pfeffer in eines der Gerichte oder Wasser in den Wein zu geben.«

Keuchend fuhr sich Shefford mit der Hand an die Brust. »Ich würde den Wein niemals auf diese Weise schänden!«

Lady Minerva sah ihn mit großer Skepsis an. »Ich glaube, du protestiert zu vehement. Bald werden die anderen Gäste hier eintreffen. Vielleicht kannst du schon einmal herausfinden, an welchem Platz du sitzt?«

Sie und ihre Begleiterin, die als Waisenkind in ihren Haushalt gekommen war, gingen in diese Richtung. Somerton und Price trotteten hinter ihnen her.

Isaac sah Shefford mit gerunzelter Stirn an. »Mache ich wirklich *immer* ein finsteres Gesicht?« Seine Freunde rissen mit Vorliebe Witze darüber, doch es gab ihm ein anderes Gefühl, dies von einem Außenstehenden zu hören.

Somerton zog eine Schulter hoch. »Das tust du nicht

immer, aber ich erinnere mich an Zeiten, in denen du das nur höchst *selten* getan hast. Ich kann den Mann, der du jetzt bist, kaum mit dem Jüngling in Einklang bringen, den ich in jenem ersten Jahr in Oxford kennenlernte.«

Sie hatten ihr Studium zusammen am Christ Church College angefangen, und Isaac war begeistert gewesen, junge Männer in seinem Alter kennenzulernen und, was noch wichtiger war, Menschen, die im Allgemeinen fröhlich waren und gerne lachten. Nach einer Kindheit, die von der Erwartungshaltung an ihn erfüllt gewesen war, sich ruhig und gemessen zu verhalten, war diese neue Umgebung berauschend gewesen.

Isaac hatte sich in die sozialen Aspekte der Kameradschaft mit einer Studentengruppe gestürzt, weit weg von seinem bedrückenden Vater. Er hatte zu viel getrunken, sich mehrfach unausstehlich benommen und eine Liaison mit der Wäscherin begonnen, die zum Abholen seiner Kleidung in sein Zimmer gekommen war.

Mary, die damals zwei Jahre älter als er gewesen war, hatte ein entzückendes Wesen und obendrein war sie schön und besaß ein bezauberndes Lachen. Isaac war erst hingerissen, dann vernarrt und schließlich bis über beide Ohren in sie verliebt.

»Warum bist du nicht mehr so?«, fragte Shefford.

Jetzt sah Isaac ganz bestimmt finster drein. »Weil das nicht der Mann ist, der ich sein wollte. Und du kennst den Grund.« Er war der Einzige, der von Isaacs Onkel und Vater abgesehen, Bescheid wusste.

Shefford verzog das Gesicht. »Das war vor über einem Jahrzehnt. Du musst aufhören, dir die Schuld zu geben. Dein Onkel hat sich um die Sache gekümmert. Dem Mädchen ist es gut ergangen, besser, als hättest du sie nicht geschwängert und sie an einen weit entfernten Ort bringen müssen.«

Es zerriss ihm beinahe das Herz, als er hörte, dass ein

anderer die Familie erwähnte, die Isaac im Stich gelassen hatte. Auch nach all den Jahren noch war der Schmerz stark. Isaac wusste, dass er nie verschwinden würde, und das sollte er auch gar nicht. Er hatte nichts anderes verdient, als für den Rest seiner Tage mit Reue und Scham zu leben.

Und auch wenn Sheffords Sichtweise richtig sein mochte und Marys Dasein sich wahrscheinlich als besser erwies als das einer Wäscherin, war das keine Entschuldigung für Isaacs Handeln. Er hatte sich wie ein ausgemachter Schuft verhalten, ohne Rücksicht auf Mary zu nehmen. Er hatte sich völlig dem Genuss und den Emotionen hingegeben, und das Ergebnis war der absolute Ruin. Er hatte Marys Leben verändert und ein Kind gezeugt, das seinen wahren Vater nie kennenlernen würde. Der Verlust der Familie, die Isaac hätte haben können, fraß an ihm.

»Ich hatte sie heiraten wollen«, flüsterte Isaac leise.

»Ich weiß.« Shefford nickte schwach. »Das hätte aber nicht funktioniert. Nicht für dich und auch für die Wäscherin nicht. Ihr kamt aus völlig unterschiedlichen Schichten.«

»Damals war ich noch nicht einmal Erbe einer Baronie.« Zu dem damaligen Zeitpunkt hatten mehrere Personen vor Isaac in der Erbfolge gestanden: der Sohn des Barons, der somit sein Cousin war, ein weiterer Onkel – er war der mittlere Sohn zwischen dem Baron und Isaacs Vater, der dann einige Jahre später auf einem Feldzug in Spanien gefallen war, und natürlich Isaacs eigener Vater. Allerdings konnte sich Isaac nicht vorstellen, dass sein Vater, ein frommer Pfarrer, Baron werden würde.

»In deiner Position hättest du aber keine Wäscherin heiraten können.« Shefford schnitt eine Grimasse. »Ich weiß, wie sich das anhört, als würden wir in einer pompösen, überheblichen Sphäre über den anderen leben.«

»Ist es denn nicht genau das, was du sagst?«, fragte Isaac ohne die Spur von Ironie.

»Damals habe ich versucht, dir zu helfen. Das würde ich wieder tun«, gab Shefford entschieden zurück. »Du warst siebzehn und hattest keine finanziellen Mittel, um einen Haushalt zu führen. Sie lebt nun als Witwe in einem schönen Dorf. Es ist sehr wahrscheinlich, dass sie geheiratet hat und seit fast einem Jahrzehnt ein ruhiges Leben mit ihrer Familie führt. Das sollte dich glücklich stimmen. Zumindest solltest du erleichtert sein.«

Er war sich nicht sicher, welche Gefühle er diesbezüglich hatte. Isaac war gegen den Rat seines Onkels in das Dorf gegangen, um sich zu vergewissern, ob Maria und ihr Kind tatsächlich das Leben führten, das sie verdienten. Er konnte sie jedoch nicht finden und nahm an, dass sie irgendwo anders hingezogen waren. Seinen Onkel hatte er natürlich nicht gefragt, denn dann hätte er verraten müssen, dass er sich auf die Suche nach Maria begeben hatte.

So sehr er sich auch nach der Gewissheit sehnte, dass sie sicher aufgehoben und wohlauf war, akzeptierte er die Zusicherung seines Onkels, dass genau das der Fall war. Alles andere wäre zu herzzerreißend, um es überhaupt in Betracht zu ziehen.

Er hatte ohnehin schon genügend Kümmernisse zu bewältigen, denn er musste sich sehr in Acht nehmen, um nicht von dem Leben zu träumen, das er hätte haben können. Dessen ungeachtet, was Shefford darüber geäußert hatte, dass ihm die Mittel gefehlt hatten, um sich selbst zu versorgen, wäre Isaac gerne selbst derjenige gewesen, der für seine Frau und sein Kind sorgte. Jedenfalls war solch ein Leben nicht das seine und er hatte gelernt, es nicht einmal mehr zu wollen. Denn er hatte es nicht verdient.

Ehe Isaac zu Tisch gehen konnte, fügte Shefford hinzu:

»Du solltest auch das Gelübde ablegen, das du dir selbst auferlegt hast, als das alles damals passiert ist.«

Isaac drehte sich wieder zu Shefford um und betrachtete ihn mit einem kühlen Blick. »Wovon redest du?«

»Du wirst nicht abstreiten können – jedenfalls nicht mir gegenüber –, dass du dich vollkommen verändert hast, nachdem das Mädchen fortgeschickt und die Situation damit geklärt war. Du hast nicht das Geringste zu deinem Vergnügen getan, zumindest nicht auf dieselbe Art und Weise.« Shefford trat dichter an ihn heran und ließ den Blick aus den dunkelblauen Augen über Isaacs Gesichtszüge schweifen, als versuchte er, darin etwas zu erkennen. »Du bist im Laufe der Jahre ein wenig entspannter geworden, aber du trinkst nicht im Übermaß, du spielst auch nicht und du gehst auch deinen grundlegendsten Bedürfnissen nicht nach. Nicht einmal im Rogue's Den, wie wir anderen es tun. Du bist ein verdammter Heiliger.«

Ein Heiliger? Ein Mann, der eine junge Frau ruiniert, sie schwängert und sie und das Kind sich selbst überlässt, war ein Heiliger?

Isaac starrte seinen Freund an, der mit seiner seltenen Fehleinschätzung zu weit gegangen war. »Du kannst gar nicht wissen, was ich im Rogue's Den oder sonst wo tue oder nicht tue.« Wäre Isaac wirklich ein Heiliger, würde er ein wahres Gelübde für das Zölibat ablegen und sich allen körperlichen Genüssen entsagen. Stattdessen verzichtete er lediglich auf Geschlechtsverkehr, um nicht noch ein Kind zu zeugen. Dieses Risiko würde er nicht noch einmal eingehen.

Shefford blickte ihn mit Sorge an. »Du bist hart zu dir selbst, Drox, und das musst du nicht sein. Du verdienst Freude, genau wie der Rest von uns.«

»Ich bitte dich, deine Ratschläge für dich zu behalten«, entgegnete Isaac kalt. »Ich führe ein behagliches Leben, wie es offenbar mein Geburtsrecht ist. Ich brauche nicht zu lachen oder zu spielen oder mich daran zu erfreuen, einer Witwe in einer Nische auf einem Ball einen Kuss zu stehlen. Das ist *dein* Leben. Überlass mir meins.« Isaac weigerte sich, der Schurkerei zu erliegen, die hinter dem Schutzwall lauerte, den er um sich errichtet hatte.

Shefford blähte die Nasenflügel, ohne jedoch zu reagieren, da genau in diesem Moment die anderen Gäste eintrafen. Wellesbourne kam mit seiner Frau aus dem Haus, und sie wurden von zwei anderen jungen Frauen begleitet – der Schwester von Price und der Cousine von Somerton, Miss Penrose.

Shefford lenkte seine Schritte von Isaac und ging auf die beiden zu.

Isaac fühlte, wie sein Blick von Miss Penrose angezogen wurde. Sie hatte eine zierliche Statur, filigrane Gesichtszüge und ihr Haar besaß einen warmen Braunton. Einige der Strähnen erinnerten ihn an dunkle Honigwaben. Sie trug ein Kleid in einem heiteren Gelb, das perfekt zu ihrem strahlenden Lächeln passte. Bei ihrem Anblick sah er nichts als Licht, und er verspürte den Wunsch, auf dieses Licht zuzugehen. Sie war wie die Blumen, die seine Bienen in Wood End anschwirrten, und sie besaß eine Anziehungskraft, der er sich nicht zu entziehen vermochte. Das fand er seltsam, denn er war ihr immerhin im vergangenen Jahr begegnet, wobei er sich aber kaum an sie erinnern konnte.

Wellesbourne trat neben ihn und lächelte. »Schön, dich zu sehen, Droxford. Schon seit langem wollte ich dich einmal fragen, ob du mir nicht Nachhilfe im Stirnrunzeln geben könntest.«

Die Frage war freundlich formuliert, aber nach seiner jüngsten Diskussion mit Shefford über sein Stirnrunzeln musste Isaac sich nun bemühen, nicht zu grimmig zu werden. »Hat Shefford dir gesagt, dass du das sagen sollst?«

»Ähm, nein. Ich habe nur gescherzt. Größtenteils.«

Wellesbourne zuckte mit den Schultern. »Solch ein finsterer Blick ist schon nützlich. Allerdings bin ich darin nicht sehr versiert.«

»Hattest du denn nie einen Grund, die Stirn zu runzeln?«

»Mir ist es immer leichter gefallen, zu lächeln«, meinte Wellesbourne daraufhin ohne eine Spur von Ironie.

»Und das kannst du so wunderbar«, lobte Isaac und blickte zu Miss Penrose, die immer noch sehr schön lächelte. Er wandte den Blick von ihr ab und blieb am Rande stehen, während sich alle anderen unter die Gäste mischten.

Wann, so fragte er sich, würde es zu früh sein, sich zu entschuldigen, um sich zurückzuziehen?

KAPITEL 3

*S*ie sollten sich vor dem Lunch noch kurz unter die Leute mischen, und so unterhielt sich Tamsin mit Minerva und ihrer Begleiterin, Miss Ellis Dangerfield. Ellis war mit ihren fünfundzwanzig Jahren die Älteste unter ihnen. Im Alter von neun Jahren war sie zu Minervas Familie gekommen. Ellis war ein wenig zurückhaltend, hatte intelligente Augen und hübsches blondes Haar, und sie war ein Waisenkind, das beide Eltern durch Krankheit verloren hatte. Ihre Familie hatte den Herzögen von Henlow in irgendeiner Form nahegestanden, und der jetzige Herzog hatte Ellis bei sich aufgenommen. Seitdem war sie Mins Gefährtin.

»Mrs. Ogilvie ist nicht anwesend?« Tamsin bezog sich auf die alte Frau, die als Mins Anstandsdame außerhalb Londons fungierte, wenn Mins Mutter nicht anwesend war. Sie war die Cousine der Großtante von Mins Mutter oder mit anderen Worten eine irgendwie weit entfernte Verwandte.

Ellis schüttelte daraufhin den Kopf. »Zu diesem Zeitpunkt macht sie ihr erstes Nickerchen. Sie meinte, Min bräuchte keine Anstandsdame, da der Herzog und die Herzogin zugegen seien.«

Tamsin fand es etwas seltsam, dass Ellis scheinbar nie als Anstandsdame einbezogen wurde, aber sie war auch nicht auf dem Heiratsmarkt. Dennoch verhielt sie sich als Mins Begleiterin mit äußerster Integrität und Anstand. Tamsin fragte sich, was Ellis tun würde, wenn Min heiratete.

»Sieh dir Droxford an, wie er allein dasteht, unnahbar wie immer«, meinte Min. »Ich habe festgestellt, dass er an gesellschaftlichen Zusammenkünften nicht das geringste Interesse hat.«

Tamsin bemerkte die Stirnfalten, die sich unter der Hutkrempe abzeichneten, obwohl er nicht wirklich die Stirn runzelte. »Kennst du den Grund dafür?«

»Nicht so richtig«, antwortete Min. »Er ist überaus ernsthaft und in seiner Arbeit sehr engagiert – er verwaltet sein Anwesen und sitzt im Oberhaus. Sheff hat gesagt, er würde seine Verantwortung als Privileg betrachten und sein Bestes tun, um das Erbe zu bewahren, das ihm zugefallen ist, da er nie erwartet hatte, eines Tages Baron zu werden.«

»Vielleicht fühlt er sich in Gesellschaft einfach unbehaglich«, gab Tamsin zu bedenken. »Ich werde versuchen, ihn ein bisschen aufzumuntern.« Lächelnd machte sie sich auf den Weg zu dem Baron.

Er war groß und breitschultrig, während seine Kleidung so düster wirkte wie seine Miene. Dichte Brauen umrahmten seine sturmumwölkten grauen Augen. Auf irgendeine geheimnisvolle Weise muteten sie gleichzeitig kühl und feurig an.

Sein Blick traf den ihren. Die Stirnfalten verschwanden nicht.

»Guten Tag, Lord Droxford«, begrüßte ihn Tamsin.

Daraufhin schienen sich seine Stirnfalten sogar noch zu

vertiefen. »Sind Sie gekommen, um mir ein Lächeln abzuringen?«

»Nein, aber wäre das so schlimm?« Als er keine Antwort gab, sondern die Augen nur ein wenig verengte, fuhr sie fort: »Mir ist zu Ohren gekommen, dass Ihnen nicht der Sinn nach gesellschaftlichen Anlässen steht.«

»In der Regel nicht, nein. Ich habe schon überlegt, mich ins Haus zurückzuziehen. Dort habe ich Korrespondenz liegen, die meine Aufmerksamkeit verlangt.« Damit ließ er den Blick zur Tür wandern, doch Tamsin versperrte ihm die Sicht.

»Bitte tun Sie das nicht. Min hat sich so große Mühe gegeben, um diesen Lunch auszurichten, und sie wird gekränkt sein, wenn ein Platz am Tisch leer bleibt.« Tamsin senkte ihre Stimme. »Außerdem hat Sheff dann noch etwas in der Hand, womit er sie aufziehen könnte.«

Die grauen Augen des Barons weiteten sich ein wenig. »Daran habe ich überhaupt nicht gedacht.« Er stieß die Luft aus. »Auf keinen Fall möchte ich irgendeine Disharmonie verursachen. Also werde ich vermutlich bleiben müssen.«

Tamsin lächelte. »Das ist die richtige Einstellung. Was gefällt Ihnen an gesellschaftlichen Anlässen nicht?«

»Der gesellige Aspekt.«

Seine Antwort war gleichermaßen mürrisch wie ironisch. Tamsin hatte große Lust, drauflos zu kichern. »Mir scheint, dass Sie einen Sinn für Humor besitzen, Mylord. Wie entwaffnend.«

Als er daraufhin ein Auge etwas zusammenkniff, bekam sein Blick etwas Skeptisches. »Flirten Sie etwa mit mir, Miss Penrose? Sie sollten wissen, dass ich nicht flirte.«

»Ich habe gehört, dass Sie kein Halunke sind, wie Ihre Freunde, aber um Ihre Frage zu beantworten: Ich habe nicht geflirtet. Menschen, die zu lachen wissen, gefallen mir einfach.«

»Das tue ich nicht«, bemerkte er düster. »Wahrscheinlich haben Sie es noch nicht gehört, aber ich lache nicht. Niemals.«

»Niemals?«

Er schüttelte den Kopf.

»Dann können Sie unmöglich ein Halunke sein. Denn Halunken neigen dazu, zu lachen und zu flirten.«

»Ist das Ihre Definition eines Halunken? Ein Mann, der lacht und flirtet? Bitte verzeihen Sie mir, wenn ich Ihnen widerspreche. Ein Halunke ist viel gefährlicher.«

Gefährlich? Tamsin vermutete, dass das stimmte. Es überraschte sie nur, dies von einem Mann zu hören zu bekommen, dessen Freunde mit ihrem Verhalten wohl den Begriff Halunke auf das Perfekteste verkörperten. »Ein Halunke ist auch jemand, der sich über die Konventionen und die Regeln der Gesellschaft hinwegsetzt, indem er möglicherweise zu viel spielt oder gern die Gesellschaft von rufschädigenden Frauen genießt. Oder der sich in Bezug auf junge Ladys und schickliches Betragen nicht angemessen zu verhalten weiß. Außerdem kann das jemand sein, dem es an Integrität und Anstand mangelt. Ihr Freund Bane ist ein Paradebeispiel für einen Halunken.«

Droxford wandte den Blick von ihr ab, während die Muskeln an seinem Hals arbeiteten. »Ich bin keineswegs sicher, ob Bane noch als mein Freund gelten kann. Sie haben recht, er ist ein Halunke. Manche würden sogar sagen, ein Schuft. Es war unverzeihlich, was er Miss Barclay angetan hat.«

Tamsin war von der Vehemenz in Droxfords Tonfall überrascht. Er hatte sich auch gegen die Vorstellung ausgesprochen, dass Halunken nichts anderes als flirtende und lachende Männer waren. Zu diesem Punkt vertrat er eindeutig eine eigene Meinung. »Sie haben eine sehr fundierte Meinung.«

»Ich bin mit einem ausgeprägten Sinn für Recht und Unrecht erzogen worden. Banes Verhalten war eindeutig unrecht.«

»Es steht also fest«, erklärte Tamsin. »Sie sind ganz bestimmt kein Halunke.« Sie sah ihm in die Augen und schenkte ihm ein strahlendes Lächeln.

Für einen winzigen Moment war das Aufblitzen einer unterdrückten Reaktion in seinem Gesicht wahrzunehmen. Es war eigentlich nicht als Überraschung zu bezeichnen, sondern sein Ausdruck war eher grimmig. War es Entsetzen oder Abscheu? »Ich wage zu behaupten, dass Sie mich nicht gut genug kennen, um darüber befinden zu können.«

Sein Tonfall drückte Kälte aus, und seine Gesichtszüge Verschlossenheit. Ja, dies war eine zutreffende Beschreibung, denn als sie den Baron nun ansah, meinte sie, jemanden vor sich zu sehen, der sich abgrenzte – und zwar nicht nur körperlich, wie er es demonstriert hatte, indem er von allen anderen abgewandt stand. Hielt er sich für einen Halunken?

Plötzlich verspürte sie den Wunsch, ihn vorwärts in die Helligkeit zu ziehen. Würde er kommen?

»Sie können kein Halunke sein, denn meine Freundinnen und ich lassen uns nicht mit Halunken ein. Von den anwesenden Gentlemen einmal abgesehen«, fuhr sie mit einer Grimasse fort, während sie vor allem ihren Cousin ins Auge fasste. »Mit ihnen müssen wir uns, wie ich fürchte, abgeben, weil sie mit uns verwandt sind. Das heißt aber nicht, dass wir ihr Verhalten gutheißen. Wir tun sogar unser Bestes, um es zu unterbinden. Wir haben sogar Regeln aufgestellt, mit denen wir verhindern wollen, einem Halunken auf den Leim zu gehen, wie es Pandora mit Bane passiert ist.« Tamsin neigte ihren Kopf zur Seite. »Könnten Sie sich vorstellen, dass sie Bane tatsächlich geheiratet hätte? Ich verabscheue den Gedanken wirklich, dass er sie ruiniert hat, aber wir sind uns doch bestimmt einig, dass sie so wahrscheinlich besser dran ist. Kann es ein schlimmeres Schicksal geben, als einen Halunken zu heiraten?«

Droxford schaute sie einen langen Moment an. »Nein, ich denke nicht.«

»Ich habe gesehen, dass unsere Plätze nebeneinander liegen«, meinte sie und beschloss, dass es besser sei, das Gespräch von dem heiklen Thema über Halunken zu einem unverfänglicheren Gebiet umzulenken. »Ich freue mich darauf, unsere Bekanntschaft zu vertiefen.« Das meinte sie ernst. Es lag zwar sehr wohl in ihrer Absicht, ihm seine Befangenheit zu nehmen, doch sie wollte auch noch einen Schritt weiter gehen und ihn zum Lachen animieren.

Er studierte sie einen Moment. »Jetzt erinnere ich mich an Sie vom vergangenen Jahr. Und dem Jahr davor. Immer waren sie unbotmäßig fröhlich gewesen.«

Tamsin lachte. »Unbotmäßig? Du liebe Güte. Das hat noch nie jemand zu mir gesagt. Ich würde gerne glauben, dass ich einen Grund für solch eine Fröhlichkeit habe.«

»Und der wäre?«, erkundigte Droxford sich, der aufrichtig neugierig zu sein schien. »Ist es nur ein Zufall, dass es mir gelungen ist, an Ihren glücklichsten Tagen in Ihrer Nähe zu sein, oder sind Sie immer so?«

»Ich bin immer so, fürchte ich.« Sie seufzte. »Seit ich ein Kind war. Mein Großvater hat mich immer wieder ermutigt, jeden einzelnen Tag voller Freude zu erleben, weil jeder Tag ein Geschenk ist.«

»Sie müssen eine wunderschöne Kindheit gehabt haben«, meinte er daraufhin schlicht.

»Als perfekt könnte sie nicht bezeichnet werden«, entgegnete sie, wobei sie natürlich nicht erwähnte, dass ihre Mutter ihren Vater und sie verlassen hatte. »Aus diesem Grund war es für mich so wichtig, das Glück von innen heraus zu erzeugen.«

Er schaute sie an, als sei ihr eine zweite Nase gewachsen.

Tamsin hob die Hand an ihr Gesicht. »Ist mir eine Warze gewachsen?«, fragte sie.

Noch ehe er dazu kam, ihr zu antworten, verkündete Min, dass es Zeit sei, ihre Plätze am Tisch einzunehmen.

Droxford bot Tamsin seinen Arm an. »Darf ich Sie zu Tisch führen?«

»Danke.« Sie legte die Hand auf seinen Ärmel und sogleich verspürte sie einen Energieschub. Es war, als ob eine wohlige Wärme von ihm auf sie übergesprungen wäre, was lächerlich schien, da er das Gegenteil von wohlig zu sein schien. Dennoch verspürte sie den Wunsch, sich an ihn anzulehnen.

Der Baron hielt ihren Stuhl, während sie sich setzte, ehe er dann selbst den ihm zugewiesenen Platz neben ihr einnahm. Min saß am Kopfende des Tisches und damit auf Droxfords anderer Seite, während Tamsins Cousin Somerton ihm gegenübersaß.

Die Diener schenkten Wein ein und trugen den ersten Gang auf. Min ließ den Blick zwischen Droxford und Somerton hin und her schweifen. »Wie ich gehört habe, plant mein Bruder einen Ausflug nach Steep Holm.«

»Zu der Insel im Kanal?«, fragte Tamsin.

Somerton nickte. »Ja. Wir wollen übermorgen aufbrechen.«

»Ich würde gern mitkommen«, meinte Min. »Allerdings wird Sheff bestimmt einwenden, dass Frauen nicht eingeladen sind. Ich nehme nicht an, dass Sie beide es auf sich nehmen würden, ihn umzustimmen, damit er uns mitgehen lässt?« Sie lächelte die beiden Gentlemen mit ihrem bezaubernden Lächeln an. Tamsin entgingen die sich dabei bildenden Furchen auf der Stirn des Barons nicht. Sie beugte sich zu ihm und flüsterte: »Wollen Sie Sheff nicht bitten?« Möglicherweise ärgerte ihn Mins Wunsch, mit von der

Partie sein zu wollen. Wollte er lieber dafür sorgen, dass dieser Ausflug ein reiner Männerausflug blieb?

»Es macht mir nichts aus, mit ihm zu sprechen, wenn ich mir auch nicht vorstellen kann, warum eine von den Ladys dorthin will. Sheff will Höhlen erforschen.«

Er hatte nicht gerade mit leiser Stimme gesprochen und Min reagierte mit Überschwang. »Höhlen erforschen klingt aufregend!«

Droxford zuckte mit den Schultern. »Möglicherweise kann ich mich weniger dafür begeistern, da ich in der Nähe der Höhlen von Dunster großgeworden bin.«

»Das ist verständlich.« Tamsin fragte sich jedoch, ob nicht mehr dahinter steckte. Anstatt sich desinteressiert zu zeigen, wirkte er ein wenig aufgeregt. Vielleicht war das aber auch nur ihre Vermutung. Sie ertappte sich, wie sie ihn sehr aufmerksam musterte. Er hatte etwas an sich, das äußerst anziehend war. Möglicherweise lag es daran, dass er nicht lächelte und sich nichts aus gesellschaftlichen Zusammenkünften machte. Oder an seiner Meinung darüber, was einen Halunken ausmachte. Sie fand ihn faszinierend.

Einige Minuten später wurden die Teller ausgetauscht und der Hauptgang, aus saftigem Rebhuhn mit verschiedenen Gemüsesorten, darunter Pastinaken und Erbsen, serviert. Tamsin sah zu Droxford hinüber. »Da Sie in Dunster aufgewachsen sind, müssen Sie das Meer lieben.«

»So ist es.«

»Ich liebe es auch«, bemerkte sie. »Ich bin aus St. Austell.«

»Ich hielt Ihren Akzent für Kornisch«, stellte er fest.

»Somerton erwähnt mich vermutlich nicht.« Sie sah zu ihrem Cousin, der ihren Blick auffing und erwiderte.

Somerton hatte ihren Kommentar gehört, und legte den Kopf ein wenig schief. »Wir sprechen nicht über Ladys, mit denen wir verwandt sind.«

»Ich spreche überhaupt nicht über Ladys«, meinte Droxford mit einem kurzen Blick zu Somerton, der daraufhin
grinste.

»Drox ist zurückhaltender als wir anderen«, erklärte
Somerton.

»Gut so.« Min hob ihr Glas in Droxfords Richtung.

Auch der Baron hob sein Glas, und genau in diesem
Moment traf ihn eine Erbse am Auge. Er zuckte zusammen,
und sein Wein spritzte über Tamsins Ärmel auf ihr Mieder.
Sie keuchte auf, als eine kleine Menge der Flüssigkeit auf
ihre nackte Haut über dem Oberteil ihres Kleides geriet.

»Was zum Teufel«, meinte Droxford laut, während er sich
das Auge rieb.

»Ich bitte um Entschuldigung!«, rief Shefford vom
anderen Ende des Tisches. »Du warst eigentlich nicht mein
Ziel. Ich hätte wirklich mehr üben sollen«, fügte er in einem
leiseren, aber dennoch hörbaren Tonfall hinzu.

Über die Länge des Tisches hinweg warf Min ihm einen
finsteren Blick zu. »Du hast mich treffen wollen, da bin ich
sicher.«

»Es war nur eine Erbse«, meinte Shefford abwehrend.

»Du hast Droxford am Auge getroffen!« rief Min.

»Was dazu geführt hat, dass ich meinen Wein über Miss
Penrose geschüttet habe«, fügte Droxford mit deutlicher
Verärgerung hinzu.

Tamsin wischte mit ihrer Serviette über das Kleid. Überraschenderweise beugte sich der Baron zu ihr hinüber und
fing an, mit seiner eigenen Serviette, nicht auf ihren Ärmel,
sondern auf der Haut oberhalb ihres Mieders zu tupfen.

Als sie sich daraufhin von einem weiteren merkwürdigen
Gefühl ergriffen fühlte, richtete sie ihren Blick auf ihn. Seine
grauen Augen waren ebenso stürmisch wie zuvor, und auch
das Feuer darin war noch da. In diesem Moment war ganz und

gar nichts Kaltes an ihm. Mit einem Mal fühlte sie sich völlig atemlos, als er mit seinem Tuch ihre bloße Haut betupfte. Es war nicht irgendwelche Haut, sondern eine Stelle, die skandalös nahe an ihrem Busen lag. Hatte er das nicht bemerkt?

Wahrscheinlich war es schockierend, dass Tamsin sich ihm nicht entzog.

»Was machst du da, Drox?«, verlangte Somerton.

Der Baron zog die Hand weg. »Verzeihung. Ich habe gar nicht nachgedacht.«

Tamsin tupfte weiter an ihrem Kleid herum, und ein Diener brachte ihr eine frische Serviette, während er die Schmutzige fortnahm. »Es ist schon in Ordnung. Sie wollten nur helfen.« Sie lächelte ihn an, denn sie wollte nicht, dass er ein schlechtes Gewissen bekam.

»Das ist Sheffs Schuld«, verkündete Min. »Was für ein kindisches Verhalten. Und du hast Tamsins Kleid ruiniert.«

Shefford verzog das Gesicht kurz zu einer Grimasse, als er Tamsin betrachtete. »Ich bitte um Entschuldigung, Miss Penrose.«

»Sie sollten ihm eine Erbse zurückschnippen«, murmelte Droxford ihr zu. »Oder ich könnte das tun.«

Tamsin warf ihm einen überraschten Blick zu, ehe sie dann ein Kichern unterdrücken musste. Er hatte *tatsächlich* Sinn für Humor und er war überhaupt nicht so düster, wie er den Anschein erweckte. »Ich fürchte, ich würde mein Ziel auch nicht treffen. Ich bin im Erbsenschnippen vollkommen ungeübt«, meinte sie leise.

Droxfords Lippen zuckten. Es war kein Lächeln, aber es war eindeutig Amüsement zu erkennen. Plötzlich verspürte Tamsin eine unglaubliche Unbeschwertheit in ihrer Brust.

»Willst du eines meiner Kleider anziehen?«, bot Min Tamsin an.

»Ich glaube, ich komme schon zurecht. So nass ist es

nicht.« Sie hatte ihr Mieder fertig abgetupft und war zu ihrem Ärmel übergegangen.

»Au!«, rief Shefford aus.

Tamsin drehte den Kopf und sah, wie der Earl sich die Stirn rieb. Er blickte in Richtung des Barons, aber nur kurz, bevor er den Kopf neigte.

»Gut gezielt, Droxford«, lobte Shefford und nahm sein Weinglas in die Hand. Er brachte einen Toast aus. »Auf den Baron, der einen Löffel mit erschreckender Geschicklichkeit schwingt.«

Alle hoben ihre Gläser und stießen auf Droxford an.

»Aber war eine Pastinake notwendig?«, fragte Shefford verschnupft. »Ich habe nur eine Erbse genommen.«

»Ich habe einfach dasjenige Gemüse genommen, das gerade am günstigsten lag«, entgegnete Droxford achsel-zuckend.

Tamsin schenkte dem neben ihr sitzenden Mann ein verschmitztes Lächeln. Soweit sie es beurteilen konnte, war er keineswegs so düster, wie er aussah. Mit Freuden würde sie diese Theorie untermauern.

○

Obwohl sein Schuss mit der Pastinake auf Shefford sehr befriedigend gewesen war, verbrachte Isaac die restliche Mahlzeit damit, sich zu wünschen, er könnte die Zeit zurückdrehen und rückgängig machen, dass er Miss Penrose mit seiner Serviette zu nahe gekommen war. Er wusste es besser, als eine Lady auf ungebührliche Weise zu berühren. Noch nie in seinem Leben hatte er eine Frau ohne ihr Einverständnis berührt.

Aller Wahrscheinlichkeit nach würde Miss Penrose ihre Meinung über ihn geändert und beschlossen haben, dass er eigentlich doch ein Halunke war. Also schön. Bestimmt war es besser, wenn sie wusste, wer er in seinem Innersten war, und sich von nun an von ihm fernhielt. Sie war viel zu liebenswürdig, um in seiner Gesellschaft sein zu wollen.

Lady Minerva stand auf, als das Lunch beendet war, und kündigte an, dass nun Cricket gespielt werden würde. Nach und nach erhoben sich die Gäste vom Tisch, um auf den Rasen zu gehen, wo einige Diener das Spiel bereits aufgebaut hatten.

Isaac erhob sich rasch, um Miss Penrose den Stuhl zu halten. Sie stand auf, wandte sich ihm zu und bedankte sich.

»Droxford, ich hoffe, du wirst mit Tamsin einen kurzen Spaziergang machen, damit du dich in aller Form entschuldigen kannst«, meinte Somerton, als er aufstand. War das ein Scherz? Oder war er wütend auf Isaac, weil er seine Cousine unachtsam angefasst hatte?

Somerton hätte allen Grund, über sein Verhalten erzürnt zu sein.

»Natürlich«, meinte Isaac mit einem feierlichen Nicken. Er hatte gehofft, Miss Penrose aus dem Weg gehen zu können, denn sie löste Seltsames in ihm aus. Und zwar etwas, dem er lieber keine weitere Beachtung schenken wollte. Er schuldete ihr allerdings eine Entschuldigung. Also wandte er sich ihr zu und fragte: »Wollen Sie einen Spaziergang mit mir unternehmen?«

»Das wäre wunderschön.« Noch einmal legte sie ihre Hand auf seinen Ärmel, und genau wie vorhin, als er sie zum Tisch begleitet hatte, reagierte sein Körper mit einem Hitzegefühl. Dieses Etwas, das er so gern außer Acht lassen wollte, war Anziehung. Seit über einem Jahrzehnt hatte er dieses Gefühl nicht mehr erlebt.

Zusammen lenkten sie ihre Schritte von der Terrasse auf einen Weg, der sich durch den formal angelegten Garten schlängelte. Unverzüglich setzte Isaac zu einer Entschuldigung an. »Ich bedaure mein Verhalten von vorhin zutiefst«, meinte er. »Ich weiß nicht, was mich dazu bewogen hat, Sie auf so unangemessene Weise zu berühren. Ich hoffe, Sie zürnen mir nicht allzu sehr.«

»Ich zürne Ihnen ganz und gar nicht. Es braucht viel mehr als das, um mein Temperament zu reizen.« Sie legte den Kopf schief und sah zu ihm hinüber. »Ich bin mir nicht einmal sicher, ob ich ein Temperament habe. Zumindest habe ich kein boshaftes.«

Es fiel ihm nicht schwer, sich das vorzustellen. »Ich bin weiterhin über mein Betragen entsetzt. Ich hoffe, Sie werden mir verzeihen.«

Miss Penrose legte ihre andere Hand auf seinen Ärmel, sodass sie diesen nun mit beiden Händen umklammerte. Irgendwie fühlte sich das viel intimer an. Und es war ablenkend. »Es gibt nichts zu verzeihen«, beteuerte sie. »Sie haben lediglich versucht zu helfen, und das schien Ihnen in diesem Moment wichtiger zu sein als der Anstand, was ich begrüße.«

»Danke.« Er bemühte sich, der Tatsache keine weitere Beachtung zu schenken, dass sie ihm jetzt näher war und beide Hände auf seiner Person hatte. »Ich hatte vermutet, dass Shefford etwas tun würde, um das Mittagessen seiner Schwester zu sabotieren, aber ich hatte nicht gedacht, dass er sich zu einer Essensschlacht herablassen würde.«

Miss Penrose hielt inne und wandte sich ihm zu. Das brachte sie noch näher zusammen, und Isaacs Atem geriet ins Stocken, ehe er sich dann beschleunigte. »Wie ist es eigentlich um Ihr Auge bestellt? Es wäre mir zugekommen, mich um *Sie* zu sorgen. Eine Verletzung ist weitaus schlimmer als ein besudeltes Kleid.« Nachdem sie sich auf die Zehenspitzen erhoben hatte, inspizierte sie sein linkes Auge. »Schmerzt Ihr Auge?«

Er drehte sich zu ihr hin, und sehr zu seinem Bedauern löste sie eine Hand von seinem Ärmel. »Nein. Ich habe für einen Moment ein brennendes Gefühl an der Stelle verspürt, doch dann habe ich mich mehr um Ihr ruiniertes Kleid gesorgt.« Nun wanderte sein Blick zu besagter Stelle an ihrem Mieder, die inzwischen getrocknet war. Zwar war es Weißwein gewesen, doch auf der hübschen goldgelben Seide war weiterhin eine leichte Verfärbung zu sehen. Er überlegte, ob er Shefford eine Ohrfeige versetzen sollte, weil er ihr Kleid ruiniert hatte.

Zu spät wurde ihm klar, dass er schon viel zu lange auf ihre Brust gestarrt hatte. Und das nicht einmal, weil er ihre Brüste betrachtet hatte. Doch wenn er sie jetzt ansah, musste er allerdings zugeben, dass ihre vollen und hoch angesetzten Brüste einfach bezaubernd waren. Verflixt nochmal, er war sogar noch schlimmer als ein Halunke.

Bei dieser Überlegung lenkte er seinen Blick zu ihrem Gesicht hinauf, um sich dann von ihr wegzudrehen und sie auf dem Weg weiterzuführen. »Ich hoffe, Ihr Kleid hat durch den Flecken keinen dauerhaften Schaden erlitten.«

»Ich bin sicher, dass sich das Malheur beheben lässt. Das Kleid hat schon einige Saisons hinter sich und viele Pannen überstanden.«

Isaac kannte sich mit Mode nicht aus und hätte daher nicht sagen können, ob das Kleid à la Mode war. »Tatsächlich?«

»Ich habe eigentlich nicht sehr oft die Gelegenheit, es zu tragen. Die meiste Zeit verbringe ich zu Hause oder besuche Nachbarn und Menschen im Ort. In St. Austell, meine ich. Dieses Kleid ist für formellere Anlässe vorgesehen, die ich nur selten besuche.«

Das fand Isaac interessant, da er sie als eine Person wahrnahm, die, im Gegensatz zu ihm gern in Gesellschaft war. Vielleicht waren sie beide sich uneins mit sich selbst – sie wollte geselliger sein und war es nicht, und er wäre lieber weniger gesellig. Zu seinem Bedauern musste er wegen seiner Position im Oberhaus an Veranstaltungen teilnehmen, die er sonst nicht besucht hätte.

Und doch war er wie jedes Jahr mit seinen Freunden hier in Weston. Scheinbar war er gar nicht so ungern mit anderen Menschen zusammen, wie er angenommen hatte. Es war vielmehr dieser besondere Freundeskreis und die Tatsache, dass es sich um eine Versammlung in einem kleinen Rahmen handelte.

Auch Miss Penrose hatte dabei nicht geschadet. Es war eher das Gegenteil, und sie hatte die Veranstaltung für ihn noch verbessert.

»Warum besuchen Sie keine formelleren Veranstaltungen?«, fragte er.

Sie zog eine Schulter hoch. »St. Austell ist klein. Es werden nicht gerade viele Gesellschaften dort gegeben. In der Hauptsache kümmere ich mich um den Haushalt meines Vaters. Es gibt nur ihn und mich und natürlich unsere Dienerschaft. Davon haben wir allerdings nicht sehr viele, Penrose House ist nicht besonders groß. Ich verbringe gerne Zeit am Strand, wo ich Muscheln sammle. Das ist allerdings eine einsame Beschäftigung.«

»Warum? Ist denn dort niemand, der Sie begleiten würde? Ich würde das jedenfalls gern tun.« Hatte er sich gerade angeboten, Zeit mit einer Frau zu verbringen, die er gerade erst kennengelernt hatte? Isaac konnte nicht ganz fassen, was hier vor sich ging.

»Wie ermutigend, das zu erfahren«, meinte sie und ihre Augen funkelten. Isaac war vollkommen von ihr verzaubert. Er könnte sie den ganzen Tag lang anschauen. »Was ist mit dem Ausflug nach Steep Holm? Sie haben selbst zugegeben, dass Sie nicht gerade begeistert davon sind. Wäre es Ihnen lieber, wenn die Ladys nicht mit von der Partie wären?«

»Keineswegs.« Er seufzte. »Es wäre mir ehrlich gesagt lieber, wenn ich nicht dorthin ginge.«

Sie hatten ihre Runde durch den Garten beinahe vollendet. Isaac würde lieber noch einmal herumgehen als zu kegeln.

»Weil Sie kein Interesse an der Erforschung der Höhlen haben?«, fragte sie.

»Die Wahrheit ist, dass ich kein Freund von Booten bin.« Hatte er das tatsächlich laut zugegeben? Welchen Zauber übte sie auf ihn aus, um ihm seine Geheimnisse zu entlocken und obendrein sein Begehren nach ihrer Gesellschaft zu wecken?

»Gibt es dafür einen bestimmten Grund?« Ihr Gesichtsausdruck drückte ein solches Mitgefühl und Anteilnahme aus, so mitfühlend, so fürsorglich, dass er plötzlich aus einem Grund, den er nicht benennen konnte, eines seiner Geheimnisse preisgeben wollte, was er nie zuvor getan hatte.

»Als Junge habe ich in Dunster, wo ich aufgewachsen bin, einem Fischer geholfen. Es gefiel mir nicht besonders, auf dem Boot zu sein – denn mir wurde übel –, aber mein Vater bestand darauf, dass ich zur Stärkung meines Charakters einer Arbeit nachging.«

»Und hat es funktioniert?«, fragte sie mit einer für ihn überraschenden Aufrichtigkeit.

»Ich bin mir nicht ganz sicher, aber vermutlich tragen alle unsere Handlungen in unserer Jugendzeit dazu bei.«

»Wird Ihnen denn auf dem Boot übel?« Sie sah ihn so aufmerksam an, dass er die Wahrheit aussprach, die er noch nie jemandem erzählt hatte.

»Eines Tages war das Meer besonders rau, und wir sind gekentert. Ich fürchtete, ich würde ertrinken.« Jetzt, da er daran zurückdachte, bekam er das Gefühl, nicht mehr richtig Luft holen zu können.

Sie drückte ihre Finger fester um seinen Arm, aber es war nicht schmerzhaft. »Es tut mir so leid. Sie müssen nicht nach Steep Holm mitkommen.«

»Vielleicht, aber ich verbringe nicht viel Zeit in Weston. Es ist nicht einmal die ganze Woche, welche die anderen Gentlemen in der Regel hier verbringen, und Shefford setzt sich sehr dafür ein, dass ich mitkomme.«

»Wenn er ein guter Freund ist, wird er Ihren Wunsch respektieren, die Gruppe nicht zu begleiten.«

»Ich werde darüber nachdenken.« Er konnte nicht anders, als sich durch ihre Unterstützung ermutigt zu fühlen. Shefford war ein guter Freund, doch Isaac hatte den Verdacht, in Miss Penrose heute eine weitere Freundin gefunden zu haben. »Werden Sie an dem Ausflug teilnehmen, wenn die Ladys eingeladen sind?«

»Ich muss zugeben, dass es aufregend klingt.« Sie blickte ihn mit einem begeisterten Lächeln an. »Ich war noch nie auf dem Meer, wenn Sie das glauben können. Ich frage mich, ob mir auch mulmig werden würde.«

»Sie sollten mitmachen«, meinte er, obwohl er dachte, dass es vielleicht schön gewesen wäre, wenn sie beide stattdessen am Strand Muscheln gesammelt hätten. »Jeder sollte wenigstens einmal auf dem Meer sein.«

»Ich werde darüber nachdenken«, erwiderte sie mit einem koketten Lächeln. »Wenn wir überhaupt eingeladen werden, wenngleich ich Mins Überredungskünste, die selbst bei ihrem Bruder anschlagen, nicht herabwürdigen will. Die beiden haben eine seltsame Beziehung. Wie ich weiß, lieben sie sich sehr, aber sie necken einander auch unerbittlich. Ich kann das wohl nicht so ganz verstehen, weil ich keine Geschwister habe. Haben Sie welche?«

»Nein, auch ich habe keine Geschwister. Wenn ich allerdings welche hätte, würde ich mich gewiss nicht wie Sheff und Lady Minerva verhalten.«

»Das ist für uns als Außenstehende leicht gesagt«, meinte sie daraufhin mit einem leichten Lachen. Dann warf sie ihm einen Seitenblick zu. »Ich habe eine Frage an Sie. Hätten Sie

Sheffs Streich amüsant gefunden, wenn die Erbse Sie nicht am Auge getroffen hätte?«

»Das bezweifle ich. Ich war noch nie ein Freund von solchen Possen.«

»Aber Ihre Revanche war ganz hervorragend. Ich hätte vermutet, dass Sie einige Erfahrung im gezielten Werfen von Essen haben.« Ihre Augen leuchteten vor Schalk, und Isaac versank immer tiefer in Faszination.

Und wieder verriet er ein Geheimnis oder eine lange begrabene Wahrheit. »Ich habe vielleicht an ein oder zwei Essensschlachten in Christ Church teilgenommen – dem College, das ich in Oxford besuchte und wo ich Sheff kennenlernte.«

»Aha! Ich wusste es«, krähte sie. »Vielleicht können Sie mir eines Tages beibringen, wie man eine Pastinake gezielt schnippt.«

Er verspürte Lust zu lächeln, was er nur selten erlebte. »Warum? Wollen Sie eine Karriere als Gemüseschützin beginnen?«

Sie kicherte. »Nein. Vermutlich muss ich das nicht wirklich lernen.« Sie seufzte zur Unterstreichung ihrer gespielten Enttäuschung, als sie wieder bei der Terrasse ankamen. »Es ist ein Jammer, dass Sie nur so kurz auf The Grove bleiben. Sie sind sehr unterhaltsam. Kann ich Sie nicht irgendwie überreden, länger zu bleiben? Zumindest, bis die anderen Gentlemen abreisen?«

Sie wünschte sich, dass er blieb? Von Sheff und Somerton war er gewohnt, dass sie ihn zum Bleiben zu überreden versuchten, doch diese Bemühungen waren nie von Erfolg gekrönt. Miss Penrose hingegen könnte es vielleicht gelingen, ihn zu überreden. Er stellte fest, dass er sich auf ein Wiedersehen mit ihr sehr freute.

Aber nein. Das konnte er nicht wirklich wollen. Welchen Sinn hätte das? Er hatte kein Interesse am Heiraten oder daran, einer Lady den Hof zu machen. Er war mit Wood End und dem House of Lords genügend beschäftigt. Weder hatte er Zeit noch Platz für eine Frau.

»Ich werde in Betracht ziehen...«

Sie unterbrach ihn. »Sagen Sie das nicht.« Dann lachte sie. »Sie sind wirklich der nüchternste Gentleman. Ich werde es als persönliche Herausforderung betrachten, Ihnen vor Ihrer Abreise ein Lächeln zu entlocken. Damit werde ich mich wirklich beeilen müssen, falls Sie nach der Soiree im Weston Hotel abreisen.«

Isaac wusste nichts von einer Soiree. Beinahe hätte er gestöhnt. Das bedeutete noch mehr Leute. Mehr Geselligkeit. Und wahrscheinlich würde getanzt werden, was er verabscheute. »Wann ist das?«

»Am Tag nach dem Ausflug nach Steep Holm.«

Lady Minerva rief ihnen zu: »Tamsin, wollt ihr nicht herkommen und mit uns kegeln?«

»Ja!« Sie drehte sich noch einmal zu Isaac. »Lassen Sie uns zu ihnen gehen.«

»Gehen Sie. Ich habe noch Korrespondenz zu erledigen.«

»Werden Sie das wirklich tun, oder haben Sie einfach nur Ihre Grenze für gesellschaftlichen Kontakt erreicht?«

In Wahrheit hätte er sich den ganzen Tag mit Miss Penrose unterhalten können. Das war natürlich unmöglich, da sie sich zu den anderen gesellen mussten, denn sonst wären sie wegen ihres Verhaltens aufgefallen. Aller Wahrscheinlichkeit nach würde er von seinen Freunden wegen dieses ausgedehnten Spaziergangs ohnehin schon einige Hänselei ertragen müssen. Isaac unternahm normalerweise keine Spaziergänge in weiblicher Begleitung.

Warum um alles in der Welt hatte er es dieses Mal getan?

»Beides, fürchte ich«, entgegnete er auf ihre kluge Frage. Sie sah ihn auf eine Weise, wie er von anderen nicht wahrgenommen wurde. Das war wunderbar und erschreckend zugleich.

Dann löste sie ihre Hand von seinem Arm. »Grämen Sie sich nicht«, raunte sie leise, und ihre Augen strahlten ihn mit einer hellen Wärme an. »Seien Sie fröhlich. Wenn Sie arbeiten wollen, gehen Sie arbeiten und freuen Sie sich darüber. Wenn Sie die Einsamkeit wählen, um Ihre Gedanken zu beruhigen, oder aus welchem anderen Grund auch immer, dann tun Sie das, weil es Sie glücklich macht.«

Sie schenkte ihm ein strahlendes Lächeln, drehte sich um und entfernte sich mit leichten Schritten in Richtung des Rasens.

Isaac brauchte einen Moment, um sich zu besinnen, was er hier machte oder wo er sich überhaupt befand. Der Zauber, in dessen Bann ihn Miss Penrose geschlagen hatte, wirkte weiter nach und würde das wohl auch noch eine Weile tun.

KAPITEL 4

$\mathcal{A}$m folgenden Tag versammelte sich Tamsin mit ihren Freundinnen in dem Salon, den sie im Weston Hotel für ihre Zusammenkünfte benutzten. Der Raum war mit großen Fenstern ausgestattet, die einen Blick, auf den etwa eine halbe Meile entfernten Ozean boten. Er war in hellen Blautönen mit elfenbeinfarbenen Akzenten gehalten und verfügte über einen gemütlichen Kamin, den sie gelegentlich selbst mitten im August benutzten. Vor vier Jahren hatten sie begonnen, sich hier zu treffen, und der Hotelbesitzer wusste, dass die Freundinnen diesen Raum im August jeden Nachmittag nutzen würden.

Sie tranken Tee, genossen leckeres Gebäck, beobachteten das Meer in der Ferne und vor allem aber unterhielten sie sich über alles Mögliche. Wie erwartet, drehte sich das heutige Gespräch hauptsächlich um den gestrigen Lunch, an dem eine Freundin von ihnen – Pandora – nicht teilgenommen hatte.

Obwohl sich Pandora von dem Skandal um die kompromittierende Situation, in der sie mit Bane erwischt worden war, ein wenig erholt hatte, war es ihr noch immer lieber, gesellschaftliche Zusammenkünfte zu vermeiden. In diesem Fall ging sie Banes Freunden aus dem Weg, mit denen sie, von ihrem Schwager Wellesbourne abgesehen, keine Zeit verbringen wollte. Er hatte sich gebessert, und Pandora hatte ihn als Familienmitglied akzeptiert. Wellesbourne hatte im vergangenen Jahr auch alles in seiner Macht Stehende getan, um Pandora nach dem Skandal zu helfen. Wenn sie in der Gesellschaft auch noch nicht ganz willkommen war, so wurde sie nicht direkt geschnitten. Aber abgesehen von der letzten Zeit war sie das gewesen.

Tamsin konnte Pandoras Zaudern verstehen, sich anderen gegenüber zu zeigen. Bis über beide Ohren war sie in Bane verliebt gewesen und war fest davon ausgegangen, dass sie beide heiraten würden. Dann hatte er aus ihrem Herzen einen Trümmerhaufen gemacht und eine andere geheiratet. Tamsins Meinung nach hatte Pandora ein Anrecht darauf, mit Verbitterung zu reagieren. Sie hoffte nur, dass sich dieser Zustand mit der Zeit legen würde.

Nachdem Min ihre Teetasse abgestellt hatte, blickte sie sich um. »Ich habe Sheff bearbeitet, um ihn davon zu überzeugen, dass wir die Männer morgen nach Steep Holm begleiten dürfen. Ich glaube, ich könnte ihn mit meinem Angebot, für ein ausgiebiges Picknick zu sorgen, vielleicht überzeugt haben. Es wäre zwar ein Leichtes für ihn, die Köchin einfach darum zu bitten, doch daran hat er zum Glück – was nicht überraschend ist – gar nicht gedacht.«

»Ich bin nicht sicher, ob ich mitkommen will«, meinte Persephone. »Doch Acton möchte so gern dabei sein, weshalb ich es also versuchen werde, in der Hoffnung, nicht krank dabei zu werden.«

Das brachte Tamsin Droxford in Erinnerung, nicht dass sie ihn vergessen hätte. Seit ihrer gestrigen Begegnung hatte sie viel über ihn nachgedacht. Sie fragte sich, wie er im Hinblick auf den Ausflug entschieden hatte. Würde die

Verlockung eines köstlichen Picknicks ihn bewegen können, seinen Ängsten die Stirn zu bieten?

Nicht, dass dies für ihn vonnöten wäre. In seiner Jugend hatte er eine schreckliche Tortur durchlebt, und Tamsin konnte es ihm nicht verdenken, wenn er dem Risiko aus dem Wege gehen wollte, dies zu wiederholen.

»Pandora, wirst du mitkommen?«, fragte Gwen hoffnungsvoll.

Pandora schüttelte den Kopf. »Es klingt zwar aufregend, aber ich bin noch nicht bereit, so viel Zeit mit denjenigen zu verbringen, die Bane weiterhin als ihren Freund bezeichnen würden.«

»Droxford sieht davon ab, falls das für dich hilfreich ist«, gab Tamsin zurück. »Er hat sogar behauptet, Bane sei ein Schuft.«

Min warf ihr einen Blick zu, der große Neugierde ausdrückte. »Ihr beide habt gestern einen langen Spaziergang gemacht.«

»Tatsächlich?«, fragte Pandora, nun ebenfalls mit eifrigem Interesse.

»Er hat mich zu einem Spaziergang eingeladen, um sich noch einmal für das Malheur mit seinem Wein zu entschuldigen, mit dem er mich besudelt hat.« Sie hatten bereits über dieses Missgeschick gesprochen. Pandora hatte gleich nach dem Lunch von Persephone davon erfahren, da sie mit ihrer Schwester und Wellesbourne in deren gemieteten Cottage wohnte.

»Es war nicht seine Schuld«, gab Min mit einem kurzen Blick zu bedenken. »Mein Bruder trägt die volle Schuld an der ganzen Sache.«

»Sheff hat sich auch bei mir entschuldigt«, meinte Tamsin und erinnerte sich an sein aufrichtiges Bedauern darüber, ihr Kleid ruiniert zu haben. Allerdings war ihr Kleid nicht ruiniert, denn die Haushälterin ihrer Großmutter war bemerkenswert geschickt darin, mehr oder weniger alles zu reinigen.

»Ich freue mich, das zu hören«, meldete sich Pandora zu Wort. »Also ist dein Spaziergang mit Droxford nicht ereignisreich gewesen?«

Ereignisreich, nein. Interessant, ja. Tamsin hatte den Baron nicht nur attraktiv, sondern auch über die Maßen faszinierend gefunden. Als er ihr eröffnete, dass er nicht lange bleiben würde, war sie enttäuscht gewesen. »Ich fand ihn sogar charmant.«

»Droxford?«, fragte Ellis. »Verzeih, aber ich habe ihn in den letzten Jahren, die er auf The Grove verbracht hat, ein wenig näher kennengelernt – so gut es eben ging, da er so zurückhaltend ist – und charmant würde ich nicht als Umschreibung für ihn verwenden. Das ist nicht böse gemeint. Er scheint vollkommen ... in Ordnung zu sein.«

»Vielleicht hat er Tamsin etwas von sich preisgegeben, das er normalerweise vor anderen verbirgt«, merkte Gwen an. »Ich kann mir vorstellen, dass er auf der Suche nach einer Frau ist, oder das jedenfalls irgendwann einmal ins Auge fassen wird.« Zumindest für Tamsin war ihre Schlussfolgerung klar.

»Er hat mir ausdrücklich zu verstehen gegeben, dass sein Aufenthalt in Weston nur von kurzer Dauer sein wird«, meinte Tamsin daraufhin. »Es war ein freundschaftlicher Spaziergang, mehr nicht. Jedenfalls habe ich Neuigkeiten zu erzählen, wenn ihr schon über eine mögliche Heirat sprechen wollt.« Sie hielt inne, als all ihre Freundinnen sie nun mit gespannter Aufmerksamkeit anschauten. »Mein Vater hat mir geschrieben, um mir mitzuteilen, dass er einen Bräutigam für mich ausgesucht hat, dem er mich zur Frau geben möchte. Bevor ihr fragt: Ich weiß nicht, um wen es sich handelt.«

Pandora rümpfte die Nase. »Warum überrascht es mich

nicht, dass er die wichtigste Information ausgelassen hat? Er hatte kaum das Wort an dich gerichtet, als ich zu Besuch war.«

»Das ist nicht wahr«, verteidigte Tamsin ihren Vater. »Natürlich hat er mit mir gesprochen. Er tat es nur unter vier Augen.« Dass er Tamsin erlaubt hatte, für so lange Zeit einen Gast zu beherbergen, war bemerkenswert gewesen. Im Allgemeinen hielt sich ihr Vater ungern unter Menschen auf, was insbesondere auf diejenigen zutraf, die er nicht kannte. Die einzigen Menschen, mit denen er eine gewisse Zeit verbrachte, waren andere Gelehrte, welche sich den gleichen Leidenschaften wie er verschrieben hatten.

»Trotzdem schien er sich nicht sonderlich für deine Unternehmungen zu interessieren«, fuhr Pandora fort. »Ich will ihn nicht herabsetzen. Ich mache nur eine Beobachtung.«

Sie hatte nicht unrecht. Tamsins Vater war mit Leib und Seele seiner Arbeit verschrieben. Das war er schon immer gewesen. Das bedeutete aber auch, dass Tamsin an sein Verhalten gewöhnt war und sich davon nicht gekränkt fühlte. »So ist er nun einmal«, entgegnete sie ohne Groll. »Er arbeitet zu viel, und das macht mir nichts aus.« Wenigstens war er anwesend. Er war nicht wie ihre Mutter fortgegangen.

»Ich frage mich, wer dieser Bräutigam ist«, sinnierte Pandora. »Hüte dich vor Eltern, die dich verkuppeln wollen. Sieh nur, was die unseren mit Persephone im Sinn gehabt haben.« Sie sah mit einem schiefen Lächeln zu ihrer Schwester.

Persephone verdrehte die Augen. »Erst wollten sie mich mit Acton verheiraten, und als ich mich weigerte, weil er ein Wüstling war, fassten sie den Sohn von Mutters Cousin als meinen Bräutigam ins Auge.« Ein Schaudern überlief ihre Schultern, als sie zu Tamsin blickte. »Ich hoffe nur, dein

Vater will dich nicht aus Eigennutz verheiraten, wie meine
Eltern mich. Hoffentlich hat er nur dein Bestes im Sinn.«

»Letzteres trifft zu, dessen bin ich mir sicher.« Ihr Vater
hatte keine eigennützigen Gründe, sie verheiratet zu sehen.
Es gefiel ihm sogar, Tamsin bei sich in Penrose House zu
haben, und bislang hatte er ihr immer von einer Heirat abgeraten. Gerade der letzte Punkt machte Tamsin skeptisch.
Warum wollte er sie ausgerechnet jetzt verheiraten?

»Willst du überhaupt heiraten?«, wollte Min wissen. »Du
hast nie darüber gesprochen.«

Tamsin legte den Kopf schief. »Bis ich den Brief meines
Vaters erhalten habe, hatte ich nicht viel darüber nachgedacht. Leider bin ich nicht in der glücklichen Lage, wie ihr
alle, eine Saison zu haben.« Sie warf Pandora einen mitfühlenden Blick zu, die nach den Ereignissen des letzten Jahres
ebenfalls keine Saison haben würde. »Ich habe mir vorgestellt, ich würde in St. Austell leben und wahrscheinlich eine
alte Jungfer werden. Oder vielleicht würde auf wundersame
Weise ein gutaussehender Prinz auf einem weißen Pferd in
den Ort reiten und mich auf sein Schloss in Cornwall
entführen.« Sie machte diese Bemerkung im Scherz, aber seit
sie erfahren hatte, dass ihr Vater sie verheiraten wollte,
waren ihr durchaus ähnliche Fantasien gekommen. Ihre
Ideen waren eben einfach zu fantastisch, was sie aber nicht
davon abhielt, sie trotzdem zu genießen.

»Aber wie ist es um eine Familie bestellt?«, fragte Persephone leise. »Da ich nun Mutter werde, war mir vorher nicht
klar, wie sehr ich mir das wünschte.«

Eine Mutterschaft hatte Tamsin nie in Erwägung gezogen. Lag das an der Enttäuschung, die sie mit ihrer eigenen
Mutter erlebt hatte? Tamsin besaß nur wenige angenehme
Erinnerungen an die Frau, die sie verlassen hatte, als sie
gerade acht Jahre alt war. Ihre Mutter hatte ihr vorgelesen
und ihr gelegentlich etwas vorgesungen. Das war auch schon

alles, woran Tamsin sich erinnerte. Der Rest war ein verschwommener Nebel der Erinnerung, in dem Tamsin die Unzufriedenheit ihrer Mutter gespürt hatte, ohne aber konkrete Erinnerungen behalten zu haben.

»Ehrlich gesagt, hatte ich auch nicht an eine Mutterschaft gedacht«, gab Tamsin zu. »Das muss seltsam klingen, wie mir sehr wohl klar ist. Aber ich wurde nicht mit dem Gedanken erzogen, dass die Ehe und Mutterschaft meine einzigen Zukunftsaussichten sind.« Und dafür war Tamsin in der Tat dankbar. Wenn sie jetzt jedoch darüber nachdachte, konnte sie nicht leugnen, dass eine eigene Familie überaus verlockend war. Vielleicht könnte sie die Mutter sein, die sie sich immer für sich selbst gewünscht hatte.

»Was wirst du tun, wenn dieser potenzielle Bräutigam nicht nach deinem Geschmack ist?«, fragte Pandora. »Vielleicht ist er ein Halunke.« Kurz schürzte sie angewidert die Lippen.

»Was wirst du tun, wenn er dir gefällt?«, fragte Gwen und wackelte mit ihren dunklen Augenbrauen, was alle zum Lachen brachte.

Genau das erhoffte Tamsin sich. Der Gedanke an Ehe und Familie war sehr verlockend geworden. »Das wäre nicht das Schlimmste«, entgegnete Tamsin mit einem Lächeln.

Min warf einen Blick zum Fenster. »Apropos Halunken, mein Bruder und seine lustige Halunkenbande spielen Federball auf dem Rasen.«

Tamsin lenkte ihre Aufmerksamkeit ab und sah, dass vier der Gentlemen spielten, während der fünfte als Zuschauer dabeistand. Es überraschte sie nicht, dass es Droxford war, der keinen Schläger in der Hand hielt. »Ich glaube nicht, dass Droxford ein Schuft ist. Oder ein Halunke.« Sie blickte sich im Raum um. »Es sei denn, Zurückhaltung gilt als solches Verhalten?«

»Ganz sicher nicht«, meinte Ellis. »Und ein Mangel an

Charme ist es auch nicht, obwohl ich mich jetzt schlecht fühle, weil ich gesagt habe, ich würde ihn nicht als charmant bezeichnen«, fügte sie verlegen hinzu.

Tamsin schenkte ihr ein ermutigendes Lächeln. »Mach dir nichts draus. Wenn du ihn bitten würdest, sich selbst zu beschreiben, würde er, glaube ich, das Wort *charmant* wohl auch nicht benutzen.« Stimmte das? Konnte sie das aus ihrem einzigen Gespräch schließen, selbst wenn es ein langes gewesen war?

»Ich würde mich dieser Einschätzung anschließen«, meinte Min. »Wenn man bedenkt, wie hart er offenbar arbeitet, möchte ich bezweifeln, dass er obendrein noch Zeit findet, sich wie ein Halunke zu benehmen.« Ruckartig erhob sie sich. »Kommt mit, wir wollen ihr Spiel unterbrechen, um sicherzugehen, dass sie uns morgen mit auf den Ausflug nehmen.«

Alle standen auf und strebten auf die Tür des Salons zu, um ihn zu verlassen. Mit Ausnahme von Pandora. Tamsin blieb noch einmal vor Pandoras Sessel stehen, um das Wort an sie zu richten. »Du willst nicht mitkommen?«

Pandora seufzte. »Das sollte ich vermutlich tun. Ich kann diesen Groll schließlich nicht bis in alle Ewigkeit hegen.«

»Ich glaube nicht, dass du Groll hegst. Vielmehr denke ich, dass es dir schwerfällt, mit Menschen zusammen zu sein, die Bane nahestehen oder -standen. Ich weiß, wie sehr du ihn ins Herz geschlossen hattest und wie tief er dich verletzt hat.«

Pandora schaute zu Tamsin auf. »Alles war nur eine Lüge und ich war eine solche Närrin. Mir ist genau bewusst, was die Leute von mir halten müssen. Ich weiß auch, dass ihr in mir keine Schwachsinnige oder Ausgestoßene seht, aber ich wette, dass die da draußen es so sehen.« Sie deutete mit ihrem Kopf zu den Fenstern.

»Das bezweifle ich. Droxford hat sich in Bezug auf Bane

überaus kritisch geäußert. Vielleicht denken sie alle so. Könntest du ihnen nicht eine Chance geben?«

»Ich werde darüber nachdenken.« Pandora lehnte sich in ihrem Sessel zurück. »Im Moment ist es mir recht, hier zu sitzen. Geh du doch.«

»Du solltest morgen nach Steep Holm mitkommen«, schlug Tamsin vor. »Ich kann deine Faszination für den Ort an dir wahrnehmen.«

Pandora schenkte ihr ein liebevolles Lächeln. »Darüber werde ich auch nachdenken. Ich danke dir, Tam. Du bist eine gute Freundin.«

Tamsin warf ihr einen Kuss zu und verließ eilig den Salon, um zu den anderen nach draußen zu gehen. Als sie auf der Wiese ankam, war das Spiel bereits eingestellt worden. Alle standen zusammen und unterhielten sich.

Shefford sprach, und obwohl er in erster Linie seine Schwester ansah, schien er sich an alle Ladys zu wenden. »Nach reiflicher Überlegung habe ich beschlossen, dass ihr morgen mitkommen könnt. Wir treffen uns um halb elf am Hafen. Das ist ein wenig früher als gewöhnlich, aber die Abfahrtszeit wurde vom Kapitän unseres Boots aufgrund der Gezeiten festgelegt.«

Min lächelte breit, und der Triumph des Sieges ließ ihre Augen leuchten. »Ich sorge dafür, dass unser großartiges Picknick-Lunch bis dahin bereit ist.«

»Können wir uns jetzt wieder unserem Spiel zuwenden?«, fragte Gwens Bruder.

»Gewiss.« Shefford kehrte auf den Rasen zurück.

Ehe er sich zu den anderen gesellte, ging Somerton auf Tamsin zu. »Kommst du morgen?«

»Das würde ich gerne tun. Es klingt so belebend.«

»Ich kann uns in Großmutters Gig zum Hafen fahren«, bot er an.

»Sie wird sich freuen, dass wir zusammen ausgehen«,

meinte Tamsin lächelnd. Sie neigte den Kopf in Richtung des Rasens, wo das Netz stand, und fragte: »Gewinnst du?«

»Ja, Price ist teuflisch gut. Wir haben Grashalme gezogen, um die Mannschaften zu bilden, und ich war zunächst enttäuscht, dass ich nicht mit Sheff zusammen in einer Mannschaft war, aber Price ist besser.« Er wackelte mit den Augenbrauen. »Ich bin ein Glückspilz.«

»Warum spielt Droxford nicht mit?«

»Das wird er im nächsten Satz. Wir haben eine ungerade Anzahl von Teilnehmern. Ich nehme an, wir müssen einen weiteren Halunken rekrutieren.« Er grinste.

Tamsin gab ihm einen leichten, spielerischen Schubs. »Wie wäre es, wenn du nach jemandem Ausschau hältst, der kein Halunke ist? Viel besser könnt ihr einen weiteren Droxford gebrauchen.«

Somerton musterte den Baron. »Woher weißt du, dass er *kein* Halunke *ist*?« Er zwinkerte ihr zu und eilte dann in Richtung des Rasens, als Shefford ungeduldig seinen Namen rief.

Wollte Somerton sie auf den Arm nehmen, oder verbarg der Baron eine geheim gehaltene schurkische Persönlichkeit, welche er den Ladys nicht zeigte? Sie warf einen verstohlenen Blick zu Droxford, und stellte fest, dass er sie direkt ansah.

Wieder fragte sie sich, wie ein Mann, der ein ausgemacht kühles Verhalten an den Tag legte und als zurückhaltend galt, sie mit einer solchen Gluthitze ansehen konnte. Tamsin spürte seine Blicke im tiefsten Innersten ihres Bauches. Vielleicht sogar in einem Bereich, der gar nicht ihr Bauch war.

Sie ging auf ihn zu, als ob sie von einer unsichtbaren Kraft angezogen würde. Dann bemerkte sie, dass er ebenfalls in ihre Richtung ging. Waren sie auf irgendeine Weise magnetisiert?

»Guten Tag, Miss Penrose.«

»Guten Tag, Mylord. Haben Sie sich entschieden, ob Sie morgen an dem Ausflug teilnehmen werden?«

Er verschränkte die Hände hinter dem Rücken und blickte auf den Rasen, während das Federballspiel fortgesetzt wurde. »Ich habe vor, auf The Grove zu bleiben. Ich habe zu arbeiten, und das ist eine klügere Nutzung meiner Zeit. Und Sie?«

»Ich gehe mit.« Doch die Enttäuschung dämpfte ihre Begeisterung ein wenig. Die Tatsache, dass er sich in erster Linie seiner Arbeit widmete, erinnerte sie an ihren Vater. Obwohl sie Verständnis dafür hatte, konnte sie nicht leugnen, dass sie den Mangel an Aufmerksamkeit – oder Zuneigung – seitens ihres Vaters gelegentlich als entmutigend empfunden hatte. »Ist es die Arbeit, die Sie zurückhält, oder eher der Vorfall aus Ihrer Jugend?« Sie lachte leise. »Ich bin furchtbar aufdringlich. Sie müssen mir sagen, dass ich mich um meine eigenen Angelegenheiten kümmern soll, wenn Sie das nicht wollen.«

»Ihre Fragen stören mich nicht.« Nun schaute er sie direkt an. »Sie sind anders als alle anderen, die ich je getroffen habe, Miss Penrose.«

Tamsin spürte ein Flattern in sich, das sich wie die Flügel eines Vogels anfühlte, der zu fliegen versucht. »Ich fasse das als Kompliment auf.«

»Gut, denn genau so habe ich es auch gemeint.«

Das Gefühl von Hitze, das sein Blick in ihr ausgelöst hatte, wallte erneut auf. Wieder wollte sie seinen Ärmel berühren. Oder vielleicht auch etwas anderes an ihm. Seine Brust war ziemlich breit, und sie stellte sich vor, dass er bemerkenswert muskulös war. Hatte er etwa seinen Blick auf ihren Mund gerichtet?

Plötzlich fragte sie sich, wie es wohl sein musste, ihn zu küssen. Wunderbar, vermutete sie. Es war allerdings ein

Jammer, dass sie dies wahrscheinlich niemals herausfinden würde.

»Tamsin!«, rief Min, die damit Tamsins zusehends verruchter werdende Gedanken unterbrach.

Tamsin lenkte den Blick in Richtung des Hotels, woher Mins Stimme gekommen war, und stellte fest, dass ihre Freundinnen wieder hineingegangen waren. Davon hatte sie gar nichts mitbekommen, denn sie war von Droxford vollkommen hingerissen gewesen.

»Ich wünschte, ich könnte Sie morgen sehen«, meinte sie. »Dann hätten wir uns an drei Tagen hintereinander getroffen. Aber ich verstehe, warum Sie nicht mitkommen wollen. Ich freue mich darauf, Sie stattdessen bei der Soiree hier wiederzutreffen.«

Er reagierte nicht, als sie sich umdrehte und in Richtung des Hotels davonging. Min sah sie kommen und ging hinein. An der Tür drehte Tamsin den Kopf, um noch einen letzten Blick zum Baron zu werfen.

Wieder beobachtete er sie und seine Aufmerksamkeit war ganz auf ihre Person gerichtet. Sie spürte, wie sie errötete, und fragte sich, was sein Interesse bedeuten könnte.

Gar nichts war die Antwort, denn in wenigen Tagen würden sie sich trennen, und irgendwann würde ihr geheimnisvoller Bräutigam eintreffen – etwas, das sie versäumt hatte, den anderen gegenüber zu erwähnen.

Sie drehte sich auf dem Absatz um und betrat das Hotel mit dem Vorsatz, diese fehlende Einzelheit bekannt zu geben. Es wäre weitaus besser, ihre Gedanken hierauf zu konzentrieren als auf die schockierenden Empfindungen, die Droxford in ihr hervorrief.

Sie konnte nur hoffen, dass der von ihrem Vater ausgewählte potenzielle Bräutigam, eine ähnliche Reaktion bei ihr hervorrief. Das wäre überaus reizvoll.

KAPITEL 5

Wider besseres Wissen beschloss Isaac sich den anderen anzuschließen und an dem Ausflug nach Steep Holm teilzunehmen. Shefford, der beharrlich immer wieder versucht hatte, ihn zum Mitkommen zu überreden, war hocherfreut. Isaac behauptete, er würde nur mitgehen, damit Shefford mit dem Jammern aufhörte. In Wirklichkeit kam er aber wegen Miss Penrose mit. Das würde er natürlich niemandem gegenüber zugeben. Nicht einmal sich selbst.

Seit dem Mittagessen neulich hatte er viel zu oft an sie gedacht, und als er sie gestern beim Hotel sah, hatte er dies als eine unerwartete Wohltat empfunden. Mit ihren rosigen Wangen hatte sie so frisch und strahlend gewirkt, und ihre Lippen waren zu diesem Lächeln geschwungen, das bei ihr fast immer vorhanden war. Er hatte den Blick nicht von ihr abwenden können und gehofft, sie würde sich Zeit nehmen, um sich mit ihm zu unterhalten. Als dies dann tatsächlich geschah, war er so ungeschickt gewesen, ihr zu sagen, er würde heute nicht kommen. Das war allerdings gewesen, ehe sie ihren Wunsch in Worte gefasst hatte, wie gern sie ihn heute sehen würde, da dies bedeutete, dass sie sich drei Tage hintereinander getroffen hätten.

Daraufhin hatte er seine Meinung geändert, wenngleich ihm sehr wohl bewusst war, dass er sich besser von ihr fernhalten sollte. Es war ja nur ein weiterer Tag, und bald schon würde er abreisen.

Isaac und Shefford waren zusammen mit Lady Minerva und Miss Dangerfield in Isaacs Kutsche zum Hafen gefahren. Beim Aussteigen hob Isaac den Kopf und sah zu dem frustrierend blauen Himmel auf. Es war nicht eine einzige Regenwolke in Sicht, und obwohl es windig war, so war die Brise nicht störend genug, um ihren Ausflug deshalb abzubrechen. Das war sehr schade, denn er hatte seine Hoffnung darauf gesetzt, dass ein überraschender Sturm aufziehen würde.

Er war bereit, ein großes Maß von Angst auf sich zu nehmen, wenn er nur Zeit mit Miss Penrose verbringen konnte. Was um alles in der Welt war los mit ihm? Er sollte sofort zu The Grove zurückkehren und sich damit entschuldigen, dass seine Arbeit auf ihn wartete, die er zu Ende bringen musste.

Dann stand sie allerdings dort neben ihrem Cousin Somerton und ihren Begleitern, dem Herzog und der Herzogin von Wellesbourne. Sie trug ein eher schlichtes graugrünes Ausgehkleid, und vereinzelte Strähnen ihres honigfarbenen, braunen Haares, flatterten unter einer Strohhaube an ihren Schläfen. Sie weckte irgendetwas, das lange in ihm geschlummert hatte und sich nach ihrer Neugier und lächelnden Provokation sehnte.

Isaac schritt mit den anderen zu der Gruppe, um sie zu begrüßen. Nachdem er den Blick wieder von Miss Penrose abwandte, schaute er auf das Boot, das ein Stück weiter am Steg lag. Die Barkasse machte einen soliden Eindruck, und sie war auch erheblich größer als das Fischerboot, auf dem er als Junge seine Zeit verbracht hatte.

Dann lenkte er den Blick auf das Wasser, dessen graublaue Wellen wie ein lebendiges, atmendes Ungeheuer heranrollten. Scheinbar war es tatsächlich eine schlechte Idee, an dem Ausflug teilzunehmen.

Miss Penrose trat auf ihn zu, und ein für sie so typisches Lächeln zierte ihr hübsches Gesicht. Sofort übte ihre Anwesenheit eine beruhigende Wirkung auf ihn aus, oder zumindest ein bisschen. »Guten Morgen, Mylord. Es überrascht mich Sie heute hier zu sehen. Das Meer sieht recht friedlich aus, nicht wahr?«

Wieder lenkte er seinen Blick zum Wasser, und trotz ihrer beschwichtigenden Präsenz fühlte er sich von einer Welle des Unbehagens überkommen. Die Welle glich derjenigen, die an der Anlegestelle vorbeirollte. Bald würden sie alle auf dem Boot sein, das unter ihren Füßen schaukelte und dem ungestümen Meer auf Gedeih und Verderb ausgeliefert war.

Isaac erschauderte. Und er konnte nur hoffen, dass Miss Penrose nichts davon bemerkte.

Sie rückte dicht an ihn heran und flüsterte: »Darf ich Ihnen ein Geheimnis anvertrauen?«

Ihr Duft nach Lilien und Veilchen wirkte ablenkend. Dankbar wandte er dem Meer den Rücken zu. Er ließ den Blick auf Miss Penrose ruhen und sich dabei ganz von ihr einnehmen. Damit löste sie in ihm eine Reaktion aus, die fast an Besessenheit grenzte. Es war ein Gefühl, das er seit einiger Zeit nicht mehr verspürt hatte. Denn er hatte es sich nicht erlaubt. Miss Penrose war es irgendwie gelungen, seinen Schutzwall zu durchbrechen und zudem ein beharrliches Verlangen in ihm zu wecken. Bei diesen Gedanken kam ihm Mary in den Sinn, was er jedoch verdrängte.

»Wie lautet Ihr Geheimnis?« Er flüsterte genauso leise wie sie und bemühte sich, nicht daran zu denken, wie sie beide ihre Geheimnisse austauschten.

Sie presste die Lippen aufeinander und zauderte einen Moment. »Ich habe mich entschlossen, dass ich nicht in dem Boot fahren will.«

Er glaubte ihr nicht. Gestern noch hatte sie ihm gesagt, wie gern sie diesen Ausflug mitmachen wollte. »Was hat Sie umgestimmt?«

»Was hat *Ihre* Meinung geändert, heute zu kommen?«, konterte sie mit einer Gegenfrage und sah ihn dabei mit einer fragend hochgezogener Augenbraue an.

Sie hatte ihn erwischt. »Sie haben mich überzeugt.«

»Habe ich das? Nun, ich entschuldige mich, wenn ich Sie genötigt haben sollte, doch jetzt habe ich meine Meinung geändert und will nicht mehr mitfahren.« Sie erwiderte seinen Blick mit klaren Augen, doch er konnte den Anflug von Schalk dahinter erkennen. »Ich ziehe es vor, am Strand Muscheln zu sammeln.«

»Das könnten Sie auch auf Steep Holm machen«, entgegnete er und fragte sich, ob er sie herausfordern sollte, ihm die Wahrheit darüber zu sagen, warum sie ihre Meinung wirklich geändert hatte. Doch war das wirklich von Bedeutung?

Ja. Denn sie hatte sich für etwas entschieden, das er wollte. Er musste in Erfahrung bringen, was der wahre Grund war.

»Das könnte ich«, gab sie zu. »Aber Somerton hat mich auf dem Weg hierher informiert, dass wir vielleicht nicht einmal an Land gehen können, wenn die See um die Insel herum rau ist.«

Isaac verzog das Gesicht zu einer leichten Grimasse. Eine traumatische Fahrt in einem schwankenden Boot in Kauf zu nehmen, nur um dann kehrtzumachen und wieder ans Festland zu fahren, war so ziemlich das Schlimmste, was er sich vorstellen konnte. »Diesen Aspekt habe ich irgendwie verpasst.«

Nun hob sie die Stimme. »Verzeihung, aber ich fürchte, ich habe es mir anders überlegt. Ich werde hierbleiben und mein eigenes Picknick hier am Strand veranstalten.«

»Du kannst nicht allein bleiben«, gab Lady Minerva zu bedenken und legte die Stirn in Falten.

»Ich bleibe bei ihr«, erbot sich Isaac, ohne nachzudenken.

»Sie bräuchten eine Anstandsdame«, meinte die Herzogin und klang dabei fast wehmütig. »Ich würde ja anbieten, hierzubleiben, aber wer soll dann auf dem Boot die Anstandsdame sein?«

»Eigentlich habe ich nichts dagegen, auch zu bleiben«, fügte Miss Dangerfield hinzu. »Aber ich bin auch keine Anstandsdame.« Als Lady Minervas Begleiterin war sie eine Freundin, die sie überallhin begleitete. Sie besaß jedoch nicht die Voraussetzungen für eine Anstandsdame. Obgleich die älteste unter den Frauen, war sie weder eine Jungfer noch eine Witwe. Und sie war gewiss nicht verheiratet. »Sollen wir nach Mrs. Ogilvie schicken?«

Isaac fand die Anforderungen, die eine Anstandsdame zu erfüllen hatte, einfach lächerlich. Der Umstand, verheiratet zu sein, war das Einzige, was Wellesbourne und seine Frau zu akzeptablen Anstandspersonen machte. Und nach Isaacs Erfahrung nickte Mrs. Ogilvie während ihrer »Pflichten« oft genug ein, womit sie vollkommen unbrauchbar war.

Miss Price legte den Kopf schief. »Warum brauchen wir überhaupt eine Anstandsdame? Evan ist mein Bruder, und Min und Sheff sind Geschwister. Es scheint, dass diese Verbindungen angemessen und akzeptabel sind, insbesondere wenn Miss Dangerfield und Miss Penrose nicht mitkommen.«

»Dieser Logik habe ich nichts entgegenzusetzen«, meinte die Herzogin. »Dann bleibe ich auch.« Sie blickte zu ihrem Mann und lächelte. »Fahr du nur. Ich bestehe darauf.«

Wellesbourne küsste seine Frau auf die Schläfe. »Du bist die beste aller Frauen.« Er sprach leise, aber Isaac hörte es. Auch die Liebe, welche die beiden verband, war in ihrem Tonfall nicht zu überhören. Ein optimistischer Mensch würde Hoffnung schöpfen, dass er dasselbe finden könnte. Aber nicht Isaac.

Shefford blickte zu Isaac. »Dann kannst du ja mitkommen, denn Miss Penrose wird nicht allein sein.«

Panik durchfuhr Isaac. Er war so kurz davor gewesen, das Schiff nicht betreten zu müssen. Jetzt gab es für ihn keine Ausrede mehr, zu bleiben.

»Wir brauchen unser eigenes Picknick«, meinte Miss Penrose. »Wir werden einen der Körbe nehmen. Ist er schwer? Lord Droxford, wenn es Ihnen wirklich nichts ausmacht, hier bei uns zu bleiben, können Sie ihn für uns tragen.«

Isaac durchschaute ihre List. Sie wollte ihn unbedingt vor der Bootsfahrt bewahren. Denn sie wusste, was er erlebt hatte und welche Angst ihm deshalb innewohnte. Noch nie hatte jemand etwas Ähnliches für ihn getan.

Das entsprach nicht der Wahrheit. Er blickte zu Shefford, der Isaac beigestanden hatte, als dieser in der größten Not war und nicht wusste, an wen er sich wenden sollte, da Mary schwanger geworden war. Und jetzt verhielt sich Miss Penrose auf die gleiche Weise – sie kam ihm zu Hilfe.

»Das wäre sehr hilfreich«, fügte Miss Dangerfield hinzu. »Aber ich möchte Sie nicht von dem Ausflug abhalten.«

»Es wäre mir eine Ehre, zu bleiben und Ihnen bei Ihrem Picknick helfen«, entgegnete Isaac galant, der seine Muskeln zu entspannen und seinen Puls zu beruhigen versuchte.

Miss Penrose lächelte ihn an. »Brillant.«

Wieso war sie von ihm nicht abgeschreckt? Seine Launenhaftigkeit hielt die Menschen und insbesondere die Frauen in der Regel davon ab, sich mit ihm einzulassen. Dennoch gab es einige, die ein Auge auf ihn geworfen hatten, denn ein grüblerischer Baron mit Vermögen war immer noch ein Baron. Und vermögend.

Miss Penrose war jedoch keineswegs hinter einem Titel oder finanziellem Wohlstand her. Darauf würde er seine Bienen verwetten, die ihm sehr am Herzen lagen. Wenn sie ihn gut genug kennenlernte, würde sie ihn auch bestimmt nicht heiraten wollen. Denn dann würde sie erkennen, dass er wirklich ein Halunke war, und wie auch ihre Freundinnen hatte sie gelobt, diesen tunlichst aus dem Weg zu gehen.

»Beide Körbe sind bereits auf dem Boot«, stellte Somerton fest. »Willst du einen davon holen?«, fragte er Isaac.

Isaac brach der Schweiß im Nacken aus, als eine neue Welle der Panik über ihn hereinzubrechen drohte.

Miss Penrose meldete sich noch einmal zu Wort. »Verzeihung, Lord Droxford, aber hätten Sie etwas dagegen, wenn wir mit Ihrer Kutsche zu unserem Picknick fahren? Sie könnten das mit Ihrem Kutscher absprechen.«

Shefford ging auf das Boot zu. »Ich hole den Korb.«

Als Isaac sich auf den Weg zu seiner Kutsche machte, fragte er sich, was Miss Penrose alles unternommen hatte, um ihn vor dem Besteigen des Bootes zu bewahren. Es war nicht nötig, dass er sich mit seinem Kutscher absprach, zumindest nicht in diesem Moment.

Trotzdem setzte er Davis von dieser Planänderung in Kenntnis und dieser nickte. Shefford kam mit dem Korb vom Boot auf sie zu und übergab ihn dem Kutscher. Mit einem Blick zu Isaac fragte Shefford: »Bist du sicher, dass es dir nichts ausmacht, hierzubleiben?«

»Nicht das Geringste«, entgegnete Isaac. »Ich freue mich darauf, mir später euren Bericht von der Exkursion anzuhören.«

Shefford sah ihn misstrauisch an. »Ist das vielleicht ein ausgeklügelter Plan, um nicht zu gehen, damit du zu The Grove zurückkehren kannst, um dort zu arbeiten? Oder willst du gar ganz verschwinden? Sind wir dir schon zu langweilig geworden?«

Isaac schaute ihn beinahe böse an. »Nein, selbstverständlich nicht. Und ich werde nicht auf The Grove zurückkehren. Ich werde ein Picknick mit mehreren Ladys veranstalten. Sag mir, wer von uns beiden sich besser amüsieren wird.«

»Das ist ein überaus reizvolles Argument. Später werden wir unsere Berichte vergleichen«, meinte Shefford grinsend, ehe er sich dann wieder den anderen zuwandte.

Alle, die den Ausflug mitmachen wollten, gingen an Bord des Bootes. Isaac konnte seine Freunde nicht einmal ansehen, sobald sie auf dem Boot waren. Wie hätte er diese Fahrt auf dem Wasser jemals aushalten können?

Isaac war der Herzogin beim Einsteigen in seine Kutsche behilflich. Dann war Miss Dangerfield an der Reihe und schließlich Miss Penrose. Er hielt ihre Hand etwas länger als notwendig. »Danke«, flüsterte er leise.

Zu ihrer Ehre entgegnete sie daraufhin nichts. Ihr Blick bohrte sich allerdings in seinen und in Verbindung mit ihrem kleinen Lächeln vermittelte er eine unmissverständliche Botschaft: Sie freute sich, ihm geholfen zu haben.

Diese wachsende Anziehungskraft zwischen ihnen könnte Probleme nach sich ziehen. Er lebte nach einem strengen Kodex, der ihm auferlegte, romantischen Verwicklungen zu entsagen, und Miss Penrose stellte eine Bedrohung für seine Entschlossenheit dar. Beim Einsteigen in die Kutsche schob er diesen Gedanken beiseite und dachte stattdessen an die Gefahr, der er nur knapp entgangen war. Dank der Hilfe von Miss Penrose.

Er setzte sich neben sie, schloss kurz die Augen und ließ die Spannung von sich abgleiten. Als sich die Kutsche von der Anlegestelle entfernte, stellte er sich vor, wie sie sich vor der Gefahr und Angst davonstehlen würden, als wären sie Tiere. Das hatte er in seiner Jugend getan, als er lernen musste, seine Gefühle im Zaum zu halten, um seinen Vater nicht noch mehr zu verärgern, der von Isaac unbedingten Gehorsam und Respekt verlangt hatte. Für die Ängste, Sorgen oder Enttäuschungen seines Sohnes hatte er sich nicht interessiert.

»*Das Leben ist eine Enttäuschung*«, hätte Isaacs Vater gesagt.

Trotzdem predigte sein Vater Optimismus und Güte, wenn er sonntags auf der Kanzel stand, und dass man einander helfen und dankbar für die Gaben sein müsse, die einem zugekommen waren. Es war, als wäre er ein anderer Mensch. Es gab den Prediger und es gab Isaacs Vater.

»Ich muss sagen, ich bin wirklich erleichtert, dass ich nicht auf dem Boot bin«, meinte die Herzogin. »Ich habe gerade erst letzte Woche dieses mulmige Gefühl überwunden.« Sie blickte in Isaacs Richtung. »Ich bitte um Verzeihung, Lord Droxford. Ich sollte in Ihrem Beisein nicht über solche Dinge sprechen.«

Wellesbourne hatte seinen Freunden mitgeteilt, dass seine Frau ein Kind erwartete. Das musste sie gemeint habe, kombinierte Isaac. Er legte nur den Kopf schief.

»Ich war auch nicht besonders begeistert von der Idee«, meldete sich Miss Dangerfield zu Wort. Sie saß neben der Herzogin auf dem nach vorn gerichtetem Sitz. »Aber Min hat sich so darauf gefreut.«

»Du hast auch so getan, als könntest du es nicht erwarten«, entgegnete die Herzogin mit einem Nicken. »Pandora wird bedauern, dass ich davon abgesehen habe, mit den anderen zu fahren. Sie hat sich schon darauf gefreut, alles darüber zu erfahren.«

»Wie schade, dass sie nicht mitkommen wollte«, bemerkte Miss Penrose. »Aber ich verstehe, warum.«

Pandora zog es vor, Banes Freunde zu meiden, oder wenigstens seine ehemaligen Freunde, wenn sie das waren. Isaac fragte sich, was Bane sich dachte, eine junge Frau ruiniert zu haben. Hatte er überhaupt einen Gedanken an Miss Barclay verschwendet?

Unbehaglich rutschte Isaac auf seinem Sitz umher, als seine Gedanken nun zu Mary wanderten. Er war bemüht, nicht an sie zu denken, doch manches Mal, und eigentlich öfter als ihm lieb war, wollte ihm das nicht gelingen.

Sein Schenkel berührte Miss Penrose, als er seine Position veränderte, und sie drehte ihr Gesicht zu ihm. Bei der kurzen Berührung hatte er einen Hitzeschub verspürt. War ihr dasselbe widerfahren? Soweit der Platz auf der Bank es zuließ, rutschte er von ihr weg.

Sie erreichten die Stelle, die Isaac für das Picknick ausgewählt hatte. Sie befanden sich auf einer schönen Rasenfläche, die einen Blick in die Richtung bot, in der das Boot nach Steep Holm fahren würde. Er war zwar nicht sonderlich interessiert daran, ihr Vorankommen zu verfolgen, doch er konnte sich vorstellen, dass die anderen das vielleicht gern tun würden.

Nachdem er der Kutsche entstiegen war, half er einer Lady nach der anderen beim Aussteigen. Sein Kutscher reichte ihm den Picknickkorb.

»Danke. Ich schätze, wir werden ein paar Stunden bleiben.« Da es noch Vormittag war, würden sie wahrscheinlich noch nichts von dem Picknick essen wollen. Tatsächlich kam ihm der ganze Ausflug beinahe absurd vor, als wäre er eine Ausrede, um einer Sache aus dem Wege zu gehen. So war es ja auch. Isaac neigte den Kopf in Richtung des Korbes. »Davis, nimm dir etwas für dich.«

Wie die meisten seiner Dienerschaft auf Wood End stand auch der Kutscher in Isaacs Diensten, seit dieser die Baronie vor vier Jahren geerbt hatte. Er war ein fleißiger Mann Ende dreißig. »Vielen Dank, Mylord.« Davis wählte ein in Papier eingeschlagenes kleines Päckchen aus und steckte es in seine Tasche, ehe er sich um die Pferde kümmerte.

Mit dem Korb in der Hand folgte Isaac den Ladys nun zu der Stelle, an der Miss Dangerfield eine Decke ausbreitete. Er wartete, bis alle Platz genommen hatten, ehe er den Korb in einer Ecke abstellte. Dann stand er in der Nähe und überlegte, was er tun könnte. Es war ihm unangenehm, mit drei jungen Ladys zu picknicken, selbst wenn eine darunter eigentlich eine Anstandsdame war. Ihm wurde klar, dass er auf The Grove zurückkehren *könnte*, trotzdem er Shefford das Gegenteil versichert hatte. Nachdem Davis ihn auf The Grove abgesetzt hätte, könnte Isaac ihn zurückschicken, um die Ladys abzuholen.

Doch er würde Miss Penrose nicht im Stich lassen. Nicht, nachdem sie sich so viel Mühe mit seiner Rettung gegeben hatte.

Um genau zu sein, wollte er sie nicht verlassen, obwohl ihm bewusst war, dass er das besser tun sollte.

»Wollen Sie sich nicht setzen?«, fragte Miss Penrose. Einladend klopfte sie auf die Decke neben sich und lächelte zu ihm auf.

Isaac setzte sich auf den unbesetzten Abschnitt der Decke. Dabei wünschte er sich so sehr, mit Miss Penrose allein zu sein.

Miss Dangerfield schenkte ihm ein kleines, anerkennendes Lächeln. »Es war sehr nett von Ihnen, bei uns zu bleiben.«

Die Herzogin nickte. »Das ist es tatsächlich, obwohl ich mich frage, was wir für die Dauer des Ausflugs tun werden.«

»Ich habe vor, in Kürze einen Spaziergang am Strand zu unternehmen«, erklärte Miss Penrose. »Ihr seid alle herzlich eingeladen, mich zu begleiten.«

»Ich glaube, ich bleibe lieber hier«, antwortete die Herzogin. »Es ist ein herrlicher Tag, und die Aussicht ist malerisch.« Sie hob die Hand vor den Mund und gähnte. »Und vielleicht bin ich ein wenig müde.« Sie warf den anderen einen verlegenen Blick zu.

Miss Dangerfield streckte die Hand aus, berührte den Rock der Herzogin, wobei sie ihr einen mitfühlenden Blick zuwarf. »Ich werde bei dir bleiben.«

Die Herzogin lächelte. »Nun, da ich schwanger bin, fürchte ich, so eine Langweilerin zu sein. Ich bin müde, und ehrlich gesagt, bin ich an den Vormittagen nicht gerade die charmanteste Person. Aber wenigstens geht es mir besser als vorher.« Sie sah Isaac mit einem entschuldigenden Blick an. »Verzeihen Sie mir bitte, aber scheinbar kann ich mich einfach nicht zurückhalten, über heikle Dinge zu sprechen.«

»Das ist die Konsequenz, wenn man sich entscheidet, uns Gesellschaft zu leisten«, meinte Miss Dangerfield mit einem hellen Lachen, und die anderen Damen stimmten ein.

»Diese Konsequenz macht mir nichts aus«, meinte Isaac. »Ich wage zu behaupten, dass die anderen Gentlemen eifersüchtig sein sollten.«

Miss Penrose sah ihn in gespielter Empörung mit hochgezogener Augenbraue an. »Vorsicht, denn sonst halten wir Sie am Ende doch noch für einen Halunken.«

»Sind Sie denn zu dem Schluss gekommen, ich sei das nicht?« Isaacs Verstand geriet ins Straucheln. *Flirtete* er etwa?

»Das bin ich«, bestätigte Miss Penrose.

»Es ist ihr sogar gelungen, uns ebenfalls zu überzeugen«, setzte Miss Dangerfield mit einem Nicken hinzu.

Bevor Isaac diese Erkenntnis – Miss Penrose hatte vor ihren Freundinnen von ihm gesprochen – verarbeiten konnte, fügte Miss Dangerfield hinzu: »Obwohl ich diese Schlussfolgerung, dass Sie das nicht sind, schon gezogen hatte, nachdem ich Ihren Umgang auf The Grove mit den anderen beobachtet hatte. Sie benehmen sich nicht unangemessen. Tatsächlich scheinen Sie über jeden Zweifel erhaben zu sein.«

Wenn diese Frauen die Wahrheit wüssten, würden sie ihn meiden – und das mit Recht. Seine Vergehen übertrafen Banes bei weitem, dem sie den Rücken gekehrt *hatten*. Isaac war bei ihrem Urteil über ihn ganz und gar nicht wohl, aber sie konnten die Wahrheit nicht wissen und würden sie auch nie erfahren. Er würde diese Frauen – Miss Penrose eingeschlossen – einfach im Glauben dessen lassen müssen, was sie glauben wollten. Obwohl sie mit ihrer Einschätzung seiner Person nicht verkehrter liegen konnten. Er war ein Schuft, und es gab eine Familie, die er im Stich gelassen hatte, um das zu beweisen.

»Werden Sie morgen an der Soiree im Weston Hotel teilnehmen?«, fragte ihn die Herzogin.

Er riss sich von seinen düsteren Gedanken los und antwortete: »Ich ziehe es in Erwägung.« Als er daraufhin ein unterdrücktes Kichern vernahm, blickte er zu Miss Penrose. Sie antwortete auf seine fragende Geste mit ihrem wissenden Blick, und das brachte ihm ihr Gespräch vom Lunch in Erinnerung. Dieser gemeinsam empfundene Moment erfüllte ihn mit einer überraschenden Wärme.

Er hatte vergessen, wie es sich anfühlt, solche Dinge mit einem anderen Menschen zu teilen. Es war, als hätten sie ihr eigenes Geheimnis.

»Ich bin ein bisschen ausgedörrt«, meinte die Herzogin. »Sollen wir Limonade trinken?«

Miss Penrose hob den Korb in die Mitte der Decke, und

machte somit deutlich, dass sie seiner Hilfe gar nicht bedurft hätten. Würde dies zur Kenntnis genommen werden? Würden die anderen daraus schließen, dass Miss Penrose ihm geholfen hatte, sich vor dem Ausflug zu drücken?

Sie stellte vier Becher auf, während Isaac die Flasche aus dem Picknickkorb nahm. Als er die Limonade in die Becher der Ladys goss, empfand er merkwürdigerweise ein Gefühl der Häuslichkeit. Er befand, dass dies an der Anwesenheit so vieler Frauen liegen musste. Als er aufwuchs, hatte es in seinem Haushalt nur eine Frau gegeben, Mrs. Wilkes. Sie hatte als Haushälterin, Dienstmädchen und Köchin fungiert, doch sie hatte nicht im Pfarrhaus gelebt. Sie wohnte in Dunster und kam tagsüber zur Arbeit. Außer an Sonntagen, wie sein Vater es angeordnet hatte.

»Da ist das Boot«, rief Miss Dangerfield aus und zeigte auf das Wasser.

Isaac warf ein paar Blicke in diese Richtung, doch dann war er damit beschäftigt, die Limonade gegen das Ale auszutauschen und es in seinen Becher zu gießen.

Die Herzogin zuckte mit der Schulter. »Ich kann nicht sagen, dass ich es bereue hiergeblieben zu sein.«

»Ich höre den Strand rufen«, meinte Miss Penrose. »Heute ist der Tag, an dem ich die schwer aufzufindende, intakte Herzmuschel entdecken werde.«

»Möchten Sie Hilfe?«, erbot sich Isaac.

»Mit Freuden, danke. Vielleicht bringen Sie mir ja endlich Glück. Ich habe schon viele Einzelteile von Herzmuscheln gefunden, aber keine einzige, die noch ganz war.«

Isaac erhob sich und half Miss Penrose auf. Sie fragte ihre Freundinnen, ob sie sicher seien, dass sie sich ihnen nicht anschließen wollten. Beide bestätigten, sie seien damit zufrieden, hier auf der Decke zu bleiben.

»So haben wir den gesamten Inhalt des Korbes für uns«, neckte die Herzogin mit einem teuflischen Grinsen. »Habe ich schon erwähnt, dass ich die meiste Zeit hungrig bin? Da habe ich schon wieder zu viel verraten.« Sie scheuchte die beiden davon. »Fort mit euch, damit ich mich Ellis gegenüber aussprechen kann, ohne das Gefühl zu haben, unangemessen zu sein.«

Miss Penrose legte eine Hand um Isaacs Ellbogen und zog ihn von der Decke. Er zögerte nicht im Geringsten. Vielmehr genoss er ihre Berührung und die vor ihnen liegende Zeit allein mit ihr.

Erst flirtete er und jetzt das. Er bewegte sich auf gefährlichem Terrain.

Sie folgten dem Pfad, der zum Strand hinunterführte. Als sie ein gutes Stück von den anderen entfernt waren, sprach Isaac aus, was er schon seit der Anlegestelle hatte sagen wollen. »Sie wollten nach Steep Holm fahren. Lügen Sie mich nicht an, indem Sie das Gegenteil behaupten. Sie wollten *unbedingt* dorthin.«

Sie stieß die Luft aus. »Sie haben mich ertappt.« Dann klemmte sie ihre Unterlippe zwischen die Zähne und drehte den Kopf zu ihm. »Doch ich hielt es für wichtiger, Ihnen die Fahrt zu ersparen. Sie sahen so ängstlich aus.«

Er war sich nicht sicher, ob es ihm gefiel, dass sie das erkannte. War dies noch jemandem anderen aufgefallen? »Das war sehr aufmerksam von Ihnen. Und rücksichtsvoll.« *Insbesondere* rücksichtsvoll.

»Es war also die richtige Entscheidung gewesen? Ich muss gestehen, dass ich nervös war, weil mein Versuch hätte scheitern können – entweder, weil Sie *wirklich* fahren wollten, oder weil einer der anderen dafür gesorgt hätte, dass Ihnen keine Wahl blieb.«

»Dazu wäre es um ein Haar gekommen.«

Miss Penrose lachte, als sie sich bückte, um eine Muschel näher in Augenschein zu nehmen. »Ich musste mir ganz schnell etwas einfallen lassen, also schlug ich vor, dass wir Sie brauchen, um den Korb zu tragen.«

»Was ganz offensichtlich nicht der Fall war, gemessen an dem, wie Sie den Korb mitten auf die Decke gehievt haben«, meinte er schmunzelnd.

Kurz riss sie die Augen auf, und ihre Lippen spitzten sich, als es ihr dämmerte. »Das habe ich, nicht wahr?« Sie kicherte. »Hoffentlich haben Persephone und Min nichts bemerkt. Ich bin mir nicht sicher, ob es von Belang ist, falls dies ihrer Aufmerksamkeit nicht entgangen ist. Aller Wahrscheinlichkeit nach, werden die beiden sich nichts dabei denken.« Sie warf ihm einen ernsten Blick zu. »Ihr Geheimnis ist bei mir sicher.«

Daran hatte er nicht den geringsten Zweifel. »Das weiß ich sehr zu schätzen. Und Ihre Bemühungen ebenso. Ich war mir sicher, ich müsste den Korb vom Boot holen.«

Beim Weitergehen drehte sie sich ihm zu. »Ich weiß – es wäre beinahe zu einer Katastrophe gekommen! Sie loszuschicken, damit Sie unseren Transport organisieren sollten, war sogar noch weiter hergeholt, als die Behauptung, wir bräuchten Sie, um den Korb zu tragen. Aber mehr ist mir nicht eingefallen. Wäre es windiger gewesen, hätte ich zur Ablenkung meine Haube davonfliegen lassen. Ich habe mir vorgestellt, wie Sie ihr nachgejagt wären.« Schalk funkelte in ihren Augen.

Isaac fühlte sich von einer Woge der Leichtigkeit überkommen.

Sie sah ihn scharf an. »Ihr Mundwinkel ... er hebt sich. Sie lächeln beinahe. Ja, das ist ein *halbes* Lächeln.«

»Es ist ein Grinsen«, stellte er klar. »Meine Freunde nennen es so – das Droxford-Grinsen.«

»Es gibt einen Ausdruck, der nach Ihnen benannt ist, und es ist nicht ‚finsterer Blick‘? Oder ein ‚Mürrisch‘?«, fragte sie lachend. »Ist ‚Mürrisch‘ überhaupt ein Substantiv? Mein

Vater würde nicht gern zu Ohren bekommen, dass ich unsere Sprache falsch gebrauche.«

»Ich würde den Standpunkt vertreten, dass dies jetzt der Fall ist und wenn Ihr Vater ein anständiger Mann ist, wird er ebenfalls einer Meinung mit uns sein.« Hätte er einen weniger guten Charakter, indem er mit seiner Tochter disputierte, würde Isaac keine gute Meinung von ihm haben. Er blieb stehen und blickte sie ernst an, denn das gehörte zu den Dingen, die er am besten konnte. »Was Sie für mich auf sich genommen haben ... ich bin Ihnen sehr dankbar. Mir war nicht bewusst, wie sehr mich die Fahrt auf dem Wasser beeinträchtigen würde, bis ich heute den Steg betreten habe. Ich war wirklich der Ansicht gewesen, dass ich schaffen könnte.«

»Ich verstehe«, gab sie mit sanfter Stimme zur Antwort. »Vielleicht werden sie eines Tages wieder an Bord eines Bootes gehen können. Aber das muss ja nicht unbedingt heute sein. Und auch nicht inmitten einer Menschenmenge.«

»Wir waren kaum eine Menschenmenge«, wandte er ein und spürte ein weiteres Aufblitzen seiner Leichtigkeit, als er ihr hier so nahe war. Allein.

»Wohl eher nicht.« Dann erhellte ein kurzes Lächeln ihr Gesicht. »Jetzt grinsen Sie schon wieder.«

»Offenbar sind Sie sehr gut darin, mein Schmunzeln hervorzulocken.«

Während ihres Spaziergangs bemerkte er, dass ihr Blick häufig suchend über den Sand schweifte. Ihm fiel ein, dass er sie auf ihrer Suche nach der Muschel nicht unterstützt hatte. Viel zu sehr war er von ihr abgelenkt gewesen.

»Oh!«, rief sie aus, nahm ihre Hand von seinem Arm und rannte zum Wasser, wo gerade eine Welle zurückwich. Sie hob etwas auf.

Als Isaac bei ihr ankam, betrachtete er den Gegenstand in ihrer Handfläche. Es war tatsächlich eine Herzmuschel, die allerdings nicht ganz unversehrt war. »Das ist nah dran«, stellte er fest.

»Das ist richtig. Aber von dieser Sorte habe ich schon mehrere«, meinte sie seufzend. Sie ließ die Muschel wieder auf den nassen Sand zurückfallen. »Vielleicht sollte ich sie zerbrechen und zu einer vollständigen Muschel zusammensetzen.«

»Das könnte ich für Sie übernehmen«, bot er ihr an, ehe ihm aufging, das sie dies als Scherz gemeint hatte. Freilich tat sie das. Sie wollte eine vollständig intakte Herzmuschel.

Sie lächelte ihn an. »Das ist sehr lieb von Ihnen.«

Lieb war ein Wort, das er noch niemals als Umschreibung seiner Person gehört hatte. Isaac brachte es nicht über sich, ihre Einschätzung zu korrigieren.

»Wie lange sammeln Sie schon Muscheln?«, fragte er.

»Seit meiner Kindheit.« Sie schien zu zaudern. »Meine Mutter hat uns verlassen, als ich acht war«, erzählte sie leise. »Danach habe ich mich in ihr Zimmer geschlichen, um zu sehen, ob sie etwas zurückgelassen hatte. Ich fand einige Muscheln in einer Schublade. Ich behielt sie und fügte schließlich mehrere zu meiner Sammlung hinzu.«

Ihre Mutter hatte sie verlassen? Isaac zog sich innerlich zusammen. Nie hätte er gedacht, dass sie so etwas Trauriges erlebt hatte. »Warum hat ihre Mutter Sie verlassen?« Ihm entging nicht, dass er nun bei ihr ebenso neugierig war, wie sie bei ihm.

Miss Penrose ließ den Blick über den Strand schweifen, während sie weitergingen. »Sie war nicht glücklich. Offenbar dachte sie, einer der Schauspieler einer gastierenden Theatertruppe könnte das bewirken.«

»Und hat er?«

Ihr Blick huschte zu ihm, aber nur kurz. »Das weiß ich nicht. Wir haben sie nach ihrem Weggang nie wieder gesehen, und etwa ein Jahr später ist sie gestorben. Der Schauspieler schickte uns einen Brief. Mein Vater hat ihn verbrannt, aber ich fand es immerhin höflich von ihm, uns über ihr Ableben zu informieren.«

»Wie kommt es, dass Sie das nicht mit sich herumtragen?« Seine Frage war ein leises Flüstern. Es lag nicht in seiner Absicht, sie zur Rede zu stellen, aber er musste es erfahren. Der Tod seiner Mutter lastete schwer auf ihm, und sie hatte ihn nicht einmal im Stich gelassen, zumindest nicht vorsätzlich. Er *hatte* Mary und ihr Kind jedoch im Stich gelassen. Was dachte Mary jetzt von ihm? Hatte sie ihrem Sohn von seinem Vater erzählt und davon, wie er sie verlassen hatte? Litt sein Sohn darunter, Isaac nicht in seinem Leben zu haben?

Miss Penrose zuckte leicht mit den Schultern. »Mein Großvater meinte zu mir, ich könne verdrießlich sein, wie mein Vater es danach geworden war, oder ich könne mich dazu entschließen, jeden Tag Freude zu empfinden. Ich wollte nicht verdrießlich werden.« Nun trafen sich ihre Blicke und sie hielt den seinen fest. »Das klingt zu einfach, und vielleicht ist es das auch, aber genau das tue ich. Meine Wahl ist auf Glück und Optimismus gefallen.«

Das klang so unerbittlich. Und so unfassbar bewundernswert. Isaac wünschte sich nichts sehnlicher, als bei ihr zu bleiben, um etwas von ihrer Freude für sich zu erbitten.

Zu spät bemerkte er die Welle, die auf sie zurollte. Das Wasser umspülte sie bis zu den Knöcheln, als er sie auf seine Arme hob und vom Wasser weg eilte.

Sobald sie dann wieder auf sehr viel trockenerem Sand standen, setzte er sie langsam ab, ohne sie allerdings ganz loszulassen. Mit ihren Händen um seinen Hals fühlte es sich fast wie eine Umarmung an. Er wollte einfach nur still stehen bleiben, um ihre Nähe und die Intimität des Augenblicks zu genießen.

Als sich dann ihre Blicke trafen, konnte er sich eines

unaufhaltsamen Drangs kaum erwehren, sie zu küssen. Und obendrein teilte sie ihre Lippen, als wollte sie ihn dazu einladen. Nun bebte sein Körper geradezu vor ungeduldiger Erwartung.

Konnte er sie wirklich küssen und Weston dann ohne Bedauern verlassen? Das konnte er natürlich nicht.

Die Wahrheit sah allerdings so aus, dass er dies so oder so bereuen würde.

KAPITEL 6

*A*ls Droxford mit Tamsin auf den Armen über den Sand lief, schlang sie die Hände um seinen Hals. Viel zu sehr hatte sie sich auf ihn konzentriert anstatt auf das Meer. Doch hier war ihr Retter. Er war wie ein Märchenheld. Noch nie hatte Tamsin sich so sicher und so *beschützt* gefühlt.

Als sie dann stehen blieben, konnte sie seine Hände um ihre Taille fühlen. Ihre Oberkörper berührten sich fast. Direkt über seinem Kragen konnte sie sein Haar unter ihren Fingerspitzen fühlen, die sie um seinen Hals gelegt hatte. Tamsin schaute ihm in die Augen und stellte sich vor, dass es sich kurz vor einem Kuss genauso anfühlen musste.

Würde er sie küssen?

In diesem Moment wurde ihr bewusst, wie sehr sie das wollte.

Doch dann löste er seine Hände von ihrer Taille und trat einen Schritt zurück. »Ich entschuldige mich. Ich bin zu weit gegangen, Miss Penrose. Bei der hereinbrechenden Welle war mir das notwendig erschienen.« Er warf einen Blick auf ihren Rock. »Ich bedaure zutiefst, dass ein weiteres ihrer Kleider in meiner Anwesenheit ruiniert worden ist.«

Tamsin betrachtete den Saum ihres Rocks und winkte ab. »Dieses Kleid wird nicht ruiniert sein, und mein gelbes Kleid war es auch nicht. Mrs. Bilson hatte keine Mühe, den Fleck zu entfernen. Sie ist die Haushälterin und Köchin meiner Großmutter.«

»Dennoch glaube ich, dass meine Vorhersage, ich könnte Ihnen Glück bringen, bedauerlicherweise unzutreffend war. Scheinbar bewirke ich das Gegenteil.«

»Das ist absurd«, widersprach sie und wrang einen Teil des Wassers aus ihrem Rock. »Sie haben weder den Zwischenfall mit der Erbse verschuldet noch die Welle. Sie haben mich ganz im Gegenteil vor der Welle gerettet, denn ich hätte völlig durchnässt werden können. In Wahrheit sind Sie ein Held.«

Er schnaubte. »Dass Sie mich als Helden bezeichnen, ist tatsächlich amüsant, wenn wir einmal bedenken, dass Sie es waren, die mich vor der Bootsfahrt gerettet hat und ich Sie nun vor einer aus der Reihe tanzenden Welle. Wir sind Freunde, die aufeinander aufpassen.«

»Das gefällt mir.« Sie blickte auf die Wassertropfen an seinen Stiefeln hinunter. »Es ist nicht gerecht, dass Männer sich so auf eine Weise kleiden können, die sie davor bewahrt, von einer kleinen Welle durchnässt zu werden. Ihre Stiefel sind nass und sonst ist nichts weiter passiert. Ich dagegen muss meine Strümpfe auswringen.«

»Ist das Wasser über Ihre Halbstiefel geschwappt?«, fragte er besorgt. »Sie sollten zur Decke zurückkehren und sie trocknen. Ich werde Sie um des Anstands willen nicht begleiten.«

Denn es käme einem Skandal gleich, ihre nackten Füße zu sehen. Bei dem Gedanken musste Tamsin wieder kichern. Was um alles in der Welt könnte so verfänglich sein, wie die

Betrachtung der nackten Füße einer Lady? Was sie selbst anbelangte, stufte sie sie nicht einmal als besonders attraktives Körperteil ein.

»Das ist wohl das Beste. Werden Sie die Suche nach der Herzmuschel fortsetzen?«, fragte sie.

»Das ist mein vorrangiges Bestreben«, antwortete er knapp. »Soll ich Sie zum Weg begleiten?«

»Nein, es ist ja nicht weit. Sie müssen nicht zu lange fortbleiben.« Damit drehte sie sich um, aber nicht ganz, ehe sie dann stehen blieb und sich bedankte: »Danke, dass Sie mich aus dem Wasser getragen haben.«

»Danke, dass Sie mich vor einer Bootsfahrt bewahrt haben.«

Tamsin drehte sich um und lief mit raschen Schritten in Richtung des Weges davon. Dabei ließ sie den spannungsgeladenen Moment am Strand noch einmal vor ihrem geistigen Auge ablaufen. Wie töricht war sie gewesen, als sie geglaubt hatte, er würde sie küssen. Warum sollte er? Warum sollte sie das wollen? Sie war doch so gut wie verlobt.

Zumindest könnte sie das sein.

Jetzt wusste sie endlich, was sie wollte – einen Ehemann. Ob nun diesen geheimnisvollen Mann, von dem ihr Vater geschrieben hatte, oder einen anderen. Droxford? War er überhaupt auf der Suche nach einer Braut? Das musste er wohl sein, denn er war ein Baron, dem die Pflicht oblag, einen Erben zu zeugen.

Als sie bei der Decke ankam, ließ sie sich sofort darauf sinken und hob ihren Rocksaum, um ihre Stiefel auszuziehen.

»Was ist passiert?« fragte Persephone.

»Eine Welle hat uns überrascht. Ich will nur meine Strümpfe auswringen. Sie sind nass und werden kalt.«

»Du solltest nach Hause zurückkehren, ehe du dich erkältest«, riet Ellis mit einem leichten Stirnrunzeln.

Tamsin hielt inne, als sie ihren ersten Stiefel auszog. »Meinst du? Es ist ein warmer Tag.«

Persephone schüttelte den Kopf. »Das wird schon wieder. Die Strümpfe müssen nur ein bisschen an der Luft hängen. Wo ist Lord Droxford?«

»Er sucht nach meiner Herzmuschel.« Tamsin stellte einen Stiefel beiseite und hob ihren Rock hoch genug, um ihr Strumpfband zu öffnen. Dann rollte sie ihren Strumpf herunter und wedelte damit herum. Er war eigentlich nicht so nass, dass sie ihn hätte auswringen müssen.

»Hoffentlich bleibt er weg, während du dich praktisch ausziehst.« Ellis lachte leise. »Du kannst froh sein, dass Mrs. Lawler nichts hiervon mitbekommt. Sie würde wahrscheinlich sagen, dass du ruiniert bist, da der Baron in Rufweite ist.« Sie verdrehte die Augen.

Mrs. Lawler war die Wichtigtuerin, die Pandora und Bane beobachtet hatte, als die beiden sich küssten. Dann hatte sie allen Leuten davon erzählt, die sie kannte, und auch vielen, die sie nicht kannte.

»Das würde sie ganz sicher tun«, meinte Persephone düster. »Sprechen wir nicht von ihr. Hoffentlich werden wir sie morgen Abend nicht auf der Soiree sehen. Ich habe Pandora fast zum Mitkommen überredet, wenigstens für eine Viertelstunde. Wenn wir dieser Harpyie begegnen, wird Pandora auf der Stelle gehen wollen.«

»Pandora sollte *sie* direkt schneiden«, meinte Tamsin, während sie ihren zweiten Strumpf auszog. Dann legte sie beide auf der Decke aus und hoffte, die Sonne hätte genügend Kraft, um sie halbwegs zu trocknen, bevor Droxford zurückkehrte. Woher sollte er wissen, wann er sich ohne Bedenken nähern konnte? Das hatten sie nicht besprochen. Nun gut, Mrs. Lawler war nicht hier, um Schwierigkeiten zu machen, und außerdem war nichts an dieser Sache unangemessen.

Ellis nahm ihren Becher Limonade in die Hand. »Das sollten wir alle.«

»Ich gedenke, ihr aus dem Weg zu gehen«, meinte Persephone. »Das sollte auch Tamsin tun, wenn sich zwischen ihr und dem Baron etwas anbahnt.«

»Ist das so?«, fragte Ellis. Sowohl Persephone als auch sie schauten Tamsin nun voller Interesse an.

»Wie kommt ihr denn auf diesen Gedanken?« Tamsin griff nach unten, um die Säume ihres Kleides und der Unterröcke aufzuschütteln, in der Hoffnung, dies würde sie schneller trocknen lassen.

Persephone zog eine dunkelblonde Braue in die Höhe. »Weil du gestern auf The Grove einen Spaziergang im Garten mit ihm gemacht hast, und jetzt ist er auf der Suche nach einer Muschel, die du dir so sehr wünschst.«

Tamsin erwiderte ihre Blicke nicht. Wenn die beiden wüssten, wie sie sich erst vor kurzem vorgestellt hatte, er würde sie küssen, was würden sie dann unternehmen? Würden sie ihr wachsendes Interesse an dem Baron bestärken? »Wir sind Freunde. Mehr nicht. Wie ihr wisst, soll ich eine Heirat mit einem anderen Mann in Betracht ziehen.«

Als Tamsin ihre Strümpfe prüfend betastete, stellte sie fest, dass sie nur ein bisschen feucht waren. Sie zog sie wieder an, falls Droxford bald zurückkommen sollte.

Persephone warf ihr einen beredten Blick zu. »Nun, wenn du dich für Droxford interessierst, würde ich dir raten, dich von den Plänen deines Vaters, der einen anderen Bräutigam für dich ins Auge gefasst hat, nicht abschrecken zu lassen. Er kann dich nicht zwingen, jemanden seiner Wahl zu heiraten, wenngleich meine Eltern ohne meine Zustimmung versucht haben, einen Ehevertrag auszuhandeln. Ich bin überzeugt, dass du die Geschichte von Pandora kennst.«

Tatsächlich hatte Pandora diese ungeheuerliche Geschichte erzählt, als sie bei Tamsin gewohnt hatte. »War es nicht deine Pflicht, die Entscheidung deiner Eltern zumindest in Betracht zu ziehen?«

Persephone lachte. »Ganz bestimmt nicht. Zum einen hatte ich meinen Cousin Harold bereits kennengelernt, weshalb ich wusste, dass ich ihn niemals heiraten würde. Außerdem hatten meine Eltern ja bereits versucht, mich zu einer Heirat mit Acton zu überreden. Meine Mutter hatte ein Kennenlernen verabredet, bei dem sie davon ausgingen, dass wir einer Heirat zustimmen würden.«

Ellis nippte an ihrer Limonade und stellte ihren Becher sicher auf dem mit der Decke bedeckten Boden ab. Sie blickte zu Tamsin. »Ich hoffe, dein Vater wird deine Entscheidung unterstützen, egal wie sie ausfällt.«

Persephone neigte ihren Kopf zur Seite. »Wenn ich es mir recht überlege, kann ich mir Tamsin gar nicht mit Droxford vorstellen. Sie ist viel zu fröhlich für so einen ernsten Mann. Ich fürchte, die beiden würden nicht harmonieren.«

»Anscheinend *kann* er lächeln und sogar lachen«, bemerkte Ellis. »Shefford behauptet, er hätte es selbst gesehen, und der Baron sei ganz anders gewesen, als sie sich in Oxford kennenlernten.«

Tamsin war nun wirklich unbändig neugierig. Wenn sie ihn nach dieser Zeit fragte, würde er ihr dann die Wahrheit sagen?

»Ich glaube, es ist an der Zeit, etwas zu essen«, meinte Persephone und beugte sich zum Picknickkorb.

Tamsin zog ihre Stiefel wieder an, und obwohl sie und die Strümpfe inzwischen trockener waren, fühlten sie sich weiterhin feucht an. Und ihre Füße würden in kürzester Zeit wieder feucht werden.

Vielleicht sollte sie zu Großmutter zurückkehren. Allerdings würde sie dann nicht wissen, ob Droxford eine Herzmuschel gefunden hatte.

Am Ende entschied sie sich zu bleiben. Leider kam er mit

leeren Händen und in einer ausgesprochen distanzierten Stimmung zurück.

Ja, wahrscheinlich würden sie wirklich nicht zusammen-passen. Obwohl er in ihrer Gegenwart ein wenig von seiner mürrischen Art zu verlieren schien, waren sie beide doch von sehr unterschiedlichem Temperament. Es wäre das Beste, wenn sie ihn nur als einen Freund betrachtete. Sie sollte besser an den Mann denken, den ihr Vater für sie als Bräutigam ausgesucht hatte. Ein Mann, der sehr wohl der Märchenheld sein könnte, von dem sie jetzt wusste, dass sie sich nach ihm sehnte.

~

*N*ach einem morgendlichen Ausritt mit Shefford und Price am nächsten Tag hatte Isaac gefrühstückt und gebadet. Als er sich nun auf den Weg nach unten machte, dachte er darüber nach, welch außergewöhnliche Entwicklung die diesjährige Reise nach Weston genommen hatte. Er hatte schon beinahe beschlossen, morgen abzureisen, nachdem er heute Abend an der Soiree im Hotel teilnehmen würde, doch nach seinem gestrigen Strandspaziergang mit Miss Penrose hätte er diese Entscheidung beinahe noch einmal überdacht.

Für einen kurzen Moment, nachdem er sie auf seine Arme genommen hatte, um sie aus dem Wasser zu tragen, war er völlig verloren gewesen. Die Sehnsucht war ebenso unweigerlich wie jene Welle über ihn hereingebrochen, und um ein Haar hätte er sie geküsst. Wann hatte er das letzte Mal eine Frau geküsst? Das lag mehr als ein Jahrzehnt zurück, denn es gehörte nicht zu den Leistungen, für die er im Rogue's Den bezahlte, und seine Partnerin dort wusste es besser, als ihn darauf anzusprechen.

Gott sei Dank war er rechtzeitig wieder zur Vernunft

gekommen und hatte zu Miss Penrose Abstand genommen, ehe er sich noch zu einer Handlung hinreißen ließ, die nur zu Schwierigkeiten führen konnte. Unter keinen Umständen würde er seiner schurkischen Veranlagung nachgeben. Dieser Weg führte unweigerlich ins Verderben.

Shefford und Price befanden sich bereits im Billardzimmer, als Isaac dort eintraf. Shefford trank Bier, und Price warf Dartpfeile.

Isaac entschied sich für ein Bier und setzte sich neben Shefford.

»Geht einer von Euch heute Abend auf die Soiree?«, fragte Price. »Meine Mutter besteht auf meine Teilnahme.« Sein Gesicht zeigte einen verärgerten Ausdruck, als er einen Dartpfeil auf die Scheibe warf.

Shefford grinste. »Du würdest ohnehin hingehen. Bislang habe ich noch nie erlebt, dass du dir eine Gelegenheit entgehen lässt, mit den Ladys zu tanzen und sie zu becircen. Ich komme mit.«

Price zielte mit einem weiteren Pfeil. »Das entspricht zwar der Wahrheit, aber Weston ist nicht London oder zumindest Bath.«

»Ich habe mich entschlossen, ebenfalls zu kommen«, meinte Isaac und machte sich auf die unvermeidliche Reaktion seiner Freunde gefasst, die in ihrer Überraschung bestehen würde.

Shefford wandte sich ihm zu. »Gestern hast du die Bootsfahrt versäumt, und jetzt gehst du zu der Soiree?« Er kniff die Augen zusammen. »Was läuft hier ab?«

»Nichts läuft ab. Ich bin hier. Und es findet eine Soiree statt. Ich habe beschlossen, daran teilzunehmen.« Isaac zuckte mit den Schultern.

»Nein, nein, das ist nicht so einfach zu erklären.« Shefford warf ihm einen fragenden Blick zu. »Ist es wegen Miss Penrose?«

Um ein Haar hätte sich Isaac an seinem Bier verschluckt. Nachdem er es heruntergeschluckt hatte, brachte er es fertig zu antworten. »Nein, wie kommst du darauf?«

»Weil du gestern zurückgeblieben bist, nachdem sie es sich anders überlegt hatte. Ich hatte den Eindruck, dass du erpicht darauf warst, Zeit mit ihr zu verbringen.«

Diese Darstellung stimmte nicht ganz, aber Isaac wollte die Wahrheit lieber für sich behalten. In seinem Hinterkopf raunte eine leise Stimme, dass er nicht *nur* bei den Ladys geblieben war, um sich vor der Bootsfahrt zu drücken. Zugegebenermaßen war das seine Hauptmotivation gewesen, aber die Gelegenheit, mit Miss Penrose nach Muscheln zu suchen, war ein wunderbarer Genuss gewesen. Das gab er gegenüber den anderen natürlich nicht zu.

»Sie schien dich praktisch einzuladen, an Land zu bleiben – der ganze Unsinn mit dem Tragen des Picknickkorbes und der Kutsche«, meinte Shefford lachend. »Als ich später darüber nachdachte, kam ich zu dem Schluss, dass ihr beide das arrangiert hattet. Insbesondere hat mich deine Versicherung stutzig gemacht, du hättest diesen Plan nicht ausgeheckt, um auf The Grove zurückzukehren.«

»Wir hatten gar nichts vereinbart.« Isaac trank noch mehr Bier und überlegte, ob er nicht lieber woandershin gehen wollte.

»Neulich beim Lunch seid ihr zusammen spazieren gegangen.« Shefford musterte Isaac. »Und jetzt gehst du zu einer Soiree, ohne dass ich dich mitzerren müsste. Es scheint plausibel, dass es zwischen euch beiden knistert.«

Isaac gab sich alle Mühe, ein Stirnrunzeln zu vermeiden. »Es ›knistert‹ nichts.« Wenn er ehrlich war, war eine ständige Hitze aufgelodert. Das galt zumindest für ihn. Er hatte keine Ahnung von Miss Penroses Gedanken oder Gefühlen und er wollte diesbezüglich auch nichts herausfinden. Das

hatte nichts zu bedeuten, denn er wandelte nicht auf Freiers-
füßen und an eine Heirat dachte er schon gar nicht.

Price wandte sich mit einem verschmitzten Lächeln von
der Dartscheibe ab. »Als die Herzogin und Miss Dangerfield
sich gestern ebenfalls entschieden, zurückzubleiben, hat das
vielleicht eure Pläne durchkreuzt?« Genau das taten seine
Freunde ständig – sie zogen sich gegenseitig wegen unsinni-
ger, unwichtiger, oft weit hergeholter Mutmaßungen auf.
Normalerweise verspotteten sie Isaac nicht wegen Frauen-
geschichten, was Price, mit dem Isaac vor dieser Woche nur
wenig Zeit verbracht hatte, allerdings nicht wusste.

Isaac antwortete mit vor Sarkasmus triefendem Tonfall:
»Also schön, ihr habt mich erwischt. Miss Penrose und ich
haben einen ausgeklügelten Plan ausgeheckt, der vorsieht,
dass wir allein gelassen werden, während der Rest von euch
ein Boot nach Steep Holm nimmt. Das klingt exakt nach
einem Plan, den ich aushecken würde.«

Shefford seufzte. »Nein, ganz bestimmt nicht. Besonders
nach dem, was Bane sich letztes Jahr zuschulden hat
kommen lassen und deiner unmissverständlichen Missbilligung seiner Handlungen.« Er hob eine Hand. »Bevor du
wieder eine Tirade über sein unangemessenes Betragen vom
Stapel lässt, lass dir bitte von mir versichern, dass ich dir
zustimme. Er hat sich schlecht benommen.«

»Es läuft also nichts zwischen Miss Penrose und dir?«,
fragte Price.

»Nein«, entgegnete Isaac entschlossen.

»Dann schulde ich Somerton wohl fünf Pfund«, meinte
Shefford seufzend.

Isaac starrte ihn an. »Du hast mit ihrem Cousin gewettet,
dass sich zwischen uns etwas anbahnt?« Das hätte ihn
eigentlich nicht überraschen dürfen.

Achselzuckend winkte Shefford mit einer Hand ab. »Wir
haben schon auf Schlimmeres gewettet.«

»Somerton hat dir ja prophezeit, dass es eine schlechte Wette ist«, meinte Price lachend. »Er vertritt die Meinung, dass Droxford vielleicht nie heiraten wird und schon gar nicht in Bälde.«

»Somerton hat recht«, meinte Isaac. Aber *wenn* er heiraten wollte, würde er dann ein romantisches Interesse an Miss Penrose haben? Ihr gestriges Verhalten am Anlegesteg, als sie seine Beunruhigung wahrgenommen und alles getan hatte, um eine Verschlimmerung seines Zustands zu verhindern, machte sie zu einer außergewöhnlichen Frau. Und er fühlte sich eindeutig zu ihr hingezogen. In der Tat war seine Fixierung auf sie eine Ablenkung, die er sich weder leisten konnte noch wollte.

Die Wahrheit war allerdings, dass er nicht heiraten wollte. Wenigstens jetzt noch nicht und, wie Somerton gesagt hatte, vielleicht niemals.

Wie durch ein Wunder schlenderte der Viscount in dem Moment in den Billardraum. »Ich bin da! Was habe ich verpasst?«

Isaac blickte zu Shefford, bevor er Somerton anlächelte. »Shefford schuldet dir fünf Pfund. Zwischen deiner Cousine und mir besteht nichts als ein freundschaftliches Verhältnis.«

»Ich hab es dir gesagt«, meinte Somerton triumphierend zu Shefford und schmunzelte ebenfalls. »Tamsin ist meine Cousine, und obwohl ich die meiste Zeit hier verbringe, sehe ich sie und meine Großmutter regelmäßig. Ich wüsste sicher, wenn sie irgendwelche romantischen Anwandlungen hegte.«

Isaac rutschte in seinem Sessel hin und her und spürte einen Stich der Enttäuschung. Warum sollte ihn das stören? Wollte er, dass sie romantische Gefühle für ihn hegte? Das wäre sinnlos, denn er hatte kein Interesse, eine dauerhafte Bindung mit ihr einzugehen.

»Na los, freu dich schon.« Shefford kramte fünf Pfund aus seiner Tasche und schob Somerton den Schein zu.

»Vielen Dank«, meinte Somerton, als hätten sie gerade ein erfolgreiches Geschäft abgeschlossen. Das war es für Somerton bestimmt gewesen. Nachdem er das Geld in die Tasche seine Fracks gesteckt hatte, wandte er sich an Isaac. »Wenn du dich für Tamsin interessieren solltest, würde ich dich lieber warnen. Sie ist so gegensätzlich zu deinen Gefühlen, wie man nur sein kann. Ich kann mir nur vorstellen, dass ihre ewige Fröhlichkeit und Positivität dich in den Wahnsinn triebe.«

Aus unerfindlichem Grund machte das Isaac noch mürrischer. Er stellte sein Bier ab und stand auf. »Ich werde einen Spaziergang machen. Allein.«

»Wir wollen dich auch gar nicht beim Grübeln stören«, rief Shefford ihm nach.

Isaac drehte sich nicht um, sondern winkte einfach ab, als er den Raum verließ. Er ging seinen Hut und seine Handschuhe holen und ging nach draußen, wo es ein wenig bewölkt war und eine leichte Brise wehte.

Seine Laune hatte sich zum Mürrischen gewandelt. Zwischen den Sticheleien seiner Freunde wegen Miss Penrose und Somertons Überzeugung, dass sie überhaupt nicht an ihm interessiert war, fragte sich Isaac, ob er vielleicht noch heute nach Wood End aufbrechen sollte.

Doch nein, das ginge nicht. Er hatte die Muschel gefunden, nach der Miss Penrose gesucht hatte, obwohl er ihr gegenüber behauptet hatte, er hätte sie nicht gefunden, denn er hatte sie ihr nicht vor der Herzogin und Miss Dangerfield überreichen wollen. Eigentlich hatte er geplant, sie ihr heute Abend während der Soiree zu geben. Das würde dann das Ende ihrer Verbindung markieren. Seine Abreise und Rückkehr in sein normales Leben standen für morgen an.

Ja, normal. Er hatte sein Anwesen zu verwalten und hier tat er Dinge, die er nie für möglich gehalten hätte.

Durch Miss Penrose hatte er vergessen, was überhaupt

normal war. Sie war in allen Aspekten vorbildlich und wenn es ihm nicht irgendwie gelänge, sie aus seinen Gedanken zu bannen, könnte er ernsthaft in die Bredouille geraten.

Bereits jetzt wäre er um ein Haar seinem Drang erlegen, sie zu küssen. Seine Standhaftigkeit war ernstlich ins Straucheln geraten. Zum Glück hatte er sich gerade noch im Griff gehabt, um seinen inneren Schweinehund in Schach zu halten.

Morgen würde sich diese Angelegenheit erledigt haben. Dann wäre er auf seinem Weg nach Wood End und Miss Penrose bliebe für ihn nur noch eine liebe Erinnerung. Warum hatte er dabei das Gefühl, etwas zu verlieren?

Verdammt, selbst für seine Begriffe war er unmöglich rührselig. Isaac kickte einen Stein auf dem Weg vor ihm und blickte sich um. Er war einfach losgelaufen, ohne sich groß um die Richtung oder das Ziel zu sorgen.

Ungefähr eine Viertelmeile vor ihm erspähte er ein Dach. Scheinbar handelte es sich um ein Häuschen auf einer Anhöhe. Er konnte Rauch aus einem Schornstein aufsteigen sehen.

Bis dorthin würde er gehen, ohne sich aufdringlich zu nähern, um dann zu The Grove zurückzukehren. Der schmale Fahrweg mündete in einen Pfad, aber es gab auch einen weniger benutzten Pfad, der nach links abzweigte. Er entschied sich für die weniger benutzte Richtung, schritt durch das niedrige Gras und bald schon erblickte er das Haus von der Rückseite. Es war größer, als er vermutet hatte, und auf seiner Rückseite befand sich ein großer, gepflegter und sehr schöner Garten.

Die Blumen waren schlichtweg atemberaubend, und Isaac wünschte sich, er hätte in Wood End etwas Ähnliches, aber in größerem Maßstab. Seine Bienen würden es lieben. Ihm war danach, die Blumen aus der Nähe zu inspizieren, um sie dann selbst anpflanzen zu können.

Als er näher kam, konnte er die vielen umherschwir-
renden Bienen sehen. Scheinbar waren sie sehr zahlreich.
Und nun fragte er sich, ob der Besitzer des Häuschens etwa
Bienen züchtete. Hier wäre die perfekte Umgebung dafür.

»Wer ist da?«, rief eine weibliche Stimme.

Verdammt, er war zu dicht herangekommen. Er winkte.
»Ich bin Baron Droxford. Ich habe gerade Ihren Garten
bewundert«, rief er.

»Dann kommen Sie und schauen Sie ihn sich an«,
antwortete sie.

Er hatte nicht bemerkt, dass die Frau älter war, und wohl
mindestens um die sechzig sein musste. Anhand ihrer
Stimme war ihr Alter nicht zu erraten gewesen. Ihr Alter war
tatsächlich ein kleines Rätsel, denn wenn ihr Haar auch grau
und ihre Haut schlaff war, besaß sie eine überschwängliche
Ausstrahlung, die er in der Regel nur bei sehr viel jüngeren
Menschen kannte.

In der Hoffnung, sie würde ihm etwas über ihren Garten
erzählen, schritt Isaac auf sie zu. Sie stand neben einem
Rosenstrauch und hielt eine Gartenschere in der Hand.

»Verzeihen Sie mein Eindringen«, meinte Isaac.

Sie schmunzelte. »Sie haben vergessen, dass wir uns
schon einmal begegnet sind, mein Junge. Ich bin Somertons
Großmutter.«

Isaac *hatte* sie tatsächlich bei einem seiner früheren
Besuche in Weston kennengelernt. Allerdings hatte er sie
nicht wiedererkannt und auch nicht gewusst, dass dies ihr
Haus war. Er hatte ihre Bekanntschaft im Hotel gemacht,
wenn er sich recht besann.

»Natürlich, es ist mir ein Vergnügen, Sie wiederzusehen,
Mrs. Dewhurst.« Wenigstens erinnerte er sich an ihren
Namen.

Mit einem Mal ging ihm auf, dass Miss Penrose ja hier
sein müsste, wenn dies das Haus ihrer Großmutter war. Es

sei denn, sie war zurzeit nicht daheim. Wie hatte er es nur fertiggebracht, sich ausgerechnet hierher zu verirren?

»Mein Garten hat Sie angelockt?«, fragte sie. »Sind Sie eine Biene, Lord Droxford?«, fragte sie kichernd.

»Nein, aber auf meinem Anwesen halte ich welche. Ich bin sogar überaus fasziniert von ihnen. In Ihrem Garten wimmelt es nur so von Bienen. Ich würde sehr gerne wissen, welche Blumen Sie hier anpflanzen.«

»Es wäre mir eine Freude, Sie herumzuführen.« Die Schere legte sie auf einem niedrigen Hocker ab, der ganz in der Nähe stand, und führte ihn dann über ein Gespinst von Wegen, die zwischen ihren weitläufig angelegten Blumenbeeten verliefen.

Isaac gab sich Mühe, seine Eindrücke im Gedächtnis zu behalten, doch er war sich nicht ganz sicher, ob er alles in Erinnerung behalten könnte. »Wäre es zu viel verlangt, Sie zu bitten, eine Liste mit Ihren Blumen aufzuschreiben?«

»Ganz und gar nicht. Warum kommen Sie nicht zum Tee herein? Sie können meine Enkelin besuchen. Ich weiß, dass Sie sie schon kennengelernt haben.«

Hatte Miss Penrose mit ihrer Großmutter über ihn gesprochen? »Das wäre sehr nett, danke.«

Er folgte ihr zu einem kleinen Innenhof und dann in das Haus, das sie durch eine Hintertür betraten, die in einen Raum führte, der ein Salon zu sein schien. Ausgestattet war er mit zwei separaten Sitzecken, und mit seiner blumengemusterten Tapete und einem dicken, gelb-grünen Teppich, wirkte er sehr gemütlich.

»Tamsin, wir haben einen Gast«, verkündete Mrs. Dewhurst.

War Miss Penrose hier?

Ein Kopf tauchte von einer Chaiselongue auf der anderen Seite des Raumes auf. Sie war durch anderes Mobiliar vor Blicken verdeckt gewesen. Tamsin erhob sich und hielt ein

Buch in der Hand, das sie nun zuklappte. Sie trug ein elfenbeinfarbenes Kleid mit Blumenranken und ihr Haar war auf
eine schlichte, aber charmante Weise zu einem Zopf geflochten, den sie aufgesteckt hatte; damit war sie sogar noch
hübscher, als er sie sich in seinen Gedanken vorgestellt hatte.
Von denen sie in letzter Zeit ein beträchtliches Maß
beherrscht hatte.

»Lord Droxford!«, rief sie überrascht aus und trat auf ihn
zu. »Was führt Sie nach Beachside?«

»Ist das der Name Ihres Hauses?«, fragte er Mrs.
Dewhurst.

»Ja«, antwortete Miss Penroses Großmutter, ehe sie ihre
Enkelin ansah. »Der Baron hat meinen Garten erblickt und
hat nicht anders gekonnt, als mit mir darüber zu sprechen.«

»Ich hatte Glück, dass Sie draußen waren«, meinte
Droxford.

»Mögen Sie Gärten?«, erkundigte sich Miss Penrose.

»Bienen, genau genommen. Im Garten Ihrer Großmutter
schwirren sehr viele davon herum. Das würde ich auf Wood
End gern nachahmen. Wir halten dort Bienen, und ich würde
gerne noch mehr anlocken.«

»Ich schreibe rasch die Liste der Blumen, die ich hier
anpflanze«, verkündete Mrs. Dewhurst. »Ich lasse den Tee
bringen, ehe ich mich an meinen Schreibtisch begebe.
Würden Sie mich kurz entschuldigen?«, fragte sie und ohne
eine Antwort abzuwarten, eilte sie davon.

»Sie haben eine Bewunderin fürs Leben gewonnen«,
stellte Miss Penrose mit einem Lächeln fest. »Jeder, der sich
für den Garten meiner Großmutter interessiert, kommt in
den Genuss ihrer außerordentlich hohen Meinung.«

»Ich Glückspilz«, entgegnete er. »Sie hat mich auf einen
Rundgang mitgenommen, und ich war erstaunt zu erfahren,
dass der Garten ihr eigener Entwurf ist. Sie besitzt ein
erstaunlich umfangreiches Wissen. Vielleicht sollte ich Ihre

Großmutter einfach nach Wood End einladen und sie bitten, einen neuen Garten anzulegen.«

Miss Penrose lachte leicht. »Wahrscheinlich würde sie das mit dem allergrößten Vergnügen tun. Wo liegt Ihr Anwesen?«

»Hampshire. Ich habe etwas mehr als achthundert Morgen.«

»Das ist ziemlich groß.«

Er zuckte mit den Schultern. »Nicht so groß wie die Ländereien anderer. Somertons Anwesen hat über tausend.«

»Tatsächlich?« Sie blinzelte. »Leider muss ich gestehen, dass mich solche Dinge nie interessiert haben. Der Besitz meines Vaters in St. Austell ist *nicht* groß, aber ausreichend.«

Isaac hoffte, er würde nicht aufgeblasen klingen. »Eigentlich *sind* achthundert Morgen groß, insbesondere wenn man in einem Pfarrhaus in einem kleinen Dorf am Meer aufgewachsen ist.«

»Ich kann mir vorstellen, was für eine Umstellung das für Sie gewesen sein muss. Somerton hat mir erzählt, Sie hatten überhaupt nicht damit gerechnet, den Titel zu erben. Ich verstehe aber auch, dass andere Familienmitglieder verstorben sein müssen, und das tut mir leid.«

»Es war eine überraschende – und leidvolle – Abfolge von Ereignissen. Ich war gerade Rechtsanwalt geworden, als ich meine Pläne vollständig ändern musste. Anfangs war es erschütternd, doch dann fand ich die Herausforderung belebend.«

»Sie sind also gern Baron?«

»So ist es. Mir macht meine Arbeit auf dem Anwesen Freude und ich verwalte es gern. Es ist ja nicht so, als würde ich alles allein machen. Ich beschäftige einen sehr tüchtigen und zuverlässigen Verwalter.«

»Und Sie halten Bienen«, fügte sie hinzu. Plötzlich fiel ihr das Buch aus der Hand und landete auf dem Teppich.

Isaac bückte sich, um es aufzuheben, und sie ebenfalls. Sie trafen aufeinander, als sie beide in gebückter Haltung waren und ihre Hände berührten sich, als sie gleichzeitig nach dem Buch griffen.

Er zog seine Hand nicht zurück, und sie ebenfalls nicht. Sie hatten auch keinerlei Eile damit, sich wieder aufzurichten. Stattdessen schien alles in Zeitlupe stattzufinden oder vielleicht blieb die Zeit auch einfach stehen, während sie einander in die Augen schauten und ihre Hände sich berührten. Wieder drängte es Isaac, sie zu küssen, und das war für ihn schockierend, da er seit über einem Jahrzehnt niemanden mehr geküsst hatte. Was hatte Miss Penrose nur an sich, dass sie ihn so in ihren Bann gezogen hatte? Denn er war wirklich fasziniert von ihr.

Sie blinzelte, und er zog seine Hand zurück. Sie griff das Buch und stand auf. Isaac tat es ihr gleich und bedauerte, dass dieser magische Moment zwischen ihnen vorbei war.

»Verzeihen Sie, wollen wir uns setzen?« Sie führte ihn zu einem kleinen runden Tisch am Rande der Sitzecke, wo sie gelesen hatte, als hätten sie nicht gerade eine knisternde Begegnung gehabt. Vielleicht hatte sich dies aber auch nur für ihn so angefühlt.

Angesichts seines verruchten Wesens wäre das nicht weiter verwunderlich. Natürlich dachte er wie ein Halunke und wollte sie unbedingt küssen. Genau das war der Grund, warum er sich von ihr fernhalten sollte, aber trotzdem war er jetzt hier ein weiteres Mal in ihrer Gegenwart.

Sie ließ sich auf einem der drei Stühle am Tisch nieder und fügte hinzu: »Mrs. Bilson, Großmutters Haushälterin und Köchin, wird gleich den Tee bringen. Hoffentlich mögen Sie Mandelkuchen, denn sie backt den allerbesten.«

Isaac setzte sich auf den Stuhl zu ihrer Rechten. »Ich esse gern Mandelkuchen. War sie diejenige, welche Ihr Kleid nach der Katastrophe mit dem Wein gerettet hat? Hoffentlich ist Ihre Garderobe durch die gestrige Welle nicht zu Schaden gekommen.«

»Ja, Mrs. Bilson bringt es fertig, sämtliche Flecken zu entfernen. Und meine Kleidung hat durch das gestrige Malheur absolut keinen Schaden genommen, wenn auch die Innenseiten meiner Stiefel den Guss mit dem Salzwasser nicht sonderlich gut vertragen haben. Sie trocknen noch in der Küche.«

Die Haushälterin kam mit einem Tablett herein, das sie auf den Tisch stellte. Nach dem üblichen Austausch von Höflichkeiten bot sie an, das Einschenken zu übernehmen.

»Ich habe gehört, Sie backen die besten Mandelkuchen von ganz England«, bemerkte Isaac zu Mrs. Bilson.

Sie errötete leicht, als sie die beiden Tassen fertig einschenkte. »Das denkt Tamsin. Ich hoffe, sie wird Ihnen keine Enttäuschung bereiten.«

»Das wird sie bestimmt nicht, da bin ich sicher.«

Mrs. Bilson sah zu Miss Penrose. »Werden Sie Ihrer Großmutter die Tasse einschenken, sobald sie wieder zurückkommt?«

»Das werde ich, danke.«

Die Haushälterin nickte, ehe sie die beiden mit einem Lächeln bedachte und sich dann entfernte.

Miss Penrose nahm eines der Kuchenstücke, das sie auf den Teller vor ihr legte, bevor sie ihn ansah. »Sind Sie absichtlich nach Beachside gekommen, um den Garten meiner Großmutter zu besichtigen?«

»Nein. Es war Zufall, dass ich bei meinem Spaziergang darauf gestoßen bin. Ich wusste nicht einmal, wem das Haus und der Garten gehörten, bis Ihre Großmutter es mir erzählte. Ich fürchte, ich habe sie nicht erkannt«, gestand er reumütig, während er sich an dem Mandelkuchen bediente. Als er einen Bissen gekostet hatte, konnte er bestätigen, dass er zu den besten gehörte, die er je gekostet hatte. Seiner

Köchin auf Wood End, Mrs. Corwin Wood, würde er allerdings nichts davon verraten.

»Ich dachte, Somerton hätte Ihnen vielleicht davon
erzählt – von dem Garten, meine ich. Was für ein glücklicher
Zufall, Sie hier anzutreffen.«

Ein *glücklicher* Zufall. Allerdings verhielt es sich wahrscheinlich so, dass sie das über jeden vorbeikommenden
Besucher sagte. Sie war von Natur aus positiv und charmant,
was ganz und gar nichts mit ihm zu tun hatte.

Sie trank einen Schluck aus ihrer Teetasse. »Tanzen Sie?
Ich hatte gehofft, ich könnte mich darauf freuen, dass Sie
mich heute Abend bei der Soiree auffordern.«

Er zog eine Grimasse und gestand: »Ich tanze nur
ungern. Und ich bin auch nicht gut darin.« In diesem
Moment wünschte er sich, er wäre es und hätte obendrein
Freude daran. Es war unwahrscheinlich, dass er seine kärgli-
chen Fähigkeiten noch vor heute Abend verbessern konnte.
»Wir könnten im Garten spazieren gehen, wenn Sie möchten?« Dann könnte er ihr die Muschel schenken und ihr auch
sagen, wie sehr es ihn gefreut hatte, ihre Bekanntschaft zu
machen.

»Das würde ich gerne, danke.«

»Da haben wir es«, verkündete Mrs. Dewhurst, als sie mit
einem Stück Pergament in den Salon kam. »Eine Liste mit
Blumen für Sie, Mylord.« Sie legte das Schriftstück auf den
Tisch und nahm dann auf dem verbleibenden Stuhl Platz.

Miss Penrose machte sich daran, ihrer Großmutter den
Tee einzuschenken. »Droxford und ich haben beschlossen,
dass du auf ihn auf seinem Anwesen besuchst und seinen
neuen Garten gestaltest.«

Mrs. Dewhursts lebhafte blaue Augen leuchteten vor
Interesse. »Haben Sie das? Ich kann wirklich nicht sagen,
dass mir dies keine Freude machen würde.« Sie hob ihre
Teetasse hoch und lächelte Isaac breit an. »Sagen Sie mir

einfach, wann es Ihnen am besten passt, und ich werde da sein.«

Scheinbar würde er Miss Penrose heute Abend nicht zum letzten Mal sehen. Vorausgesetzt, sie begleitete ihre Groß-mutter nach Wood End, um seinen neuen Bienengarten zu gestalten. Doch warum sollte sie kommen? Soweit er infor-miert war, besuchte Miss Penrose ihre Großmutter in Weston nur im August. Den Rest des Jahres wohnte sie im fernen Cornwall. Das war weit genug entfernt, um uner-reichbar zu sein.

Isaac war sich nicht im Klaren, ob er darüber sehr erleichtert oder zutiefst enttäuscht sein sollte.

KAPITEL 7

»Dein Kleid ist einfach eine wahre Pracht«, schwärmte Großmutter, als sie am Abend im Weston Hotel aus der Kutsche stiegen. Sie hatte darauf bestanden, Tamsin ein neues Kleid für die Soiree zu spendieren. Tamsin hatte nicht widersprochen, da ihre Garderobe eher dürftig war, was ihr allerdings nichts ausmachte. Zu Hause in St. Austell hatte sie so gut wie keinen Anlass, Abendkleider zu tragen.

Als sie auf die leuchtend blaugrüne Seide hinunterblickte, fühlte sich Tamsin grandioser als je zuvor. Sie trug auch einen aquamarinfarbenen Anhänger, der ihrer Großmutter gehörte, und dazu passende Kämme in ihrem Haar. »Ich fühle mich wie eine Prinzessin«, meinte sie leise.

»Du siehst auch wie eine aus«, antwortete Großmama strahlend, als sie Tamsins behandschuhte Hand nahm und sie drückte. »Das wird Lord Droxford bestimmt auch so sehen, dessen bin ich mir sicher. Ich habe mich sehr über seinen Besuch heute Nachmittag gefreut, und ich freue mich, dass er dich zu einem Spaziergang in den Garten führen wird. Es ist zwar kein Tanz, aber dennoch vielversprechend.« Sie schenkte Tamsin ein begeistertes Lächeln.

Tamsin wäre fast gestolpert. Hoffte ihre Großmutter etwa, sie beide würden zusammenpassen? Noch immer wartetet sie auf eine Antwort ihres Vater über ihren potenziellen Bräutigam. »Großmama, ich glaube nicht, dass an einem Spaziergang mit dem Baron etwas Vielversprechendes ist. Was ist außerdem mit dem geheimnisvollen Bräutigam meines Vaters?«

Großmutter wedelte mit der Hand, als wollte sie ein lästiges Insekt verscheuchen. »Pah. Vergiss diesen Unsinn. Man weiß ja nie, was passieren kann. Vielleicht wirft Droxford heute Abend einen Blick auf dich und erkennt, dass er dich als seine Frau haben will.«

Tamsin mochte den Baron und fühlte sich zu ihm hingezogen, das konnte sie nicht leugnen. Aber eine Heirat? Sie besann sich auf die Kommentare ihrer Freundinnen, die über ihn gesagt hatten, dass er vollkommen anders als sie veranlagt war.

Sie hatte nicht den geringsten Anlass, sich über eine Zukunft mit Droxford Gedanken zu machen. Er umwarb sie ja nicht einmal. Es gab allerdings einen Gentleman, der daran interessiert war, sie zu heiraten, und irgendwann würde er in Weston eintreffen. Das war, worauf sie ihre Energie lenken sollte und nicht auf den Baron.

Zusammen mit ihrer Großmutter betrat Tamsin das Hotel und sie begaben sich in den Salon, welcher der größte Raum im Erdgeschoss war. Ein Großteil der Möbel war ausgeräumt worden, aber an den Wänden waren Stühle aufgestellt.

»Willst du dich setzen, Großmama?«

»Noch nicht. Ich würde gerne mit ein paar Leuten sprechen. Oh, da ist Mrs. Price. Ich habe sie letztes Jahr erfreulicherweise kennengelernt.« Damit meinte sie Gwens Mutter, eine große, dunkelhaarige Frau mit einem schlichten, aber eleganten Sinn für Stil. Sie trug ein burgunderrotes Kleid, das bestens mit ihrem beinahe olivfarbenen Teint harmonierte.

Sie gingen zu Mrs. Price, um sie zu begrüßen. Gwen stand bei ihr und lächelte, als sie Tamsin erblickte. »Dein Kleid ist prächtig. Das ist eine wunderschöne Farbe an dir. Sie passt fast perfekt zu deinen Augen.«

»Deshalb hat meine Großmutter es ausgewählt«, meinte Tamsin. »Sind die anderen schon da?«

»Min und Ellis sind bereits hier.« Gwen, die ein Kleid in einem dunklen Goldgelb und eine passende Feder im Haar trug, neigte den Kopf zur anderen Seite des Raumes, wo die beiden sich mit einem Paar aus dem Ort unterhielten.

Tamsin bemerkte die Ankunft von Lord Droxford. Er schritt über die Schwelle in den Salon, und der Raum wurde irgendwie kleiner. Mit seinem schwarzen Frack und der dazu passenden Hose sah er sehr schmuck aus. Seine Weste war grau, aber von silbrigen Fäden durchzogen, und sein Krawattenschal war schlicht, aber tadellos gebunden. Sie stellte sich vor, dass er kein aufwändig drapiertes Tuch um den Hals mochte, und das würde auch gar nicht zu ihm passen.

Er ließ den Blick durch den Raum schweifen, bis er den ihren traf. Er bewegte sich nicht, doch er hielt ihren Blick mit seinen Augen fest, die etwas zu versprechen schienen …

Tamsin spürte eine Woge der Hitze über sich hereinbrechen und in ihrem Bauch flatterten Schmetterlinge. Sie würde so gern tanzen. Vielleicht könnte sie ihn umstimmen.

»Was starrst du so?« Gwens Blick wanderte zur Türöffnung. »Droxford?« Sie drehte sich zu Tamsin um. »Er bietet heute Abend einen erfreulichen Anblick.«

»So ist es«, murmelte Tamsin. Noch immer hatte er den Blick nicht von ihr abgewandt.

Ein anderer Gentleman trat hinter dem Baron ein. Er war groß, hatte braunes Haar, das an den Schläfen grau geworden war, und meinte etwas zu Droxford. Der Baron ging aus dem Weg, damit der andere Mann den Salon betreten konnte.

Als der ältere Mann in das Licht des Kronleuchters trat, erkannte Tamsin ihn. Er war ein Freund ihres Vaters, ein Gelehrter aus Gloucester. Was hatte er hier verloren?

Wie Droxford sah sich auch der Mann, Mr. Octavius Brimble, im Raum um, bis sein Blick auf Tamsin fiel. Er ging direkt auf sie zu. »Guten Abend, Miss Penrose. Ich bin erfreut, Sie hier zu finden.«

Tamsin machte einen kurzen Knicks vor dem Mann, den sie fast ihr ganzes Leben lang gekannt hatte. Er kam einmal im Jahr zu Besuch und blieb eine Woche, manchmal auch zwei Wochen, während derer er sich mit ihrem Vater in das Arbeitszimmer zurückzog, um dort zu reden ... über was auch immer sie beide interessierte. Obwohl ihr Vater während dieser Woche noch unerreichbarer für sie war, so stimmte es Tamsin dennoch immer froh, dass ihr Vater einen Freund besaß.

»Mr. Brimble, ich bin überrascht, Sie hier in Weston zu sehen.«

»Tatsächlich? Ich dachte, Ihr Vater hätte Ihnen geschrieben, dass ich hier ankommen würde, um Sie nach St. Austell zu begleiten.«

Ein schreckliches Gefühl der Erniedrigung zerrte an Tamsins Innerem. »Warum?«

Auf Mr. Brimbles Stirn zeichneten sich vor Ungeduld Falten ab. »Ich möchte so schnell wie möglich in St. Austell ankommen, da ich Anfang Oktober zu einer Konferenz in Oxford muss. Wir werden Zeit brauchen, um das Aufgebot zu verlesen.«

Tamsin war froh, dass Gwen in der Nähe war, denn sie

griff instinktiv nach dem Arm ihrer Freundin. Gwen, Gott segne sie, legte ihre Hand auf Tamsins und hielt sie fest.

»Ich wusste nicht, dass Sie der Gentleman sind, der nach Weston kommen sollte«, meinte Tamsin, deren Träume von einem Märchenhelden mit einem Mal zu Asche zerfielen. »Oder dass eine Verlobung vereinbart worden ist«, fügte sie leise hinzu.

Mr. Brimbles dünne Lippen verzogen sich fast zu einem Schmollmund. »Ihr Vater hat mir geschrieben, dass dies akzeptabel wäre. Er schien in der Tat sehr daran interessiert zu sein, dass wir heiraten.«

Tamsin war fassungslos, dass dieser Mann die Wahl ihres Vaters war. Er war sein Freund, den sie seit ihrer Kindheit kannte. Unter keinen Umständen konnte sie ihn als Ehemann in Betracht ziehen.

Sie entgegnete jedoch nichts, da ihr einfach keine passenden Worte einfallen wollten. Ihre Gedanken überschlugen sich, als sie versuchte, sich einen Reim darauf zu machen, was gerade geschah. Hatte ihr Vater wirklich geglaubt, sie beide würden gut zueinander passen?

Der Hoteldirektor kündigte den Beginn des Tanzvergnügens an. Mr. Brimble reichte Tamsin die Hand. »Sollen wir tanzen?«

Es wäre unhöflich gewesen, seine Aufforderung abzulehnen, und Tamsin war noch nie unhöflich gewesen. Nicht ein einziges Mal. Sie ließ Gwen los, die sie scheinbar nur widerwillig freigab, und legte ihre Hand zögernd in seine, wobei sie dankbar war, dass sie beide Handschuhe trugen.

Er führte sie zur Mitte der Tanzfläche, wo sie sich in die Schlange einreihten, die sich gerade bildete. Bald setzte die Musik ein, und Tamsin konnte sich auf den Tanz konzentrieren, statt auf die Katastrophe, die sich unweigerlich anbahnte. Sie wollte kein Aufsehen erregen. Hoffentlich konnte sie Mr. Brimble hinhalten und ihm dann morgen mitteilen, dass sie nicht mit ihm nach St. Austell fahren und ihn auch nicht heiraten würde.

Tamsin holte ganz tief Luft. Dies war kein Unglück. Es war ein Missverständnis. Aus einem unerfindlichen Grund hatte ihr Vater geglaubt, Mr. Brimble wäre ein zufriedenstellender Ehemann für sie. Sie brauchte nur zu lächeln und diesen Tanz auszuhalten. Dann würde sie Mr. Brimble erklären, dass sie nicht gewusst hatte, dass er ihr potenzieller Verehrer war. Sie würde ihn einfach abweisen, denn sie konnte ihn nicht heiraten. Er war der Freund ihres Vaters, und sie kannte ihn nur in dieser Eigenschaft.

Sie konnte sehen, dass Großmutter die Stirn runzelte. Dann fiel Tamsins Blick auf Droxford. Er stand bei der Terrassentür. Der düstere Ausdruck, den sein Gesicht angenommen hatte, ließ sich mit »finster« nur unzureichend beschreiben. Es war, als würde er ... brodeln. Aber es war mehr als das. Er sah Mr. Brimble an, als wolle er ihm Gewalt antun.

War er ... eifersüchtig? Nein. Das war unmöglich. Ihr Herz setzte trotzdem einen Schlag aus, als sie sich vorstellte, dass der Baron solche Gefühle für sie hegte. Dass *jemand* solche Gefühle für sie hegte.

Der Tanz schien länger zu dauern als üblich, und Tamsin war erleichtert, als er endlich zu Ende war. Ihre Großmutter stand am Rande der Tanzfläche, ihr Blick und ihre Haltung erwartungsvoll.

Großmutters Blick fixierte Mr. Brimble abschätzend und fast misstrauisch. »Ich glaube, wir kennen uns noch nicht. Ich bin die Großmutter von Miss Penrose.«

Mr. Brimble verbeugte sich. »Erfreut, Ihre Bekanntschaft zu machen. Verzeihen Sie mir, dass ich mich Ihnen nicht früher vorgestellt habe. Miss Penrose hat nicht erwähnt, dass Sie hier sind.«

Tamsin nahm ihre Hand vom Arm des Mannes und hielt

sich gerade noch davon ab, ihn mit geschürzten Lippen anzusehen. Wie konnte er es wagen, ihr die Schuld dafür zu geben, dass sie ihn nicht mit ihrer Großmutter bekannt gemacht hatte? Die Musik hatte begonnen, und er hatte sie unverzüglich auf die Tanzfläche gelotst.

Großmutters Augen verengten sich auf Mr. Brimble. »Ich hätte gedacht, dass Sie gleich nach Ihrer Ankunft die Anstandsdame meiner Enkelin aufsuchen würden.« Ihr Tonfall triefte vor Frost.

Tamsin veränderte ihre Position und stellte sich neben sie. »Großmama, das ist Papas Freund, von dem er mir geschrieben hat, Mr. Octavius Brimble.«

Großmutter verdrehte kurz die Augen. »Wir wussten nicht, wann Sie ankommen würden und wer Sie sind. Im Brief meines Schwiegersohns fehlten einige wichtige Informationen.«

Mr. Brimble blinzelte und wirkte verblüfft. »Nun, ich bin hier, und ich bin Miss Penroses Auserkorener. Wir werden morgen nach St. Austell abreisen.«

Bevor Tamsin das Wort ergreifen und ihm mitteilen konnte, dass er nicht ihr Auserkorener war, schenkte ihm Großmutter ein strenges Lächeln. »Ich fürchte, das wird nicht möglich sein. Sie wird erst in einigen Tagen nach Cornwall zurückkehren.« Sie wandte sich an Tamsin, und nun wurde ihr Blick weicher, aber ihr Kinn war fest. »Du hast Lord Droxford einen Spaziergang versprochen, Liebes.« Mit einem kurzen Blick über die Schulter zu Mr. Brimble murmelte sie: »Bitte entschuldigen Sie uns.« Dann nahm sie Tamsin am Arm und führte sie zu der Tür, an der Droxford während des Tanzes gestanden hatte.

Wo war er hingegangen?

»Draußen«, meinte Großmutter, als ob sie Tamsins Gedanken gehört hätte. »Ich habe den Baron nach dem Tanz in diese Richtung gehen sehen. Meine Güte, Tamsin, es tut mir so leid, dass Mr. Brimble dich so überfallen hat. Wie kann er es wagen, hier auf der Soiree aufzutauchen, ohne vorher vorzusprechen? Und er denkt, ihr seid bereits verlobt? Das ist jenseits von Gut und Böse. Und von seinem Alter wollen wir gar nicht erst anfangen. Er ist viel zu alt für dich.«

»Er ist ein Freund von Papa. Ich kenne ihn schon mein ganzes Leben.«

Großmutter erbleichte. »Nun, dies ist eine Angelegenheit, die man nicht hier besprechen oder regeln sollte. Ich fürchte, dies muss bis Morgen warten.«

Tamsin wünschte, sie könnte ebenso wirkungsvoll finster dreinsehen wie Droxford. »Er war überrascht, dass ich nichts von unserer Verlobung wusste. Er hat mir mitgeteilt, er wolle schnell heiraten, weil er im Oktober in Oxford erwartet wird.« Tamsin klammerte sich an den Arm ihrer Großmutter. »Ich kann ihn nicht heiraten.« Es war nicht nur so, dass Brimble nicht ihren Hoffnungen entsprach. Er war jemand, den sie überhaupt niemals in Betracht ziehen würde.

»Mach dir keine Sorgen, Liebes«, meinte ihre Groß-mutter beruhigend. »Du wirst Mr. Brimble nicht heiraten müssen. Jetzt vergiss ihn und geh mit Lord Droxford spazie-ren. Er sah fast mordlustig aus, als du mit diesem Trottel getanzt hast. Du musst ihm erklären, wer der Mann ist und warum er nicht eifersüchtig sein muss.«

Da war es wieder, dieses Wort.

»Er war nicht eifersüchtig, Großmama.« Tamsin konnte es nicht glauben.

»Ich habe schon eifersüchtige Männer gesehen, und wenn Lord Droxford nicht bereit war, diesen Mann zu verprügeln, weil er es wagte, mit dir zu tanzen, werde ich alle Blumen aus meinem Garten herausreißen.«

Das war eine *sehr* deutliche Aussage. Dennoch war Tamsin nicht geneigt, Großmama zuzustimmen.

Tamsin drückte ihr kurz die Hand, drehte sich um und ging in die Richtung, in der sie Droxford erkannte, der etwas abseits des Hotels stand. Die Gärten waren gut beleuchtet, mit zahlreichen Laternen in regelmäßigen Abständen, und es waren auch noch ein paar andere Leute mit ihnen zusammen hier draußen. Tamsin hielt inne und blickte zu ihrer Großmutter zurück, die vor der Tür stand. Sie nickte Tamsin zu und machte eine Handbewegung, damit sie weiterging.

Droxford stand im Schatten, und Tamsin musste ziemlich nah herangehen, um sein Gesicht zu erkennen. Während er Mr. Brimble zuvor böse angestarrt hatte, waren seine Gesichtszüge inzwischen ausdruckslos.

Tamsin fühlte sich so nervös, wie noch nie zuvor in seiner Gegenwart. Es war, als hätte sich ihr Magen in Gelee verwandelt. »Guten Abend, Lord Droxford. Genießen Sie die Soiree?«

»Nein.«

Das einzige Wort klang eiskalt und ermutigte nicht gerade zu einem weiteren Gespräch. Es war aber auch ehrlich, denn er sah nicht so aus, als ob er sich auch nur im Entferntesten amüsieren würde.

»Das kann ich auch nicht behaupten«, gestand Tamsin. »Ich war von der Ankunft des Freundes meines Vaters, Mr. Octavius Brimble, überrascht. Ich glaube, Sie haben uns tanzen sehen?«

»Dieser Mann ist der Freund Ihres Vaters?«

»Sie sind akademische Kollegen. Ich denke, ihr gemeinsames Interesse gilt der Militärgeschichte.«

»Das habe ich nicht gewusst.« Er schien erleichtert zu sein. Seine Gesichtszüge verloren ihre Steifheit und seine Schultern entspannten sich.

»Er ist leider auch der Mann, von dem mein Vater hofft, dass ich ihn heiraten werde.« Tamsin konnte das Schaudern nicht unterdrücken, das sie durchlief.

Droxfords Blick verhärtete sich noch einmal. »Ihr Vater will Sie mit diesem Mann verheiraten?«

»Neulich hat er mir einen Brief geschickt, in dem er mir die Ankunft eines potenziellen Verehrers in Weston ankündigte. Er hat aber weder gesagt, wann derjenige ankäme, noch hat er den Mann beim Namen genannt. Mr. Brimble löste das Rätsel mit seiner Ankunft heute Abend und seiner Ankündigung, er sei mein ›Auserkorener‹. Er würde mich nach St. Austell bringen, wo wir in aller Eile heiraten werden.« Wieder erschütterte ein Zittern der Bestürzung ihre Gestalt.

»Ist Ihnen kalt?«, fragte Droxford.

»Nein.« Der Abend war recht warm. Sie wollte gar nicht daran denken, mit Mr. Brimble abzureisen.

»Ziehen Sie eine Heirat mit ihm in Betracht?« Die Frage stellte er in einem kühlen Tonfall und sein Gesichtsausdruck war erneut undurchschaubar, doch es ging auch eine unterschwellige Hitze von ihm aus. Nicht mehr als eine flüchtige Emotion …

Eifersucht?

Da war dieses Wort schon wieder! Tamsin verdrängte es unverzüglich aus ihren Gedanken, da sie es für reine Einbildung hielt. Er war bestimmt nicht auf romantische Weise an ihr interessiert. Sie waren nicht mehr als Freunde.

»Ich friere nicht«, meinte sie klar und deutlich. Wenngleich sie sich auch zu glauben weigerte, dass er eifersüchtig sein könnte, hing da vielleicht doch *etwas* in der Luft. »Haben Sie sich Sorgen um mich gemacht?«

»Als Ihr Freund, natürlich. Es tut mir leid, dass Ihr Vater, ohne Sie zu fragen, eine Heirat für Sie angebahnt hat.«

Tamsin fragte sich, wie sie sich in dieser Angelegenheit verhalten sollte. Ganz bestimmt wäre ihr Vater enttäuscht, wenn sie Mr. Brimble nicht heiraten wollte. Würde er ihr aber deswegen Schwierigkeiten machen? Würde er auf seinem Wunsch beharren? Eine noch bessere Frage war allerdings, warum er dachte, sein *Freund* sei eine gute Partie für seine *Tochter*. Das war für Tamsin vollkommen unverständlich.

Im Augenblick wollte sie allerdings nicht darüber nachdenken. Vielmehr wollte versuchen, diese Soiree zu genießen, auf die sie sich so gefreut hatte.

»Ich weiß Ihre Fürsorge zu schätzen«, entgegnete sie. »Können wir nun unseren Spaziergang antreten? Liebend gern würde ich etwas unternehmen, das mir hilft, meine gute Laune wiederherzustellen.«

»Gewiss, aber ich sollte Sie warnen. Es wird sich wahrscheinlich als Fehler herausstellen, wenn Sie sich darauf verlassen, dass ich Ihnen gute Laune verschaffen könnte.« Sein Tonfall war so ironisch, und so selbstkritisch, dass Tamsin nicht anders konnte, als erheitert aufzulachen.

»Das ist Ihnen bereits gelungen. Sie sind bei weitem nicht so mürrisch, wie Sie von sich selbst denken.«

»Ich bin gar nicht so sicher, ob ich mich als mürrisch bezeichnen würde. Aber andere haben das getan, das weiß ich sicher.«

Wieder klang sein Tonfall trocken, was Tamsins Stimmung weiter verbesserte. Er bot ihr seinen Arm und sie legte ihre Hand auf seinen Ärmel. Er war warm und fest und fühlte sich vertraut an. Wie sie feststellen musste, fühlte sie sich bei ihm sicher.

Sie schlenderten einige Schritte auf dem Weg entlang, bevor er das Wort ergriff: »Ich wollte mit Ihnen reden. Morgen werde ich nach Wood End zurückkehren.« Er hielt seinen Blick beim Sprechen geradeaus gerichtet.

Tamsin betrachtete sein Profil und war unerklärlicherweise traurig, weil sie es morgen nicht mehr sehen würde. Oder übermorgen. Dann platzte sie mit dem ersten Gedanken heraus, der ihr in den Sinn kam. »Sie können nicht abreisen. Ich habe Sie noch nicht lächeln sehen. Und dieses Grinsen zählt nicht.«

Daraufhin warf er kurz einen Blick in ihre Richtung. »Das ist ein recht überzeugendes Argument, doch leider fürchte ich, dass es mich nicht zum Bleiben bewegen kann. Ich bin entschlossen, nach Hause zurückzukehren.«

»Ich werde davon absehen, so zu tun, als sei ich nicht enttäuscht«, entgegnete sie. »Ich habe Ihre Gesellschaft in den letzten Tagen sehr genossen.«

»Gleiches gilt für mich.« Er warf einen Blick zu ihr hinüber. »Ich meine Ihre Gesellschaft genossen zu haben. Die meinige ist eher langweilig. Und doch ziehe ich sie weiterhin allem anderen vor.« Sein Mundwinkel hob sich, und dies sah schon mehr wie ein Lächeln aus.

»Dort war es! Ein halbes Lächeln«, frohlockte sie. »Das werde ich als Sieg verbuchen. Insbesondere, weil Sie mir gestern ebenfalls ein halbes Lächeln gezeigt haben. Zwei Hälften ergeben ein Ganzes.« Sie konnte sie – zumindest in ihrem Kopf – wie die Einzelteile einer Muschel zusammenfügen.

»Dann kann ich ja ohne ein schlechtes Gewissen abreisen, weil ich Sie nicht enttäuscht habe. Obwohl Sie sagen, dass Sie enttäuscht sind.« Nun blieb er mit ihr am Arm bei einem duftenden Rosenbusch stehen. »Macht dieses halbe Lächeln die Sache wenigstens ein bisschen besser?«

»Ja«, antwortete sie leise.

Sie befanden sich inzwischen beinahe in der Mitte des Gartens, aber an einer Stelle, die zwischen den Laternen lag, sodass sie sich in einem der beschatteten Bereiche befanden. Dennoch konnte sie seine Gesichtszüge recht gut erkennen, die von seinem markanten Kiefer und dem dunklen Blick, beherrscht wurden.

Sie bedauerte zutiefst, dass ihre gemeinsame Zeit zu Ende war. Bis zum nächsten Jahr. Wenn sie auch damit rechnete, im nächsten Jahr vielleicht schon verheiratet zu sein, wenn auch nicht mit Mr. Brimble.

»Ich habe etwas für Sie«, bemerkte er nun mit leiser und rauer Stimme, während er etwas aus der Tasche seines Fracks hervorzog. Es war klein und in Papier eingepackt.

Tamsin nahm ihre Hand von seinem Arm, um die Gabe entgegenzunehmen. »Ein Geschenk?«

»Etwas, wonach Sie gesucht haben«, antwortete er.

Mit angehaltenem Atem schlug Tamsin das Papier vorsichtig auseinander und brachte eine perfekte Herzmuschel zum Vorschein, die beinahe so groß wie ihre Handfläche war. Die Muschel war wunderschön.

Und es wäre die erste Muschel in ihrer Sammlung, die seit den Muscheln aus dem Zimmer ihrer Mutter nicht von ihr selbst gefunden worden war. Nie hatte ihr Vater sie beim Sammeln begleitet. Immer war er zu beschäftigt gewesen. Das machte diese Muschel zu etwas ganz Besonderem.

Sie hob den Blick zu ihm. »Ich danke Ihnen. Wo haben Sie sie gefunden?«

»Ironischerweise nicht weit von der Stelle, an der ich Sie gestern aus dem Wasser gehoben habe. Ich habe sie entdeckt, nachdem Sie zum Picknickplatz zurückgekehrt waren.«

»Aber gestern sagten Sie doch, Sie hätten nichts gefunden.«

Wieder war sein Blick kühl und glühend zugleich. »Ich wollte Ihnen die Muschel nicht vor den anderen geben. Ich zog es vor, dies zu tun, wenn wir allein wären.«

Allein. Das war eine der Regeln für Halunken. »Sei nie allein mit einem Halunken« ging ihr durch den Kopf. Doch dann ignorierte sie die Warnung einfach.

»Ich liebe sie.« Sie umklammerte die Muschel in ihrer Hand und blickte ihm in die Augen. Dann passierte etwas. Es vollzog sich etwas Elektrisierendes und absolut Einzigartiges zwischen ihnen.

Der Magnetismus war zurückgekehrt und zog sie immer dichter zu ihm an, sodass sie sich fast berührten. Dieses Mal würde er sie küssen, das konnte sie tief in ihrem Inneren spüren. Nun flatterten ihre Wimpern und sie teilte die Lippen. Gleich darauf legte sie ihre Hand ganz sanft auf die Vorderseite seines Fracks. Er hingegen streifte mit seiner Hand an ihrer Taille entlang, und alles in ihrem Körper wurde durch das berauschende Gefühl – Verlangen –, mit dem sie wenig Erfahrung hatte, irgendwie beschleunigt. Er senkte sein Gesicht, und sie schloss die Augen.

»Miss Penrose?« Tamsin drehte den Kopf in Mr. Brimbles Richtung. Sie sah ihn vor dem Hotel auf der Terrasse stehen, und sein Blick schweifte suchend über den Garten, bis er auf ihr landete.

»Verdammt«, murmelte sie.

»Ich bringe Sie wieder rein«, erbot sich Droxford. »Ich werde Sie nicht ihm überlassen.«

»Danke«, entgegnete sie erleichtert.

Voller Enttäuschung über die Unterbrechung durch Mr. Brimble umklammerte Tamsin den Arm des Barons. Er führte sie in Richtung des Hotels, aber Mr. Brimble kam ihnen entgegen. Er war bei weitem nicht so hochgewachsen wie der Baron, und seine Statur wirkte trotz des leichten Bauchansatzes, schmaler.

»Verzeihung«, meinte Mr. Brimble ein wenig zu laut, vielleicht um ihre Aufmerksamkeit zu erregen. Als könnte er übersehen werden, obwohl er ihnen direkt in die Quere kam. »Ich würde gerne mit meiner Verlobten spazieren gehen.«

Tamsin gab sich keine Mühe, ihre Verärgerung zu verbergen. »Ich bin nicht Ihre Verlobte. Ich kehre jetzt ins Hotel zurück. Bitte entschuldigen Sie uns.«

Droxford führte sie vorwärts und Mr. Brimble trat im letzten Moment zur Seite, doch dann packte er Tamsin am Ellbogen und hielt sie auf.

»Sie *werden* meine Verlobte sein, und ich muss darauf bestehen, dass Sie hier bei mir bleiben.«

Keuchend zog Tamsin ihren Arm aus seinem Griff. »Fassen Sie mich nicht ohne Erlaubnis an. Sie dürfen auf gar nichts bestehen.«

Droxford drehte sich zu Mr. Brimble herum und sein Gesicht wirkte dabei finsterer und furchteinflößender, als Tamsin es je bei ihm gesehen hatte. Mit leicht gekräuselten Lippen richtete er nun das Wort an den Freund ihres Vaters. »Wenn Sie sie noch einmal anfassen, liegen Sie mit einem geschwollenen Auge auf dem Rücken. Oder Kiefer. Ich habe mich noch nicht entschieden, was.«

»Hören Sie mir gut zu, Sie können mir nicht drohen. Sie können auch keine Ansprüche bezüglich meiner Verlobten stellen.«

Droxford grollte. Wie eine Bestie. Und für Tamsin war er großartig. »Ich bin mir sicher, dass ich sie sagen hörte, sie sei *nicht* Ihre Verlobte.«

»Es handelt sich hier einfach um ein Missverständnis«, schnaubte Mr. Brimble. »Wenn Miss Penrose mir ein paar Augenblicke ihrer Zeit schenken würde, können wir die Angelegenheit klären.« Er griff nach Tamsin, und seine Hand streifte ihren Arm.

Er streifte ihn bloß, denn er wurde blitzartig von Droxfords Faust, die er in die Mitte des Mannes rammte, nach hinten geschleudert. Tamsin, die den Baron losgelassen hatte, als er sich bewegte, keuchte erneut und schlug sich die Hand vor den Mund.

Neben ihr war Droxford steif und unnachgiebig, sein Gesicht eine Maske der Wut. Sie trat näher an ihn heran und legte ihre Hände auf seinen Arm. »Danke«, flüsterte sie. »Mir geht es jetzt gut. Wir sollten nach drinnen gehen.«

Er drehte seinen Kopf zu ihr, und seine Gesichtszüge wirkten nun ein wenig weicher, als er ihren Blick erwiderte.

»Was habe ich da gerade gesehen?«, kreischte eine schrille Stimme.

Als Tamsin sich umdrehte, sah sie die umtriebige Mrs. Lawler auf sich zukommen, deren Mund in ihrem erbleichten Gesicht weit offenstand. So unschön der Streit mit Mr. Brimble auch gewesen war, dies würde sicher noch schlimmer werden.

Mrs. Lawler blickte von Tamsin zu Droxford. »Ich habe alles gesehen, was passiert ist – Ihr intimes Tête-à-Tête und Lord Droxford, der diesen Mann geschlagen hat. Ich kann nur vermuten, dass Sie beide kurz vor einer wichtigen Ankündigung stehen.« Mrs. Lawler blinzelte sie erwartungsheischend an.

Es war also noch viel schlimmer. Es war so schlimm wie das Debakel, das sich zwischen Pandora und Bane abgespielt hatte. Nein, ganz so schlimm war es auch wieder nicht, denn Bane hatte Pandora grausam benutzt und dann fallengelassen. Aber Mrs. Lawlers Anwesenheit würde sich als genauso schlimm erweisen. Sie hatte Tamsin und Droxford im Garten beobachtet, als sie sich unterhalten und um ein Haar geküsst hätten. Ihre Wortwahl ließ darauf schließen, dass sie die Vorgänge genauestens verfolgt hatte und selbst wenn sie sich irrte, würde sie genau diese Geschichte erzählen.

Und mit einem Mal gab es auch noch weitere Zeugen, denn die Gäste strömten aus dem Hotel, weil sie wahrscheinlich den Streit zwischen dem Baron und Mr. Brimble gehört hatten. Hatte noch jemand gesehen, wie Droxford ihn geschlagen hatte? Daraus würden Schlussfolgerungen gezogen werden, und ob diese nun richtig oder falsch waren, würde das Urteil lauten, dass Droxford und sie irgendetwas miteinander hatten.

Obwohl Tamsin in diesem Augenblick versuchte, die positiven Aspekte an dieser Sache zu sehen, wollte ihr das

einfach nicht gelingen. Das Ganze grenzte an eine Katastrophe.

»So ist es«, meinte Droxford, und sein Bariton erfüllte
den Garten. »Miss Penrose hat soeben zugestimmt, meine
Frau zu werden.«

Tamsin schwenkte den Kopf und starrte ihn an. Seine
Frau? Sicherlich hatte sie seine Worte nicht richtig gehört.

Auch Mrs. Lawler schien überrascht, doch sie hatte ihre
Gesichtszüge rasch wieder unter Kontrolle. »Dann sind
Glückwünsche angebracht.« Lächelnd schaute sie zu Tamsin:
»Sie müssen begeistert sein, die Frau eines Barons zu
werden.«

In diesem Moment wusste Tamsin ganz und gar nicht,
was sie war.

KAPITEL 8

Isaac presste seinen Kiefer zusammen, als könnte er die bereits ausgesprochenen Worte im Nachhinein zurückhalten. Was hatte er sich nur dabei gedacht?

Sie waren in die Enge getrieben worden. Und diese Wichtigtuerin würde sonst allen erzählen, dass er jemanden geschlagen hatte, um Miss Penrose zu verteidigen. Um gar nicht davon zu reden, was sie glaubte beobachtet zu haben – ein Tête-à-Tête.

So war das nicht gewesen. Sie waren Freunde, die sich voneinander verabschiedeten. Während sie mit dem Gedanken spielten, sich zu küssen. Wahrscheinlich hatte nur er das getan. Hätte Brimble sie nicht unterbrochen, was hätte Mrs. Lawler wohl dann beobachtet?

Das spielte keine Rolle. Sie waren bereits verlobt. Isaac hätte Miss Penrose bis zur Besinnungslosigkeit küssen können, gar nichts wäre anders gewesen. Außer, dass Isaac vielleicht besser gelaunt wäre.

Isaac bemerkte, dass Miss Penrose nicht auf Mrs. Lawler reagierte. Was sollte sie auch zu der Frau sagen? Die Wichtigtuerin hatte sich in diese Situation eingemischt, wie sie es vor einem Jahr bei Bane und Miss Barclay getan hatte. Sie hätte das damalige Vorkommnis ignorieren und Miss Barclays guten Ruf wahren können. Auch heute Abend hätte sie dasselbe tun können.

Wie er nun feststellte, war es inzwischen nicht nur sie. Andere Gäste waren aus dem Hotel gekommen, und nun starrten mindestens zehn Leute auf Brimble, der ausgestreckt auf den Steinen des Innenhofs lag. Isaac sollte ihm eigentlich aufhelfen, doch er konnte sich einfach *nicht* dazu durchringen. Der Schuft hatte Miss Penrose in seine Gewalt bringen wollen, um sie dann unter dem Vorwand, sie sei seine Verlobte, wegzuzerren.

Mrs. Lawler blinzelte mehrmals, während sie von Isaac zu Miss Penrose blickte und dann einen mitleidigen Blick auf Brimble warf, der er es inzwischen fertiggebracht hatte, sich in eine sitzende Position aufzurappeln. »So sehr ich mich über Ihre Verlobung freue, Lord Droxford, ich dachte, ich hätte diesen Herrn sagen hören, Miss Penrose sei *seine* Zukünftige.«

»Da haben Sie ihn falsch verstanden«, beeilte sich Miss Penrose zu antworten.

»Aber warum sollte Lord Droxford ihn schlagen, wenn nicht wegen einer Auseinandersetzung, bei der es um Sie ging?«, fragte Mrs. Lawler nun, die aufrichtig neugierig klang, wenngleich an ihr nichts aufrichtig sein konnte.

»Es war ein Missverständnis«, grummelte Brimble, als er sich erhob. »Ich gratuliere Miss Penrose und seiner Lordschaft von ganzem Herzen.«

Isaac funkelte Mrs. Lawler mit seinem vernichtenden Blick an. »Da Sie sich über den neuesten Stand der Dinge versichert haben, könnten Sie jetzt vielleicht hineingehen, um das zu tun, was Sie am besten können.«

»Und das wäre?«, fragte Mrs. Lawler.

»Klatsch und Tratsch verbreiten«, antwortete Isaac kalt.

Mrs. Lawler holte leise Luft, während sie es schaffte, tödlich beleidigt zu wirken. »Das ist nicht das, was ich am besten kann«, zischte sie.

»Da könnten Sie recht haben«, meinte Miss Penrose und überraschte Isaac mit ihrem Einwurf. »Ich glaube, das wäre Spionieren.« Sie drehte sich zügig um und ergriff Isaacs Arm, ehe sie der unangenehmen Szene den Rücken kehrten.

»Wohin gehen wir?«, fragte er gleichmütig.

Auf einem der Gartenwege blieb sie stehen. »Das weiß ich nicht. Ich musste einfach von dieser fürchterlichen Frau wegkommen.«

»Ich verstehe.« Auch Isaac hatte von ihr fortgewollt, aber es fiel ihm schwer, den Garten nicht ganz zu verlassen. Gerade eben hatte er das Leben einer jungen Frau ohne ihre Zustimmung verändert – ein *weiteres* Mal.

Sie ließ seinen Arm los und drehte sich zu ihm. »Ist mit Ihrer Hand alles in Ordnung?« Sie nahm die Hand, mit der er Brimble geschlagen hatte, zwischen ihre und hielt sie, wobei sie mit dem Daumen über seinen Handrücken streichelte.

Ihre Berührung war ungemein ablenkend, und sein Körper stand im vollkommenen Widerspruch zu seinem Verstand, der ihm befahl, er solle Abstand zwischen sich und diese Frau bringen. Doch aus welchem Grund? Wenn sie heiraten würden, wäre es einerlei, ob sie zwanzig Schritte voneinander entfernt standen oder er sie in den Armen hielt.

»Sie ist unversehrt. Brimbles Bauch ist eher weich.«

Einen Moment lang blickte sie ihn schweigend an und dann kicherte sie. Als sie seine Hand losließ, führte sie eine Hand zum Mund und verstummte. »Es tut mir leid, dass das passiert ist«, murmelte sie hinter ihren Fingern. Mit ihren weit aufgerissenen Augen wirkte sie ängstlich. »Aber wir müssen ja nicht unbedingt heiraten.«

»Sie wird allen erzählen, dass wir verlobt sind«, meinte

Isaac und kämpfte angesichts der Tatsache, dass sich sein Leben auf drastische und ungewollte Weise veränderte, um seine innere Ruhe. Ganz zu schweigen davon, Tamsin die Zukunft aus den Händen gerissen zu haben.

»Ja, aber das Interesse wird versiegen. Morgen reisen Sie ab, und ich werde in etwa zehn Tagen nach Cornwall zurückfahren. Die Leute werden den Vorfall wieder vergessen.«

Isaac wusste ihren Optimismus zwar zu schätzen, doch seiner Ansicht nach irrte sie sich gewaltig. »Sie gehen doch nicht etwa davon aus, dass sich der Klatsch außerhalb von Weston nicht verbreitet. Was letztes Jahr passiert ist, hat sich bis nach London herumgesprochen. Es überrascht mich nicht, dass Bane sich dort noch nicht blicken ließ – jeder weiß, was er Miss Barclay angetan hat.« Und Isaac war *nicht* wie Bane. Er würde die Frau heiraten, die er ruiniert hatte oder der man nachsagte, sie sei ruiniert. Oder zumindest beinahe.

Das war eine totale Katastrophe. Unabhängig davon, was passiert war, sollte er sie nicht heiraten. Er war genau die Art von Mann, die sie nicht wollte, und nun hatte er sie zu einer Ehe gezwungen.

»Niemand wird sich für einen Niemand aus Cornwall interessieren«, meinte sie mit einem leichten Schulterzucken.

»Das mag sein, aber ganz sicher wird man mein Verhalten kommentieren. Ich bin zwar nicht der Erbe eines Herzogtums wie Bane, aber ich *bin* ein Baron und habe mir einen nicht unbedeutenden Platz im House of Lords erarbeitet. Wenn ich die Frau nicht heirate, mit der ich – offiziell – verlobt sein soll, würde das ein schlechtes Licht auf mich werfen und das könnte meine Arbeit beeinträchtigen.« Er konnte nicht anders, als eine finstere Miene aufzusetzen. Das war eine Katastrophe.

Miss Penrose errötete, und er wünschte, er hätte einen sanfteren Tonfall gewählt. Er zwang sich, zumindest nicht finster dreinzuschauen. »Daran habe ich nicht gedacht«, entgegnete sie leise, wobei ihre Züge angespannt waren. »Ich möchte nicht, dass man schlecht von Ihnen denkt.«

»Das wird man nicht, denn ich bin nicht Bane. Ich werde es nicht erlauben, dass Ihr Ruf durch diesen Vorfall in Mitleidenschaft gezogen wird. Ich hätte mich nicht so verhalten sollen.« Um ein Haar hätte er sie geküsst und dann war er gewalttätig geworden, um sie zu schützen. Er hatte sein Interesse an ihr praktisch herausgeschrien, und nun würde er den Preis für seine mangelnde Selbstbeherrschung zahlen. So wie er es mehr als ein Jahrzehnt zuvor getan hatte. »Wir werden heiraten.«

Sie schaute ihn an. »Ich könnte die Verlobung in zwei Wochen einfach lösen. Dann kommen sie mit einer reinen Weste davon. Ihr Ruf wird nicht leiden.«

»Doch Ihrer wird ruiniert sein.«

»In St. Austell wird das nicht der Fall sein. Niemand wird sich dafür interessieren. Ich kann wie bisher weiterleben.«

Ohne Heiratsaussichten. Aber vielleicht war das schon immer ihr Plan gewesen. »Es stört Sie nicht, eine alte Jungfer zu werden?«

»Das habe ich schon immer für eine Möglichkeit, wenn nicht sogar für wahrscheinlich gehalten.«

Isaac stellte sich eine Zukunft vor, in der sie allein lebte. Wäre sie dann noch so fröhlich wie jetzt? Oder würden ihre Einsamkeit und Verzweiflung sie wie seinen Vater übermannen? »Ihr Optimismus ist zwar bewundernswert, aber ich glaube, Sie sind kurzsichtig. Das wird sich negativ auf Sie auswirken, und zwar auch dort, wo Sie jeder kennt. Sie haben gesehen, was Ihre Freundin, Miss Barclay, durchlitten hat. Wollen Sie das wirklich für sich selbst? Bitte zwingen Sie mich nicht, auf die Heirat zu bestehen, aber es muss geschehen.«

Tiefe Furchen hatten sich in ihre Stirn gegraben. »Ich will Ihnen nicht zur Last fallen. Wollen Sie überhaupt heiraten?«

Auf diese Frage wollte er nicht wahrheitsgemäß antworten, denn damit würde sie erfahren, dass dies keine freie Entscheidung war. Bestimmt würde sie dann weiterhin auf ihrem Standpunkt beharren, dass sie nicht heiraten mussten. Das verleitete ihn nun zu der offenkundigen Schlussfolgerung, dass sie ihn nicht heiraten wollte. »Sie sind keine Last. Auch wenn es nicht gerade dem entspricht, was wir uns vielleicht gewünscht haben, müssen wir das Beste daraus machen.«

»Das müssen Sie nicht«, flüsterte sie.

»Doch, das muss ich. Erlauben Sie mir bitte, das Richtige für Sie zu tun. Erlauben Sie mir, Sie vor Mrs. Lawlers Klatsch und Tratsch zu schützen. Sie haben nichts anderes verdient.«

Für einen langen Moment sah sie ihn einfach nur an, und er hatte keine Ahnung, was hinter ihrem unergründlichen Blick in ihrem Kopf vor sich ging. »Also gut.«

Erleichtert holte er tief Luft und richtete seine Konzentration dann auf die Dinge, die als Nächstes geschehen mussten. Die Planung und Ausführung waren mit beruhigenden Gedankengängen verbunden und außerdem gehörten sie zu den Dingen, in denen er am besten war. »Ich werde morgen nach Wood End aufbrechen und dort alles für Sie vorbereiten. Ich muss noch einige Dinge in die Wege leiten, ehe ich nach St. Austell kommen kann, aber ich werde sowohl Ihrem Vater als auch dem Pfarrer schreiben und ihn anweisen, das Aufgebot ordnungsgemäß zu verlesen. Wir werden in drei Wochen heiraten, wahrscheinlich eher in vier Wochen, wenn das Aufgebot an drei aufeinanderfolgenden Sonntagen verkündet wird.« Ihm stand auch die Möglichkeit offen, eine

Lizenz zu erwerben und sie früher zu heiraten. Doch er
brauchte die Zeit auf Wood End. Außerdem, so überlegte er,
würde die Verlesung des Aufgebots und die anschließende
Hochzeit zu gegebener Zeit den Anschein erwecken, als wäre
die Hochzeit geplant und nicht überstürzt zustande gekommen, um einen Skandal zu vermeiden. »Gibt es einen
bestimmten Tag, an dem Sie die Zeremonie abhalten
möchten?«

Sie blinzelte, bevor sie antwortete, und er fragte sich, was
in ihrem Kopf vor sich ging. Wahrscheinlich so viele Dinge
wie in seinem. »Der Dienstag nach diesem dritten Sonntag
ist akzeptabel.«

»Dann sind wir uns einig.«

»Das sind wir vermutlich.« Ihr Blick drückte Resignation
aus.

Isaac verdrängte das erschreckende Gefühl, er habe eine
andere Frau ruiniert, wenn auch auf eine andere Art und
Weise. Durch sein unbedachtes Handeln hatte er ihre
Zukunft festgelegt, und jetzt saß sie in der Falle. Wenn hier
jemand eine Last war, dann er. Er hatte die Warnungen in
seinem Kopf in den Wind geschlagen und weiterhin ihre
Nähe gesucht. All das, was sich heute Abend ereignet hatte,
war allein seine Schuld. »Gehen wir nach drinnen und
verkünden es für alle. Aber insbesondere müssen wir es Ihrer
Großmutter sagen.«

Er bot ihr seinen Arm an, und als sie diesmal ihre Hand
auf seinen Ärmel legte, spürte er weder Wärme noch den
Wunsch, sie näher an sich zu ziehen. Er spannte sich an, weil
ihm klar war, dass sie wohl das Gefühl hatte, in ihr
Verderben zu marschieren.

*T*amsin fühlte sich, als würde sie über nassen Sand laufen. Und bis zu den Knien darin versinken. Das erinnerte sie an die Herzmuschel, die sie im Laufe dieses Debakels in ihre Tasche gesteckt hatte. Der Moment, in dem Droxford ihr die Muschel gegeben hatte, erschien ihr jetzt wie eine Lebenszeit her. Ihrer Vermutung nach war es das auch – es war das Leben gewesen, bevor sie sich verlobt hatte.

Noch immer konnte sie nicht ganz glauben, dass dies alles tatsächlich geschah, wenn sie auch seine Beweggründe verstand. Er war Tamsin zu Hilfe gekommen und hatte sie vor dem sicheren Ruin bewahrt – das glaubte er zumindest.

Er hatte gesagt, keiner von ihnen hätte diese Entscheidung aus freien Stücken getroffen, was sie zu der Annahme verleitete, dass er sie eigentlich gar nicht heiraten wollte. Warum sollte er das auch wollen? Dies war eine erzwungene Verbindung und eher eine Frage des Anstands und ein verzweifelter Versuch, Tamsins Ruf zu retten. Und scheinbar, auch seinen eigenen. Das war nicht die Märchenhochzeit, von der sie noch vor kurzem so begeistert geträumt hatte.

Tamsin gefiel das unbehagliche Gefühl nicht, das allmählich Besitz von ihr ergriff. Dies war ein gefährliches Terrain, auf dem der Kummer lauerte, der sie traurig stimmen würde.

Es hätte schlimmer kommen können. Sie hätte Brimble heiraten können. Droxford hatte sie gebeten, seinen Schutz anzunehmen, und ihr versichert, dass sie ihn verdiente. Seine Worte hatten sie entzückt. Er tat dies für sie, um sie vor dem Ruin zu bewahren.

Eine beruhigende Wärme verdrängte ihr Unbehagen. Vielleicht hatte sie sich dies nicht ausgesucht, aber sie *würden* das Beste daraus machen, genau wie er gesagt hatte.

Sie sah Droxford von der Seite an, als sie das Hotel betraten. Seine Miene war stoisch, und er hielt den Blick starr geradeaus gerichtet. Allerdings sah er häufig so aus, überlegte sie. Sie durfte nicht zu viel in seine Miene hineininterpretieren.

Tamsin sah sich im Saal um. »Meine Großmutter ist drüben in der Nähe des Kamins.« Sie stand mit Persephone und ... war das Pandora? Sie stand mit dem Rücken zu ihnen, aber Tamsin war sich sicher, dass sie es war.

Hatte Pandora Mrs. Lawler gesehen? Hatte sie schon von den Neuigkeiten gehört? Tamsin wünschte, sie hätte der Harpyie gesagt, sie solle die Verlobung noch eine Weile für sich behalten, damit Tamsin es zuerst ihrer Großmutter sagen könne.

Großmutter sah sie kommen und ging sofort auf sie zu. »Geht es dir gut?«, fragte sie und sah Tamsin an. Es schien, als hätte sie gehört, was geschehen war.

»Mir geht es gut«, antwortete Tamsin, um ihre Großmutter nicht zu beunruhigen. Sie hätte Droxford vorher fragen sollen, ob sie so tun könnten, als sei dies ein erfreulicher Anlass. Nun, das würde Tamsin ohnehin tun, da sie fest entschlossen war, es zu einem solchen zu machen. Ihre Entscheidung stand fest, warum sollte sie also nicht versuchen, Freude daran zu finden?

»Das freut mich zu hören.« Großmutter wirkte sichtlich erleichtert. »Mr. Brimble ist gegangen. Er hat sich den Bauch gehalten.« Sie richtete ihre Aufmerksamkeit auf den Baron. »Danke, dass Sie meine Enkelin beschützt haben.«

Droxford entgegnete nichts darauf, sondern beugte nur den Kopf ein wenig. Seine Gesichtszüge waren noch immer verschlossen, und seine Augen stürmisch. Er wirkte ganz wie der mürrische Baron.

Persephone und Pandora kamen zu ihnen. Tamsin wollte Pandora umarmen. Diese Situation rief wahrscheinlich schlimme Erinnerungen an Bane an die Oberfläche.

»Es tut mir so leid, Pandora«, meinte Tamsin. »Ich hoffe, du musstest nicht mit Mrs. Lawler zusammentreffen.«

»Sie hat dieser abscheulichen Frau den Rücken zugewandt«, antwortete Persephone.

Pandora blickte zu ihrer Schwester. »Nur weil du mir gesagt hast, dass sie kommt, wofür ich dir dankbar bin.« Sie sah Tamsin mit tiefer Anteilnahme an. »Es tut mir so leid, dass dir das passiert ist.«

Tamsin brachte ein Lächeln hervor. »Es ist keine Tragödie. Lord Droxford ist mir zu Hilfe geeilt, und jetzt werden wir heiraten.« Einen langen Moment lang sagte niemand etwas, und Tamsin hasste dieses Unbehagen. »Habt ihr mich nicht gehört? Das ist ein glücklicher Anlass!«

Großmutter schenkte Tamsin und Droxford ein ermutigendes Lächeln. »Das ist es in der Tat. Meine Ehe mit Tamsins Großvater war arrangiert, und wir waren sehr glücklich miteinander. Ich habe ihn sehr geliebt.«

»Wir werden in St. Austell heiraten«, verkündete Droxford in einem knappen Ton. »Ich werde gleich morgen früh nach Wood End aufbrechen.«

Tamsin hatte bemerkt, dass er bei seinen gedanklichen Vorbereitungen sehr gründlich war. »Wir werden heiraten, nachdem das Aufgebot verlesen wurde. Ich hoffe, ihr werdet alle kommen.«

Großmutter tätschelte Tamsins Arm. »Du weißt, das werde ich. Wir werden in ein paar Tagen nach St. Austell aufbrechen.«

»Wir werden alle dort sein«, meinte Pandora zu Tamsin.

»Bitte entschuldigen Sie mich«, meldete sich Droxford.

Tamsin merkte, dass sie immer noch seinen Arm umklammerte, und ließ ihn schnell los. »Ich wünsche Ihnen eine gute Reise.«

Er neigte den Kopf. »Das wünsche ich Ihnen auch.« Wie förmlich sie geworden waren.

Tamsin ließ ihre Hand in ihre Tasche gleiten, streichelte die Muschelschale und sehnte sich danach, wie sie früher gewesen waren. Die Ehe wäre doch viel einfacher, wenn sie wenigstens Freunde wären, oder?

»Sie sind ein guter Mann«, sagte Großmutter zu dem Baron. »Ich bin stolz, Sie als meinen Schwiegerenkel begrüßen zu dürfen.«

Droxford nickte ihr knapp zu. »Ihnen allen einen guten Abend.« Er verbeugte sich und ging dann davon.

Wenn sie ihn das nächste Mal sah, würden sie verheiratet sein. Oder zumindest beinahe.

Vor einer Woche noch hatte sie sich keine ernsthaften Gedanken über eine Heirat gemacht. Das war ihr nie in den Sinn gekommen. Dann war der Brief ihres Vaters eingetroffen und überraschenderweise hatte sie Gefallen an der Idee gefunden. So inständig hatte sie gehofft, dass der von ihrem Vater ausgewählte Bewerber ihre Traummann war! Bedauerlicherweise war das nicht der Fall gewesen und nun war sie mit dem Mann verlobt, den sie kennengelernt hatte und mochte. Dieser Mann gab ihr das Gefühl, etwas Besonderes zu sein, wenn er ihr andererseits auch gestand, dass er sich nicht unbedingt für die Ehe entschieden hätte. Plötzlich wurde ihr klar, dass er ihre Frage nie ganz beantwortet hatte, ob er eigentlich heiraten wolle.

Sie war sich sicher, dass sie die Antwort kannte, die nein lautete.

»Willst du gehen?«, fragte Großmutter leise und entriss Tamsin damit dem Gedankenstrudel, der in ihrem Kopf Gestalt angenommen hatte.

»Ich denke schon, ja.«

Persephone berührte Tamsin am Arm. »Wir kommen dich morgen besuchen.«

»Das würde mir sehr gefallen.« Tamsin lächelte ihre Freundinnen an – sie wollte verhindern, dass sie sich um sie

Sorgen machten – und drehte sich dann zu ihrer Großmutter, um zusammen mit ihr hinauszugehen.

Bis sie ihre Plätze in der Kutsche von Tamsins Großmutter eingenommen hatten, schwiegen sie. Sie hatten sich nebeneinander auf dem nach vorne gerichtetem Sitz gesetzt. Großmutter wartete nicht, bis die Kutsche angefahren war, bevor sie ihren Oberkörper zu Tamsin wandte.

»Meine süße Tamsin, ich weiß nicht, ob du aufgebracht bist, weil du immer so fröhlich bist.«

»Mich haben die Ereignisse des Abends nur überrascht. Ich war nicht darauf gefasst gewesen, dem von Vater ausgesuchten Kandidaten heute Abend zu begegnen und schon gar nicht, mich zu verloben.« Sie beschloss ihre Antwort mit einem leisen Lachen, doch Großmutter betrachtete sie weiterhin mit einem ernsten, sorgenerfüllen Blick.

»Du musst vor mir nicht vorgeben, du seist glücklich«, meinte Großmutter liebevoll. »Obwohl, du es allerdings auch viel schlechter als Lord Droxford treffen könntest. Er macht auf mich den Eindruck eines integren Mannes.«

Dem würde Tamsin zustimmen. Inzwischen war sie zu dem Urteil gelangt, dass er kein Halunke war. »Wir haben einen wundervollen Spaziergang genossen.« Sie legte ihre Hand auf ihre Tasche und fühlte die schwachen Rillen der Herzmuschel durch ihr Kleid. »Dann kam Mr. Brimble in den Garten hinaus und bestand darauf, mit mir spazieren zu gehen. Als er versuchte, mich anzufassen, wurde er von Droxford gewarnt, das besser zu unterlassen, doch dann packte er mich ein zweites Mal und Droxford boxte ihm in den Bauch.«

»Das war gut von Droxford. Siehst du, ich habe dir ja gesagt, er sei eifersüchtig.«

»Neigen eifersüchtige Männer zu Gewalt?«, fragte Tamsin.

»So ist es, wenn sie glauben, die Frau, die ihnen so viel

bedeutet, würde angegriffen. Das hat er wohl getan, nehme ich an.« Großmutter schürzte die Lippen. »Und da hat Mrs. Lose Zunge unterbrochen?«

Tamsin kicherte über den Spitznamen, den ihre Großmutter dieser Frau verliehen hatte. »Ja, genau.«

Großmutter ließ sich entspannt gegen die Rückenlehne sinken. »Du wirst bald die Frau eines Barons sein. Dein Großvater wäre sehr stolz. Ich frage mich, was dein Vater dazu sagen wird, insbesondere, wenn er erfährt, dass dein Verlobter seinen Wunschkandidaten zu Boden geschlagen hat.«

»Sollen wir uns die Mühe machen, ihm gleich zu schreiben, oder einfach in St. Austell ankommen und ihn über die Neuigkeiten ins Bild setzen?«, fragte Tamsin.

»Ich gehe davon aus, dass Brimble ihm unverzüglich schreiben wird, also sollten wir das auch tun.«

»Das werde ich gleich erledigen, wenn wir zu Hause sind.«

Würde er ihr zürnen? Von ihr enttäuscht sein? Da war sich Tamsin gar nicht so sicher, insbesondere, weil sie eigentlich gar nicht wusste, warum er sie überhaupt verheiraten wollte. Bei ihrer Ankunft in Penrose House, würde sie die Wahrheit erfahren.

Hoffentlich freute sich ihr Vater dann für sie. Auch dessen war sich Tamsin allerdings nicht so sicher, da sie sich nicht erinnern konnte, es jemals erlebt zu haben, dass er Glücksgefühle empfunden hatte. Vielleicht würde dieses Ereignis sie in ihm hervorrufen. Ja, das erschien Tamsin ganz richtig. Ihr Vater würde von der Heirat seiner Tochter mit einem Baron – und dazu noch einem strebsamen – begeistert sein. Tatsächlich konnte sie sich vorstellen, dass die beiden viel gemeinsam hatten, was insbesondere ihre Arbeitsmoral anging.

Großmutter tätschelte Tamsin das Knie. »Hoffentlich

erkennt Lord Droxford, wie glücklich er sich schätzen kann. Das wird er wahrscheinlich tun, denn er scheint bereits Zuneigung für dich zu empfinden, wenn seine Eifersucht als Anzeichen dafür zu werten ist. Wenn ich dich besuche, um seinen neuen Garten zu planen, werdet ihr bestimmt bis über beide Ohren verliebt sein. Lass dir das gesagt sein.«

Tamsin konnte nicht genau sagen, ob sie dieser Vorhersage zustimmen konnte, aber es war auf jeden Fall das, was sie anstrebte. In der Zwischenzeit freute sie sich darauf, den Mann eingehender kennenzulernen, bei dem ihr Herz höherschlug, der sie in seine Arme schloss, der ihr Herzklopfen bereitete und der ihr versicherte, dass sie verdiente, beschützt zu werden. Konnte es einen ehrenvolleren Helden geben?

KAPITEL 9

Obwohl Tamsin sich ihren Optimismus hinsichtlich ihrer bevorstehenden Hochzeit bewahrt hatte, war sie mitten in der Nacht aus einem Traum erwacht, der davon handelte, das Droxford sie nach Cornwall verbannt hatte, während er sich in aller Öffentlichkeit mit einer Geliebten in London vergnügte. Der Traum war zwar aufwühlend, aber auch absurd. Tamsin konnte sich Droxford unmöglich mit einer Mätresse vorstellen, die er in London spazieren führte.

Sie fragte sich, zu welcher frühen Stunde er seine Heimreise heute Morgen angebrochen hatte und was die anderen auf The Grove zu ihm gesagt hatten, wenn überhaupt. Hatte er sie überhaupt gesprochen? Sie war besonders neugierig, ob Min oder Ellis ihm begegnet waren, und wenn ja, was dabei passiert war. Das würde Tamsin in Kürze erfahren, sobald die beiden hier ankämen. Persephone hatte ihr vorhin eine Nachricht geschickt, in der sie ihr mitteilte, ihre anderen beiden Freundinnen eingeladen zu haben, Tamsin zusammen mit Pandora und ihr zu besuchen, was Tamsin überhaupt nichts ausmachte.

Das Geräusch von Menschen in der Eingangshalle wies

auf die Ankunft von jemandem hin. Tamsin wartete im Salon, und einen Moment später traten Persephone und Pandora ein.

»Du musst das nicht machen«, meinte Pandora ohne Umschweife, während sie sich auf Tamsin zubewegte.

Persephone warf ihrer Schwester aus den Augenwinkeln einen ungeduldigen Blick zu. »Guten Tag, Tamsin.«

Pandora setzte sich auf eines der Sofas in dunklem Gold. »Ich bin sicher, dass Tamsin sich nicht um die Etikette schert. Wir sind ihre besten Freundinnen, und sie steckt in einer Krise.«

»Es ist eigentlich keine echte *Krise*«, wiegelte Tamsin ab. Sie verabscheute es, jemanden in Schwierigkeiten zu bringen oder aufzuregen. Und in diesem Fall wollte sie Pandora unbedingt vor den Erinnerungen an das letzte Jahr schützen. Aber gerade wegen des letzten Jahres war dieses Ereignis nach Pandoras Meinung wahrscheinlich eine Krise.

»Sag mir nicht, du seist in dieser Sache auch so unmöglich optimistisch?«, fragte Pandora.

Persephone schaute Pandora an, als sie sich neben sie setzte. »Soll sie so zynisch werden wie du?«

Tamsin setzte sich auf den Sessel neben dem Sofa. »Ich kann nicht anders als optimistisch zu sein, wenn ich auch weiß, dass dieser ganze Schlamassel für Pandora ganz bestimmt die schlimmsten Erinnerungen wachgerufen hat.«

»Danke«, murmelte Pandora. »Es regt mich einfach auf, dass dir das passiert ist. Mrs. Lawler stellte eine echte Bedrohung dar.«

»Meine Großmutter hat einen neuen Namen für sie«, meinte Tamsin. »Mrs. Lose Zunge.«

Pandora lachte vergnüglich, und die Spannung löste sich. Als sie wieder ernüchterte, entschuldigte sie sich bei Tamsin. »Ich werde nicht zynisch sein. Zumindest nicht über Droxford und dich.«

»Danke. Wirklich, es ist nicht das Schlimmste.« Ehe Tamsin weitersprechen konnte, trafen die anderen Freundinnen ein.

Min und Ellis nahmen auf dem Sofa gegenüber von Pandora und Persephone Platz, während Gwen, die sie auf dem Weg vom Hotel abgeholt hatten, den Sessel auf der anderen Seite der Sitzgruppe einnahm.

»Bitte sag mir, dass wir nichts verpasst haben«, meinte Min.

»Keineswegs««, versicherte Persephone.

Tamsin wandte sich an Min. »Ist Droxford heute Morgen abgereist?«

Min schenkte ihr ein mitfühlendes Lächeln. »Ja, er ist früh abgereist. Wir haben ihn nicht gesehen – weder gestern Abend noch heute früh.«

»Er hat dich heute Morgen nicht mehr aufgesucht?«, fragte Gwen.

Tamsin schüttelte den Kopf. »Das hatte ich auch nicht von ihm erwartet. Er hatte bereits den Plan gefasst, heute nach Hause zurückzukehren. Das hat er mir vorher erzählt ... bevor das im Garten passiert ist.«

»Ja, bitte erzähle uns genau, was passiert ist«, drängte Pandora. »Es sei denn, du möchtest nicht.«

»Es stört mich nicht, euch alles zu berichten«, meinte Tamsin. »Ironischerweise hat sich Droxford sehr wie ein Gentleman verhalten.«

»Weil er kein Halunke ist«, stellte Persephone fest. »Und er tut das Richtige, wenn er dich heiratet.«

Tamsin nickte. »Ja. Er nimmt die volle Verantwortung auf sich, was insbesondere die Art und Weise anbelangt, wie er sich Mr. Brimble gegenüber benommen hat.«

»Bitte erkläre uns doch die Sache mit diesem Mr. Brimble«, bat Ellis, und alle sahen Tamsin erwartungsvoll an.

Tamsin erzählte ihnen, dass er ein Freund ihres Vaters sei.

Er hatte sie zur Hochzeit nach St. Austell bringen wollen, da er offenbar glaubte, sie seien bereits verlobt.

»Hat dein Vater ihm das bestätigt, oder hat er es selbst so aufgefasst?«, fragte Persephone verärgert. »Ich mag es überhaupt nicht, wenn die Eltern sich einmischen.« Das war verständlich, denn ihre Eltern hatten sich in ihr Leben eingemischt.

»Das weiß ich nicht«, antwortete Tamsin und erzählte, was dann geschah: Brimble beharrte auf der Tatsache, dass sie beide verlobt seien, und unternahm einen Versuch, sie anzufassen, woraufhin Droxford ihn warnte, dies nicht noch einmal zu tun.

»Aber das hat er dann doch getan?«, meinte Gwen, deren Augen sich nun ein wenig weiteten.

Tamsin nickte. »Da hat Droxford ihn geschlagen.«

Min lächelte. »Du musst zugeben, dass es sehr romantisch ist, wie er dich verteidigt hat.«

Das veranlasste Tamsin, über seinen Kommentar nachzudenken, dass sie Schutz verdiente. »Ich weiß nicht, ob es romantisch ist, aber es ist auf jeden Fall aufmerksam.«

»Wie ist es dann weitergegangen?«, fragte Gwen. »Hatte der Baron dir einen Antrag machen wollen, bevor Brimble sich eingemischt hatte?«

»Nein. Droxford sah den sicheren Skandal mit Mrs. Lose Zunge kommen – die sehr deutlich darüber war, was zu sehen sie geglaubt hatte – und gab unverzüglich unsere Verlobung bekannt.«

Pandora kicherte. »Mrs. Lose Zunge passt perfekt.«

»Das ist der Einfall meiner Großmutter«, antwortete Tamsin grinsend.

»Was hat sie denn zu sehen geglaubt?«, wollte Min erfahren.

»Ich glaube, sie behauptete, es hätte ein Tête-à-Tête gegeben, und dann sah sie, wie Droxford Brimble schlug. Daraus hat sie ihre eigenen Schlüsse gezogen – und zwar, dass die beiden sich um mich gestritten haben.« Tamsin verdrehte die Augen.

»Aber war das denn nicht so?«, fragte Persephone.

Daran hatte Tamsin gar nicht richtig gedacht. »Das glaube ich nicht. Droxford hat den Mann lediglich daran gehindert, sich zu viel herauszunehmen. Brimble hat sich überaus unhöflich benommen.«

»Das klingt ganz, als hätte er seine Strafe verdient«, stellte Ellis fest.

»Trotzdem glaube ich immer noch nicht, dass du ihn wirklich heiraten musst«, meinte Pandora mit gerunzelter Stirn. »Ich kann mir nicht vorstellen, dass dieser Vorfall im verschlafenen St. Austell ein Problem für dich darstellen wird.«

Tamsin sagte ihr nicht, dass sie damit Tamsins eigene Worte wiederholte, und sie stimmte mit Pandoras Einschätzung nicht überein. Pandora war einmal in St. Austell gewesen. Weshalb sie wusste, wie abgelegen der Ort war.

»Du könntest behaupten, ihr würdet am Ende doch nicht zusammenpassen«, schlug Min vor. »Wenn du das willst. Ist es dein Wunsch diese Heirat zu vermeiden?«

Droxfords Beharren auf diese Heirat kam Tamsin darauf in den Sinn und seine Bitte, ihm zu ermöglichen, das Richtige zu tun. Wie könnte sie ihm dies abschlagen? Und wie sie ihrer Großmutter gesagt hatte, gab es Schlimmeres, als einen Baron zu heiraten.

»Für deine Antwort brauchst du zu lange«, meinte Pandora. »Du musst die Verlobung lösen.«

»Nein, das will ich nicht. Ehrlich gesagt hatte ich angefangen, mich auf eine Heirat zu freuen, nachdem mein Vater den Brief geschickt hatte, in dem er mir einen Bräutigam ankündigte. Wenigstens als Freunde verstehen Droxford und ich uns gut, weshalb ich auch allen Grund zu der

Annahme habe, dass wir eine harmonische Ehe führen können.«

Persephone wölbte eine Braue. »Ich will doch hoffen, dass sie ein wenig mehr als nur harmonisch sein wird.«

»Hast du keine Angst, dass du zu anders für ihn sein könntest?«, wollte Gwen wissen, auf deren Stirn sich ebenfalls skeptische Falten abzeichneten. In der Tat betrachteten alle sie mit großer Sorge. »Er ist so mürrisch, und du bist so fröhlich.«

Eigentlich hatte Tamsin seit gestern Abend nicht mehr viel darüber nachgedacht, was sie jetzt allerdings nachholen würde. Wenigstens würde sie diesen Aspekt in Betracht ziehen. »Wir haben unterschiedliche Temperamente«, entgegnete sie langsam. »Aber manchmal ist das auch gut so, nicht wahr? Eine Person gleicht die andere aus.«

»Was für eine wunderbar optimistische Einstellung.« Persephone zwinkerte Tamsin zu. »Nicht, dass es mich überrascht.«

»Mir geht die Vorstellung gegen den Strich, dass du in einer Ehe ohne Liebe gefangen bist«, meinte Gwen. »Du verdienst zumindest Zuneigung.«

»Ich glaube, die ist mir gewiss«, entgegnete Tamsin darauf. »Gestern Abend, bevor Brimble uns unterbrach, gab mir Droxford eine ganze Herzmuschel.«

Mins Nasenlöcher blähten sich. »Wusste er, dass du danach gesucht hast?« Auf Tamsins Nicken hin fügte sie hinzu: »Das ist ein ganz besonderes Geschenk.«

»Ich dachte, er würde mich gleich danach küssen, aber dann kam uns Brimble dazwischen.«

Gwen riss die Augen auf. »Oh! Dann müssen wir wohl alle deinen Optimismus teilen.«

»Dir bleibt ja noch Zeit, deine Meinung zu ändern«, warf Pandora ein. »Wenn du willst. Du sollst nur wissen, dass wir dich auf jeden Fall unterstützen werden.«

Alle anderen pflichteten Pandoras Worten bei.

»Es bereitet mir weiterhin Sorge, dass eure Persönlich-keiten zu unterschiedlich sind - er ist *so* grüblerisch«, meinte Min.

»Wir werden unseren Weg finden«, entgegnete Tamsin mit einem strahlenden Lächeln. Das mussten sie einfach.

Gwen sah zu Tamsin. »Vermutlich bleibst du nicht bis Ende August in Weston?«

Tamsin schüttelte den Kopf. »Großmutter und ich halten es für das Beste, wenn wir in ein paar Tagen nach St. Austell reisen, um die Hochzeit vorzubereiten.«

»Könnte es vielleicht falsch von mir sein, mich auf egois-tische Weise darüber enttäuscht zu fühlen, dass unsere wunderbare gemeinsame Sommerzeit wieder einmal unwie-derbringlich unterbrochen wurde?«, fragte Ellis.

»Du bist sehr schmeichelhaft, wenn du sagst, sie sei unterbrochen worden«, bemerkte Pandora sardonisch. »Ich würde das Wort ruiniert benutzen. Nächstes Jahr müssen wir einen Weg finden, um unseren August vor Mrs. Lose Zunge zu schützen. Und vor Halunken.«

»Droxford ist aber kein Halunke«, betonte Tamsin. Dessen war sie sich absolut sicher. Ein Halunke hätte ihr nie und nimmer das vermitteln können, sich absolut sicher und beschützt oder kostbar und wertvoll zu fühlen.

Tamsins Freundinnen blieben noch eine Weile und plan-ten, wenige Tage vor der Zeremonie zu ihr nach St. Austell zu kommen. Sie konnte einen kleinen Rest von Zweifel spüren, dass diese Heirat vielleicht nicht die richtige Entscheidung war, aber Tamsin wollte sie ihnen gegenüber nicht verteidigen. Droxford hatte ihr klargemacht, dass sie heiraten mussten. Abgesehen von der Vermeidung eines Skandals und einer anderen katastrophalen, von ihrem Vater organisierten Heirat, wollte Tamsin verheiratet sein. Sie sehnte sich nach der Möglichkeit, die Familie zu haben, die sie nie besessen hatte, und die Mutter zu sein, die ihr gefehlt hatte. Sie erkannte auch ihre Chance darauf, glücklich zu werden.

Diese Chance konnte sie sich nicht entgehen lassen.

❧

Tamsin musste ihre Großmutter wecken, als sie in St. Austell ankamen. »Wir sind fast bei Penrose House, Großmutter.«

Großmutter hob ihren Kopf von dem kleinen Kissen, das sie zwischen ihren Kopf und die Rückenlehne der Kutsche geklemmt hatte. Blinzelnd schlug sie die Augen auf. »Schon?«

Tamsin verbarg ihr Lächeln und nickte. Es war ein langer Reisetag gewesen, und im Gegensatz zu ihrer Großmutter fand Tamsin es schwierig, in einer rollenden Kutsche zu schlafen. Das galt insbesondere für Cornwall, wo die Straßen noch nicht so gut ausgebaut waren.

Wenige Minuten später hatten sie Penrose House erreicht und sie stiegen aus der Kutsche. Es war ein schöner Tag mit einem klaren blauen Himmel und einer strahlenden Sonne, die den späten Nachmittag erwärmte. Als eine Möwe über Tamsin hinwegflog, krächzte sie, als würde sie sie zu Hause willkommen heißen.

Die Tür ging auf, bevor sie sie erreicht hatten, und Mrs. Treen, die Haushälterin, lächelte breit, als sie die beiden Ankömmlinge erblickte. Mit ihren sechzig Jahren, dem weißen Haar und der rundlichen Statur erfüllte sie noch am ehesten das Bild einer Mutter, das Tamsin kannte. »Willkommen zu Hause, Tamsin.«

Tamsin umarmte die Frau und wandte sich dann an ihre Großmutter. »Sie erinnern sich an meine Großmutter, Mrs. Dewhurst.«

»Gewiss erinnere ich mich«, meinte Mrs. Treen mit einem Anflug von Ehrfurcht. »Es tut mir leid, dass wir Sie so lange nicht mehr gesehen haben.«

Als Tamsin nun zurückdachte, ging ihr auf, dass ihre Großmutter – und ihr Großvater, als er noch lebte – Penrose House nicht mehr besucht hatten, seit Tamsin zehn Jahre alt war. Das war ein Jahr später gewesen, nachdem ihre Mutter gestorben war. Seitdem hatte Tamsin ihre Großeltern immer in Weston besucht. Denn ihr Vater und ihre Großeltern hatten sich nicht gut verstanden.

»Es tut mir auch leid«, meinte Großmutter. »Ich war immer dankbar für Ihre Anwesenheit hier, Mrs. Treen. Sie haben mir über die Jahre hinweg großen Trost gespendet.«

Mrs. Treen errötete. »Tamsin bedeutet mir sehr viel, uns allen hier in Penrose House. Wir lieben sie wie unser eigenes Kind.«

Großmama lächelte strahlend. »Mehr kann ich mir nicht wünschen.«

»Schauen Sie sich nur meinen Mangel an Gastfreundschaft an!«, erklärte Mrs. Treen. »Kommen Sie sofort herein.«

Sie hielt die Tür weit auf, und Tamsin gab ihrer Großmutter ein Zeichen, ihr vorauszugehen. In der Eingangshalle angekommen, setzten sie ihre Hüte ab, und Mrs. Treen nahm sie eifrig in Empfang. »Ich werde Limonade und Kuchen bringen. Es sei denn, Sie wollen sich lieber direkt auf ihre Zimmer zurückziehen.« Sie sah Tamsin mit einer in Falten gelegten Stirn an. »Aber ich fürchte, dein Vater hat dich gebeten, ihn in seinem Arbeitszimmer aufzusuchen, sobald du angekommen bist.«

Großmutter schaute entsetzt drein. »Kann er sich nicht einmal die Mühe machen, seine Einsiedelei zu verlassen, um seine Tochter zu begrüßen?«

Tamsin unterdrückte ein Lachen, als Großmutter das

Wort *Einsiedelei* für das Arbeitszimmer ihres Vaters benutzte. Es war nicht falsch.

»Er steckt mitten in einem Projekt«, meinte Mrs. Treen etwas lahm, als ob sie es nicht sagen wollte.

»Tut   er   das   nicht   immer?«   fragte   Großmutter verschnupft.

»Reg dich nicht auf, Großmutter«, beruhigte Tamsin sie. »Du ruhst dich im Wohnzimmer aus, und ich komme gleich nach.« Sie konnte sich nicht vorstellen, dass ihr Vater sich viel Zeit für ihr Gespräch nehmen würde, wenn er gerade mit einem Projekt beschäftigt war. Dennoch würde er ihr zu ihrer Hochzeit gratulieren wollen und sich nach ihrem Verlobten erkundigen.

»Ich werde auf dich warten«, versprach Großmutter.

Als Tamsin zum Arbeitszimmer ihres Vaters ging, beschlich sie ein Gefühl der Beklemmung. In ihrem Brief an ihn hatte sie von ihrer Verlobung mit dem Baron Droxford berichtet und sich dann dafür entschuldigt, dass sie sich gegen Brimble entschieden hatte. Ihr Vater hatte nicht geantwortet, aber sie hatte ihm ja auch geschrieben, dass er das nicht bräuchte, da sie bald zu ihm nach Cornwall reisen würden.

Warum fühlte sie sich nur so besorgt? Ganz bestimmt würde er sich für sie freuen, auch wenn sie einen anderen anstatt seines Freundes heiratete.

Die Tür zum Arbeitszimmer war wie immer geschlossen, und Tamsin klopfte wie gewünscht leise. »Papa, ich bin es.« Es war auch eine unerlässliche Notwendigkeit, sich anzukündigen.

Ihr wurde der große Unterschied zwischen dem Leben im Haus ihrer Großmutter und dem Leben hier in Penrose House bewusst. Hier herrschten strenge Vorschriften und Erwartungen, insbesondere in Bezug auf ihren Vater. Stets hatte sie diese befolgt, weil dies nicht nur am unproblematischsten war, sondern ihn scheinbar auch zufrieden machte, was sie erfreute. Sie hoffte inständig, dass ihr Glück – ihre bevorstehende Heirat – ihn glücklich machen würde.

»Komm herein.«

Tamsin öffnete die Tür, schlüpfte ins Zimmer und schloss sie hinter sich wieder. Das Arbeitszimmer war dunkel und maskulin eingerichtet, mit Bücherregalen aus Eiche an den Wänden und dicken bernsteinfarbenen Vorhängen an den Fenstern. Neben dem Schreibtisch, an dem ihr Vater praktisch lebte, befand sich ein weiterer großer Tisch, auf dem er Dinge ablegte, die er recherchierte. Hier gab es keine Sitzgelegenheiten, nur den Stuhl an seinem Schreibtisch, und einen Sessel beim Kamin, wo er abends gerne las, und zwei weitere hölzerne Stühle, die er je nach Bedarf im Raum umstellte. Wieder fiel ihr auf, wie anders es sich anfühlte, hier in Penrose House zu sein, nachdem sie bei ihrer Großmutter gewesen war.

»Es ist schön, dich zu sehen, Papa«, begrüßte Tamsin ihn fröhlich.

Charles Penrose war mittelgroß, besaß inzwischen ergrautes bräunliches Haar und haselnussbraune Augen. Er blickte zu Tamsin auf, seine goldumrandete Brille saß mitten auf seinem Nasenrücken. Jetzt nahm er sie ab, um sie auf seinen Schreibtisch zu legen. Oder genauer gesagt, auf das aufgeschlagene Buch, das dort lag.

»Du siehst gut aus. Ich hoffe, deine Reise war nicht zu anstrengend.«

Tamsin entspannte sich. Wenn er Zeit für ein nettes Gespräch hatte, war er ihr wahrscheinlich nicht böse.

»Es war ganz erträglich, sogar für Großmutter.«

Papa rümpfte die Nase, ohne jedoch etwas über seine Schwiegermutter zu sagen. Vielleicht gab es für seine Reaktion ja einen anderen Grund. Er blickte Tamsin mit einem beunruhigten Blick an, und damit hatte sie wahrscheinlich gleich ihre Antwort. »Ich war sehr bestürzt, als ich deinen Brief erhielt.«

Ein Anflug von Furcht ließ Tamsins Puls schneller schlagen. Er *war* erzürnt. »Du warst verärgert, als du erfahren hast, dass ich mit Lord Droxford verlobt bin? Das ist doch bestimmt eine gute Nachricht, Papa.«

»Nein, denn ich hatte erwartet, dass du Octavius heiraten würdest. Ich habe dir geschrieben, ich hätte einen Ehemann für dich ausgesucht.«

Tamsin starrte ihren Vater an und schob ihre Überraschung über seine Reaktion beiseite. Er freute sich tatsächlich nicht für sie, und obendrein hatte er fest damit gerechnet, dass sie seinen Freund heiraten würde. Er hatte also nicht nur erwartet, dass sie ihn in Betracht ziehen würde, sondern dass sie ihn heiraten würde. »Du hast allerdings versäumt, mir zu schreiben, um wen es sich handelt, Papa. Ich kenne Mr. Brimble schon mein ganzes Leben. Er ist dein Freund. Er ist kein … Verehrer. Jedenfalls nicht für mich.«

Papa schürzte seine Lippen. »Er war ein durchaus akzeptabler Bräutigam. Es gibt viele junge Frauen, die ältere Männer heiraten.«

»Das vermute ich«, entgegnete Tamsin in einem gleichmütigen Tonfall. »Aber es ist nun einmal so, dass ich einen jüngeren Mann heiraten werde. Außerdem hat sich Mr. Brimble nicht so verhalten, wie es sich für einen Gentleman gehört. Er war anmaßend, was unsere Verlobung betraf, die nicht festgelegt war, und war viel zu dreist.«

»Aus seinem Brief entnehme ich, dass er nur versucht hat, die Verlobung mit dir zu regeln, und du hast ihm diese Höflichkeit nicht gewährt.«

»Ich war nicht unhöflich.« Tamsin fühlte sich zunehmend frustrierter. »Ich wünschte, du würdest seine Version nicht als die reine Wahrheit voraussetzen. Er hat versucht, mich

ohne mein Einverständnis anzufassen. Das spricht doch
sicher nicht für ihn.«

Papa riss kurz die Augen auf. »Davon habe ich nichts
gewusst.« Er hustete. »Nun, ich bin sicher, dass alles ein
Missverständnis ist. Brimble ist ein guter Mann. Er wäre dir
ein guter Ehemann gewesen.«

Hatte er ihr gar nicht richtig zugehört? Plötzlich fühlte
sich Tamsin von einer Flut von Erinnerungen überfallen, in
denen sie sich gefühlt hatte, als hätte er sie nicht verstanden
oder er sich nicht einmal die Mühe gemacht, ihr zuzuhören.
Alle ihre Verletzungen, sowohl körperliche wie auch andere,
waren stets von Mrs. Treen behandelt worden. Wie oft hatte
sie versucht, beim Dinner mit ihm zu reden, nur um damit
zu erreichen, dass er seine Aufmerksamkeit nicht von einem
Buch ablenkte, das er mitgebracht hatte. Er antwortete ihr
abwesend, aber hatte er wirklich gehört, was sie gesagt hatte?
Sie erinnerte sich vor allem an eine Begebenheit, als sie ihm
aufgeregt davon erzählte, wie sie einen Stein gefunden hatte,
der wie eine Muschel aussah – es war ein seltener Fund. Er
hatte ihr nicht einmal einen Blick erübrigt oder Neugierde
gezeigt.

Tamsins Frustration wuchs. »Freut es dich nicht zu
hören, dass ich einen Baron heiraten werde? Sein Anwesen
umfasst achthundert Hektar. Und er engagiert sich sehr bei
den Lords.« Sie hatte fest geglaubt, ihn damit zu beein-
drucken.

»Ich war nicht erfreut zu erfahren, dass er erst am Tag
vor der Hochzeit hier eintreffen wird. Was für ein Bräutigam
riskiert es, bis zur letzten Minute zu warten? Einer, der in
die Ehefalle getappt ist und eigentlich nicht heiraten will.«

»Das ist nicht wahr«, widersprach sie und verabscheute
diesen Konflikt zwischen ihnen. Doch war das schlimmer als
sein übliches Schweigen? »Droxford ist lediglich beschäftigt.« Die Wahrheit war allerdings, dass diese Sichtweise sie

in Unruhe versetzte. Sie würde ihm sofort schreiben und sich danach erkundigen.

»Warum hast du dich entschieden, ihn zu heiraten?«, fragte ihr Vater und lenkte ihre Aufmerksamkeit wieder auf ihr Gespräch.

Sie dachte *gar nicht* daran, ihm die Wahrheit über diese ganze Angelegenheit zu sagen. Es war nicht von Belang, insbesondere nicht für ihren Vater, der sich noch nie genug interessiert hatte, um sie etwas zu fragen. Vor wenigen Wochen hatte er sich noch nicht einmal dafür interessiert, dass sie überhaupt heiratete!

»Ich heirate ihn, weil er ein guter Mann ist und wir zusammen glücklich sein werden.« Tamsin war froh, dass sie Großmama nicht überzeugen musste. Nach der Skepsis ihrer Freundinnen und der beinahe feindseligen Haltung ihres Vaters war es schön, dass es wenigstens einen Menschen gab, der sich für sie freute.

Ihr Vater reagierte mit einem Grunzen darauf.

»Papa, ich muss dich fragen, warum du geglaubt hast, Brimble sei eine gute Wahl für mich. Ich sehe nicht, dass wir viel gemeinsam haben.«

»Du schienst seine Besuche zu genießen. Er ist ein guter Freund, ein hochintelligenter Mann. Du hast dich so gut um mich gekümmert. Ich dachte, du würdest dich freuen, das auch für ihn zu tun.« Papa brachte dies alles so sachlich hervor, als sei dies eine Selbstverständlichkeit.

»Ich muss sagen, ich kann mir dich nicht als Frau eines Barons vorstellen. Bist du wirklich bereit, es mit der Londoner Gesellschaft aufzunehmen? Du hast keine Ahnung, und ich kann dich ganz bestimmt nicht anleiten.«

Sein Mangel an Vertrauen in sie raubte ihr auch das letzte Quäntchen Optimismus. Es war eine Sache, von ihrer Wahl ihres Ehemanns nicht begeistert zu sein, aber ihre Fähigkeiten in Frage zu stellen, war einfach ... kalt. Allerdings war er auch schon ihr ganzes Leben lang kalt gewesen. Oder zumindest seit dem Tod ihrer Mutter. Obwohl sie sich nicht wirklich daran erinnern konnte, dass er einmal anders gewesen war, als auf seine Arbeit konzentriert. Sie hatte einfach geglaubt, er würde sich mehr um sie kümmern, und dass *sie* ihm etwas bedeutete. Scheinbar war all dies nur eine Illusion gewesen, die sie aus ihrem Bedürfnis heraus geschaffen hatte, Freude zu empfinden und keine Enttäuschung oder Verzweiflung. Jahrelanges Verdrängen brach über sie herein, als sie jetzt die volle Wahrheit erkannte. Hier war sie allein und das war sie schon immer gewesen.

»Es tut mir leid, dass du so denkst, Papa. Nachdem ich deinen Haushalt von klein auf geführt und mich um dich gekümmert habe, hätte ich gedacht, du würdest mehr Vertrauen in mich haben. Warum hast du überhaupt entschieden, dass ich heiraten soll? Du hast nie auch nur angedeutet, dass du mich verheiratet sehen willst. Du hast mir sogar davon abgeraten, Bälle zu besuchen oder irgendetwas anderes zu tun, was das Kennenlernen geeigneter Gentlemen fördern könnte.«

Er hustete und nahm seine Brille ab, ohne sie anzusehen. »Das hatte ich immer im Hinterkopf. Und als Brimble angedeutet hat, dass er dich heiraten möchte, habe ich, wie gerade schon gesagt, dies für eine gute Partie gehalten.«

»Es war also Brimbles Einfall?«, fragte Tamsin.

»Er hat es vorgeschlagen und ich habe zugestimmt, dass es eine gute Verbindung sei. Ich wusste ja nicht, dass du es auf einen Baron von hohem Stand abgesehen hattest.« Jetzt blickte er in ihre Richtung. »Ich habe dich nie für eine gesellschaftliche Aufsteigerin gehalten, Tamsin.«

Tamsin keuchte und spürte einen seltenen Anflug von Wut. »Das bin ich nicht, und ich kann mir nicht vorstellen, warum du das von mir denkst. Ich habe Droxford in Weston kennengelernt, und wir beide sind zu dem Schluss gekommen, dass wir zusammenpassen.« Sie belog ihren Vater nicht gern, aber dass er an ihrer Heirat zweifelte, wenn er sie schon nicht befürwortete, konnte sie nicht ertragen. »Ich hätte gedacht, du würdest mit mir über die Ehe sprechen. Du hast mich nicht einmal gefragt, ob ich heiraten will.« Nie hatte er sie etwas gefragt. Es war nicht so, dass ihr das nicht bewusst gewesen wäre, doch endlich erkannte sie an, wie er sie behandelte.

Und das tat weh.

»Du bist sicher von deiner Reise müde«, meinte er schroff. »Wir sehen uns beim Dinner.«

Wie oft hatte sie darauf gewartet, nur damit sie ihm am Ende sein Abendessen brachte, nachdem er nicht gekommen war? »Das hoffe ich.«

Tatsächlich?

Oder wäre es ihr nicht sogar lieber, nur mit ihrer Großmutter zu speisen? Großmutter würde sich sicher freuen, wenn ihr Vater nicht auftauchen würde. Und vielleicht würde Tamsin das zum ersten Mal auch gefallen.

Schon bald würde sie Penrose House für immer verlassen. Sie würde ein neues Leben mit einem Ehemann beginnen, der sie beschützen und an die erste Stelle setzen wollte.

Dann wäre sie nicht so einsam wie hier, denn Droxford hatte sich bereits als wunderbarer Gesellschafter erwiesen, ob er nun zusammen mit ihr bei einem Lunch saß oder am Strand Muscheln suchte. Vielleicht hatten sie beide sich nicht für diesen Weg entschieden, aber sie hatten sich dazu verpflichtet, und Tamsin erkannte die Möglichkeit, eine echte Ehe mit Droxford aufzubauen.

Ihr wiedererweckter Optimismus beschwichtigte den Ärger, den sie mit ihrem Vater gehabt hatte. Sie musste nur – genau wie immer – an diesem Optimismus festhalten.

KAPITEL 10

Als Isaac sich der Tür zum Penrose House näherte, fühlte er sich von der Angst gepackt, der er in den letzten Wochen keine Beachtung geschenkt hatte. Nun konnte er dem Gedanken nicht länger ausweichen, dass er morgen heiratete – und sein Leben dann anders werden würde, und dass nicht unbedingt so, wie es ihm beliebte.

Auf seiner Reise hierher *hatte* er über die Vorzüge einer Ehefrau nachgedacht und insbesondere über eine mit dem freundlichen Wesen von Miss Penrose. Sie wäre eine ausgezeichnete Gastgeberin und würde einen herzlichen Gegensatz zu seiner Unnahbarkeit bilden. Tatsächlich könnte sie ihm in London von großer Hilfe sein.

In der nächtlichen Abgeschiedenheit seines Schlafzimmers hatte er, während er dort im Dunkeln lag, auch über die anderen Vorzüge einer Ehefrau nachgedacht. Die Vorstellung allerdings, Tamsin so dicht an sich heranzulassen, erfüllte ihn mit Grauen. Denn die einzige andere Person, mit der er auf vertraute Weise intim gewesen war, hatte er auf diese Weise ruiniert. Sollte Tamsin die Wahrheit darüber erfahren, wer er in Wirklichkeit war, würde sie niemals in seine Nähe kommen wollen.

Sie wollte keinen Halunken heiraten, hatte sie in aller Entschlossenheit erklärt, und jetzt war er hier und forderte von ihr, genau das zu tun. Er hatte sich in keiner Weise verändert oder reformiert, wie Wellesbourne dies auf sich genommen hatte.

Vielleicht hätte er ihr erlauben sollen, die Verlobung zu lösen.

Miss Penrose und er hatten jeweils zwei Briefe gewechselt, die jedoch keinen Hinweis auf ihre Gefühle oder Gedanken über die bevorstehende Hochzeit gaben. Sie hatte sich nach dem Datum seiner Ankunft erkundigt, und er konnte nicht entscheiden, ob sie das beunruhigte. Dazu musste er allerdings eingestehen, dass er sie auch nicht gefragt hatte. Er hielt es im Augenblick für besser, ihren Austausch über die Hochzeit aufzusparen, bis sie sich persönlich gegenüberstanden. Nun war dieser Moment gekommen

Isaac klopfte an die Tür und wurde wenige Augenblicke später von einer weißhaarigen Haushälterin mit rosigen Wangen und dunkelbraunen Augen voller Fältchen in den Augenwinkeln begrüßt. Sie erweckte den Eindruck einer fröhlichen Person, die oft und gern lächelte. Da Tamsin hier wohnte, hatte Isaac nichts anderes erwartet.

Die Haushälterin machte große Augen. »Endlich sind Sie da!« In ihrem melodischen, kornischen Tonfall schwang sowohl Freude als auch ein Anflug von Erleichterung mit.

»Ich bin Droxford. Ich bedaure meine späte Ankunft.« Er hatte gehofft, schon früher am Tag anzukommen, aber gestern hatte es geregnet, und das hatte ihre Reise verzögert.

Die Haushälterin lud ihn mit einer Geste ihrer Hand ein, einzutreten, wobei sie die Tür gleichzeitig weit öffnete. »Ich bin Mrs. Treen. Tamsin wird sich freuen, dass Sie hier sind.«

Isaac zog seinen Hut und seine Handschuhe aus, und die Haushälterin wollte sie ihm abnehmen, nachdem sie die Tür geschlossen hatte. Er reichte ihr die Dinge und blickte sich in der dunkel getäfelten Eingangshalle um. »Ist Miss Penrose zugegen, um mich zu begrüßen?«, fragte er.

»Gewiss. Aber Mr. Penrose hat entschieden, dass Sie zuerst mit ihm sprechen müssen. Ich soll Sie nach Ihrer Ankunft in sein Arbeitszimmer führen. Würden Sie mir bitte folgen?«

Isaac wollte darauf bestehen, Miss Penrose zuerst zu sehen, doch andererseits lag es nicht in seiner Absicht, der Haushälterin Scherereien zu machen. Ihr Brotherr hatte ihr eine bestimmte Aufgabe gestellt, und er wollte nicht, dass sie dagegen verstieß.

Seine Schultern waren angespannt, da er sich auf das bevorstehende Gespräch nicht gerade freute. Mr. Penrose hatte auf seinen Brief bezüglich der Hochzeitspläne mit Irritation geantwortet. In seiner Antwort hatte es geheißen, Isaac hätte ihn um Erlaubnis bitten sollen, seine Tochter zu heiraten, und zudem gab es zu bedenken, dass sie beinahe schon mit einem anderen verlobt gewesen sei. Isaac hatte sich die Mühe einer Antwort darauf erspart.

Als er Mrs. Treen durch das Haus folgte, stellte Isaac fest, dass das Gebäude mindestens hundert Jahre alt sein musste. Das Haus befand sich in einem gepflegten Zustand, aber einige der Wände konnten durchaus neue Tapeten und etwas frische Farbe vertragen. Die Möbel waren zwar schön, jedoch ein wenig aus der Mode gekommen. Das wusste Isaac nur aufgrund der Bemerkungen seiner Tante, die sie über seine Einrichtung auf Wood End gemacht hatte. Sie bemühte sich um einen eleganten und modischen Stil, der aber auch komfortabel sein sollte, doch sie hatte ihren Ehemann nicht immer dazu bewegen können, für solche Dinge Geld auszugeben. Seit seinem Einzug vor vier

Jahren hatte Isaac kein einziges Stück des Mobiliars ausgetauscht.

Würde Miss Penrose die Einrichtung auf den neuesten Stand bringen wollen? Er sollte davon ausgehen, dass sie dem Haus, dessen Herrin sie sein würde, ihre persönliche Note verleihen wollte. Hatte man ihr das hier gestattet?

Das Arbeitszimmer lag im hinteren Bereich des Erdgeschosses. Mrs. Treen blieb vor einer dunklen Holztür stehen. Ehe sie anklopfte, zögerte sie einen kurzen Moment, und ihr Kiefer schien sich anzuspannen.

Isaac konnte Schritte hören, ehe die Tür von innen geöffnet wurde und Tamsins Vater in Erscheinung trat. Er war einige Zentimeter kleiner als Isaac und hatte ein schmales, ein wenig müde wirkendes Gesicht.

Mrs. Treen neigte den Kopf ein wenig. »Verzeihen Sie bitte die Störung, Mr. Penrose, aber Sie wollten Lord Droxford sehen, sobald er angekommen ist.«

Penroses Blick richtete sich auf Isaac. »Ist er das? So muss es wohl sein. Kommen Sie herein.« Er wandte sich ab, und Isaac tauschte einen Blick mit Mrs. Treen.

»Gehen Sie schon«, flüsterte sie. »Ich sage Tamsin Bescheid, dass Sie hier sind.« Sie schenkte Isaac ein aufmunterndes Lächeln, als er das Arbeitszimmer betrat.

Dann schloss sich die Tür hinter ihm mit einem raschen Schnappen. Isaac warf einen Blick zurück und war überrascht, dass die Tür fest geschlossen worden war. Sollte dies ein heikles Gespräch werden?

Penrose hatte sich auf die andere Seite seines Schreibtisches gesetzt. War das damit zu erklären, dass er sich dort am wohlsten fühlte? Angesichts der auf dem Schreibtisch verstreut liegenden Bücher und Papiere steckte er offensichtlich mitten in einer Arbeit. Oder wollte er aus irgendeinem Grund eine Barriere zwischen ihnen errichten?

»Es ist höchste Zeit, dass Sie endlich herkommen«,

meinte Penrose unwirsch. Die tief herabgezogenen Augenbrauen des Mannes und die irritiert verkniffenen Lippen sowie sein wenig einladender Tonfall vermittelten Isaac den Eindruck, als sei er genauso verärgert, wie er in seinem Brief geklungen hatte.

Isaac, der allein schon aufgrund seines Briefes geneigt war, Ressentiments gegen den Mann zu hegen, bemühte sich trotzdem um einen freundlichen Gesichtsausdruck. Oder zumindest einen gelassenen. »Ich freue mich, Ihre Bekanntschaft zu machen. Ich bedaure, dass ich nicht früher kommen konnte.«

Darauf verstärkte sich Penroses Stirnrunzeln noch. »Ich muss sagen, dass mich Ihre verspätete Ankunft enttäuscht.«

Isaac gab sich alle Mühe, seine Stirn nicht zu runzeln. »In meinem Brief stand, dass ich auf meinem Anwesen viel zu tun habe.«

»Haben Sie denn keinen geeigneten Verwalter, der diese Dinge für Sie regelt?«

Nun erwachte Isaacs Zorn. Er hatte einen Großteil seiner Jugend damit verbracht, sich vor seinem Vater zu rechtfertigen, oder genauer gesagt, sich gegen ihn zu verteidigen und er dachte gar nicht daran, sich hier von diesem Mann, den er gerade kennengelernt hatte, in die gleiche Position drängen zu lassen. Selbst wenn Penrose Isaacs zukünftiger Schwiegervater war. »Ich habe einen ausgezeichneten Verwalter. Dennoch war meine Anwesenheit erforderlich. Falls Sie sich Sorgen machen, dass mir Ihre Tochter weniger wichtig ist als mein Vermögen, dann seien Sie versichert, dass ich ihr Wohl über alles andere stellen werde.«

Penrose starrte ihn einen Moment lang an, ehe er dann ein leises Brummen ausstieß. »Ich bin froh, das zu hören. Wenn Sie es wirklich ernst meinen, werden Sie Tamsin erlauben, im November hierher zurückzukehren und bis Januar zu bleiben. Sie wird die Weihnachtszeit mit den

Menschen verbringen wollen, die sie am besten kennt. Sie wird auch im Juni zurückkehren und bis August bleiben müssen. Jedenfalls bis Juli, bevor sie für den August zu ihrer Großmutter nach Weston übersiedelt.« Das Letzte äußerte er mit einem gewissen Widerwillen, als ob ihm diese Regelung nicht gefiel.

War das Tamsins Wunsch? In den Briefen, die Isaac von ihr erhalten hatte, war davon nicht die Rede gewesen. Vielleicht wartete sie aber darauf, dies persönlich mit ihm zu besprechen. Er kam zu dem Schluss, dass er diese Angelegenheit mit seiner Braut und nicht mit ihrem Vater klären würde. »Ihre Tochter und ich haben noch nicht darüber gesprochen, wo wir das Weihnachtsfest verbringen werden.«

»Wahrscheinlich ist sie viel zu nervös, um das Thema zur Sprache zu bringen«, meinte Penrose. »Deshalb wollte ich das Ihnen gegenüber erwähnen. Möglicherweise vermittelt sie nicht, wie wichtig es ihr ist, diese Zeit hier zu verbringen, weil sie Bedenken hat, dass Sie kein Verständnis dafür aufbringen würden.«

Dass sie das Gefühl hatte, nicht mit ihm über solche Dinge reden zu können, wollte Isaac nicht gefallen. Aber warum sollte es auch anders sein? Ihre Verlobung war zustande gekommen, um einen Skandal zu vermeiden, und seitdem hatten sie keine Zeit miteinander verbracht. Da gab es noch jede Menge Dinge, die sie nicht besprochen hatten und noch besprechen sollten.

War es Isaac einerlei, ob sie es vorzog, die Hälfte des Jahres in Cornwall zu verbringen? Keiner von ihnen beiden hatte heiraten wollen, also war dies vielleicht eine akzeptable Lösung. »Wenn es Miss Penrose glücklich macht, so viel Zeit hier zu verbringen, wie könnte ich dann etwas dagegen haben?«

»Miss Penrose?«, fragte ihr Vater. »Reden Sie so von Ihrer zukünftigen Frau?«

Noch nie hatte Isaac sie mit Tamsin angesprochen oder sie auch nur in Gedanken beim Vornamen genannt. Damit sollte er seiner Vermutung nach schleunigst anfangen. Zumindest mit Letzterem. »Bis wir verheiratet sind, ja.«

»Das ist sehr nobel von Ihnen«, murmelte Penrose. »Ich freue mich, dass Ihnen das Glück meiner Tochter am Herzen liegt. Nicht erfreut bin ich jedoch über Ihr Verhalten in Weston. Sie hätten mich um die Erlaubnis bitten müssen, meine Tochter zu heiraten.«

Wieder einmal fühlte Isaac ein kurzes Aufflackern seiner Gereiztheit. »Das haben Sie in Ihrem Brief auch gesagt. Aber sie ist in einem Alter, in dem sie Ihre Erlaubnis nicht mehr braucht. Ich war mir Ihrer Missbilligung bewusst, als ich Ihren Brief erhielt.«

Penrose warf ihm einen säuerlichen Blick zu. »Da Sie mir eine Antwort schuldig geblieben waren, war ich mir nicht sicher, ob dem so war. Wie Sie meinen Freund behandelt haben, war abscheulich. Haben Sie ihm eine Entschuldigung geschickt, wie ich es vorgeschlagen habe?«

»Das habe ich nicht«, entgegnete Isaac fest. »Der Mann hat Ihre Tochter ohne ihre Zustimmung angefasst – reichlich grob sogar. Sie hat Ihnen das doch sicher alles erklärt?«

»Das hat sie, und ich habe ihr geantwortet, es handele sich wahrscheinlich um ein Missverständnis«, meinte Penrose abwehrend. »Brimble hat nur versuchen wollen, die Verlobung mit Tamsin zu regeln.«

Isaac strengte sich an, die Ruhe zu bewahren. »Ich wage zu behaupten, dass Brimbles Bericht einseitig war. Ihr *Freund* hat versucht, sie zu packen, und ich habe ihn zuvor gewarnt, dies nicht noch einmal zu tun. Leichtsinnigerweise unternahm er dann ein zweites Mal einen Versuch, und ich war gezwungen, dafür Sorge zu tragen, dass es ein drittes Mal nicht vorkommen konnte.«

»Das klingt nicht nach Brimble.«

Wie konnte dieser Mann sich auf die Seite seines Freundes stellen und nicht auf die seiner eigenen Tochter, die wahrscheinlich nicht einmal eine Lüge erfinden könnte, wenn sie dazu gezwungen wäre? Wie konnte der Mann nicht das gleiche Bedürfnis wie er selbst haben, sie zu beschützen und für ihre Sicherheit zu sorgen?

»Trotzdem ist es so gekommen«, meinte Isaac kühl und er war erleichtert, dass er Tamsin von ihrem egoistischen Vater fortbringen würde.

Penrose brummte, und Isaac musste seine ganze Selbstbeherrschung aufbringen, um dem Mann nicht ins Gesicht zu schleudern, was für ein schrecklicher Vater er war. Stattdessen meinte er: »Sie hatten vermutlich gehofft, die beiden würden zusammenpassen, doch dem war nicht so. Wie es der Zufall so wollte, war ich zuerst zur Stelle.« Diese Feststellung war lächerlich, aber unbedingt notwendig.

»Und harmonieren Sie mit meiner Tochter?«

»Es hat ganz den Anschein.« Was hätte Isaac auch anderes entgegnen sollen?

»Ich gestehe, dass ich mir die Frage stelle, ob Ihre Verlobung nicht vielleicht aufgrund der Anwesenheit einer Frau zustande gekommen ist, die aus dem Vorfall einen Skandal hatte machen wollen. Brimble hat mir erzählt, was passiert ist.« Nun war Penroses Blick anklagend.

Wieder musste Isaac um seine Geduld ringen. »So war es nicht ganz, nein. Obwohl Miss Penrose und ich uns nicht dafür entschieden hatten, unsere Verlobung auf diese Weise bekannt zu geben, ist es unter den gegebenen Umständen bedauerlicherweise so gekommen. Wäre Brimbles inakzeptables Verhalten nicht gewesen, so hätten die Ereignisse nicht diesen Verlauf genommen.« Isaac holte tief Luft und ignorierte jeglichen Gedanken über sein eigenes inakzeptables Verhalten – er hätte niemals im Garten sein dürfen, und doch überlegte er jetzt, wozu Brimble wohl ohne seine

Anwesenheit imstande gewesen wäre. »Ich würde es begrüßen, wenn Sie nun davon absehen würden, Ihr Augenmerk
auf die Vergangenheit zu richten und es stattdessen auf die
glänzende Zukunft zu lenken, die auf Ihre Tochter wartet.«
Isaac unterließ es ein *als adlige Lady* anzufügen, obwohl er
durchaus mit diesem Gedanken spielte. Welcher Vater wäre
darüber nicht erfreut?

Penrose spannte den Kiefer an. »Tamsin gilt meine größte
Sorge. Wenn Sie ihr erlauben, die Weihnachtszeit und den
Sommer hier zu verbringen, wird sie sich freuen. Seit ihrer
Ankunft zu Hause hat sie Trübsal geblasen. Sie wird alle hier
in Penrose House vermissen.«

Isaac hatte mit der Vorstellung Schwierigkeiten, dass
Tamsin Trübsal blies, aber könnte es sein, dass sie sich vor
ihrer Ehe fürchtete? Er wollte sie nicht unglücklich machen.
Noch war es nicht zu spät, die Hochzeit abzusagen. Er hatte
sich mit dem Gedanken abgefunden, dass er heiraten würde,
wenigstens auf dem Papier. Eine andere Möglichkeit gab es
einfach nicht.

Er wäre als Halunke gebrandmarkt, falls er sie nicht
heiraten sollte. Was er in Wahrheit auch verdient hatte. Doch
Tamsin würde ebenso ruiniert sein, und das hatte sie *nicht*
verdient. Darüber hinaus säße sie hier mit ihrem Vater fest,
der sie nicht ehrte und wahrscheinlich einen weiteren
Versuch unternehmen würde, sie mit einem ungeeigneten
Mann zu verheiraten.

Wäre sie Lady Droxford, könnte er ihr ein erfülltes Leben
als Herrin ihres eigenen Hauses und eines großen Anwesens
bieten. Sie wäre die Dame seiner Londoner Residenz, und er
konnte sich nur zu gut vorstellen, mit welcher Inbrunst sie
ihre Freude in einen Lebensbereich einbrachte, in dem keine
vorhanden war.

Das war alles in Ordnung. Es war sogar ausgezeichnet.
Trotz allem wäre es eine Ehe, die nur auf dem Papier

bestehen würde. Er konnte nicht mit Tamsin intim werden. Denn dann müsste er ihr die Wahrheit sagen, damit sie ihr volles Einverständnis zum Ausdruck bringen könnte. Das brachte ihn zu dem Grund zurück, der ihn bewogen hatte, diese Ehe einzugehen, ohne vorher aufrichtig zu ihr zu sein: Wenn sie wüsste, was für ein Halunke er war, würde sie ihn nicht heiraten und wäre damit ruiniert. Das würde sie der Gnade ihres Vaters ausliefern. Somit war er wieder dort angelangt, wo er vor drei Wochen in diesem Garten ange-fangen hatte – er befand sich in einer unmöglichen Lage.

Penrose und er lenkten bei einem Klopfen den Blick zur Tür. Ehe Isaac sich umdrehte, nahm er ein Aufblitzen von Irritation in Penroses Blick wahr. Offenbar war er leicht zu verärgern.

»Herein«, rief Penrose schroff.

Die Tür sprang ein paar Zentimeter auf. »Papa? Ich habe gehört, dass Lord Droxford angekommen ist.«

Isaac konnte ihr Gesicht nicht erkennen. Beim Sprechen hielt sie die Tür nur einen kleinen Spalt geöffnet. Doch allein der Klang ihrer Stimme ließ seinen Puls schneller schlagen. Ihre Periode der Trennung hatte sein Verlangen nach ihr nicht gemindert, sondern so verfestigt, dass dies tatsächlich an Besessenheit grenzte. Eigentlich war es wie bei Mary, wenn nicht noch schlimmer. Er sollte sich nur vor Augen halten, wie dies ausgegangen war. Rasch schüttelte er das Gefühl einer bösen Vorahnung ab.

»Er ist hier«, antwortete Penrose. »Komm herein, Mädchen. Besser noch, du nimmst ihn mit, denn ich habe zu tun.«

Tamsin drückte die Tür weiter auf, und endlich bot sie sich Isaacs Blick dar. Sie trug ein schlichtes Kleid in einem zarten Rosa und hatte ihr braunes Haar zu einer adretten Frisur aufgesteckt. Und sie sah noch schöner aus, als er sie in Erinnerung hatte.

Sie formte die Lippen zu einem breiten Lächeln, das den Raum erhellte. »Droxford, wie schön, Sie zu sehen.«

»Hinaus mit euch beiden«, meinte Penrose ungeduldig.

Isaac blickte zurück zu ihrem Vater. »Ich danke Ihnen für die Gelegenheit, mich kennenzulernen. Ich bin sicher, dass wir heute Abend beim Dinner und natürlich morgen mehr Zeit miteinander verbringen.« An ihrem Hochzeitstag. Er ignorierte die beharrliche Strömung der Angst, die er in seinen Adern fühlen konnte.

Tamsin gab ihm mit einem leichten Nicken zu verstehen, dass er ihr folgen sollte. »Gehen wir.«

Er brauchte keine zweite Ermunterung, der Gesellschaft ihres Vaters zu entrinnen. Als er vor dem Arbeitszimmer stand, schloss sie eilig die Tür.

»Meiner Vermutung nach zieht Ihr Vater es vor, seine Tür geschlossen zu halten«, meinte Isaac sardonisch, als er seinen Blick zurück auf das Arbeitszimmer richtete.

»Immer. Es war mir gerade mehr als unangenehm gewesen, anzuklopfen. Er mag keine Störungen, es sei denn, es handelt sich um eine dringende Angelegenheit.«

Erstaunt zog er eine Augenbraue in die Höhe. »War es das nicht?«

»Nun, für *mich* war es dringend«, entgegnete sie lächelnd. »Für ihn aber nicht.« Sie wies mit der Hand in Richtung der geschlossenen Tür. »Er ist jetzt unwichtig. Ich freue mich, dass Sie hier sind.«

»Ich bedauere zutiefst, so spät angekommen zu sein«, platzte er heraus.

»In Ihrem Brief haben Sie geschrieben, Sie hätten sich um viele Dinge zu kümmern.« Sie zuckte mit den Schultern. »Bestimmt sind Sie so schnell wie möglich hergekommen. Wir gehen hier entlang.« Ohne ihn zu berühren, führte sie ihn durch eine Galerie, die das Erdgeschoss durchzog, bis sie zu einem gemütlichen Wohnzimmer kamen.

»Hoffentlich haben Sie sich keine Sorgen gemacht«, brachte er hervor, weil er dachte, dass die Ankunft am Vorabend der Zeremonie eventuell als ungebührliches Verhalten ausgelegt werden könnte, das ihre Freundinnen und sie verachteten.

»Ich war überrascht, als mein Vater mich darüber informierte, aber Sie haben mir die Sache ja erklärt, als ich Sie danach fragte.« Nun lächelte sie ihn an. »Ich verstehe, dass Sie ein vielbeschäftigter Baron sind.«

Es freute ihn, dass sie nicht verärgert war. »Danke.«

Einen Moment lang sah sie ihn schweigend an. Überlegte sie – genau wie er –, was sie sagen sollte? Wann war die Beziehung zwischen ihnen so förmlich geworden?

Sich diese Frage überhaupt zu stellen, war einfach töricht. Ihre Freundschaft war in dem Moment zerbrochen, als er diesen aufgeblasenen Brimble geschlagen hatte.

Isaac ergriff zuerst das Wort. »Mir ist vollkommen bewusst, dass wir nicht viel Zeit miteinander hatten – seit ... jenem Abend im Hotel war uns keine Zeit zum Reden geblieben. Ich hätte Sie noch einmal besuchen sollen, ehe ich am nächsten Tag abreiste, denn dann hätten wir ein paar Dinge besprechen können.«

»Das ist schon in Ordnung«, entgegnete sie, großmütig wie immer. »Sie hatten Ihre Abreise ohnehin schon geplant, also hatte ich nicht mit Ihnen gerechnet.«

»Es ging alles so schnell, und an jenem Abend war die Lage sehr angespannt gewesen.« Isaac war es leid, weitere Ausflüchte zu machen. Er musste die Dinge auf den Punkt bringen. »Sie hatten angedeutet, dass Sie die Verlobung lösen wollten. Ich hätte Ihren Wunsch nicht einfach ignorieren dürfen. Ist das noch immer Ihr Wunsch?«

Sie schaute ihn aus großen Augen an, ehe sie blinzelte. Dann konnte er an ihrer sich bewegenden Kehle sehen, dass sie schluckte. »Ähm, nein. Ich bin gewillt, morgen zu heiraten. Es sei denn, *Sie* wollen die Verlobung lösen? Ich gestehe, dass ich mich gefragt habe, ob Ihnen Zweifel gekommen waren, als Sie Ihre Reise verschoben haben.«

Isaac verabscheute sich dafür, weil sie nicht ganz unrecht hatte. »Ich will die Heirat nicht absagen. Ich bin ein Mann, der zu seinem Wort steht.« Er war auch ein Mann, der ihr die Wahrheit vorenthalten hatte. »Was wäre, wenn ich Ihnen eröffnen würde, dass ich in Wirklichkeit ein Halunke bin? Dass ich Dinge getan habe, auf die ich nicht stolz bin. Dinge, die Sie vielleicht dazu veranlassen würden, so weit wie möglich vor mir wegzulaufen. Aber fragen Sie mich bitte nicht, was das für Dinge sind. Sie liegen in der Vergangenheit.«

Es dauerte einen Moment, bis sie sich zu einer Antwort durchrang, und Isaac befürchtete, sie könnte ihre Meinung geändert haben. Befürchtete? Das sollte er sich für sie wünschen.

»Die Tatsache, dass Sie sich darüber solche Sorgen machen und mir dazu noch sagen, diese Dinge gehören der Vergangenheit an, sagt mir eigentlich alles, was ich wissen muss«, entgegnete sie leise. »Wenn Sie jemals ein Halunke gewesen sind, haben Sie sich eindeutig gebessert. Ich werde nicht vor Ihnen davonlaufen.«

Sie wollte ihn heiraten. Nun hatte er ihr die Gelegenheit angeboten, die Verlobung abzusagen, und sie hatte sie ausgeschlagen. Erleichterung durchflutete ihn, was bewies, dass er sich nicht im Geringsten gebessert hatte.

»Wollen Sie weiterhin nach dem Hochzeitsfrühstück abreisen?«, erkundigte er sich, in dem Versuch, seine Gedanken abzulenken. Obwohl sie sich in ihrer Korrespondenz auf dieses Arrangement geeinigt hatten, wollte Isaac sichergehen, dass sie ihre Meinung nicht geändert hatte, zumal ihr der Weggang von zuhause nach Aussage ihres Vaters schwerfiel.

Als sie nicht gleich antwortete, nahm Isaac das als Zeichen dafür, dass sie zumindest hin- und hergerissen war, was dieses Thema anging. »Wir könnten ein oder zwei Tage länger bleiben?«, schlug er vor. »Oder sogar drei. Es besteht kein Anlass für eine überstürzte Abreise. Dann können Sie zum Weihnachtsfest und zum Dreikönigstag wiederkommen.«

Auf ihrer Stirn zeichneten sich feine Linien ab. »Kommen Sie nicht mit mir zurück?«

Jetzt war *er* es, der zögerte, bevor er antwortete. »Wenn Sie es wünschen, komme ich mit, aber vielleicht nicht so lange, wie Sie bleiben wollen.«

»Wie lange …?«

Bevor sie zu Ende sprechen konnte, betrat Mrs. Treen das Wohnzimmer und schenkte ihnen ein entschuldigendes Lächeln. »Verzeihen Sie die Störung, aber Tamsin muss zu Ellie, um letzte Anpassungen an ihrem Hochzeitskleid vorzunehmen.«

Tamsin sah zu Isaac. »Ellie ist unser Dienstmädchen im Obergeschoss, das mir auch ab und zu hilft.«

Isaac wusste, dass sie keine Zofe hatte, weil sie dies in einem ihrer Briefe erwähnt hatte. Sie hatte angedeutet, dass ihre Haushälterin ihr gesagt hatte, sie bräuchte eine. Dann hatte sie gefragt, ob er damit einverstanden sei.

Was wusste er schon davon, was eine Lady brauchte? Ihm selbst hatte es Schwierigkeiten bereitet, sich an seinen Kammerdiener zu gewöhnen. Doch dann hatte er seine Haushälterin in dieser Angelegenheit befragt, und sie war hocherfreut, eines der Dienstmädchen für die neue Lady auszubilden.

Wenn er auch noch nicht alles gesagt hatte, was zu sagen war, musste Isaac einsehen, dass alles Weitere noch warten musste. Das Wichtigste hatten sie ohnehin geklärt – morgen würden sie tatsächlich heiraten.

»Ich werde mich entschuldigen, damit Sie sich um Ihr
Hochzeitskleid kümmern können«, meinte er. »Wir sehen
uns heute Abend, wenn ich zum Dinner zurückkomme.« Sie
hatten geplant, hier im Penrose House mit ihren Freundinnen zu Abend zu essen.

»Bis dahin.« Tamsin raffte ihre Röcke und ging hinaus,
womit sie ihn mit der Haushälterin allein zurückließ.

Nachdem Tamsin gegangen war, meinte Mrs. Treen: »Ich
gebe zu, ich war besorgt, als Tamsin sich so plötzlich verlobt
hat.« Sie betrachtete ihn mit unverhohlenem Interesse, als
wolle sie sich ein Urteil über ihn bilden. »Aber Sie werden
dafür sorgen, dass es ihr gut geht, nicht wahr?«

»Das werde ich.«

Mrs. Treen nickte ihm entschlossen zu. »Das ist gut. Sie
sieht bestimmt wie der glücklichste, fröhlichste Mensch aus,
den Sie je kennengelernt haben – und das ist sie in Wahrheit
auch. Allerdings hat sie noch mehr zu bieten, Mylord, und
ich hoffe, Sie erkennen, dass sie einen gütigen und liebevollen Ehemann braucht, der ihr ein treuer Gefährte ist.
Jemand, auf den sie sich verlassen kann, ganz gleich, was
geschieht.« Sie ging auf die Galerie zu, die zur Eingangshalle
führte. »Ihr Hut und Ihre Handschuhe liegen bei der Tür.«

Als Isaac Mrs. Treen folgte, dachte er eingehend über ihre
Worte nach. Gewiss steckte in Tamsin mehr als ihr fröhliches Gemüt. Wie auch ihm selbst mehr als seine grüblerische
Ernsthaftigkeit innewohnte. Nicht, dass er irgendjemandem
gestattete, ihn darüber hinaus zu kennen. Würde sie ihm ihre
andere Seite zeigen? Und wenn dem so war, würde er dann
seinen Schutzwall für sie einreißen?

Bislang hatte er sich keine großen Gedanken darüber
gemacht, wie unterschiedlich veranlagt sie waren, und das
hätte er wohl wirklich tun sollen. Vielleicht erwies er ihr
einen schlechten Dienst, indem er sie an sich band. Ganz
eindeutig hatte sie das schlechtere Ende des Arrangements

erwischt, wenn man dies unter Berücksichtigung ihrer Persönlichkeit betrachtete.

Allerdings hatte er ihr die Gelegenheit gewährt, die Verlobung abzusagen, die sie ausgeschlagen hatte. Ihre gemeinsame Zukunft, in welcher Weise sie sich auch immer entwickeln würde, war damit gesichert.

Was auch immer geschehen mochte, hatte er keinen Zweifel, dass sie eine ausgezeichnete Ehefrau und Dame des Hauses sein würde. Er würde eine Möglichkeit finden, für ihr Glück zu sorgen – das war das Mindeste, was er tun konnte.

KAPITEL 11

*D*er Saphirring an Tamsins linker Hand fühlte sich
unter ihrem Handschuh wie ein Fremdkörper an,
als sie in einem Landauer von der Kirche nach Penrose
House fuhren. Ihr Ehemann saß neben ihr und sah in seinem
dunkelblauen Frack und der schimmernden schwarzen Hose
tadellos aus.

Die Zeremonie war wundervoll gewesen, insbesondere
weil alle ihre Freundinnen gekommen waren. Tamsins
Großmutter weinte Freudentränen und äußerte ihre Hoffnung, die beiden bald auf Wood End besuchen zu dürfen.

Vor der Zeremonie hatte ihr Vater sie noch einmal
gefragt, ob sie sich sicher sei, dass sie Isaac heiraten wollte,
und ihr nahegelegt, dass es noch nicht zu spät sei, ihre
Meinung zu ändern.

Tamsin hatte sich bemüht, ihr gestriges Gespräch zu
verdrängen, um an ihrem Hochzeitstag glücklich zu sein.
Doch das ständige Drängen ihres Vaters, Isaac nicht zu
heiraten, hatte ihrer Frustration über ihn neue Nahrung
geliefert. Gleichzeitig fühlte sie sich froh, von einem Mann
geheiratet zu werden, dem sie etwas bedeutete.

»War dein Vater erfreut, als er hörte, dass wir ein paar Tage bleiben werden?«, fragte Isaac, als die Kutsche durch St. Austell fuhr. Auf den Straßen waren einige Leute unterwegs, die ihnen zuwinkten, als sie vorbeikamen. Tamsin lächelte und winkte zurück.

»In Wirklichkeit habe ich nicht mit ihm darüber gesprochen.« Sie warf Isaac einen Seitenblick zu, während sie jemandem zuwinkte. »Ich würde es vorziehen, nach dem Frühstück aufzubrechen, wie wir es ursprünglich geplant hatten. Wenn es dir nichts ausmacht.«

»Das stört mich überhaupt nicht. Ich dachte nur, du wolltest eine Weile bleiben, ehe du das einzige Zuhause verlässt, das du je gekannt hast. Ich verstehe, dass du alle vermissen wirst, und es muss schwer für dich sein, an deinen Weggang von hier zu denken.«

Tamsin drehte sich zu ihm um, als sie die Stadt hinter sich ließen. Obwohl sie alle vermissen würde, hätte sie ihre bevorstehende Abreise keinesfalls als »schwierig« bezeichnet. »Wie kommst du darauf?«

Er zog eine Schulter hoch. »Das hat mir dein Vater gestern gesagt. Er möchte, dass du glücklich bist. Ihm liegt viel daran, dass du zufrieden bist. Das gilt auch für mich, weshalb ich deinem Wunsch, zur Weihnachtszeit und zum Dreikönigstag sowie im nächsten Sommer zurückzukehren, mehr als entgegenkomme.«

Als Isaac gestern vorgeschlagen hatte, dass sie über die Feiertage nach Hause kommen sollte, hatte sie befürchtet, er wäre lieber von ihr getrennt, aber das war nicht der Fall. Er hatte wirklich nur ihr Wohl im Sinne und das, was sie sich möglicherweise wünschte. Sie fühlte sich unglaublich glücklich, dies in diesem Mann gefunden zu haben, nachdem ihr klar geworden war, wie gering die Meinung ihres Vaters über sie war. »Es ist keineswegs mein Wunsch, für diese Zeit zurückzukehren«, meinte sie. »Ich habe mich schon gefragt, warum du das gestern erwähnt hast. Hat mein Vater dir das auch gesagt?«

»Das hat er.«

Es war ihrem Vater nicht recht, dass sie heiratete, und er wollte sie monatelang zu Hause bei sich haben.

Tamsin schürzte die Lippen und spürte einen weiteren seltenen Ausbruch von Wut, der sich wieder einmal gegen ihren Vater richtete. Warum brachte er sie so auf? Er hatte Isaac weismachen wollen, dass es ihr schwerfiel, von zuhause fortzugehen und dass sie über die

Feiertage zurückkehren wollte. Beides stimmte nicht. »Ich weiß nicht, warum mein Vater das gesagt hat, aber ich nahm an, Weihnachten und den Dreikönigstag in meinem neuen Zuhause zu verbringen.« Sie hielt inne und blickte ängstlich zu ihm hinüber. »Entspricht das nicht dem, was deine Frau tun sollte?«

»Ja, aber ich möchte dich glücklich wissen, und du kannst dir aussuchen, wo du sein möchtest.«

Angesichts Isaacs Sorge um sie schwächte sich Tamsins Wut auf ihren Vater ab. Sie war so froh, seine Unterstützung zu haben. Alle Zweifel, die sie über diese Ehe gehegt hatte, verschwanden. »Ich möchte mit dir zusammen sein«, brachte sie leidenschaftlich hervor. »Ich habe das beschlossen, als ich einer Heirat mit dir zugestimmt habe, und das habe ich vor kurzem in der Kirche bestätigt.«

»Dann ist das erledigt.« Seine Kehle arbeitete, sein Kiefer war verkrampft. Er wirkte nicht, als sei es »erledigt«.

»Gibt es noch etwas anderes?«, fragte Tamsin.

Er brauchte einen Moment, um zu antworten. »Ich würde eine Ehe nur dem Namen nach vorziehen. Zumindest für eine Weile, während wir uns aneinander gewöhnen«, fügte er hinzu.

»Ich verstehe.« Tamsin war nicht überrascht, auch wenn

es wehtat, ihn das sagen zu hören. Sie war nur froh, dass er nicht von einer dauerhaften Situation sprach.

»Das hätten wir gestern besprechen sollen«, meinte er, mit tief gerunzelter Stirn, während er die Augenbrauen tief über die Augen zog. »Es tut mir leid.«

Denn jetzt war es zu spät. Nun waren sie verheiratet. Das bedeutete allerdings auch, dass es sich nicht lohnte, sich darüber aufzuregen. Tamsin rang sich ein Lächeln ab. »Ich werde Geduld haben. Natürlich müssen wir uns kennenlernen.«

»Dein Einverständnis stimmt mich froh.« Er wirkte erleichtert. »Auf Wood End werden wir unseren Wohnraum teilen, aber getrennte Schlafgemächer haben. Ich habe auch dafür gesorgt, dass uns auf der Reise nach Wood End getrennte Schlafräume zur Verfügung stehen.«

Das war zwar sinnvoll, doch so wie die Dinge jetzt standen, gefiel ihr dies nicht. Wäre es nicht besser, wenn sie zumindest Freunde wären? »Ich würde gerne zu unserer früheren Freundschaft zurückkehren.«

Er sah sie an, und sein Blick war dabei so klar, wie sie es seit seiner Ankunft nicht mehr gesehen hatte. »Das würde ich auch gern. Ich habe unsere Gespräche sehr genossen.«

Ironischerweise verstummten sie, als sie aus St. Austell hinaus in Richtung Penrose House fuhren. Wahrscheinlich war es leichter gesagt als getan, zu ihrem vorherigen freundschaftlichen Verhältnis zurückzukehren.

Endlich schaute er zu ihr hinüber. »Warum hat mir dein Vater erzählt, du wolltest viel Zeit hier verbringen, wenn das gar nicht stimmt?«

»Ich bin mir nicht sicher, was ihn dazu bewogen hat.« Tamsin hatte sich vorgenommen, vor ihrem Aufbruch mit ihm zu sprechen. Sein Verhalten entbehrte einfach jeder Logik. Außerdem hegte sie Groll gegen ihn und sie wollte nicht, dass die Dinge so zwischen ihnen blieben. »Ich vermute, dass *er* es ist, der sich meine Rückkehr wünscht. Und nicht ich habe Schwierigkeiten zu gehen, sondern es ist schwer für ihn. Wir waren immer nur einen Monat am Stück getrennt, da ich den August bei meiner Großmutter verbrachte. Er wird mich furchtbar vermissen.« Wieder fragte sie sich, ob dies damit zu erklären war, dass ihre Mutter ihn verlassen hatte und er sich nun von Tamsin trennen musste.

»Meiner Vermutung nach verbringt dein Vater viel Zeit in seinem Arbeitszimmer«, meinte Isaac. »Ich war überrascht, als er gestern Abend vor dem letzten Gang den Speisesaal verließ, um sich wieder seiner Arbeit zu widmen. Ist das typisch?«

Sie nickte. »Manchmal nimmt er das Abendessen nicht einmal im Speisezimmer ein.«

Isaac runzelte die Stirn. »Du isst allein?«

»Gelegentlich, aber wenn Papa arbeitet, esse ich meistens in der Küche.«

Eine seiner dunklen Brauen wölbte sich. »Ich muss mich wirklich fragen, warum dein Vater dich vermissen sollte, wenn er die meiste Zeit in seinem Arbeitszimmer verbringt.«

Tamsin konnte an Isaac Logik nichts auszusetzen haben. Darüber hinaus konnte sie auch nicht leugnen, dass sie sich für ihren Vater entschuldigte und sie sich die größte Mühe gab, zu erklären, warum er sie ignorierte. »Vermutlich haben wir eine einzigartige Beziehung.«

Die Kutsche rollte über eine Bodenwelle und Tamsin stürzte vom Sitz nach vorn. Isaac umfing sie mit seinen Armen und zog sie zurück.

Sie drehte sich in seinen Armen und blickte nun in seine lodernden grauen Augen. Alles um sie herum schien zu versinken, sodass es nur noch sie beide gab, die in diesem Moment gefangen waren.

Nach einiger Zeit meinte sie: »Das erinnert mich an den Tag am Strand.«

Sein Blick lag offenbar auf ihrem Mund. Würde er sie nun endlich küssen?

Dann richtete er sie wieder und ließ sie auf dem Platz neben sich sinken. Natürlich würde er sie nicht küssen. Er wollte die Ehe nur auf dem Papier. Zumindest für die nächste Zeit.

»Wir sind angekommen«, verkündete er.

Tamsin drehte den Kopf, um seine Worte bestätigt zu sehen. Sie hatte gar nicht bemerkt, dass sie sich bereits in der Nähe von Penrose House befunden hatten. Denn sie hatte sich viel zu sehr von seiner Umarmung mitreißen lassen.

Als die Kutsche zum Stehen kam, stieg Isaac aus. Er bot ihr seine Hand an und half ihr beim Aussteigen. »Wir werden nach dem Hochzeitsfrühstück aufbrechen. Ich werde eine Nachricht an das Gasthaus schicken, dass mein Diener meine Sachen packen soll.«

Widerstrebend ließ sie seine Hand los. Trotz ihrer Handschuhe übertrug seine Berührung eine angenehme Wärme. Die in Weston für ihn empfundene Anziehung hatte sich nicht verflüchtigt. Im Gegenteil, sie konnte sie plötzlich stärker in sich fühlen. Lag das daran, dass er ihr so gesehen gesagt hatte, dass er nicht dasselbe wie sie empfand, und sie nun noch sehnlicher wollte, was sie nicht haben konnte?

Oder forschte sie nach nicht vorhandenen Dingen? So lange hatte sie sich eingebildet, dass ihr Vater sich um sie kümmerte und er wirklich ihr Bestes im Sinn hatte. Aber in Wirklichkeit stand er ihr vollkommen gleichgültig gegenüber.

Sie würde achtgeben müssen, dass ihr bei Isaac nicht dieselben Fehler unterliefen. Sie konnte sich zwar ihren Optimismus bewahren, aber vielleicht wäre es besser, wenn sie ein wenig vorsichtiger wäre.

≈

*B*eim Hochzeitsfrühstück ging es fröhlich und lebhaft zu, und viele Bekannte aus der Umgebung kamen, um zu gratulieren. Isaac war nicht im Geringsten überrascht, als er sah, wie viele Leute Tamsin alles Gute wünschen wollten.

Alle wurden von ihr mit ihrer üblichen Fröhlichkeit empfangen, und ihr Lachen erfüllte jeden Raum, in dem sie sich aufhielt. Isaac war froh, dass sie sich amüsierte. Aber trotzdem konnte er eine schwache Linie zwischen ihren Brauen ausmachen. Nur eine. War das ein Nachklingen ihrer Reaktion auf ihre Unterhaltung in der Kutsche, als er ihr gesagt hatte, er würde zumindest für den Moment eine Heirat nur dem Namen nach vorziehen.

Ihm war klar geworden, dass er ihr seine Ablehnung jeglicher Intimität ausdrücklich mitteilen musste, und er fühlte sich dabei nicht einmal schlecht, weil er zumindest in dieser Hinsicht ehrlich war. Er war kein guter Mensch. Er war ein Halunke, der bereits eine Frau ruiniert hatte.

Noch schlimmer war allerdings, dass er nicht aufhören konnte, an Tamsin in seinen Armen zu denken, und dann war sie ihm in der Kutsche ausgerechnet in die Arme gefallen. Jetzt war er wieder genau da, wo er mit ihr in Weston gewesen war, und grübelte darüber nach, was geschehen würde, wenn sie das nächste Mal zusammenstießen. Ob er sie küssen könnte ...

Den Wunsch zu hegen, seine Frau zu küssen, bedeutete aber nicht, ihn auch in die Tat umzusetzen. Er hatte seit mehr als einem Jahrzehnt niemanden mehr geküsst. Der Gedanke daran erfüllte ihn mit einer Mischung aus Beklemmung und Vorfreude. Für alle Ewigkeit würde er dies nicht vermeiden können. Es sei denn, sie käme zu dem Schluss, dass auch sie kein Interesse an einer richtigen Ehe hatte.

Das entsprach allerdings nicht seinem Eindruck. Sie schien enttäuscht von dem, was er gesagt hatte, und hatte dann gemeint, sie würde geduldig sein, was bedeutete, dass sie dies für eine vorübergehende Vereinbarung hielt. Was, wenn dem nicht so war? Was, wenn Isaac nie wieder die Bereitschaft aufbringen würde, sich für eine Frau zu öffnen?

Mrs. Dewhurst kam auf ihn zu, und Isaac entspannte sich ein wenig. Er mochte seine neue Schwiegergroßmutter wirklich.

»Ich würde fragen, warum du hier allein stehst«, meinte sie. »Aber ich habe gehört, dass du kein Interesse für gesellschaftliche Zusammenkünfte aufbringst, selbst dann nicht, wenn es sich dabei um deine eigene Hochzeitsfeier handelt.«

»Schuldig, fürchte ich. Ich bin froh, dass Tamsin sich amüsiert.«

»Das tut sie immer«, meinte Mrs. Dewhurst und richtete ihre Aufmerksamkeit auf Tamsin, die mit ihrem Cousin – der, wie Isaac jetzt erkannte, nun auch sein angeheirateter Cousin war – und den Prices sprach.

»Kommt sie nach ihrer Mutter?«, fragte Isaac und dachte, dass sie ihren guten Humor definitiv nicht von ihrem Vater geerbt hatte. Penrose hatte sich seit mehr als einer Viertelstunde wie ein gefangenes Tier in der Ecke des Salons versteckt.

Mrs. Dewhurst versteifte sich sichtlich, und ihr Kiefer mahlte. Zu spät erkannte Isaac, dass er die Tochter der Frau erwähnt hatte, die ihre Tochter und ihren Mann verlassen hatte. Es war möglich, wenn nicht sogar wahrscheinlich, dass Mrs. Dewhurst viele Gefühle dazu hatte, und er hatte sie alle an die Oberfläche geholt.

»Nein, Tamsin ähnelt ihrer Mutter in keiner Weise, abgesehen von einigen körperlichen Merkmalen«, meinte Mrs. Dewhurst schroff. »Meine Tochter war ein egoistischer Mensch. Tamsin hat ihren Optimismus und ihr freundliches

Wesen von mir und ihrem Großvater. Wenn ich ehrlich bin, vor allem von ihrem Großvater. Er war der gütigste und großherzigste Mensch, den ich je kannte. Abgesehen von Tamsin.« Ihre Gesichtszüge wurden weicher, als sie noch einmal zu ihrer Enkelin blickte.

»Ich bitte um Entschuldigung«, meinte Isaac. »Ich wollte kein beunruhigendes Thema ansprechen.«

Mrs. Dewhurst schenkte ihm ein schwaches Lächeln. »Die Abtrünnigkeit meiner Tochter wird mir wahrscheinlich immer wieder das Herz schwer machen. Ich denke selten an sie. So ist es einfacher.«

Isaac verstand das besser, als die Frau ahnen konnte. Sein Blick wanderte zu Tamsins Vater, der immer noch in der Ecke des Salons lauerte. Seine Augen waren weit aufgerissen und huschten durch den Raum, als suchte er nach einem Ausweg. Er schien für gesellschaftliche Anlässe schlecht gerüstet. Zumindest in diesem Punkt konnte Isaac ein gewisses Mitleid für den Mann aufbringen.

Allerdings wollte er kein Mitleid empfinden. Isaac wollte wissen, warum er über Tamsin gelogen hatte. Es hatte sie aus gutem Grund beunruhigt, und Isaac wollte nicht, dass sie verärgert war.

Nachdem er sein Glas Wein ausgetrunken hatte, stellte Isaac das leere Glas auf einen Tisch. »Bitte entschuldige mich, Großmutter.« Sie hatte ihn nach der Zeremonie gebeten, sie so zu nennen.

»Natürlich«, antwortete sie mit einem warmen Lächeln.

Er machte sich auf den Weg zu seinem Schwiegervater. »Penrose, ich möchte mit Ihnen sprechen. Könnten wir uns in Ihr Arbeitszimmer begeben?«

Ein inniger Ausdruck der Erleichterung huschte über die Züge des älteren Mannes. »Gewiss.« Er führte Isaac zu der Ecke im hinteren Bereich des Hauses zurück, in der sein Arbeitszimmer lag. Drinnen angekommen, entspannte sich sein Körper, seine Schultern sanken und seine Stirn glättete sich.

Isaac schloss die Tür.

Penrose wölbte eine Augenbraue zu ihm. »Ist das notwendig?«

»Ich habe verstanden, dass Sie es vorziehen, die Tür zu schließen.«

»Eigentlich schon, aber das ist Ihr Gespräch, nicht meines«, meinte Penrose. »Worüber möchten Sie mit mir sprechen?«

»Ihre Tochter. Ich verstehe Ihre Intrigen nicht, dass sie Penrose House als verheiratete Frau verlässt, um in der Weihnachtszeit und im Sommer zurückzukehren.« Von diesem Teil hatte Isaac ihr gar nichts erzählt. »Sie haben es so aussehen lassen, als wolle sie fast das halbe Jahr hier verbringen, aber das stimmt nicht. Sie haben auch angedeutet, es fiele ihr schwer, fortzugehen, aber auch das ist nicht der Fall. Außerdem ist mir klar, dass Sie ihr, wenn sie hier *ist*, wenig bis gar keine Aufmerksamkeit schenken. Warum kümmert es Sie dann, ob sie geht oder ob sie zu Besuch kommt?«

Obwohl Isaac vermutete, dass er die Antwort bereits kannte, wollte er sie von dem Mann hören.

Penroses Kiefer klappte herunter und seine Hände bewegten sich wie von selbst. »Ich schenke Tamsin Aufmerksamkeit, es ist nur so, dass ... meine Arbeit sehr wichtig für mich ist. Sie ist alles, was ich habe.« Sein Blick begegnete Isaacs, und es lag ein Hauch von Verzweiflung darin. »Ein Mann, der so hart arbeitet wie Sie, versteht das sicher.«

Isaac hatte ganz bestimmt nicht vor, ihn deswegen zu bemitleiden. »Ihre Arbeit ist nicht alles, was Sie haben – Sie haben Tamsin. Warum verschwenden Sie so viel Zeit damit, sie zu ignorieren?« Das erinnerte Isaac zu sehr an seinen Vater, wenn er die Vernachlässigung auch den strengen

Erwartungen und unangemessenen Forderungen vorge-
zogen hätte. Sein Vater hatte von Isaac schon in jungen
Jahren erwartet, wie ein Automat zu funktionieren, und
wenn Isaac diese Erwartung einmal nicht erfüllte, konnte der
Mann ziemlich grausam sein.

»Ich ignoriere sie nicht«, fauchte er. »Sie erinnert mich
nur ... an ihre Mutter. Ich würde Tamsin niemals den Rücken
kehren, so wie ihre Mutter es uns angetan hat.« Penrose
wischte sich mit der Hand über das Gesicht. »Sie haben recht
– ich habe mehr als meine Arbeit. Ich habe – ich *hatte* –
Tamsin.«

Penrose ließ sich auf einen der Holzstühle neben seinem
Schreibtisch sinken. Die Ellbogen auf die Oberschenkel
gestützt, blickte er mit unstetem Blick vor sich hin. »Ich war
ein schrecklicher Ehemann. Meine Arbeit war immer das
Wichtigste für mich, und meine Frau wusste das. Sie hat
mich aufgegeben. Aber Tamsin hat das nie getan.« Er sah zu
Isaac auf, und Tränen schimmerten in seinen Augen. »Sie
hätte zu ihrer Großmutter ziehen sollen. Das wäre besser für
sie gewesen. Aber ich konnte sie nicht gehen lassen, nicht,
nachdem ich ihre Mutter verloren hatte.«

»Auch wenn sie Sie ständig an den Verlust erinnerte, den
sie erlitten hatten?« Isaac konnte das komplizierte Geflecht
von Emotionen in ihrem Vater erkennen und bedauerte ihn
dafür. Solche Gefühle konnten einen Menschen zerbrechen,
weshalb Isaac sie lieber mied. Er begann zu verstehen,
warum Penrose sich in seine Arbeit vergrub, insbesondere
wenn er ohnehin eine besondere Leidenschaft dafür hatte.
Isaac konnte in ihm viel zu viel von sich selbst erkennen, und
das gefiel ihm nicht. Rasch verdrängte er diesen Gedanken.

»Ja«, antwortete Penrose. »Obwohl Tamsin mich jeden
Tag an ihre Mutter erinnerte, die sich entschieden hatte, uns
zu verlassen, konnte ich sie nicht auch noch gehen lassen,
selbst wenn es vielleicht das Beste für sie gewesen wäre.« Er

holte tief Luft und wischte sich mit der Hand über die Augen. »Nun werde ich davon absehen. Ich möchte, dass sie glücklich ist, und sie glaubt, sie könnte es mit Ihnen werden. Das hat sie verdient.«

Es drehte Isaac den Magen um. Natürlich würde Tamsin glauben, sie könnten glücklich sein. Sie war von Natur aus ein optimistischer Mensch. Und er hatte ihr als Allererstes gesagt, dass er nur eine Ehe auf dem Papier wollte.

Penrose stand auf und blickte Isaac mit einem flehenden Blick an. »Setzen Sie alles daran, um ihr ein guter Ehemann zu sein. Und, wenn die Zeit kommt, ein liebevoller Vater für Ihre Kinder. Das wünsche ich mir so sehr für sie.«

Wie konnte Isaac all diese Dinge versprechen, wenn er Tamsin gerade eröffnet hatte, dass ihre Ehe eine ganz andere sein würde? »Ich werde mein Möglichstes tun, damit sie glücklich ist.« Das war keine Lüge, denn das würde er. Es war das Mindeste – und im Moment das Beste –, was er ihr geben konnte.

»Danke. Ihr beide sind hier jederzeit willkommen. Ich werde mich sogar bemühen, mehr Zeit in eurer Gesellschaft zu verbringen, wenn ihr mich besucht.« Er schnitt eine Grimasse. »Das wird einfacher für mich sein – nur ihr beide. Gestern Abend und heute sind es zu viele Leute, als dass ich damit klarkommen würde.«

»Ich verstehe das vollkommen«, meinte Isaac. »Auch ich mag keine großen gesellschaftlichen Veranstaltungen, es sei denn, ich habe ein klares Ziel, wie zum Beispiel mit jemandem über Geschäfte zu sprechen. Ich möchte nicht um der Geselligkeit willen Kontakte knüpfen.«

In Penroses Augen leuchtete Wertschätzung auf. »Wir sind also einer Meinung.« Er lächelte, und Isaac wurde klar, dass er den Mann zum ersten Mal lächeln sah. Das hatte er sogar während der Hochzeitszeremonie nicht zustande gebracht. Allerdings hatte auch Isaac nicht gelächelt.

Zum ersten Mal war er auf sich selbst wütend, weil er nicht lächelte, und nicht einmal einen *Versuch* unternahm, ein Lächeln zustande zu bringen. Tamsin hatte einen Ehemann verdient, der sie wenigstens an ihrem Hochzeitstag anlächelte, insbesondere jetzt, da Isaac wusste, mit was für einem Vater sie aufgewachsen war. Obwohl Penrose ein weitaus besserer Mensch als Isaacs eigener Vater war, so ließ er dennoch in vielerlei Hinsicht zu wünschen übrig.

Wenigstens versuchte er jetzt, es wiedergutzumachen. Isaacs Vater hatte das nie getan.

»Offensichtlich sind wir das.« Isaac richtete sich auf. »Tamsin und ich werden nach dem Frühstück abfahren, wie es unserem ursprünglichen Plan entspricht.«

Penrose nickte daraufhin mit einer gewissen Traurigkeit in seinem Blick. »Ihr geht mit meinem Segen.«

»Danke.« Isaac warf einen Blick zurück zur Tür. »Schätzungsweise sollten wir zu der verflixten Versammlung zurückkehren.«

Ein weiteres Lächeln umspielte Penroses Lippen. »Lassen Sie mir bitte einen Moment, mich zu sammeln. Ich komme gleich nach.«

Isaac drehte sich um. Bevor er die Tür öffnete, sah er noch einmal zu Penrose. »Seien Sie gnädig zu sich selbst. Sie haben eine außergewöhnliche junge Frau großgezogen. Dabei waren sie vielleicht nicht so präsent, wie Sie hätten sein sollen, doch Sie haben Ihre Tochter nicht im Stich gelassen. Sie scheint sich geliebt und geborgen gefühlt zu haben, und das ist doch das Beste, was wir uns zum Wohle unserer Kinder erhoffen können, nicht wahr?« Isaac hatte diese Dinge nie empfunden. Von seinem Vater hatte er nur das Gefühl verspürt, dass er eine Last sei und immer ungenügend bleiben würde. Selbst wenn er das einzige verbliebene Familienmitglied seines Vaters war, war es diesem nie gelungen, über den Verlust seiner Mutter und seines Bruders hinwegzukommen. Isaacs Anwesenheit hatte nicht genügt, um von seinem Vater geliebt zu werden. Darüber hinaus hatte Isaac sein eigenes Kind im Stich gelassen. Er hatte keine zweite Chance mit einer anderen Frau verdient.

Seine Gefühle begannen überhandzunehmen. Deshalb verabscheute Isaac sie so sehr und versuchte stets, sie zu vermeiden. Als er sich mit Mary auf eine Liaison eingelassen hatte, war alles zum Teufel gegangen. Somit kam es ihm gar nicht in den Sinn, eine andere zu lieben. Oder Kinder zu haben.

Eine Familie zu gründen.

Das war eine Sache, nach der er sich zwar immer gesehnt hatte, aber letztendlich doch davor weggelaufen war.

»Das ist tatsächlich alles, was wir uns erhoffen können«, meinte Penrose. »Ich danke Ihnen, Droxford. Ich bin erfreut, Sie in der Familie willkommen heißen zu dürfen.«

Isaac öffnete die Tür und verließ das Arbeitszimmer. Absichtlich schloss er die Tür hinter sich nicht. Penrose sollte nicht glauben, dass Isaac dachte, er könne sich verstecken oder gar Trübsal blasen. Möglicherweise wollte er dies aber auch gar nicht. Es war nicht auszuschließen, dass er erkannt hatte, dass nun die letzten Stunden angebrochen waren, die er mit seiner Tochter verbringen konnte – ja mit ihr verbringen musste, ehe sie zu ihrem neuen Leben aufbrach.

KAPITEL 12

»*U*nd hier sind wir!«, meinte Gwen, als sie Tamsin in den Salon führte, in dem Pandora, Persephone, Min und Ellis auf sie wartend saßen. »Du hast doch nicht etwa geglaubt, wir würden uns eine letzte Gelegenheit entgehen lassen, zusammen zu sein, bevor wir getrennte Wege gehen.«

»Besonders dann nicht, wenn man bedenkt, dass unser Urlaub in Weston dieses Jahr *wieder* gekürzt wurde«, rief Min aus.

Tamsin freute sich, ihre Freundinnen hier versammelt zu sehen, wenn es auch nur für eine kurze Zeit war, da sich das Hochzeitsfrühstück dem Ende zuneigte.

»Wir haben ein Geschenk für dich«, meinte Persephone. »Dasselbe, das ich bei meiner Hochzeit mit Acton erhalten habe.«

Pandora überreichte Tamsin ein hübsch verpacktes Päckchen.

»Danke«, meinte Tamsin, die sich auf einer Sesselkante niederließ und das Paket auf ihren Schoß legte. »Euch alle

hier zu haben, bedeutet mir in Wahrheit das größte
Geschenk, das ich überhaupt nur bekommen könnte.«

Gwen setzte sich ebenfalls. »Öffne es!«

Lachend wickelte Tamsin das Päckchen aus und enthüllte
eine gerahmte Stickarbeit. »Die Regeln für Halunken.«
Schnell las sie und lächelte, bevor sie das Bild umdrehte und
allen zeigte. »Pandora, hast du das gemacht?«

Pandora nickte und schaute Persephone an. »Ebenso wie
das, welches ich für Persey gestickt habe. Na ja, nicht ganz so
wie ihres. Tamsin, deines hat Muscheln in den Ecken.«

Tatsächlich. Dort war auch eine Herzmuschel. Tamsin
drückte das Geschenk an ihre Brust und spürte das leichte
Gewicht der Herzmuschel in ihrer Tasche, wo sie sie
während der Hochzeitszeremonie getragen hatte. »Ich
liebe es.«

»Trotzdem dein Mann gar kein richtiger Halunke ist?«,
fragte Min kichernd.

»Wir alle brauchen Ermahnungen«, entgegnete Pandora.

»Da kann ich nicht widersprechen, aber du hast recht
damit, dass Isaac kein Halunke ist. Zumindest nicht, soweit
ich das beurteilen kann.« War er ein Halunke, weil er erklärt
hatte, ihre Ehe würde nur auf dem Papier bestehen? Diese
Dinge einander mitzuteilen, war wirklich besser als es nicht
zu tun, überlegte Tamsin.

»Im Grunde ist dein Vater der wahre Halunke«, merkte
Pandora mit einem wissenden Blick an.

»Warum ist das so?«, fragte Gwen.

»Weil er sie ignoriert hat und seine Arbeit über alles
andere stellt. Und er hat versucht, sie mit einem seiner
Freunde zu verloben.« Pandora verzog missfällig das
Gesicht.

Tamsin war nicht sicher, ob »Halunke« die zutreffende
Beschreibung für ihren Vater war, aber er war auf jeden Fall

mit etwas zu beschreiben, das wenig schmeichelhaft für ihn war. Darüber wollte sie sich jedoch nicht den Kopf zerbrechen, während sie zum letzten Mal für eine lange Zeit mit ihren Freundinnen zusammen war. »Er hat mir vorgeschlagen, ich könnte die Verlobung lösen und niemand würde mich hier deshalb verurteilen. Über die Frage, ob Isaac und ich zusammenpassen, hegt er zudem die gleichen Bedenken wie ihr. Jetzt spielt all dies keine Rolle mehr, denn wir sind nun verheiratet.« Tamsin schenkte ihren Freundinnen ein Lächeln, das vielleicht ein bisschen zu strahlend war. Heute hatte sie wirklich mit ihrem Optimismus zu kämpfen. Und es war ihr Hochzeitstag!

Min streckte die Hand aus und berührte Tamsin am Arm. »Meine Güte, wir wollten deine Ehe doch nicht in Frage stellen. Nach allem, was sich in Weston zugetragen hat, wollten wir uns nur versichern, dass du dir deiner Entscheidung sicher bist. Denn Du liegst uns sehr am Herzen.«

Es war allerdings Tamsin, deren Zuversicht zu wünschen übrigließ, seit ihr Mann ihr mitgeteilt hatte, dass ihre Ehe nur auf dem Papier bestehen würde.

Für den Moment, wie sie sich erinnerte. Sie zog es vor, das Thema zu wechseln und brachte die Frage auf, wann sie das nächste Mal zusammen sein würden. Die meisten von ihnen würden das Frühjahr in London verbringen, wovon Pandora allerdings ausgenommen war. Zumindest ging Tamsin davon aus, dass sie selbst in London sein würde. Vielleicht sollte sie diese Angelegenheit mit Isaac erörtern.

Die Freundinnen unterhielten sich noch eine Weile, ehe Tamsin verkündete, sie müsse sich zum Aufbruch bereit machen. Zum Abschied umarmte sie all ihre Freundinnen, doch Persephone hob sie sich für den Schluss auf. »Kannst du noch einen Moment bleiben?«, bat Tamsin. »Ich habe ein paar Fragen.«

Persephone zog die Augenbraue ein wenig in die Höhe, und Verständnis leuchtete in ihren Augen auf. »Gewiss.« Sie drehte sich um und sah Pandora an, die in der Nähe der Tür stand. »Ich treffe dich im Salon.«

Pandora nickte und ging hinaus, aber nicht ohne Tamsin einen Kuss zuzuwerfen.

»Ich hätte mich bei dir erkundigen sollen, ob du Fragen zu heute Nacht hast«, meinte Persephone. »Verzeih mir.«

»Eigentlich geht es nicht um heute Nacht, denn ich glaube nicht, dass etwas anderes passieren wird, als dass ich in einem Gasthaus schlafe.« Tamsin nahm ihren Mut zusammen und erzählte, was sie sagen musste. Sie brauchte Rat und Persephone war die einzige Person, die ihr im Augenblick helfen konnte. »Du weißt, dass diese Heirat nicht gewollt war. Wir mussten heiraten.«

»Ja, aber ich hatte geglaubt, diese Ehe sei für euch beide akzeptabel.« Persephone spitzte die Lippen und ihre Augen weiteten sich. »Droxford hat kein Bedauern geäußert, oder?«

»Nein, aber er hat erklärt, dass er eine Ehe vorzieht, die nur auf dem Papier besteht. Zumindest im Moment.« Tamsin schüttelte den Kopf.

»Das bedeutet meiner Vermutung nach keine körperliche Intimität?«

Tamsin nickte. »Das nehme ich an. Ich habe nicht nach den Einzelheiten gefragt. Ich wüsste nicht, wie ich diese Fragen formulieren sollte. Wir haben uns noch nicht einmal geküsst.«

Persephone legte die Stirn in Falten. »Vielleicht solltest du ihn fragen, ob er sich irgendwann in der Zukunft eventuell Intimität erhofft. Denn ohne diese Intimität wird es keine Kinder geben, und ich denke, ihm obliegt die Pflicht, einen Erben zu zeugen.«

Tamsin hatte gar nicht an Kinder gedacht, zumindest nicht im Zusammenhang mit dem vorhin geführten Gespräch. Ihrer Vermutung nach hatte sie noch genug an dieser Sache zu knabbern. »Ich fühle mich ... zu ihm hingezogen. Ich hätte gern körperliche Intimität. Zumindest ein Kuss wäre schön«, fügte sie mit einem schwachen Lachen hinzu, als sie überlegte, dass sie in ihrem Leben für lange Zeit wenig, bis gar keinen körperlichen Kontakt gekannt hatte. Mrs. Treen hatte sie ab und an umarmt, aber Tamsin konnte sich nicht daran erinnern, wann ihr Vater dies das letzte Mal getan hatte.

»Ich wünschte, ich hätte einen besseren Rat für dich, doch ich glaube, ihr müsst euch einfach Zeit lassen. Es ist alles so schnell gegangen und ihr beiden seid eine unzertrennliche Verbindung eingegangen, auf die ihr nicht vorbereitet wart. Hoffentlich bereut ihr das nicht.« Persephone sah ihre Freundin mit profunder Sorge an.

»Das tue ich nicht. Vorher waren wir Freunde gewesen, und wir werden daran arbeiten, das wieder zu werden. Vielleicht können wir von dort aus den Weg zu einer richtigen Ehe finden. Wenn das überhaupt sein Wunsch ist.«

Persephone zog die Nase kraus. »Das sollte es sein. Ein Leben ohne eine intime Beziehung zu seinem Ehepartner zu fristen, klingt entsetzlich. Und ich kann mir nicht vorstellen, dass Droxford zu der Sorte von Mann gehört, der sich eine Mätresse hält. Aber vielleicht solltest du ihn trotzdem fragen, ob das in seiner Absicht liegt.« Ihr Blick füllte sich mit Mitgefühl. »Es ist besser für dich, wenn du weißt, was dich erwartet.«

»Darin stimme ich dir zu. Du ... genießt also die Intimitäten der Ehe mit Wellesbourne?«, fragte Tamsin.

»Oh ja«, antwortete Persephone mit einem Grinsen. »Das ist das Beste an der ganzen Sache.«

Tamsin hatte gehofft, sie würde das nicht sagen.

»Du musst mir schreiben, wenn du mich brauchst«, legte Persephone ihr eindringlich ans Herz. »Ich bin hier, um dir zu helfen – was auch immer es ist.«

»Danke. Ich weiß das mehr zu schätzen, als ich in Worte fassen kann.« Tamsin umarmte sie fest.

Zusammen verließen sie das Wohnzimmer und als Persephone sich auf den Weg in den Salon machte, um sich zu den anderen zu gesellen, schlug Tamsin stattdessen die Richtung zum Arbeitszimmer ihres Vaters ein. Vor ihrer Abreise musste sie ihre Differenzen mit ihm klären.

Als sie ankam, stand die Tür weit offen. Tamsin hielt kurz inne, weil sie das äußerst merkwürdig fand. Vielleicht befand er sich gar nicht im Raum. Das war sehr wahrscheinlich, denn im Salon hielten sich noch einige Gäste auf. Die Tür war allerdings immer geschlossen, auch wenn er nicht da war. *Vor allem*, wenn er nicht da war.

Sie wagte sich bis zur Türschwelle und spähte ins Zimmer. Ihr Vater saß rechts von der Tür auf einem der Holzstühle. Sie hätte ihn nicht gesehen, wenn sie nicht näher herangetreten wäre, um nachzusehen.

Tamsins Vater sprang auf. »Tamsin, ich wollte dich gerade suchen gehen.« Sein Blick glitt zu der Stickerei in ihrer Hand, die sie fast vergessen hatte. »Was hast du da?«

»Ein Geschenk meiner Freundinnen. Pandora hat es gemacht.«

Er nickte vage. »Es ist schön, Miss Barclay wiederzusehen.«

Tamsin war dankbar, dass er das sagte. Als sie noch nach den Worten suchte, um ihm mitzuteilen, dass sie in Kürze abreisen würde, meinte er: »Ich habe gehört, dass Droxford und du heute Nachmittag nach Hampshire fahrt. Das freut mich sehr.« Er erwiderte ihren Blick nicht, als er zu seinem Schreibtisch schlurfte.

»Papa, ich muss wissen, warum du meinem Mann gegenüber angedeutet hast, dass es mir schwerfällt, von hier wegzugehen und dass ich die Ferien hier verbringen möchte. Hast du das gesagt, weil du nicht willst, dass ich gehe?«

Er holte tief Luft, ehe er sich zu ihr umwandte. »Genau wie Droxford vorhin hast du mich überrumpelt.«

Ihr Vater und Isaac hatten miteinander gesprochen? Ihr Mann hatte sich auf ihre Seite geschlagen, genau wie sie es von ihm erwartet hatte. Denn ihm lag etwas an ihr. Das hatte er in jenem Moment bewiesen, als er auf ihrer Heirat beharrt hatte. Auch während ihrer Bekanntschaft hatte er ihr dies immer wieder unter Beweis gestellt.

»Dein Mann hat mir die gleichen Fragen gestellt«, fuhr ihr Vater fort. »Ich werde dir ohne Umschweife antworten.« Ihre Blicke trafen sich, und sie war von der Emotion – der Traurigkeit – darin überrascht. »Ich wollte nicht, dass du fortgehst. Ich habe Brimbles Heiratsantrag unterstützt, weil er nichts dagegen gehabt hätte, wenn du das halbe Jahr hier verbringst. Ich habe ihn gefragt, ob er dir erlauben würde, die Monate November bis Januar hier zu verbringen und dann den Juni und Juli sowie den August in Weston.«

Tamsin starrte ihn an. »Du hattest ausgehandelt, wo ich wohnen würde?«

Er errötete. »Ich bin nicht stolz auf meinen Egoismus. Ich konnte es nicht ertragen, dass du gehst. Aber ich wusste auch, dass du eines Tages eine eigene Familie haben wolltest. Ich hatte schon viel zu viel unternommen, um das zu verhindern. Brimble schien eine gute Lösung für dieses Probleme zu sein.«

»Für dein Problem. Ich hatte keins.« Tamsin zuckte beim Aufflammen des Schmerzes in den Augen ihres Vaters zusammen. Ihre Wut verflog, und sie war von sich selbst enttäuscht, dass sie diese Wut überhaupt noch gegen ihn hegte.

»Du hast recht. Es war nicht dein Problem. Das alles … tut mir leid.«

Tamsin hatte nicht gewusst, wie sehr sie sich danach gesehnt hatte, dass er so etwas zu ihr sagte. »Ich danke dir,

Papa. Dadurch, dass du einen Bräutigam für mich ausgesucht hattest, war mir bewusst geworden, dass ich wirklich heiraten möchte. Ich möchte meine eigene Familie haben und meinen Kindern die Mutter sein, die ich nicht hatte.«

Ihr Vater brachte ein seltsames Geräusch hervor, das wie ein Schluckauf klang und das er zu unterdrücken versuchte. »Das hast du verdient, und das habe ich deinem Mann auch gesagt. Ich wünschte, ich könnte dir einen Rat mit auf den Weg geben, aber die Wahrheit ist, dass ich nicht weiß, ob ich jemals begriffen habe, wie man Ehemann oder Vater ist. Ich fürchte, ich war deiner Mutter kein guter Ehemann und dir nicht der beste Vater.«

»Ich weiß, dass du mich liebst, Papa.«

Eine flüchtige Wärme blitzte in seinen Augen auf. »So ist es. Trotzdem war ich egoistisch. Ich hätte dich zu deiner Großmutter schicken sollen, nachdem deine Mutter gegangen war. Das wäre das Beste für dich gewesen.«

»Wie kommst du darauf?«

»Verzeih mir, dass ich so offen spreche, aber du bist jetzt erwachsen und eine verheiratete Frau, und es ist an der Zeit, dass ich ehrlich zu dir bin. Die Untreue und das Verlassenwerden von deiner Mutter hat mich am Boden zerstört. Ich war so wütend und so verletzt, was zu einem großen Teil darauf begründet war, wie sie dich behandelt hat. Was für eine Mutter verlässt ihr Kind?«

Tamsin bemühte sich, der stechenden Traurigkeit keine Beachtung zu schenken, die sie zu überkommen drohte. »Ich weiß es nicht.«

Er sah sie mit aufrichtigen Gewissensbissen an. »Ich habe deine Mutter von uns weggetrieben. Und anstatt Sorge dafür zu tragen, dass sich jemand um dich kümmert, habe ich weitergemacht wie immer, mich in meine Arbeit vertieft, vielleicht sogar noch mehr als zuvor, um meinen eigenen Schmerz zu begraben.«

»Du weißt nicht, ob du sie vertrieben hast«, argumen-
tierte Tamsin, die nicht wollte, dass er sich diese Vorwürfe
machte. »Das werden wir nie erfahren.«

Einen Moment lang herrschte Schweigen, ehe er beinahe
wehmütig sagte: »Du erinnerst mich so sehr an sie, wenn
auch nicht im Aussehen, so doch im Wesen. Als ich sie
kennenlernte, war sie so voller Freude. Wie du.«

Tamsin konnte sich an diese Eigenschaften nicht erinnern, zumindest nicht in dem von ihrem Vater beschrie-
benen Ausmaß. »Ich kann mich erinnern, dass sie manchmal
glücklich war, aber nicht immer.«

»Sie ist so geworden«, gestand er traurig. »Bis sie zu dem
Schluss kam, sie könnte woanders glücklicher sein. Und
dann ist sie gestorben.« Papa wandte den Blick ab und
schniefte.

Ihre Mutter war krank geworden und innerhalb weniger
Wochen gestorben. Tamsin hatte sie nicht mehr wiederge-
sehen oder ihr gar schreiben können. »Ich hoffe, sie ist
glücklicher gestorben.« Tamsin hatte beschlossen, daran zu
glauben. Denn, wie sie vor langer Zeit entschieden hatte,
spielte die Wahrheit keine Rolle.

»Das hoffe ich auch.« Ein trauriges Lächeln umspielte
seinen Mund. »Ich habe sie so geliebt, und ich liebe sie
immer noch, wenn du das glauben kannst. Ich liebe auch
dich, Tamsin.«

Die Worte drangen tief in Tamsins Herz. Das hatte sie
immer gewusst und gerade hatte sie es ihm gesagt, was er
dann bestätigte. Diese Worte allerdings aus seinem Mund zu
hören, erfüllte sie mit unbeschreiblicher Freude. Sie
vermochte sich beim besten Willen nicht mehr darauf zu
besinnen, wann er sie das letzte Mal zu ihr gesagt hatte.

»Ich hoffe nur, du kannst mir meinen Egoismus nachsehen. Ich bin ein törichter alter Mann.«

Von ihren Gefühlen überkommen, trat sie auf ihn zu und

berührte ihn am Ärmel. »Ich verstehe, aus welchem Grund du all dies getan hast, Papa. Ich bin dir nicht böse. Ich weiß, wie schwer es dir fallen muss, mich zu ermutigen, von hier fortzugehen und dich zu verlassen.«

Er lächelte sie an und gab ihr einen Kuss auf die Stirn. Tamsin hatte keine Erinnerung mehr an den letzten Kuss, den sie von ihm erhalten hatte. Ihre Emotion schnürte ihr die Kehle zu.

»Ich wünsche mir für dich, dass du mit Droxford sehr glücklich wirst«, meinte ihr Vater. »Er hat mich sehr beeindruckt, das muss ich gestehen. Deshalb bin ich zuversichtlich, dass deine Ehe erfolgreicher als meine werden wird. Ich verspreche, jeden Tag dafür zu beten.«

»Oh, Papa, ich danke dir von Herzen.« Tamsin legte die Stickerei auf seinen Schreibtisch und umarmte ihn ganz fest.

»Meine Güte, das ist eine schockierende Zurschaustellung«, meinte Großmutter hinter Tamsin.

Als Tamsin von ihrem Vater zurücktrat, wischte sie sich verstohlen über die Augen, denn es war eine winzige Spur einer Träne herausgesickert. »Papa hat mir gesagt, wie sehr er sich für mich freut.« Das entsprach zwar nicht ganz seinen genauen Worten, aber im Großen und Ganzen glaubte Tamsin, dass er das gemeint hatte.

In Großmutters Augen blitzte Überraschung auf, und dann blickte sie ein bisschen fragend zu Tamsins Vater. »Das freut mich zu hören.« Sie wandte ihre Aufmerksamkeit wieder Tamsin zu und lächelte. »Die letzten Gäste wollen sich zum Aufbruch bereitmachen, und du solltest dich von ihnen verabschieden.«

»Natürlich.« Tamsin nahm die gestickten Halunkenregeln in die Hand und ging zur Tür. Dann blickte sie zu ihrem Vater zurück und fragte ihn, ob er mitkommen wollte.

»Ich komme gleich nach.«

Tamsin nickte und ging aus dem Arbeitszimmer. Vor der

Tür blieb sie jedoch stehen, um auf ihre Großmutter zu warten.

Allerdings kam Großmutter nicht sofort. Tamsins Vater sprach gerade mit ihr.

»Ich muss mich bei dir entschuldigen, weil ich mich immer so distanziert verhalten habe«, meinte er.

»Das weiß ich sehr zu schätzen. Und ich entschuldige mich dafür, dass ich dir die Schuld dafür gab, dass meine Tochter euch verlassen hat.« Großmutter klang ein wenig müde.

»Du hattest jedes Recht dazu«, meinte Papa. »Deine Tochter hatte etwas Besseres verdient, als ich ihr gegeben habe. Ich bedaure das mehr, als du dir vorstellen kannst, und das insbesondere deshalb, weil ich mein egoistisches Verhalten nach ihrem Fortgang fortgesetzt habe, als Tamsin mich am meisten brauchte.«

»Ich hätte darauf bestehen sollen, dass du sie in meiner Obhut lässt«, meinte Großmutter mit Nachdruck. »Es war dir aber gelungen, mich davon zu überzeugen, dass ihr beide einander braucht.«

»Ich habe Tamsin wirklich gebraucht, wenn ich das auch auf jämmerliche Weise gezeigt habe. Jetzt will ich versuchen, alles richtig zu machen. Ich möchte, dass sie geht und glücklich ist. Mehr kann ich mir nicht erhoffen.«

»Dann sind wir uns einig. Endlich.« Großmutter lachte, und Tamsin konnte die Ironie darin hören.

Auch Papa lachte, und Tamsin musste sich den Mund mit der Hand zuhalten, damit sie nicht mit den beiden mitkicherte.

Ehe Tamsin zum Salon eilen konnte, war ihre Großmutter auch schon aus dem Arbeitszimmer gekommen. Tamsin errötete und setzte sich in Bewegung. »Ich wollte nicht lauschen«, entschuldigte sie sich, als ihre Großmutter neben ihr her ging.

»Das macht mir gar nichts aus, Liebes.« Großmutter tätschelte Tamsins Arm. »Es ist gut, dass du all dies gehört hast. Schon seit Langem sind dein Vater und ich zerstritten. Bestimmt werden wir uns nie richtig nahestehen, doch ich bin über die Maße froh, dass er dich auf diese Weise unterstützt. Das war auch höchste Zeit.«

»Hätte ich bei dir wohnen sollen?«, fragte Tamsin und gab damit einen lang vergrabenen Schmerz frei, der an die Oberfläche kam. Immer war sie so glücklich gewesen, bei ihren Großeltern und später bei ihrer Großmutter zu sein, nachdem Großvater gestorben war. Immer war es für sie so schwer gewesen, sie nach Ende der festgelegten Zeit wieder zu verlassen, doch Tamsin hatte immer gewusst, dass ihr Vater sie mehr brauchte als umgekehrt.

Großmutter blieb vor dem Salon stehen und zog Tamsin zu sich heran. »Schau nicht zurück, mein liebes Mädchen. Du bist glücklich gewesen, und nur darauf kommt es am Ende an. Nun gehst du einer überaus rosigen Zukunft entgegen. Droxford ist ein guter Mann, und du wirst eine wunderbare, glückliche Ehe führen – mit vielen Kindern.« Ihre Augen funkelten vor Freude. »Das weiß ich einfach.«

Tamsin wünschte, sie wäre sich so da ebenso sicher. Das wünschte sie sich so sehr. Aber sie war es nicht und das war wirklich beunruhigend. Ihr immerwährender Optimismus war durch ihren Vater erschüttert worden, wenn sie diese Dinge auch geklärt hatten. Tamsin konnte seinen Egoismus und seinen Einfluss auf sie, der sie geprägt hatte, nicht länger unbeachtet lassen. Sie hatte nach Freude gesucht, die allerdings nach dem Verlust ihrer Mutter und angesichts der Art von Behandlung durch ihren Vater nicht so leicht zu finden gewesen war.

Außerdem war sie durch die Behauptungen ihrer Freunde und ihres Vaters verunsichert, ob sie und Isaac zusammenpassten. Diese Ansicht schien sogar Isaac zu vertreten, wenn er es vorzog, diese Ehe nur auf dem Papier zu führen. Seine Einschränkung, als er sagte »vorläufig«, hatte das Ganze ein wenig abgeschwächt, aber sie hatte das Zögern in seinen Augen erkennen können und das Schwanken seiner Stimme wahrgenommen. Was, wenn sie nicht wirklich füreinander bestimmt waren? Was, wenn dies ein weiteres Beispiel dafür war, dass sie so eifrig nach Glück suchte, um sich selbst zu belügen, wie sie dies auch lange bei ihrem Vater getan hatte? Vielleicht hatten ihre Freunde ja wirklich recht, wenn sie sich Sorgen machten.

Das Märchen, das Tamsin sich bei der ersten Erwähnung einer Hochzeit ausgemalt hatte, war in Scherben zerbrochen. Es war nicht so, als hätte es jemals vollständig Gestalt angenommen. Sondern sie hatte lediglich einen Versuch unternommen, das Beste aus einer Situation zu machen, die sich eigentlich ihrer Kontrolle entzog. Doch dann stellte sich die Frage, ob sie dies nicht schon ihr ganzes Leben lang getan hatte?

Jetzt würde sie das Gleiche in ihrer Ehe tun. Denn hier gab es kein Zurück mehr. Mehr als das Beste daraus zu machen, konnte sie nicht tun.

»Ich liebe dich, Großmutter.«

»Ich liebe dich, mein schönes Mädchen. Machen wir uns auf die Suche nach deinem Mann, damit ihr euch auf den Weg machen könnt!«

Tamsin hakte sich bei ihrer Großmutter unter und zusammen betraten sie den Salon, um ihre Pflichten als Gastgeber zu erfüllen. Mit einem Lächeln auf den Lippen suchte sie nach Freude, wo immer sie sie entdecken konnte.

KAPITEL 13

»*A*ch du liebe Güte, das ist ja viel größer, als ich erwartet hatte«, brachte Tamsin voller Ehrfurcht hervor, als Isaac ihr aus der Kutsche in den sonnigen Nachmittag half. »Es ist wunderschön.«

Isaac konnte sich eines Gefühls des Stolzes nicht erwehren, als er sie beobachtete, wie sie die Fassade von Wood End bewunderte. Der von ihr betrachtete Abschnitt wies ein steiles, giebelartiges Dach sowie Fachwerkbalken und einen gemauerten Haupteingang auf. Warum er stolz auf etwas sein sollte, das er lediglich geerbt hatte, war ihm eigentlich nicht so ganz klar, doch so war es. Er nahm seinen Status als Baron sehr ernst. Denn die damit verbundenen Pflichten waren es, die seinem Leben einen eindeutigen Sinn gaben. Ohne sie wäre er wahrscheinlich ein erfolgreicher Anwalt geworden und hätte sich inzwischen vielleicht sogar eine Position in der Regierung erarbeitet, wie Price dies getan hatte, doch dies hier wog mehr. Es war eine Sache, die ganz in seiner Hand lag. Somit war es kein Wunder, dass er so viel arbeitete, damit nichts davon ins Wanken geriet.

»Wann wurde das Gebäude erbaut?«, fragte sie, während

er sie zur Tür führte, die von Blunt, dem Butler, offen gehalten wurde.

»Das ursprüngliche Haus wurde 1603 erbaut – dem Jahr, in dem Königin Elisabeth starb. Zweimal wurden Erweiterungen vorgenommen und die letzte etwa vor dreißig Jahren, als mein Großvater den Ballsaal anbauen ließ.« Isaac blickte zu ihr hinüber. »Den ich nie benutze.«

Sie lachte leise. »Warum überrascht mich das nicht? Daran werden wir eventuell etwas ändern. *Wenn* du dafür offen bist. Hast du als Kind viel Zeit hier verbracht?«, fragte sie.

»Erst als mein Onkel, der Baron, mich zu einem Aufenthalt hier einlud, kurz bevor er mich zum Studium nach Oxford schickte. Er fand es furchtbar, dass mein Vater mich nie mitgenommen hatte.«

»Aus welchem Grund hatte er das nicht getan?«

Isaac zuckte mit den Schultern. »Mein Vater sprach nur ungern über seine Familie, geschweige, sie zu besuchen. Seiner Aussage nach sind sie zu hedonistisch, und sie würden sein einfaches Leben nicht verstehen. Er ignorierte sie lieber weitestgehend. Trotzdem nahm er das Angebot meines Onkels, mich nach Oxford zu schicken, gern an. Das tat er allerdings nur, weil er erwartete, dass ich in seine Fußstapfen treten und ihm in den Dienst der Kirche folgen würde.«

»Das hast du aber nicht getan.«

Er schüttelte den Kopf. »Sehr zum Ärger meines Vaters wurde ich an den Inns of Court zugelassen und strebte eine Karriere als Anwalt an.«

Sie waren an der Tür angekommen, und Isaac nickte Blunt zu. Er war ein Mann von mittlerer Größe mit einer kräftigen Mitte und verblüffend schlanken Beinen. Ihm haftete eine ernste, engagierte Art an und Isaac hielt ihn seit seinem Einzug hier für unentbehrlich.

Der Butler verbeugte sich vor Tamsin. »Willkommen in Wood End, Lady Droxford. Es ist mir eine große Ehre, Euch und Eurer Lordschaft als Erster gratulieren zu dürfen.« Blunt verbeugte sich auch vor Isaac.

»Danke, Blunt«, meinte Tamsin herzlich. Sie hatte Isaac gebeten, ihr die Namen aller Bediensteten zu nennen. Doch Isaac konnte sich einfach nicht an *jeden* Namen erinnern. Das Küchenmädchen hieß Janet oder Judith, und die Diener hießen Arthur oder Alfred und Matthew oder Melvin. Er hatte ihr die Namen genannt, die ihm in Erinnerung waren – Blunt; die Haushälterin, Mrs. Jennings; die Köchin, Mrs. Corwin und sein Kammerdiener, Milner. Und natürlich der Verwalter, Edwin Seales.

Blunts in der Regel stoische Gesichtszüge flackerten vor Unbehagen, was Isaac sofort in Alarmbereitschaft versetzte. »Bevor wir hineingehen, muss ich Sie über eine plötzliche, *vorübergehende* Veränderung in unserem Haushalt informieren.«

»Ist alles in Ordnung?«, fragte Isaac.

»Mrs. Jennings ist gegangen, um ihre Schwester zu pflegen, die einen Sturz erlitten hat. Sie hat ein schrecklich schlechtes Gewissen, weil sie nicht hier ist, um ihre Ladyschaft zu begrüßen.« Blunt warf Tamsin einen entschuldigenden Blick zu. »Sie hat jedoch dafür gesorgt, dass Tante Sophia, Lady Droxford, kommt und sie in ihrer Abwesenheit vertritt. Sie hofft, nur vierzehn Tage fort zu sein.«

Diese Wendung der Ereignisse überraschte Isaac zwar, aber er war dennoch froh, dass Mrs. Jennings ihrer Schwester zu Hilfe kam und um die Anwesenheit seiner Tante gebeten hatte. »Tante Sophia ist schon da?«

Blunt nickte. »Sie ist gestern angekommen, Mylord.«

Tamsin wandte sich an Isaac. »Ist sie nicht die Herzoginwitwe Lady Droxford? Ich möchte sicher sein, dass ich sie richtig anspreche.«

»Sie ist nicht die Herzoginwitwe, weil ich als derzeitiger Titelträger nicht direkt von ihrem Ehemann abstamme. Sie ist Sophia, Lady Droxford. Aber ich wage zu behaupten, dass sie dich bitten wird, sie Tante Sophia zu nennen. Du wirst sie bestimmt freundlich finden.«

»Wunderbar«, meinte Tamsin lächelnd.

Sie begaben sich in die Eingangshalle, in der sich alle Hausangestellten versammelt hatten. Die Dienerschaft hatte sich in einer Reihe aufgestellt, wie sie es auch an jenem Tag getan hatten, als Isaac nach der Übernahme des Titels hier eingetroffen war. Seine Tante Sophia war heute ebenso anwesend wie an jenem Tag. Allerdings war sie dieses Mal nicht in Schwarz gehüllt, sondern trug ein Kleid in einem hübschen veilchenfarbenen Ton.

Auch Isaac fühlte sich anders als an jenem Tag, der einer der unbehaglichsten seines Lebens gewesen war. Woher hätte er wissen sollen, wie er seinen neuen Status als Baron erfüllen sollte?

Heute könnte er sich eine ähnliche Frage stellen - wie sollte er wissen, wie er ein Ehemann sein sollte?

Sophia schritt auf sie zu, ihr Blick fiel auf Isaac, bevor sie sich Tamsin zuwandte. »Willkommen in Wood End, Lady Droxford.«

»Danke. Es freut mich sehr, Ihre Bekanntschaft zu machen«, meinte Tamsin. »Danke, dass Sie in unserer offensichtlichen Notzeit gekommen sind.«

»Ich helfe gerne.« Lächelnd nahm sie Tamsins Hände in die ihren. »Ich weiß genau, wie Sie sich fühlen müssen. Sie sind eine frisch gebackene Ehefrau und haben noch viel zu lernen. Ich bin so froh, dass ich hier sein kann, um Ihnen zur Seite zu stehen.«

»Ehrlich gesagt bin ich das auch«, entgegnete Tamsin, bevor Sophia ihre Hände losließ.

»Sie müssen mich Tante Sophia nennen, so wie es mein

Neffe tut.« Sie drehte sich um. »Jetzt ist es an der Zeit, dass
Sie alle anderen kennenlernen.«

Isaac beobachtete, wie Tamsin die Bediensteten begrüßte
und sich Zeit nahm, mit jedem von ihnen zu sprechen. Sie
bezauberte sie alle, und es war genau, wie Isaac es erwartet
hatte. Sie nahm sich für das Dienstmädchen, das man zur
Kammerzofe befördert hatte, besonders viel Zeit. Während
sie sich unterhielten, kehrte Tante Sophia zu Isaac zurück.

»Ich hoffe, es macht dir nichts aus, dass ich hier bin. Ich
kann mir vorstellen, dass du Zeit mit deiner frisch ange-
trauten Braut verbringen möchtest. Ich werde mich rarma-
chen. Ich kann sogar in meinen Gemächern das Nachtmahl
einnehmen.« Sie schenkte ihm ein wissendes Lächeln.

Allerdings wusste sie nichts. Es war wahrscheinlich, dass
sie der Annahme war, Isaacs und Tamsins Ehe wäre genauso
innig und liebevoll, wie die ihre mit seinem Onkel. Das hatte
man ihm zumindest erzählt. Isaac hatte sie kaum zusammen
gesehen und seinen Onkel nur bei seltenen Gelegenheiten
getroffen, die man an einer Hand abzählen konnte.

»Das stört mich überhaupt nicht«, antwortete Isaac. »Im
Gegenteil bin ich dir für deine Anwesenheit dankbar und ich
weiß, dass ist Tamsin auch. Bitte mach dir keine Mühe uns
allein zu lassen. Ich werde ohnehin sehr beschäftigt sein, um
meine Arbeit nachzuholen, da ich auf Reisen war.«

Überraschung zeichnete ihren Gesichtsausdruck. »Mir ist
aufgefallen, dass du die Suite des Barons umgeräumt hast.
Ich habe vorhin nachgesehen, ob alles bereit ist. Wirst du das
Bad nicht vermissen?«

Isaac hatte es zwar zu schätzen gewusst, einen gut ausge-
statteten Raum für seine Toilette zu haben, aber noch wichtiger war ihm, dass Tamsin und er über getrennte
Schlafzimmer verfügen konnten. »Nein.«

»Ich habe auch erfahren, dass du das Schlafgemach des
Barons – das dein Onkel und ich gemeinsam bewohnten –

als das deiner Frau bestimmt hast.« Sie runzelte leicht die
Stirn. »Ist das klug? Ich frage mich, ob deine Braut sich in
der kleineren Kammer nicht wohler fühlen würde.
Immerhin war es das Zimmer der Lady, bevor wir es umge-
baut haben. Und die Einrichtung ist viel femininer.«

Isaac hatte Tamsin das größere und besser ausgestattete
der beiden Zimmer zur Verfügung stellen wollen. Ihr
Zimmer hatte das bequemere Bett, und die Einrichtung war
komplementär. Das kleinere Schlafzimmer war mit einem
Sammelsurium von Möbeln aus verschiedenen Räumen des
Hauses eingerichtet worden. Es handelte sich um Dinge, die
Isaac aus dem einen oder anderen Grund gefielen, ohne sich
dabei zu viele Gedanken um das Gesamtbild der Zusammen-
stellung zu machen. Er hatte nicht gedacht, dass die Einrichtung eine feminine Note hatte.

»Daran habe ich nicht gedacht«, antwortete Isaac. Er
würde abwarten, was Tamsin zu den Räumlichkeiten sagte.

»Du könntest einen Bade- und Ankleideraum einbauen,
wenn du möchtest«, schlug Tante Sophia vor. »Du könntest
einen Teil des Wohnzimmers dafür opfern und es einfach
kleiner machen. Es wäre eine große Umbauarbeit, aber sie
würde sich lohnen. Oder du und Lady Droxford könntet
euch ein Schlafgemach teilen, so wie dein Onkel und ich. Es
hat nicht lange gedauert, bis wir gemerkt hatten, dass wir gut
zusammenpassten.« Sie schenkte ihm ein kleines Lächeln,
bevor sie sich zu Tamsin und ihrer Zofe begab.

Isaac konnte natürlich nicht erklären, dass er nie beab-
sichtigt hatte, überhaupt zu heiraten und er sich nun in einer
unmöglichen Situation befand. Er hatte sich besser gefühlt,
nachdem er Tamsin von seinen Erwartungen und seinem
Wunsch der Wiederaufnahme ihrer Freundschaft erzählt
hatte. Doch jetzt befürchtete er, dass er sie beide bestenfalls
zu einem Leben voller Unbehaglichkeiten oder gar Enttäuschungen verdammt hatte.

Als sich die Anwesenden zerstreuten, fragte Blunt, ob ein Abendessen um halb sieben akzeptabel sei. Isaac schaute zu Tamsin, und nach einer kurzen Pause, in der ihr klar wurde, dass sie antworten sollte, bejahte sie dies.

»Du wirst dich an deine neuen Aufgaben gewöhnen«, meinte Tante Sophia mit einem leisen Lachen. »Willst du jetzt das Erdgeschoss besichtigen, oder möchtest du lieber auf direktem Wege zu deinen Räumlichkeiten hinaufgehen?«

»Ich glaube, ich würde mich gern umkleiden«, antwortete Tamsin und blickte an sich herunter. »Ich fühle mich von der Reise ein wenig in Mitleidenschaft gezogen.«

»Das ist sehr vernünftig«, gab Tante Sophia zurück. »Wenn du eine Stunde vor dem Abendessen in den Salon kommen möchtest, würde ich dich gerne herumführen.«

»Danke, das würde ich gerne«, entgegnete Tamsin lächelnd. »Und ich kann dir wirklich nicht genug dafür danken, dass du hier bist. Es muss für die Haushälterin ein großer Trost gewesen sein, die Dinge in erfahrenen Händen zu wissen.«

»Sehr bald wirst du ebenso erfahren sein.« Tante Sophia zwinkerte ihr zu.

Isaac bot Tamsin seinen Arm an. »Sollen wir nach oben gehen?«

Sie legte die Hand auf seinen Arm, und er führte sie in die Treppenhalle. Als sie die Treppe hinaufstiegen, erkundigte sie sich nach den Gemälden, die die Wände schmückten. Mehrere Landschaftsbilder waren dort zu bewundern, aber auch eine Reihe von Gemälden, auf denen das Lieblingspferd und die Hunde von Isaacs Urgroßvater abgebildet waren. »Offensichtlich hat er Tiere geliebt«, antwortete Isaac auf Tamsins Frage, ob die vier Gemälde dieselben Tiere darstellten, denn sie sahen sich sehr ähnlich.

Tamsin lächelte. »Vor allem diese Tiere, würde ich sagen. Das ist liebenswert.«

Von der Treppe aus gelangten sie in die Galerie, die sich über den gesamten ersten Stock erstreckte. Sie fragte ihn nach den Porträts, an denen sie vorübergingen, und er gestand, dass ihm die meisten Namen entfallen waren und er nur sagen konnte, dass es sich um Vorfahren handelte.

Als sie sich der südöstlichen Ecke näherten, öffnete er die Tür zu ihrem gemeinsamen Wohnzimmer. Der in Grün- und Blautönen gehaltene Raum bot eine Sitzecke und einen kleinen Tisch, an dem sie eine Mahlzeit einnehmen konnten, wenn ihnen der Sinn danach stand. Bislang hatte Isaac das noch nie getan, da er nicht wollte, dass die Dienerschaft sich die Mühe machte, seine Mahlzeit den ganzen Weg hier hinaufzutragen. Ebenso gut konnte er unten essen, und das war viel näher bei der Küche.

»Das ist so beeindruckend«, meinte sie und blickte sich in dem Raum um, wobei sie den Kopf leicht nach hinten neigte, während sie die hohen Decken in Augenschein nahm.

Isaac zeigte nach links, denn dort befand sich das Schlafgemach des Barons. Er sollte wirklich anfangen, es als das Zimmer seiner Frau zu betrachten. »Dein Schlafzimmer ist dort drüben.«

Sie ging zur Tür, und er beeilte sich, diese für sie aufzuhalten. Als sie eintrat, holte sie tief Luft. »Das ist doch bestimmt das Schlafgemach des Barons?«

Das breite Himmelbett mit den tiefblauen Samtvorhängen stand auf einem Podest, das sein Großvater gebaut hatte. Er hatte einen Sinn für die schönen Dinge besessen und alles bis zum Exzess getrieben. Vielleicht stand Isaacs Vater ihm aus diesem Grund nicht nahe. Denn sein Vater hatte solchen Luxus zugunsten einfacher Dinge gemieden.

Isaac trat zur Seite, als sie weiter in den Raum vordrang. »So ist es. aber ich wollte, dass du es bekommst, weil es bequemer ist, insbesondere das Bett.«

»Das ist sehr zuvorkommend von dir«, meinte sie und

blickte vom Bett zu den beiden Sesseln, die vor dem Kamin
standen, in dem ein kleines Feuer brannte. Anschließend
ging sie auf die andere Seite des Zimmers, wo drei Fenster
auf den hinteren Park hinausgingen. Dazwischen standen
eine hohe Kommode und ein Frisiertisch mit Spiegel.

Sie ging zu Letzterem und fuhr mit der Hand über die
Holzoberfläche. »Das sieht nicht so aus, als würde es dem
Baron gehören.«

»Nein, es ist für eine Lady.« Das Möbelstück hatte im
Ankleidezimmer gestanden, das jetzt sein Schlafgemach war.

Sie drehte sich um und neigte den Kopf zu einer Tür in
der Ecke. »Wo führt die hin? Ein Ankleidezimmer?«

Zwischen den beiden Schlafzimmern befand sich ein
kleiner Raum, der früher als Ankleidezimmer genutzt
worden war. »Das könnte es werden, obwohl es nicht sehr
groß ist.« Er ging, um ihr die Tür zu öffnen.

Sie trat ein und warf einen Blick auf den hohen Kleider-
schrank, der auf der rechten Seite stand. Hoch oben an der
linken Wand befand sich ein kleines Fenster, das für Licht
sorgte.

Direkt vor ihnen befand sich eine weitere Tür. Direkt
davor blieb sie stehen. »Und diese Tür?«

»Dort befindet sich mein Schlafzimmer«, meinte er.

Sie blickte ihn über die Schulter hinweg an und fragte:
»Darf ich?«

»Sicherlich.«

Damit öffnete sie die Tür und betrat sein Schlafgemach,
das er mit einer Kommode eingerichtet hatte, die im
Zimmer des Barons gestanden hatte. Weiter hatte er den
Raum mit einem Großteil der Ausstattung eines der Schlafzimmer eingerichtet, das sich weiter hinten in der Galerie
befand. Erst nachdem Isaac mehrere Betten ausprobiert
hatte, war seine Entscheidung auf dieses hier gefallen. Er
hielt es für das bequemste, doch mit seiner hellgelben und

altrosa Bettwäsche sah es seiner Ansicht nach sehr feminin aus.

»Das ist hübsch«, meinte sie, als sie auf dem Weg zum Kamin auf das Bett blickte. Beim Kamin stand ein Sessel mit hoher Rückenlehne, der mit dunkelgrünem Stoff mit goldenem Muster bezogen war. »Aber dein Sessel passt nicht dazu. Du musst etwas Rosafarbenes haben.« Als sie sich zu ihm umdrehte, nahm er das schelmische Funkeln in ihren Augen wahr.

»Der Sessel ist sehr bequem«, entgegnete er darauf. »Aber vielleicht hast du recht, dass die Farbe nicht harmoniert.«

Sie lachte leise, dann legte sich ihre Stirn leicht in Falten. »Dies sieht wie das Zimmer der Lady aus, nur dass hier nichts so recht zusammenpassen will.« Sie ging auf die Kommode zu. »Das scheint zu den Möbeln im anderen Zimmer zu gehören.«

»Ähm, ja. Ich habe das Möbelstück hierher bringen lassen, weil ich daran gewöhnt bin. Wenn du es lieber in deinem Schlafzimmer haben möchtest, kann ich es zurückbringen und das nehmen, das wir dort hineingestellt haben.«

»Du meinst dasjenige, das dort steht und scheinbar nicht zum Bett passt«, stellte sie klar. »Ich wundere mich nur, dass das Zimmer der Lady nicht so gut ausgestattet ist wie das des Barons. Hätte deine Tante nicht die gesamte Dekoration beaufsichtigt und dafür gesorgt, dass alles richtig zusammenpasst?«

Verdammt. Er hatte nicht erklären wollen, dass er dieses Zimmer wieder in ein Schlafgemach umgewandelt hatte. Doch warum sollte das überhaupt von Belang sein? Es gab einen ganz logischen Grund, warum sie zwei Schlafgemächer brauchten. »Tante Sophia und ihr Mann hatten ein Schlafgemach – es war das Zimmer, das du benutzen wirst. Dieser Raum hier war ihr Bade- und Ankleidezimmer.«

Ihre Augen weiteten sich kurz, ehe sie verständnisvoll

nickte. »Du hast andere Möbel hierhergestellt, um ein Schlafgemach für dich zu schaffen. Denn wir werden getrennt schlafen.«

»Ja.« Genau so, wie sie es auf ihrer Reise von Cornwall aus gehalten hatten. Obwohl dies scheinbar notwendig war, so fühlte es sich doch unangenehm, ja sogar falsch an. Sie waren verheiratet, und in der Hochzeitsnacht und in den Nächten danach hatten sie in getrennten Betten gelegen. Isaac hatte jede Nacht wachgelegen und sich gewünscht, sie einfach in seine Arme schließen zu können, aber er war nicht bereit, ihr die Wahrheit zu sagen, womit er sich bloßstellen würde und das nur, damit sie entscheiden konnte, ob sie ihn auch trotzdem wollte.

Getrennte Betten waren auf jeden Fall unerlässlich. Möglicherweise sogar für lange Zeit.

»Du hast dir sehr viel Mühe gegeben«, lobte sie ihn leise. »Ich danke dir. Insbesondere dafür, dass du mir das größere Zimmer überlassen hast. Ich hätte wirklich nichts dagegen, dieses hier zu nehmen. Das Bettzeug scheint mir angemessener.«

»Da kann ich dir nicht widersprechen, aber ich bestehe darauf, dass du das größere Zimmer nimmst.« Er versuchte, zuvorkommend zu sein.

»War dies nicht ursprünglich das Zimmer der Lady? Bevor deine Tante und dein Onkel es für einen anderen Zweck benutzt haben?«

»Ich glaube schon, ja.«

»Dann sollte ich es benutzen«, urteilte sie mit aller Entschiedenheit. »Um ehrlich zu sein macht es mir nichts aus. Mir ist es lieber, du bleibst dort, wo du dich wohl fühlst, und wo du schon seit Jahren wohnst.«

So gesehen, war dies durchaus sinnvoll. Er seufzte. »Ich bin reichlich unvorbereitet darauf, wie man sich in einer Ehe zu verhalten hat.«

Sie formte ihre Lippen zu einem kleinen Lächeln. »Ich denke, du machst das sehr gut. Aber lassen wir die Kommoden von den Dienern austauschen.« Sie setzte sich auf den grünen Sessel am Kamin. »Oh, das *ist* ein bequemer Sessel. Vielleicht könnte ich ihn einfach passend zur Bettwäsche neu beziehen lassen.«

Sie wiegte sich auf dem Kissen, und Isaac wurde von einem plötzlichen Anflug von sinnlicher Lust überkommen. Er stellte sich vor, wie sie auf seinem Schoß das Gleiche tat, und sein Schaft versteifte sich.

Er wandte sich von ihr ab. »Das werde ich unverzüglich veranlassen«, versprach er, »und ich werde auch dafür sorgen, dass dein Gepäck hierher gebracht wird und deine Kammerzofe weiß, welches Zimmer dir gehört.«

»Ich bin dir wirklich dankbar, dass du so umsichtig warst und dir so viel Mühe gegeben hast.«

Sie stand nun dicht hinter ihm, also musste sie von dem Sessel wieder aufgestanden sein.

Hoffentlich war sie ihm nicht zu nahe gekommen, denn obwohl sein Körper allmählich wieder ernüchterte, war Isaac nicht so recht überzeugt, dass dies so bleiben würde. Zu oft hatte er sich auf ihrer Reise vorgestellt, wie sie zusammen sein würden – ob es nun ein heißer, imaginärer Akt in der Kutsche oder eine schweißtreibende Verführung in einem der Gasthäuser war, in denen sie übernachtet hatten.

Doch dann hatte er den Abstand zu ihr gewahrt, weil es notwendig war. Er konnte nicht mit ihr intim sein, ohne ihr vorher sein Vergehen gestanden zu haben. Er musste annehmen, dass sie ihn verachten würde, und es dann sie wäre, die Wert darauf legte, ihre Ehe nur dem Namen nach zu führen.

Er holte tief Luft und zwang seinen Körper, sich zu entspannen. Dann drehte er sich zu ihr hin. Sie war ihm viel näher, als er gehofft hatte. Es war nahe genug, sie ohne große Schwierigkeiten in seine Arme ziehen und küssen zu können. Nicht, dass er sich dazu hinreißen lassen würde. Er würde sich das nur vorstellen. »Dein Wohlbefinden ist mein wichtigstes Anliegen. Mir ist bewusst, dass dies eine große Umstellung ist.«

»So ist es, aber ich denke, ich bin für eine Veränderung bereit.« Dann lächelte sie wieder. »Ich freue mich darauf, mehr von dem Haus und dem Anwesen zu besichtigen. Wirst du einen Rundgang mit mir unternehmen?«

Er hatte ihr erklärt, dass die Besichtigung des gesamten Anwesens einige Tage oder sogar noch länger dauern könnte, je nachdem, wie viel Zeit sie mit den Pächtern oder der Erkundung verschiedener Bereiche verbringen wollte. Allein im Sägewerk könnten sie zumindest mehrere Stunden zubringen.

»Da ich gerade erst von einer mehrtägigen Abwesenheit zurückgekehrt bin, habe ich in meinem Arbeitszimmer noch einiges aufzuarbeiten. Tante Sophia wird dich morgen durch das Haus führen. Seales, der Verwalter, kann dich in ein paar Tagen auf dem Anwesen herumfahren, sobald du dich eingelebt hast.«

»Das würde ich lieber in deiner Gesellschaft tun. Ich genieße unsere wiederaufgelebte Freundschaft.«

Das erging ihm ebenso. Während ihrer Reise hatten sie viele unterhaltsame Gespräche geführt, darunter auch eine Diskussion darüber, welches Geflügel besser schmeckte, Ente oder Fasan. Er war der festen Meinung, dass Ente besser wäre, während sie voll und ganz den Fasan befürwortete. Dann hatten sie auch über Regen und Sonne debattiert. Ohne jeden Zweifel war ihr ein sonniger Tag lieber, während Isaac einen gute Regenschauer durchaus genoss. So gern er sich auch mit ihr unterhielt, sah er sich gezwungen, sich auf die Arbeit zu konzentrieren.

»Dann musst du auf einen anderen Tag warten«, meinte er.

Sie runzelte die Stirn. »Ich würde auch gerne die Bienen sehen, aber ich würde es vorziehen, wenn du mit mir dorthin gingest.«

»Dann verspreche ich dir das. Ich werde dir Bescheid geben, wann es sich einrichten lässt.«

Wieder legte sie die Stirn in Falten, aber nicht mehr so eindrücklich wie vorhin, als sie versucht hatte, sich einen Reim auf die ungeordneten Möbel zu machen. Dies schien etwas anderes zu sein.

»Stimmt etwas nicht?«, fragte er.

Sie zog die Stirn in Falten. »Es ist alles in Ordnung.«

»Ich hoffe, du wirst mir sagen, wenn dich etwas bedrückt. Ich habe deinem Vater versprochen, dass ich für dein Glück Sorge tragen werde.«

»Hast du das?« Wieder lächelte sie. »Das ist schön. Ich schätze, ich bin nicht sehr gut darin, geheim zu halten, wenn ich verstimmt bin, was wahrscheinlich daran liegt, dass dies so selten vorkommt. Es ist wirklich alles in Ordnung.«

»Ich freue mich, das zu hören. Dann sehe ich dich beim Abendessen.« Er drehte sich um und ging zur Tür.

»Isaac?«

Zum ersten Mal benutzte sie seinen Vornamen. Während ihrer Reise hatte er sie bei mehreren Gelegenheiten Tamsin genannt, und er hatte sie aufgefordert, ihn Isaac zu nennen, wenn sie wollte. Bislang war das nicht geschehen. Warum hatte sie jetzt ihre Meinung geändert? Und warum löste der Klang seines Namens auf ihren Lippen eine Hitzewallung bei ihm aus?

Mit der Hand an der Tür wandte er sich ihr wieder zu. »Ja?«

Dort stand sie mit verschränkten Händen und wirkte mit ihren sanften braunen Locken, die ihre Schläfen und Wangen umspielten, und den kaum geschürzten rosigen Lippen so weiblich und liebreizend. »Ich habe mich gefragt, wie lange unsere Ehe deiner Erwartung nach nur auf dem Papier bestehen wird. Mit anderen Worten, wann erwartest du, mehr als das zu wollen?«

Für einen kurzen Moment sah er sich von einer Flut von Gedanken und Gefühlen durchströmt, ehe es ihm gelang, diese wieder zu unterdrücken. »Darüber habe ich nicht nachgedacht. Wir sind erst seit wenigen Tagen verheiratet und müssen uns erst noch an eine Routine gewöhnen.« In seiner Stimme schwang die gleiche Anspannung mit, die er auch fühlte. Eigentlich sollte er ihr die Wahrheit sagen, warum er diese Barriere zwischen ihnen errichtet hatte, doch das brachte er nicht über sich. Noch nicht. Scheinbar hatte ihr vertrauter Austausch mit ihrer Heirat ein Ende gefunden.

»Ich verstehe«, antwortete sie. »Ich hoffe, du lässt mich wissen, wenn du dazu bereit bist.«

Konnte ihr Nachfragen als Hinweis darauf aufgefasst werden, dass sie sich mehr wünschte? Was wusste sie überhaupt von den körperlichen Aspekten der Ehe? Seiner Vermutung nach war sie eine Jungfrau mit einem geringen Wissensschatz, aber vielleicht irrte er sich.

Allerdings brachte er den Mut nicht auf, sie zu fragen. Jedenfalls nicht jetzt. Im Moment konnte er an nichts anderes denken, als sich selbst zu befriedigen, um sich ein Minimum an Erleichterung zu verschaffen, was er seit ihrer Hochzeit jede Nacht zu tun gepflegt hatte.

Statt einer Antwort nickte er nur, ehe er sich hastig zurückzog. Als er in seinem Schlafgemach angekommen war, schloss er die Tür fest. Wieso war ihm zuvor nicht aufgefallen, dass es kein Schloss gab? Tamsin konnte einfach hereinplatzen, während er sich hier befriedigte. *Verflixt.* So ging das nicht. Wie um alles in der Welt sollte er Befriedigung finden?

Er dachte an seine Gefährtin im Rogue's Den. Sie kannte seinen Schaft so gut, wie ein Musiker sein Instrument und hatte ihm viele Nächte der Befriedigung geschenkt. Würde er sie jetzt, wo er verheiratet war, weiterhin aufsuchen?

Dieser Gedanke stieß ihn ab. Selbst wenn ihre Ehe nur auf dem Papier existierte, würde Isaac seine Frau unter keinen Umständen hintergehen.

War das auf die strenge Moral zurückzuführen, mit der er erzogen worden war? Oder lag es daran, dass er sich zu sehr um Tamsin sorgte?

Weder noch, urteilte er sich. Tamsin verdiente seine Treue. Er hatte ihr diese Treue versprochen, und zumindest war er ein Mann, der sein Wort hielt.

$\mathcal{A}$ls Tamsin an ihrem ersten Morgen auf Wood End erwachte, fühlte sie sich von dem, was sie wohl erwartete, ein bisschen überwältigt, aber auch aufgeregt. Sie gestand sich ein, dass sie über Sophias Anwesenheit erleichtert war, die sie anleiten würde. Als Frau, die sich einmal genau in Tamsins Lage befunden hatte, war sie bestens gerüstet, ihr mit Rat und Tat zur Seite zu stehen. Allerdings war Sophia von Beginn an besser vorbereitet gewesen, da sie im Adelsstand aufgewachsen war. Ihr Vater war ein Viscount gewesen und ihr Bruder hatte derzeit den Titel inne. All dies hatte Tamsin gestern Abend im Laufe eines sehr informativen Dinners erfahren.

Isaac war relativ still gewesen, doch Tamsin wusste nicht, ob das an Sophias beinahe ununterbrochenem Redefluss lag – der anschaulich und unterhaltsam war – oder ob es einen anderen Grund gab. Möglicherweise war er müde, denn Tamsin war dies nach ihrer Reise ebenfalls. Sie hatten sich früh zurückgezogen, jeder in sein eigenes Zimmer.

Mit Sophia hatte sie sich für den späten Vormittag in einem Wohnzimmer im Erdgeschoss verabredet. Es lag hinter der Treppenhalle versteckt und war klein, aber elegant in hellen Grün- und Gelbtönen eingerichtet. Der Schreibtisch, ein französisches Erzeugnis aus dem letzten Jahrhundert, war mit einer Vielzahl interessanter Fächer ausgestattet. Die Sitzgruppe in der Nähe des Kamins bestand aus drei Sesseln und einem gemütlichen Sofa und wirkte sehr einladend. Das Beste war jedoch das große Fenster, das auf eine Reihe von Espenbäumen hinausging, deren Blätter sich gerade zu färben begannen.

»Tamsin?« Sophia sprach von der Tür her.

Tamsin hatte ihr gestern Abend erlaubt, sie beim Vornamen zu nennen. Schließlich waren sie eine Familie, und in Wahrheit war es für Tamsin noch immer schwer, sich mit »Mylady« oder »Lady Droxford« ansprechen zu lassen.

Tamsin drehte sich zu Isaacs Tante hin. »Komm herein. Ich bewundere nur die Aussicht.«

Sophia betrat den Raum. Sie trug ein elegantes taubengraues Tageskleid mit dunklem Rosenbesatz und war damit der Inbegriff einer stilvollen Lady der Gesellschaft. Sie erinnerte Tamsin ein wenig an Min, denn die beiden waren Frauen, die etwas von Mode verstanden. Tamsin freute sich darauf, sich von ihnen bei ihrer Londoner Garderobe beraten zu lassen, wenn es so weit war, denn sie hatte nicht einmal die geringste Ahnung, wo sie überhaupt beginnen sollte. »Das ist eine wunderschöne Perspektive«, stellte sie fest. »Du erkennst, warum ich dies als mein persönliches Wohnzimmer gewählt habe.«

»Ich habe vor, das Gleiche zu tun«, meinte Tamsin.

Sophia lächelte. »Das gefällt mir sehr. Sollen wir uns setzen?« Sie deutete auf die Sitzecke.

Tamsin wartete, bis Sophia saß, und bemerkte, dass sie den abgenutztesten, aber immer noch gut erhaltenen Sessel beim Kamin gewählt hatte. Tamsin hatte den Eindruck, dass es sich dabei wohl um Sophias Lieblingssessel handelte. Tamsin ließ sich auf dem Sofa nieder.

»Ich hoffe, du hattest eine angenehme Nacht«, meinte Tante Sophia. »Wenn es irgendetwas gibt, was dein Missfallen findet, musst du es Blunt – und mir, während Mrs. Jennings' Abwesenheit – mitteilen, damit wir es berichtigen können.«

»Es war sehr angenehm, danke.«

»Wie ich höre, hast du dich für das ehemalige Gemach der Lady entschieden«, bemerkte Sophia. »Ich habe Droxford vorgeschlagen, dass du es dem größeren Schlafgemach des Barons vorziehen könntest.«

Tamsin war ein wenig überrascht, dass Sophia bereits im Bilde war, aber sie nahm an, dass Informationen in einem Haushalt wie diesem schnell und effizient weitergegeben wurden. Wahrscheinlich hatte Tamsins neues Kammerzofe Sophia davon in Kenntnis gesetzt, wie sie es bei Mrs. Jennings getan hätte, wäre sie hier. »Es schien mir angemessener. Ich habe mich sehr wohl gefühlt.« In der Tat hatte Tamsin fest geschlafen.

»Es ist allerdings ein bisschen ungeordnet.« Sophia rümpfte kurz die Nase. »Wusstest du, dass mein Mann und ich das Zimmer zum Ankleiden und Baden benutzt haben?« Auf Tamsins Nicken hin fuhr sie fort. »Droxford hat sein Bestes getan, um es wieder in ein Schlafgemach zu verwandeln, aber ich fürchte, es muss noch mehr Hand angelegt werden, damit es der Lady des Hauses würdig ist.« Sie schenkte Tamsin ein verschwörerisches Lächeln, als ob die beiden ein paar Informationen austauschen würden, die nur für Eingeweihte bestimmt waren. Tamsin wusste allerdings nicht, was sie mit »würdig« meinte.

»Mir ist aufgefallen, dass das Mobiliar nicht zusammenpasst. Aber alles ist sehr bequem und nützlich«, meinte

Tamsin. »Isaac sagte, er habe die Möbelstücke aus diesen Gründen ausgewählt.«

»Heißt das, du willst nichts daran ändern?«, fragte Sophia zögernd.

Tamsin dachte an den Sessel, der nicht zum Bettbezug passte. »Vielleicht ein oder zwei Kleinigkeiten, wenn Isaac nichts einzuwenden hat.« Da er ihr angeboten hatte, frei zu entscheiden, ob sie Änderungen vornehmen wollte, würde wahrscheinlich nichts dagegensprechen.

Sophia winkte mit der Hand und ihr entfuhr ein kurzes heiteres Lachen. »Ich bezweifle, dass er überhaupt etwas davon bemerken würde. Allem Anschein nach, ist er viel zu sehr mit der Verwaltung des Anwesens beschäftigt, als dass er für derartige Veränderungen im Haus Interesse aufbringen würde. Dein Mann ist nicht mit dem Gedanken aufgewachsen, ein Baron zu werden, und er wusste nichts über die Leitung eines Anwesens, geschweige denn über Wood End im Besonderen. Er hat sich voll und ganz in seine Rolle hineingestürzt und ist ihr in spektakulärer Weise gerecht geworden. Ich weiß, dass mein Mann stolz wäre.« Ihre Lippen verzogen sich zu einem kurzen, traurigen Lächeln, und sie blickte aus dem Fenster auf die Espen.

Tamsin spürte den Anflug von Melancholie, der sich über Sophia gelegt hatte. »Ist es schwierig für dich?«

Sophia richtete ihren Blick wieder auf Tamsin und fragte: »Weil das hier früher mein Zuhause war?«

»Eher, dass dein Mann und dein Sohn nicht hier sind.« Tamsin wünschte sich fast, sie hätte das Thema nicht angesprochen. So viel zu verlieren, war unglaublich tragisch.

»Ja, das ist es.« Sophia richtete den Blick auf ihren Schoß. »Es *ist* ein bisschen schwierig. Ich hatte natürlich nicht damit gerechnet, dass ich sie beide verlieren würde. Manchmal denke ich, sie sind einfach irgendwo zusammen und kommen bald wieder nach Hause.« Sie hob ihren Blick zu

Tamsin und blinzelte die Tränen weg, die sich in ihren Augenwinkeln gesammelt hatten. »Aber ich bin so froh, dass Isaac – Droxford meine ich – hier ist und sich so gut um das Anwesen kümmert und so erfolgreich ist. Er hatte so eine traurige Kindheit.« Sie schniefte und wischte sich mit den Fingerspitzen über die Augen. »So sollte ich nicht über ihn reden. Du wirst mich für eine Wichtigtuerin halten.«

»Auf keinen Fall«, meinte Tamsin entschieden. »Ich kenne mindestens eine Wichtigtuerin, und du bist nicht wie sie.« Anders als früher, als sie nur vage über vergangene Tragödien gesprochen hatten, überlegte sie, was sie Tante Sophia offenbaren sollte. Schließlich war sie so neugierig auf ihren Mann, dass sie beschloss, einfach zu sagen, was sie wollte. »Isaac und ich hatten eine vergleichsweise über-stürzte Brautwerbung. Es gibt sehr viele Dinge, die ich nicht über ihn weiß.«

»Nun, ich freue mich, dass mein Neffe geheiratet hat. Ich war mir nicht sicher, ob er es je tun würde, aber ich habe gebetet, dass er jemanden findet, der ihn zu diesem Entschluss bewegen würde.« Sophia beugte sich ein wenig vor. »Ich weiß, dass wir uns gerade erst kennengelernt haben, aber ich kann erkennen, dass du einen Charme und eine Unbeschwertheit besitzt, die ein Segen für ihn sein werden. Du bist genau die Art von Frau, die er braucht.«

Angesichts von Tante Sophias Worten wurde es Tamsin warm ums Herz. Sophia konnte natürlich nicht wissen, dass Isaac nicht aus den Gründen, die sie glaubte, »bewegt« worden war, doch Tamsin sah davon ab, sie eines Besseren zu belehren. Und Tamsin wollte Sophias Worten glauben, dass sie die Art von Frau war, die Isaac brauchte.

»Es ist sehr nett von dir, so etwas zu sagen«, meinte Tamsin. »Ich kann auch sagen, dass du liebenswert und großzügig bist. Dass du aus Kent hergekommen bist, um uns – mir – in dieser Zeit des Übergangs zu helfen, ist wirklich unbeschreiblich wohltätig.« Vor allem, wenn Sophias Anwesenheit hier ihre Traurigkeit weckte.

»Es ist mir eine große Freude. Euch beide zu sehen, erinnert mich ehrlich gesagt an die Zeit, als mein Mann und ich geheiratet haben. Wir hatten uns während der Saison kennengelernt, und auch wir hatten eine etwas überstürzte Brautwerbung. Ich weiß nicht, ob wir uns sofort ineinander verliebt haben, aber wir waren ganz vernarrt. Trotzdem war es eine Umstellung, auch wenn ich dir sagen kann, dass wir nach nur einer Woche nicht mehr getrennt schlafen wollten.« Sie schenkte Tamsin ein verschmitztes Lächeln.

Tamsin war sich allerdings nicht so ganz sicher, was Sophia damit andeuten wollte, also erwiderte sie ihr Lächeln. Ihr fiel auch nichts Passendes ein, was sie darauf hätte erwidern können. Stattdessen lenkte sie das Gespräch sanft in eine andere Richtung. »Wie könnte ich mein Schlafgemach umgestalten? Ich denke, ich hätte gern einen Sessel, der zum Bett passt. Ich könnte mir die anderen Schlafgemächer ansehen.« Sie hatte den ersten Stock noch nicht besichtigt.

»Gewiss, aber sie sind weder gereinigt noch gelüftet worden. Da der Baron keine Gäste hat, werden die Zimmer nicht benutzt. Ich glaube, seit dem Tod meines Mannes wurde nur noch in meinem Schlafzimmer ein Gast beherbergt. Ich bin dorthin gezogen, als mein Neffe einzog, und habe es seitdem ein paar Mal benutzt, wenn ich zu Besuch kam.«

»Ich wusste nicht, dass du uns regelmäßig besuchst. Das ist sehr nett.« Tamsin war froh, zu wissen, dass Isaac eine Familie hatte, die sich um ihn kümmerte.

»Ich störe ihn mindestens einmal im Jahr, wenn ich weiß, dass er zu Hause sein wird.« Ihr Blick funkelte verschmitzt. »Mrs. Jennings schickt mir Briefe, in denen sie mich über seine Pläne auf dem Laufenden hält.«

»Es macht ihm nichts aus, dass du kommst?«

»Ganz und gar nicht. Ich tauche nicht auf, ohne vorher zu fragen; ich schreibe zuerst und frage. Er sagt immer ja.« Ihr Gesicht verzog sich vor Sorge. »Ich glaube, er sehnt sich geradezu nach einer Familie. Als er aufwuchs, hat sein Vater ihn isoliert. Wir haben ihn selten zu Gesicht bekommen. Ehrlich gesagt wäre es für Droxford besser gewesen, hier bei uns in Wood End aufzuwachsen.«

Noch etwas, das sie gemeinsam hatten, dachte Tamsin. Beide wären vielleicht besser bei anderen Verwandten als bei ihren Vätern aufgehoben gewesen.

»Wir sollten uns an die Arbeit machen«, schlug Tamsin vor. »Ich bin sicher, dass wir eine Menge zu erledigen haben.«

Sophia nickte. »Ja, das haben wir. Ich habe gerade erfahren, dass es einen neuen Pächter geben wird, was bedeutet, dass das leerstehende Haus auf Vordermann gebracht werden muss. Wir werden bald eine Besichtigung vornehmen und eine Liste mit den notwendigen Arbeiten erstellen.«

»Das ist meine Verantwortung?« Tamsin hatte nicht bedacht, was sie als Herrin alles zu tun haben würde, aber warum sollte sie auch?

»Ich finde, dass es für die neuen Pächter am besten ist, wenn eine Frau in dieser Angelegenheit das Sagen hat«, meinte Sophia und grinste.

Das verstand Tamsin. »Ich gebe zu, dass ich ein wenig eingeschüchtert bin, aber ich bin auch sehr begeistert.«

»Du erinnerst mich an mich selbst«, stellte Sophia mit einem Anflug von Stolz in der Stimme fest. »Sollen wir mit der Frage der Menüs beginnen?«

Nachdem sie viel Zeit mit Sophia verbracht hatte, nahmen Tamsin und sie das Lunch gemeinsam ein. Als Sophia sich in ihr Gemach zurückzog, um sich kurz zu erholen, beschloss Tamsin, nach ihrem Mann zu suchen. Sie erinnerte sich an die Lage seines Arbeitszimmers vom Rundgang gestern Abend. Es befand sich neben der prächtigen Bibliothek in einer stillen Ecke des Erdgeschosses.

Auf dem Weg dorthin begegnete sie dem Butler.

»Guten Tag, Mylady. Wenn Sie auf dem Weg zu seiner Lordschaft sind, fürchte ich, dass er nicht in seinem Arbeitszimmer ist.«

Tamsin war überrascht, wie enttäuscht sie darüber war. Aber warum sollte seine Abwesenheit im Arbeitszimmer sie davon abhalten, ihn zu finden? »Wissen Sie, wo ich ihn finden kann?«

»Das weiß ich in der Tat. Er ist bei seinen Bienen.«

War er das? Sie hatte erwähnt, dass sie ihn begleiten wollte, aber er hatte sich nicht die Mühe gemacht, sie einzuladen? »Wo sollte das sein?«

»Sie befinden sich hinter dem formalen Garten, direkt westlich am Fuße eines Hügels auf einer kleinen Wiese.«

Das schien leicht zu finden zu sein.

»Soll ich jemanden nach Ihrem Hut und Ihren Handschuhen schicken?« bot Blunt an.

Tamsin wollte nein sagen, dass sie loslaufen und sie holen könnte, aber sie wusste, dass die Bediensteten in Wood End gerne helfen und gefallen wollten. Stattdessen lächelte sie und bedankte sich bei ihm.

Kurze Zeit später trat Tamsin mit Haube und Handschuhen in den frühherbstlichen Tag hinaus, obwohl es sich noch ein wenig nach Sommer anfühlte. Der blaue Himmel war mit weißen Wolken übersät, und die Brise war angenehm.

Auf ihrem Weg durch den Garten blieb Tamsin hier und da stehen, um an den spät blühenden Blumen zu riechen. Als sie auf die Anhöhe kam, sah sie eine Ansammlung von Holzkonstruktionen. Isaac stand dort und unterhielt sich mit einem Jungen, doch als Tamsin ihren Abstieg zur Wiese begann, entfernte sich der Junge und ging in die entgegengesetzte Richtung von Tamsin davon.

Als sie sich dem Fuß der Anhöhe näherte, wandte sich Isaac ihr zu. Sie konnte seine Gesichtszüge aus dieser Entfernung nicht erkennen, aber er kam ihr entgegen, als sie auf ihn zuging.

»Das sind deine Bienen?«, fragte sie und betrachtete die seltsam aussehenden Kästen. »Wo sind ihre Bienenstöcke?«

»In den Kisten.« Er deutete auf eine von ihnen. »Willst du sie sehen?«

»Ist es ungefährlich?«, wollte sie wissen. »Ich wurde als Kind einmal von einer Biene gestochen, und das war sehr schmerzhaft.«

»Ich bin schon oft gestochen worden, und es tut immer noch weh, aber es ist nicht so schrecklich. Mrs. Corwin hat ein wirksames Mittel entwickelt.«

»Zusätzlich zur Herstellung einer herrlichen Weincreme?« Tamsin hatte das Dessert von gestern Abend sehr genossen. »Kein Wunder, dass du sie zusammen mit allen anderen hier behalten hast.« Sie schaute auf den Kasten und sah ein paar Bienen darum herumschwirren. »Warum kommst du hierher, wenn du immer wieder gestochen wirst?«

»Ich werde fast nie gestochen«, meinte er. »Als ich diese Aufgabe vor ein paar Jahren übernommen habe, wusste ich nicht, was ich da tat.«

»Warum hast du die Bienenpflege übernommen?«, fragte Tamsin. »Gab es nicht schon jemanden, der mit dieser Aufgabe betraut war?«

»Ja, aber ich wollte etwas an der Art und Weise ändern, wie die Dinge gehandhabt wurden und er war ohnehin bereit, sich zur Ruhe zu setzen. Er war einer der Pächter, und sein ältester Sohn hat vor kurzem seinen Pachtvertrag übernommen.«

»Was hast du geändert?«

Isaac ging langsam auf eine der Kisten zu, und sie folgte ihm. »So wird der Honig geerntet. Die Bienen werden normalerweise in Bienenkörben aus Stroh mit einem Loch im Deckel gehalten. Es gibt jedoch keine Möglichkeit, die Waben herauszuholen, ohne die Bienen zu töten, um den Honig zu entnehmen, den sie produziert haben.«

Tamsin starrte ihn entsetzt an. »Die Tiere arbeiten hart, um all den Honig zu machen, und dann werden sie umgebracht?«

»Du verstehst also, warum ich etwas ändern wollte. Ich habe mir in den Kopf gesetzt, dass es einen Weg geben muss, den Honig zu ernten, ohne all die armen Bienen zu töten, insbesondere nachdem sie, wie du gesagt hast, so lange gearbeitet haben.«

»Ganz zu schweigen davon, dass wir ihnen die Früchte ihrer Arbeit wegnehmen.« Tamsin schüttelte den Kopf. »Ich hatte ja keine Ahnung.«

»Ich machte mich daran, nach alternativen Möglichkeiten zu suchen, Bienen zu halten und ihren Honig ohne Massenmord zu ernten. Die jüngste Entwicklung stammt von einem Mann aus Russland. Diese Kästen haben Schubladen, die wir herausziehen können, um die Honigwaben zu entnehmen, ohne die Bienen zu stören. Ich zeige es dir.«

Er näherte sich dem nächstgelegenen Kasten und zog vorsichtig an der obersten Schublade. »Du kannst näherkommen. Sie werden dich nicht stechen.«

Tamsin machte kleine Schritte, bis sie das Innere sehen konnte. Dutzende von Bienen arbeiteten inmitten der hellen Waben. Es schien sie nicht zu stören, dass Isaac ihr Haus öffnete.

»Was machen sie, wenn man die Waben entfernt?«

»Wir erledigen das abends, wenn die Bienen von den Strapazen des Tages erschöpft sind. Dann scheinen sie ruhiger zu sein, also haben wir diese Praxis eingeführt. Um ehrlich zu sein, haben wir das bislang nur einmal gemacht. Dies ist das erste Jahr, in dem wir diese Kästen anstelle der Bienenkörbe verwenden, und wir haben vor ein paar Monaten erfolgreich ein kleines Stück Wabe entfernt. Letztes Jahr, als wir noch Bienenkörbe hatten, habe ich versucht, den Honig zu entfernen, ohne die Bienen zu töten. Dabei habe ich mir die meisten Stiche zugezogen«, meinte er abschließend mit einem Augenzwinkern.

»Es tut mir leid, dass das passiert ist, aber ich kann den Bienen nicht verübeln, dass sie wütend sind. Allerdings hätten sie wohl dankbar sein müssen, dass du sie nicht umgebracht hast, wie es früher der Fall war.« Sie sah ihn an. »Meinst du, das ist der Grund, warum sie dich jetzt nicht stechen? Sie wissen, dass du Verbesserungen vorgenommen und für ihre Sicherheit gesorgt hast?«

Er lächelte – es war kein Grinsen – und Tamsin dachte, sie würde zergehen. Wusste er, dass er das tat?

»Ich bin mir nicht sicher, ob den Bienen klar ist, dass ich sie nicht töten will, aber das ist ein schöner Gedanke. Ich bin nicht überrascht, dass du so denkst.«

»Und es überrascht mich nicht, dass du so viel zur Rettung der Bienen unternimmst.«

Seine Züge ernüchterten, und sein Blick wurde wieder ernst, als er an ihr vorbeiging. Es war, als wäre er irgendwie fortgerissen worden. Aber nur für einen Moment. Er blinzelte, ehe er dann vorsichtig die Schublade schloss.

»Meine Mutter hat immer Tiere gerettet«, meinte er leise. »Das ist eines der wenigen Dinge, die ich von ihr weiß. Bevor meine Großeltern – ihre Eltern – verstorben sind, habe ich sie immer in Taunton besucht. Sie hatte einen Hund, den sie als Welpen rettete, nachdem sie ihn allein in einer Hecke fand. Sie rettete auch Eichhörnchen und Kätzchen und, ich glaube, auch eine Gans.«

Tamsin kicherte. »Ich kann mir nicht vorstellen, dass es einfach sein kann, eine Gans zu retten.«

Das Lächeln erschien wieder auf seinem Mund. Sie sah auf seine Lippen und fragte sich, wie sie sich auf ihren anfühlen würden. »Das kann ich auch nicht.«

Blinzelnd verdrängte Tamsin den Gedanken an einen Kuss und konzentrierte sich stattdessen auf sein Lächeln. »Das ist das zweite Mal, dass du hier draußen gelächelt hast. Du lächelst nie. Nun, nicht nie, aber fast nie. Ich bin mir nicht sicher, ob ich jemals etwas anderes gesehen habe als dein Grinsen.«

»Das ist wahrscheinlich wahr. Ich wollte bei unserer Trauung lächeln. Es tut mir leid, dass mir das nicht gelungen ist.«

Seine Worte gingen ihr ans Herz – er sorgte sich wirklich. Vielleicht führte dies zu mehr als nur einer Ehe auf dem Papier. Die Vorstellung erfüllte sie mit einer angenehmen Wärme.

»Ich habe gerade einige Zeit mit Sophia verbracht«, meinte Tamsin.

»Ja, deshalb habe ich dich nicht eingeladen, mich zu begleiten. Ich wollte nicht stören.« Wieder wurde ihr bei seiner Voraussicht die Brust weit. »Wie ist es gelaufen?«, fragte er und schaute sie mit aufrichtigem Interesse an.

»Wenn ich ehrlich sein soll, war es überwältigend. Es gibt viel zu lernen, aber ich bin der Aufgabe gewachsen. Am stärksten erschreckt mich das Kennenlernen aller Pächter, aber darauf freue ich mich auch am meisten.«

Sein Blick löste sich von ihrem und schweifte über die Wiese. »Ich werde veranlassen, dass Seales dich auf seiner Runde mitnimmt.«

Tamsin hatte gehofft, er würde seine Meinung ändern und sie höchstpersönlich begleiten. Sie konnte sich des

Eindrucks nicht erwehren, dass er ihr aus dem Weg gehen wollte. Aber in Wahrheit war er nur beschäftigt.

»Ich bin zurück, Mylord.«

Tamsin drehte ihren Kopf in Richtung der Stimme und sah, dass der Junge zurückgekehrt war.

Isaac wies mit einer Geste auf Tamsin. »Oliver, das ist Lady Droxford.«

Der Junge, der etwa zwölf Jahre alt zu sein schien, verbeugte sich unbeholfen. Tamsin lächelte über seine Bemühungen. »Ich freue mich, dich kennenzulernen, Oliver.«

Isaac schloss die Schublade des Bienenstocks. »Oliver lernt gerade, wie man Bienen pflegt. Er wird mir bald bei der Ernte der Honigwaben helfen.«

»Was für ein tapferer Junge du bist«, meinte Tamsin. »Ich glaube nicht, dass ich das tun könnte.«

»Es sind faszinierende Wesen«, meinte Oliver ernsthaft. »Ich mag alle Arten von Insekten.«

»Dann ist dies die perfekte Aufgabe für dich.« Sie konnte sehen, dass die beiden wieder an die Arbeit gehen mussten, und wollte sie nicht aufhalten. »Ich werde mich auf den Weg machen.« Sie blickte zu Isaac, dessen Augen zu glühen schienen, wie damals, als sie sich in Weston kennengelernt hatten. Damals, als ihre Anziehungskraft entfacht worden war. Das schenkte ihr ein Gefühl der Hoffnung.

Tamsin ging zurück zur Anhöhe und beschloss, einen anderen Weg einzuschlagen und den schönen Tag zu genießen. Nach fast zehn Minuten kam sie an einem bezaubernden Häuschen mit Strohdach vorbei. Sie sah ein Paar auf der Veranda. Sie standen dicht beieinander, die Köpfe gebeugt. Der Mann strich der Frau eine Haarsträhne aus der Stirn und streichelte ihre Wange. Dann beugte er den Kopf und küsste sie. Der Kuss war nicht kurz und auch nicht sehr lang. Sie umklammerte seine Unterarme, während er ihren

Kopf umfasste, und ihre Köpfe neigten sich während des Kusses leicht.

Als der Mann zurücktrat, befürchtete Tamsin, dass sie beim Spionieren erwischt werden könnte. Nicht, dass sie spioniert *hätte*. Sie konnte sich nur nicht von ihrem herzerwärmenden Schauspiel abwenden. Es war offensichtlich, dass diese Menschen sich sehr liebten. Sie zusammen zu sehen, ließ Tamsins Herz höherschlagen. Es zeigte ihr auch, dass diese Art von Liebe nicht nur ein Märchen war. Sie wünschte sich diese Nähe mit jemandem. Mit Isaac, hoffentlich.

»Guten Tag!«, rief der Mann, und Tamsin wurde klar, dass es zu spät war, um ihren Weg fortzusetzen. Aber vielleicht konnte sie einfach so tun, als hätte sie nichts gesehen.

»Guten Tag«, antwortete Tamsin mit einem Lächeln und einem Winken.

Der Mann näherte sich ihr, und die Frau trat von der Veranda herunter. Da erkannte Tamsin, dass sie schwer schwanger war.

»Ich heiße Paul Bowman«, stellte der Mann sich vor, als er in der Nähe von Tamsin stehen blieb. »Und das ist meine Frau, Laura.«

»Ich freue mich sehr, Ihre Bekanntschaft zu machen«, meinte Tamsin. »Ich bin Tamsin...« Sie errötete. An ihren neuen Namen und Titel würde sie sich erst einmal gewöhnen müssen. »Ich bin Lady Droxford.«

Er lächelte breit. »Wir haben gehört, dass seine Lordschaft nach Cornwall gefahren ist, um zu heiraten.« Er drehte sich zu seiner Frau um. »Laura, das ist die neue Lady Droxford.« Mit einem Blick zu Tamsin meinte er: »Wenn Sie möchten, können Sie zum Cottage hinaufgehen. Wir sind hier nur zu zweit, und ich gehe ein paar Dinge aus dem Dorf holen.«

»Danke, das werde ich.«

Mr. Bowman neigte den Kopf und winkte seiner Frau zu, bevor er sich verabschiedete.

Tamsin ging den Weg zum Haus hinauf, wo Mrs. Bowman auf die Veranda zurückgekehrt war. »Ich hoffe, ich störe nicht.«

»Ganz und gar nicht. Es ist mir eine Ehre, die neue Lady kennenzulernen. Möchten Sie mit reinkommen?« Das fragte sie fast schüchtern, und ihre Wangen färbten sich rosig, während ihr Blick indirekt blieb. »Ich möchte Sie nicht stören, wenn Sie etwas zu erledigen haben.«

»Sie stören mich überhaupt nicht. Ich bin erst gestern angekommen und wollte gerade einen Spaziergang unternehmen. Ich würde gerne kurz mit reinkommen, wenn es Ihnen nichts ausmacht.« Tamsin wollte der jungen Frau nicht zur Last fallen, schon gar nicht in ihrem jetzigen Zustand.

Mit dunklem rotbraunem Haar, warmen braunen Augen, einer Stupsnase mit einer Ansammlung von Sommersprossen darauf und auch auf dem oberen Teil ihrer Wangen, schien Mrs. Bowman ungefähr so alt zu sein wie Tamsin oder nahe daran. Sie hielt Tamsin die Tür auf, damit sie hereinkommen konnte.

Das Innere des Häuschens war etwas düster, da die Fenster nicht besonders groß waren, aber es war gut ausgestattet. Rechts vom Eingang befand sich eine Stube und links ein Esszimmer mit einer Öffnung aus Holz zur Küche.

»Setzen wir uns für einige Minuten«, meinte Mrs. Bowman und legte ihre Hand auf die Wölbung ihres Bauches. »Ich bin kurz vor der Zeit, und ich muss öfter die Füße hochlegen.« Sie setzte sich auf einen Sessel beim Kamin und legte ihre Füße auf einen niedrigen Schemel.

Tamsin saß auf einem Sessel in der Nähe. »Ist das Ihr erstes Kind?«

Mrs. Bowman nickte. Mit einem verlegenen Lächeln

strich sie sich über den Bauch. »Ich bin mehr als nur ein bisschen nervös, muss ich zugeben.«

»Das wäre ich auch.« Tamsin hatte keine Erfahrung mit Babys oder Müttern, die kurz davor waren, ein Kind zu bekommen.

»Ich bin so froh, dass Sie vorbeigekommen sind«, meinte Mrs. Bowman schüchtern. »Ich treffe nicht viele Mädchen in meinem Alter.« Sie lachte leise. »Da wir verheiratet sind, sind wir wohl keine Mädchen mehr.«

Tamsin lachte mit ihr. »Das sind wir vermutlich nicht.« Sie sah sich in dem gemütlichen Häuschen um und erinnerte sich an das, was Mr. Bowman gesagt hatte. »Haben Sie niemanden, der Ihnen hier hilft? Haben Sie Familienmitglieder, die kommen werden, wenn das Baby da ist?«

Mrs. Bowman schüttelte den Kopf. »Ich habe vier Brüder, von denen zwei verheiratet sind, aber ihre Frauen sind mit ihren eigenen Kindern beschäftigt. Meine Mutter ist schon vor ein paar Jahren verstorben. Ich wünschte, sie wäre hier, um mir zu helfen.« Ein trauriger Schatten legte sich über ihre Augen.

Das rührte Tamsins Herz. »Ich verstehe, wie Sie sich fühlen müssen. Ich habe meine Mutter schon vor langer Zeit verloren. Aber ich habe überhaupt keine Geschwister.«

»Schätzen Sie sich glücklich. Ein Haus voller Männer ist eine Herausforderung. Da ist man der Außenseiter, denn sie wissen einfach nicht, was sie von einem halten sollen. Um mich zu verheiraten, hat mich mein Vater zu einem Fest zur Ehestiftung mitgenommen. Dort habe ich vor einem Jahr, im Mai, meinen Mann kennengelernt.«

»Wie außergewöhnlich. Ich wusste gar nicht, dass es so etwas gibt.«

»Seit Hunderten von Jahren, zumindest in der Stadt Marrywell.«

Tamsin lachte. »Was für ein passender Name. Sie haben bestimmt gut geheiratet, oder zumindest scheint es so.«

»Paul und ich sind sehr glücklich. Oh!« Mrs. Bowman streichelte ihren Bauch und verlagerte ihr Gewicht im Sessel.

»Geht es Ihnen gut, Mrs. Bowman?« Tamsin begann aufzustehen, um … jemanden zu holen. Aber wen?

»Es geht mir gut.« Mrs. Bowman bedeutete Tamsin mit ihrer freien Hand, sich zu setzen. »Das Baby testet nur seine Beine. Um diese Tageszeit ist es sehr aktiv. Und bitte, nennen Sie mich Laura. Wenn Sie möchten«, fügte sie hastig hinzu.

»Nur wenn du mich Tamsin nennst.«

Laura erbleichte. »Das kann ich nicht, Mylady. Das wäre nicht richtig.«

»Ich bestehe darauf. Ich fühle mich noch nicht wohl in der Rolle der Lady Droxford. Außerdem bist du hier auf Wood End meine erste Freundin.« Sie beugte sich vor und flüsterte. »So etwas habe ich gebraucht. Nennst du mich bitte Tamsin?«

»Wenn du darauf bestehst«, willigte Laura lächelnd ein.

Tamsin überlegte, wie sie helfen konnte. »Ich hoffe, du hältst mich nicht für anmaßend, aber ich würde gerne hier bei dir sein, wenn das Baby kommt. Wenn du das möchtest.«

Lauras schokoladenbraune Augen wurden rund. »Würdest du das wirklich tun? Es gibt eine Hebamme aus dem Dorf, die zum Helfen kommt, aber ich kenne sie nicht sehr gut. Sie scheint aber nett zu sein.«

»Es wäre mir eine Ehre, dir zur Seite zu stehen. Oder zumindest deine Hand zu halten. Ich habe nicht die geringste Ahnung, was ich tun soll, aber ich bin sicher, die Hebamme kann mich anleiten.« Tamsin runzelte die Stirn. »Wie willst du nach mir schicken?« Da nur Laura und ihr Mann hier waren, überlegte Tamsin, ob sie jemanden aus dem Haushalt in Wood End abstellen könnte, um zu helfen. Sie würde mit Sophia sprechen.

»Wenn es so weit ist, wird mein Mann in die Stadt laufen, um die Hebamme zu holen.« Laura runzelte die Stirn. »Vielleicht kann er jemanden finden, der dich abholt.«

»Ich glaube langsam, du brauchst ein Dienstmädchen, das bis zur Geburt und sogar noch ein paar Wochen danach bei dir bleibt.«

»Ich möchte nicht zur Last fallen, La– Tamsin.«

»Ich verspreche dir, dass das nicht der Fall sein wird. Wir haben jede Menge Personal. Ich bin sicher, dass ich jemanden finden kann, der dir für eine Weile hilft. Es sei denn, du willst nicht gestört werden?« Tamsin wollte ihrer neuen Freundin keine Unannehmlichkeiten bereiten. Sie erkannte, dass Tamsin diese Frau zwar als ebenbürtig empfand, aber ihre Positionen sehr unterschiedlich waren. Das war ein Aspekt ihrer Ehe, den sie nicht bedacht hatte.

Laura schaute auf ihren Bauch hinunter und tätschelte ihn. »Wir haben heute einen sehr netten Menschen kennengelernt, meine Süße.« Sie richtete ihren Blick auf Tamsin. »Ich weiß nicht, was ich sagen soll, aber ich wäre dir sehr dankbar, danke.«

»Ich bin froh – und falls du das nicht erkannt hast, eifrig bereit zu helfen. Wir müssen uns gegenseitig unterstützen, besonders wenn wir keine Familie haben.«

Laura nickte. »Das muss ich mir merken. Immer versuche ich, kein Ärgernis zu sein.«

»Vielleicht kommst du zu mir, wenn es bei mir an der Zeit ist, ein Baby zu bekommen.« Tamsin hoffte, dies würde passieren, aber hier mit Laura zu sitzen, machte ihr klar, wie sehr sie das wirklich wollte.

»Es wäre mir eine Ehre«, meinte Laura mit einem müden Lächeln. »Paul wird sich sehr freuen.« Ihre Augen rundeten sich kurz, als sie sie auf Tamsin richtete. »Mir fällt gerade auf ... hast du Paul und mich vorhin draußen gesehen?« Ihre Wangen hatten sich wieder rosa verfärbt.

Tamsin überlegte, ob sie lügen sollte, aber ihre Verbundenheit hatte sie so ermutigt. »Ich habe nur ein Paar gesehen, das sich offensichtlich sehr liebt.«

»Das ist wahr«, meinte Laura lachend.

»Woher wusstest du, dass du ihn liebst?«, fragte Tamsin. Sie war neugierig, wie sich das anfühlte. Würde sie überhaupt bemerken, wenn sie anfinge, Isaac zu lieben? »Hast du dich auf dem Fest zur Ehestiftung auf den ersten Blick in ihn verliebt?«

»Ganz und gar nicht. Er wollte eine andere junge Frau in das Labyrinth führen, doch ihr war zu kalt – der Abend war kühl. Später hat es sogar geregnet. Ich war seine zweite Wahl.«

Tamsin lachte. »Aber du musst doch mit ihm gegangen sein, da ihr jetzt verheiratet seid.«

»Das bin ich ganz bestimmt nicht«, meinte Laura mit einem Glitzern in den Augen. »Ich wies ihn mit der Ausrede zurück, dass ich anderweitig beschäftigt sei. Das war eine Lüge. Später, als es zu regnen anfing, fand er mich in einem der Zierbauten, wo ich Schutz gesucht hatte. Als er mein Zittern bemerkte, überließ er mir seinen Frack. Es war schockierend, da er in seinen Hemdsärmeln dastand, doch er war nicht der einzige Mann, der das tat. Er war jedoch der Einzige, soweit ich das jedenfalls sehen konnte, der mir dann auch noch ein Ständchen brachte, indem er mir ein albernes Lied über Verliebtsein im Regen vortrug. Ich glaube, er hat es erfunden.«

Von der Geschichte fasziniert fragte Tamsin: »Singt er immer noch für dich?«

»Er hat die schönste Stimme. Er singt dem Baby vor.« Mit einem wehmütigen Lächeln streichelte sie sich über ihren Bauch.

»Du hast dich also in ihn verliebt? Nachdem er für dich gesungen hat?«

»Nicht ganz, aber wir waren auf dem besten Wege dahin.
Das war am zweiten Abend des Fests geschehen. Am letzten
Tag wusste ich, dass ich ihn heiraten wollte, und ich war mir
ziemlich sicher, dass ich ihn liebte.« Sie zuckte mit den
Schultern. »Woher sollte ich das auch wissen? Insbesondere,
da ich bei Mutter keinen Rat mehr suchen konnte. Meinen
Bruder, der zusammen mit unserem Vater mitgekommen
war, wollte ich nicht fragen. Er hat seine Frau auf demselben
Fest kennengelernt.«

Tamsin war neugierig, wie sich die Liebe anfühlte, doch
sie käme sich aufdringlich vor, wenn sie weitere Fragen
stellte. »Wie schön, dass ihr euch gefunden habt.«

»Wir haben großes Glück. Mir ist bekannt, dass die
Menschen gelegentlich aus Gründen der Vernunft heiraten,
oder weil sie müssen«, meinte Laura. »Ich war davon ausgegangen, dass ich einmal heiraten würde – mir war es nur
darum gegangen, einen Mann zu finden, dem etwas an mir
liegt und mit dem ich eine Familie gründen kann. Dass ich
Paul getroffen und mich in ihn verliebt habe, ist ein wunderbares Geschenk, für das ich jeden Tag aufs Neue dankbar
bin.«

Ja, genau das wollte Tamsin auch. Und im Moment
bevorzugte ihr Mann eine Ehe, die nur auf dem Papier
bestand. Wie konnte es ihr gelingen, ihn vom Gegenteil zu
überzeugen? War sie überhaupt mutig genug dazu?

Er hatte sie gebeten, ihn wissen zu lassen, wenn sie über
irgendeine Angelegenheit unglücklich wäre. Sie konnte zwar
nicht sagen, dass sie richtig unglücklich war, aber auch nicht
… zufrieden. Ihr ganzes Leben lang hatte sie jegliche Gefühle
des Unfriedens gemieden und sich stattdessen für das Posi-
tive entschieden. Weil es auf diese Weise einfacher war,
wurde ihr bewusst, schwierige Entscheidungen und die
herausfordernden Gefühle zu umgehen. Deshalb hatte sie
sich nie gegen das isolierte Leben bei ihrem Vater aufgelehnt

oder darum gebeten, bei ihrer Großmutter zu wohnen, oder ihn gar gedrängt, ihr zu gestatten, sich nach einem Ehemann umzuschauen.

Wenn sie jetzt allerdings untätig bliebe, würde sie einfach abwarten und es Isaac überlassen, über ihre Zukunft zu entscheiden. Ihr war klar, dass sie ihn nicht zwingen konnte, Dinge zu fühlen, die er nicht fühlte, doch sie hoffte, er würde zumindest einen Versuch unternehmen. Das hatte ihre Ehe verdient.

KAPITEL 15

*G*ähnend erhob sich Isaac von seinem Schreibtisch. Er hatte zu lange gearbeitet – und ohnehin zu viel. Und all das hatte er nur getan, um nicht zu viel Zeit mit seiner charmanten, wunderschönen und betörenden Frau zu verbringen.

Sein Blick fiel auf das kleine ovale Porträt seiner Mutter, das auf einer Ecke seines Schreibtischs stand. Er besaß es, solange er sich erinnern konnte, und er hütete es als seinen wertvollsten Besitz. Für dieses Bild empfand er viel Liebe, wenn auch nicht für die Frau, die er nie gekannt hatte. Er würde gern glauben, sie zu kennen, doch in Wahrheit konnte er sich an nichts anderes erinnern als an das, was auf dem Bild dargestellt war.

Was würde er nicht für eine einzige Erinnerung an sie geben. Selbst für nur eine schwache Erinnerung an ein Geräusch oder einen Geruch.

Er wünschte seiner Mutter eine ruhige gute Nacht, blies die Lampe aus und nahm dann eine Kerze in die Hand, um sich nach oben zu begeben. Auf seinem Weg traf er seine

Tante auf der Galerie am oberen Ende der Treppe an, was ihn schockierte.

»Droxford, du bist ziemlich spät dran«, stellte sie fest und hielt ebenfalls eine Kerze in der Hand.

»Genau wie du«, konterte er.

»Manchmal kann ich nicht einschlafen, und ein Spaziergang hilft mir, müde zu werden.« Sie wölbte eine blonde Braue. »Wie lautet deine Ausrede?«

»Ich habe gearbeitet.«

»Das hätte ich wissen müssen. Du arbeitest beinahe ununterbrochen. Wenigstens isst du mit Tamsin und mir zu Abend.« Sie betrachtete ihn stirnrunzelnd. »Du verbringst nicht genug Zeit mit deiner Braut. Wie wollt ihr euch da kennenlernen?«

»Ich habe meine Zeit damit verbracht, die Arbeit zu erledigen, die sich während meiner Abwesenheit angesammelt hat.« Seit ihrer Ankunft waren erst drei Tage vergangen.

Tante Sophia sah ihn skeptisch an. »Du hättest Tamsin nicht allein losschicken sollen, um heute mit Seales das Anwesen zu besichtigen. Sie hätte die Pächter mit ihrem Mann, dem *Baron*, kennenlernen sollen.«

Isaac wollte die Stirn in Falten legen, doch er hielt sich gerade noch zurück. Nicht weil seine Tante ihm Verdruss bereitete, sondern weil sie recht hatte. Und *das* ärgerte ihn.

Tante Sophia schüttelte den Kopf. »Du arbeitest obendrein bis spät in die Nacht. Den Grund dafür begreife ich nicht, wo du doch eine reizende Frau hast, die auf dich wartet.« Ihre Miene wurde sanfter. »Es ist mit wohl bewusst, dass du nie in den Genuss eines glücklichen Familienlebens mit Eltern gekommen bist, die dich angebetet haben, aber ich hoffe, du bist imstande, dir das für dich selbst vorzustellen. Das hast du verdient.«

Ihre Worte führten dazu, dass sich ein Kloß in seiner Kehle bildete, sodass er einfach nickte.

»Ich muss dir mitteilen, dass du morgen mit Tamsin ausgehen musst. Auf dem Gelände, das wir kürzlich verpachtet haben, steht ein Haus leer, das hergerichtet werden muss, da es schon seit einigen Jahren unbewohnt ist. Ich hatte vor, das Haus mit Tamsin in Augenschein zu nehmen, aber ich habe hier etwas zu erledigen. Du wirst sie also begleiten, und sie kann dir dabei helfen, eine Liste mit den notwendigen Arbeiten zu erstellen. Und sag mir nicht, du könntest das nicht, denn auch das ist eine notwendige Arbeit.«

Isaac betrachtete seine Tante einen Moment lang. Hatte sie dies mit Absicht so arrangiert, um ihn zu zwingen, Zeit mit seiner Frau zu verbringen?

Natürlich nicht. Es handelte sich nur um eine Aufgabe, die erledigt werden musste. Isaac wusste genau, von welchem Pachtverhältnis sie sprach, denn es stand auf seiner Liste der Dinge, die er bald angehen wollte. Das Haus mit Tamsin zu inspizieren sollte eine Wohltat sein, keine lästige Pflicht. Wenn Isaac nicht so ein furchtbarer Miesepeter wäre, würde er sich sogar gestatten, sich darauf zu freuen.

»Ich werde sie begleiten«, lenkte er ein.

Sie nickte. »Ich werde Sorge dafür tragen, dass ihr einen Picknickkorb mitnehmen könnt. Also dann, gute Nacht, mein Junge.« Mit einem liebevollen Lächeln zum Abschied wandte sie sich ab und ging die Galerie entlang.

Ein Picknick? Vielleicht *hatte* seine Tante dies doch arrangiert. Er fragte sich, ob Tamsin eine Bemerkung darüber hatte fallenlassen, dass sie mehr Zeit mit ihm verbringen wollte. Allererdings konnte er sich nicht vorstellen, dass sie so etwas tun würde. Es war eher wahrscheinlich, dass seine Tante der Ansicht war, sie beide sollten mehr zusammen sein, und damit hatte sie nicht ganz unrecht.

Schuldgefühle ließen Isaacs Beine schwer werden, doch er lenkte seine Schritte dennoch zu den Gemächern, die er mit Tamsin teilte. Wäre sie noch wach? An den vergangenen beiden Abenden war das nicht der Fall gewesen.

Seine Tante hatte recht. Tamsin *war* entzückend, und sie war seine Frau. Sie hatte etwas Besseres verdient, selbst wenn das nicht für ihn selbst galt. Er musste es versuchen. Wenn er Zeit mit ihr verbrachte, bedeutete das ja nicht gleichzeitig eine Veränderung der Struktur ihrer Ehe.

Dennoch hatte er sie in dem Glauben gelassen, es handelte sich um ein vorübergehendes Arrangement, doch in Wahrheit wusste er gar nicht mehr, was er wollte. Er begehrte seine Frau, ohne sie allerdings in sein Inneres und damit hinter die Mauer lassen zu wollen, die er errichtet hatte, nachdem er Mary im Stich gelassen hatte. Derzeit war es schlichtweg am einfachsten, all dem auszuweichen, indem er sich in seiner Arbeit vergrub.

Als er eintrat, war er überrascht, Tamsin am Kamin sitzen zu sehen. Sie hielt ein Buch auf dem Schoß. Ihre Blicke trafen sich, als sie aufsah, und seine Schuldgefühle wurden noch stärker.

Nachdem er die Tür geschlossen hatte, ging Isaac langsam auf sie zu. Sie trug einen hellgelben Morgenmantel, und ihr braunes Haar war zu einem Zopf geflochten, der ihr über die Schulter fiel und dessen Spitze auf ihrer Brust ruhte. Isaac schluckte und zwang sich, seinen Blick auf ihr Gesicht zu lenken.

»Ich wollte mich gerade zur Ruhe begeben«, bemerkte sie. »Ich war mir nicht sicher, ob ich dich noch zu Gesicht bekommen würde, aber ich hatte versuchen wollen, auf dich zu warten.« Sie lächelte. »Ich bin froh, dass ich es getan habe.«

»Das bin ich auch«, gab er zurück, wobei er feststellte, dass er seine Worte ernst meinte. Er ließ sich in dem anderen Sessel nieder, der beim Kamin stand und ihr zugewandt war. »Ich wollte mich dafür entschuldigen, dass ich in den letzten

Tagen so wenig zugegen war. Eine ganze Menge Dinge, die durch meine Reise nach Cornwall liegengeblieben waren, haben meine Aufmerksamkeit erfordert.« Als ihm aufging, wie das für sie geklungen haben musste, zuckte er innerlich zusammen. Als wäre es eine Unannehmlichkeit, sich Zeit zu nehmen, um sie zu heiraten. Schnell setzte er hinzu: »Tante Sophia kann dich morgen nicht zu dem leerstehenden Häuschen begleiten, also wirst du stattdessen mit mir vorliebnehmen müssen, fürchte ich.«

Ihre Augen leuchteten auf. »Großartig! Vielleicht können wir einen Picknickkorb mitnehmen.«

»Das hat meine Tante bereits arrangiert.« Als er die schiere Freude auf ihrem Gesicht sah, verspürte er einen weiteren Stich seiner Schuldgefühle.

Sie rutschte im Stuhl nach vorne und lehnte sich leicht zu ihm hin. »Das ist sehr umsichtig von ihr.«

Sein Blick senkte sich erneut auf die Rundung ihrer Brust. Eine starke Welle des Verlangens erfasste ihn, wie die Wellen am Meeresufer von Weston. So sehr verzehrte er sich danach, sie in seine Arme zu ziehen und zu küssen.

Worauf wartete er nur?

Bevor er Tamsin kennengelernt hatte, dachte er beim Küssen an Marys süßen Mund, ihre glücklichen Seufzer, ihr verzweifeltes Wimmern. Wenn er jetzt an einen Kuss dachte, stellte er sich Tamsins Lippen auf seinen vor und ihren Körper, der sich in seine Arme schmiegte. Solche Dinge führten zu weiteren Intimitäten … und dazu war er noch nicht bereit.

»Isaac?«, fragte Tamsin.

Er schüttelte den Kopf. »Tut mir leid, ich habe an das Häuschen gedacht«, log er.

»Ich wollte nur wissen, wann wir morgen fahren.«

»Am Nachmittag«, meinte er und stand abrupt auf. Je länger er hier bei Tamsin blieb, desto größer wurde die

Versuchung, die er verspürte. »Gute Nacht, Tamsin«, verabschiedete er sich.

»Gute Nacht, Isaac.«

Isaac ergriff die Flucht und hoffte inständig, auch morgen die Kraft zu besitzen, der Versuchung zu widerstehen.

∼

Irgendwann in der Nacht wachte Tamsin auf, als die Welt unterzugehen schien. Sie schrie vor Schreck auf.

Nach Luft schnappend sah sie sich um und orientierte sich. Sie war in ihrem Schlafzimmer auf Wood End. Obwohl ihr der Raum noch nicht ganz vertraut war, kannte sie ihn gut genug. Allerdings hatte sich etwas an ihrem Blickwinkel verändert. Sie befand sich tiefer auf dem Boden. Und in einer gewissen Schieflage.

Schließlich stellte sie fest, dass das Bett zusammengebrochen war. Es neigte sich auf einer Seite zum Boden hin, und die Mitte hing schrecklich durch und stand ein wenig schief, sodass sie tatsächlich krumm lag.

Sie wusste nicht, wie sie sich aus ihrer Lage befreien sollte. Die Senke hielt sie inmitten der zusammengedrückten Matratze und dem Bettzeug.

Die Tür zu ihrem Zimmer sprang auf, und Licht durchflutete das Zimmer. »Tamsin?«

Isaac klang genauso entsetzt, wie sie sich gefühlt hatte.

»Es geht mir gut«, antwortete sie aus der Mitte des eingesunkenen Bettes heraus. »Ich fürchte, das Bett ist kaputt.«

Er kam zum Fußende und sie sah zu seinem Gesicht auf, das teilweise im Schatten lag, wo das Licht der Kerze nicht ganz hinreichte, mit der er sie beleuchtete. »Bist du unversehrt?«

»Ich glaube schon. Ich bin nur erschrocken.« Sie lächelte, um seine Bedenken zu zerstreuen.

»Nur du bist imstande, in einem solchen Moment zu lächeln«, stellte er kopfschüttelnd fest. Er trat neben das Bett und stellte die Kerze auf den Nachttisch. Dann beugte er sich vor und reichte ihr seine Hände. »Halte dich fest und ich ziehe dich hoch.«

Sie ergriff seine Hände, und er half ihr, sich auf das Bettzeug zu hieven.

Er lehnte sich noch weiter vor. »Leg deine Arme um meinen Hals.«

Als sie ihre Arme um ihn schlang, erinnerte sie sich an den Tag am Strand, als er sie aus den Wellen gehoben hatte. In der Tat war dies sehr ähnlich, als er sie jetzt aus dem Desaster des zusammengebrochenen Bettes hob.

»Genau wie am Strand«, murmelte sie, als er sie neben dem Bett absetzte.

Sie trug nur ihr Nachthemd aus Baumwolle, und er trug ein langes Schlafhemd, ebenfalls aus Baumwolle. Er war warm und fest an ihr, und sie wollte ihn nur ungern loslassen. Also ließ sie sich Zeit und ließ ihre Hände an seinen Schlüsselbeinen hinunter auf seine Brust gleiten. Sie hielt ihre Handflächen an ihn gedrückt und spürte, wie sein Herz stark und sicher schlug – vielleicht ein wenig zu schnell, wie das ihrige.

Er sagte nichts, aber sein Blick verschmolz mit ihrem und wieder einmal beschlich sie das Gefühl, dass er sie küssen wollte. Würde er es endlich tun? Vor lauter Erwartung spannte sich ihr Bauch ganz fest an.

»Du kannst in meinem Bett schlafen«, bot er ihr an und trat einen Schritt von ihr zurück.

Darüber enttäuscht, dass er sich von ihr gelöst hatte, ließ Tamsin die Hände sinken, während sie allerdings über seinen Vorschlag erfreut war. Zumindest so lange, bis er hinzufügte: »Ich werde auf der Chaiselongue im Wohn-zimmer schlafen.«

»Die ist bei weitem nicht lang genug für deinen hohen Wuchs.« Sie schüttelte entschieden den Kopf. »Nein, du musst auch in deinem Bett schlafen. Es ist groß genug für uns beide. Ich wage zu behaupten, dass wir nicht einmal merken werden, dass der andere ebenfalls darin schläft.«

Sie hielt den Atem an und wartete ab, ob er Einwände erheben würde. Er schien darauf zu beharren, dass sie unter keinen Umständen das Bett teilten. »Bitte?«, fügte sie hinzu. »Es ist mitten in der Nacht, und wir können dort problemlos zusammen schlafen, ohne uns gegenseitig zu stören.«

»In Ordnung. Wenn es dir nichts ausmacht.«

Sie wollte vor Freude schreien, *nein, es macht mir nichts aus!* Nach ihrem letzten Gespräch mit Laura neulich hatte sie nach Möglichkeiten gesucht, mehr Zeit mit Isaac zu verbrin-gen, um die Anziehungskraft wieder aufleben zu lassen, die in Weston zwischen ihnen entstanden war. Schon heute Abend hatte sie etwas davon gespürt, als er ins Wohnzimmer getreten war. Seine Augen hatten vor einer leidenschaftli-chen Hitze geglommen, die ihr den Atem geraubt und eine unwillkürliche Hitze in ihrem Inneren entfacht hatte.

»Morgen werde ich das Bett instand setzen lassen«, versprach er, trat zur Seite und gab ihr mit einem Zeichen zu verstehen, ihm voranzugehen.

Tamsin schritt von ihrem Zimmer durch den kleinen Ankleideraum in das Schlafgemach des Barons. Als er hinter ihr eintrat, fiel Kerzenlicht in den Raum, das allerdings nicht annähernd ausreichte, um die dunklen Ecken auszuleuchten.

Sie strebte auf das Bett zu und ging dann langsam die paar Stufen zum Podest hinauf, auf der das Himmelbett stand. Sie hatte nicht darauf geachtet, wo er schlief, als sie sich für eine Seite entschied. Sie hatte sich einfach für die Seite entschieden, die am nächsten an der Tür zu ihrem

Zimmer und den Fenstern lag. Nach dem zerdrückten Bettzeug zu urteilen, schlief Isaac dort. Die andere Seite lag näher an der Tür zum Wohnzimmer.

»Hier schläfst du«, stellte sie fest und drehte sich um. Er stand am Fuß der Stufen, seine Gesichtszüge waren stoisch, aber seine Augen glühten noch immer vor Hitze.

»Ja. Aber ziehst du diese Seite vor?«

Klang er angespannt? Seine Stimme klang irgendwie ... knapper. »Ich habe keine besondere Vorliebe.« Obwohl sie sich eingestand, dass es ihr nichts ausmachen würde, dort zu schlafen, wo er gelegen hatte. Würde das Bettzeug nach ihm riechen? Würde sie seine Wärme spüren können? Nein, bestimmt war das Bett schon erkaltet. Trotzdem konnte sie ihn sich dort vorstellen.

Sie drängte die überschäumenden Fantasien aus ihrem Kopf. Als sie merkte, dass er keine Antwort gegeben hatte, fragte sie: »Hast du eine Vorliebe?«

Als er zögerte, entschied sie, dass dem so sein musste. »Du schläfst hier. Ich nehme die andere Seite.« Aber anstatt um das Bett herumzugehen, kletterte sie einfach darauf, unter die Bettdecke – und ja, sie roch tatsächlich nach ihm – und rutschte auf die andere Seite. Das Bett war letztendlich doch nicht ganz so groß, wie sie jetzt feststellen konnte, wo sie darin lag. Wenn sie ihren Arm ausstreckte, würde sie ihn berühren.

Der Gedanke, dass das leicht geschehen konnte, erfüllte sie mit Begeisterung.

Und doch musste sie sich beherrschen und auf ihrer Seite bleiben. Es war offensichtlich, dass er sich mit diesem Arrangement eindeutig unwohl fühlte. Es schien ihm so unangenehm zu sein, dass sie sich fragte, ob er die Ehe auf dem Papier vielleicht nicht nur vorübergehend wollte, damit sie einander kennenlernen konnten. Bestand die Möglichkeit, dass er eine Aversion gegen den Liebesakt hegte oder ihn aus irgendeinem Grund vermeiden wollte?

Doch nein. Soweit sie über Männer Bescheid wusste, wies alles darauf hin, dass sie gerade davon besessen waren. Das hatte Bane letztes Jahr gründlich bewiesen.

Isaac war jedoch nicht wie Bane. Sie hatte keinen Halunken geheiratet. Ließe sich daraus schlussfolgern, dass er einfach kein Interesse an einer intimen Beziehung aufbringen konnte? Diese Vorstellung zu akzeptieren, fiel Tamsin überaus schwer und sie war sich nicht sicher, warum. Möglicherweise lag es an seiner Art, sie anzuschauen – als wäre sie die Beute und er der Jäger.

Sie zitterte, als er sich ins Bett legte und spüren konnte, wie die Matratze einsank. Ihre Reaktion hatte nichts mit der Sorge zu tun, dass das Bett zusammenbrechen könnte, so wie es mit ihrem Bett geschehen war. Nein, es lag einzig und allein an ihrem Mann … an seiner Nähe, ihrer beider kaum bekleidetem Zustand und daran, dass sie nun endlich ein Bett teilten.

Irgendwie gelang es Tamsin, einzuschlafen, wenngleich sie nicht glaubte, dass sie besonders fest schlief. Sie wachte auf, als sie eine feste Präsenz hinter ihrem Rücken spürte. Sie drehte sich um, um zu erkennen, wo Isaac lag, und musste sich auf die Lippe beißen, als sie bemerkte, wie nahe er ihr war. Er lag auf dem Rücken, und sein Arm hatte gegen ihr Rückgrat gedrückt.

In der nahezu vollkommenen Dunkelheit konnte sie seine Gesichtszüge nicht richtig ausmachen. Einzig und allein die Glut im Kamin spendete einen schwachen Lichtschein.

Obwohl sie nichts lieber tun wollte, als sich an ihn zu kuscheln und ihre Hand auf seine Brust zu legen, verharrte sie auf ihrer Seite und ließ ein paar Zentimeter Platz zwischen ihnen. Lächelnd schloss sie die Augen und freute sich, dass sie wenigstens bis zu diesem Punkt gekommen waren. Dank ihrer stets optimistischen Einstellung würde sie glauben, dass dies der Anfang von etwas Vielversprechendem war.

Als sie gerade im Begriff war, wieder einzuschlafen, hörte sie ihn murmeln. Sie schlug die Augen wieder auf, als könnte sie ihn dann besser hören, und hielt den Atem an, als sie abwartete, ob er noch einmal etwas sagte. Nein, er redete nicht, da sie sich keineswegs sicher war, ob er tatsächlich Worte von sich gab.

Dann hörte sie es wieder: »*Murmeln, murmeln*, Mary. Bleib *murmeln, murmeln*, länger, Mary.«

Tamsins Puls raste. Sie zwang sich, Luft zu holen.

Mary?

Wer, um alles in der Welt, war Mary?

KAPITEL 16

Nachdem er den Einspänner bei den Stallungen abgeholt hatte, fuhr Isaac einen Bogen, um Tamsin vor dem Haus abzuholen. Sie erwartete ihn in einem elfenbeinfarbenen, blumengeschmückten Tageskleid und trug dazu einen grasgrünen Spencer, der bis zum Hals zugeknöpft war. Ihre Haube hatte ein passendes elfenbeinfarbenes Band, das links unter ihrem Kinn zusammengebunden war. Sie sah wunderhübsch aus, aber trotz ihres bezaubernden Kostüms fiel es Isaac schwer, sie in seinen Gedanken nicht in dem dünnen Nachthemd zu sehen, das sie vergangene Nacht getragen hatte.

Als er kurz nach der Morgendämmerung aufgewacht war, hatte er sie unzählige Minuten in ihrem schlafenden Zustand betrachtet. Sie hatte sogar im Schlaf fröhlich gewirkt und ihre Mundwinkel waren leicht nach oben gezogen gewesen, als ob sie von ihren Lieblingsdingen träumen würde. Möglicherweise hatte sie das auch getan.

Isaac hatte all seine Selbstbeherrschung aufbringen müssen, das Bett zu verlassen, ohne sie zu berühren. Selbst der Versuchung, ihr einen unschuldigen Kuss auf die Stirn zu drücken, konnte er kaum widerstehen.

Er hatte sich dennoch dazu gezwungen, ihr fernzubleiben, und nun würde er den Nachmittag am Abgrund der Lust und Verzweiflung zubringen. Ganz bestimmt würde das kein besonders gastlicher Ort sein.

Tamsin trug einen Korb, und Isaac sprang vom Kutschbock, um ihn ihr abzunehmen und ihr in den Einspänner zu helfen. Sie legte ihre Hand in seine, und obwohl sie Handschuhe trugen, brachte ihn ein Hitzeschwall noch dichter an den Abgrund, an dem er ohnehin schon schwankte.

»Tante Sophia hat ein Picknick für uns arrangieren lassen«, meinte sie. »Ist das nicht liebenswert?«

Isaac war wieder um den Einspänner herumgegangen und war dann neben ihr auf den Kutschbock geklettert. »Das ist sehr umsichtig von ihr.« Er lenkte das Gefährt vom Haus weg.

»Leider hat sie eine schlechte Nachricht. Es scheint, dass die Seile an meinem Bett ersetzt werden müssen. Sie waren vollkommen ausgefranst.«

Durch Abnutzung? Isaac glaubte eigentlich nicht, dass das Bett besonders alt war, doch ganz sicher war er sich da nicht. Er würde seine Tante fragen, obwohl er annahm, dass es keine besondere Rolle spielte. »Es wird sich vermutlich heute jemand um die Reparatur kümmern.«

»Tante Sophia hat die Angelegenheit in die Hand genommen«, meinte Tamsin. »Sie deutete allerdings an, dass die Arbeiten möglicherweise erst morgen ganz abgeschlossen werden können. Ich habe ihr gesagt, das sei in Ordnung und auch, dass wir heute Abend wieder in deinem Zimmer schlafen können.« Sie schenkte ihm ein fröhliches Lächeln, als hätte sie ihm nicht gerade die schlimmste Nachricht aller Zeiten überbracht.

War das wirklich das Schlimmste?

Mit Tamsin in einem Bett zu schlafen, hatte keine Probleme bereitet. Es sei denn, man betrachtete seine heutige innere Unruhe als Problem. Isaac war stark genug, sie zu überwinden. Viele Männer mussten ihre Lust verdrängen. Ganz sicher hatte Isaac dies bereits unzählige Male getan.

Aus irgendeinem Grund war es dieses Mal anders. Es könnte damit zu tun haben, dass Tamsin seine Frau war. Er konnte sich ihr nicht bis in alle Ewigkeit entziehen.

»Macht es dir etwas aus?«, fragte Tamsin.

Als er daraufhin zu ihr herüberschaute, erkannte er, dass sie ihn aufmerksam beobachtete, und sich dabei kleine Linien zwischen ihren Brauen abgezeichnet hatten. Er konnte ihr wohl kaum antworten, dass es ihn sehr wohl störte. Und aus welchem Grund sollte er das auch tun? Sie *schliefen* doch nur miteinander im gleichen Bett.

»Mir nicht«, entgegnete er also auf ihre Frage. Er würde einfach bis spät in die Nacht in seinem Arbeitszimmer arbeiten, bis er sicher sein konnte, dass sie bereits im Bett lag und schlief. Das würde ihm ihren Anblick in ihrer verführerischen Nachtkleidung ersparen oder sich mit ihr in der Intimität eines gemeinsamen Bettes unterhalten zu müssen. Er war erleichtert gewesen, als sie letzte Nacht einfach eingeschlafen waren. Allerdings hatte es einige Zeit gedauert, bis er selbst Schlaf gefunden hatte – es war lange nachdem er sie nur noch leise atmen gehört hatte.

Sie lehnte sich entspannt an die Rückenlehne und blickte nach vorn auf den Weg, in den sie gerade abgebogen waren. »Gut.«

Sie fuhren einige Minuten schweigend, ehe sie auf die linke Seite des Weges vor ihnen zeigte. »Ist dies das Häuschen?«

»Ja.« Isaac lenkte den Einspänner nun auf den Weg, der zu dem Häuschen führte.

Wenige Augenblicke später hielt er vor dem Haus mit dem Schrägdach an, das zwei Dachgauben besaß. Isaac ging um das Gefährt herum und half Tamsin beim Absteigen, um dann den Picknickkorb herunterzuheben.

»Unser zweites gemeinsames Picknick«, meinte Tamsin mit einem kurzen Lächeln. »Aber dieses Mal sind wir unter uns.«

Das waren sie in der Tat. Sie waren allein und von einer kaum zu bändigenden Lust erfüllt - zumindest was ihn anbelangte.

Er öffnete die Tür, und sie schritt an ihm vorbei. Er war sich nicht ganz sicher, was ihn erwartete, da er seit einiger Zeit nicht mehr hier gewesen war.

Der Innenbereich des Häuschens war, wie nicht anders zu erwarten, verstaubt, und eine Vielzahl von Spinnweben prangte in allen Ecken, in denen sich auch jede Menge tote Insekten befanden. Möglicherweise hätte Oliver Interesse daran, einmal hierherzukommen und Exemplare zu sammeln, dachte Isaac bei sich.

»Ich würde sagen, eine gründliche Reinigung ist hier mehr als angebracht«, meldete sich Tamsin zu Wort, als sie das Esszimmer betrat. »Es ähnelt den anderen Häusern, die ich auf dem Anwesen besichtigt habe. In der Mitte befindet sich die Treppe und die Stube ist auf der einen Seite, während das Esszimmer und die Küche auf der anderen Seite liegen. Mich interessiert, ob dieses Haus einen geräumigeren ersten Stock hat. Ich werde in einigen Minuten nach oben gehen und nachsehen.« Sie nahm ein kleines Notizbuch und einen Stift aus ihrer Tasche und machte sich einige Notizen.

Isaac verspürte ein befremdliches Gefühl von Stolz, als er ihr zusah. »Du hast dich völlig mühelos in die Rolle der Herrin hineingefunden.« Er ging, um den Korb auf den Tisch im Esszimmer zu stellen. Es waren noch viele Möbel im

Haus, von denen viele mit Tüchern zum Schutz vor Staub bedeckt waren.

Sie lachte kurz auf. »Ich kann nicht behaupten, dass es ohne Mühe ist. Es gibt viele Dinge, die ich mir merken muss, und ich habe deine wunderbare Tante, die mich unterstützt. Ich mache mir Notizen, insbesondere, wenn ich mit Seales unterwegs bin und mit den Pächtern zusammenkomme.« Sie schenkte ihm ein schüchternes Lächeln. »Aber danke für das Lob, denn ich wurde nicht zur Frau eines Barons erzogen.«

»Ich bin auch nicht dazu erzogen worden, ein Baron zu sein«, antwortete er und fühlte sich schuldig, weil er sie mit Seales losgeschickt hatte. Er hatte versäumt, zu erkennen, wie effizient und intelligent sie war.

»War das schwierig?«, fragte sie. Nebenbei streifte sie ihre Handschuhe ab und setzte die Haube ab, ehe sie beides auf den Tisch neben den Korb legte. »Sich daran zu gewöhnen, Wood End zu erben, meine ich.«

»Es war unerwartet.«

»Ich kann mir vorstellen, dass es schwer war, all diese Dinge zu lernen, insbesondere nach einer Tragödie. Ich werde ein bisschen von meinem schlechten Gewissen geplagt, weil ich mich auf deine Tante verlasse. Mir ist bewusst, wie schwierig es manchmal für sie sein muss, sich hier, ohne ihren Mann und ihren Sohn, aufzuhalten. Ich weiß, dass sie dich besucht hat, aber zurückzukehren, um bei der Führung des Haushalts zu helfen, muss sie in eine frühere Zeit zurückversetzt haben, als sie hier noch die Herrin des Hauses war.«

Isaac nickte. Auch ihn hatte deswegen sein schlechtes Gewissen geplagt. »Es macht ihr nichts aus. Im Gegenteil, sie genießt es – die Arbeit und das Gefühl, gebraucht zu werden. Wie auch du hat sie sich einen gewissen Optimismus bewahrt, obwohl sie ihren Sohn und ihren Mann verloren hat. Sie hätte an diesen Tragödien zerbrechen können, doch das ist nicht geschehen. Es ist kein Wunder, dass ihr beide euch so gut versteht.«

»Ich habe nicht so schlimm gelitten wie sie – oder du.« Sie betrachtete ihn, als er seinen Hut abnahm und ihn ebenfalls auf dem Tisch ablegte. Er zögerte, seine Handschuhe auszuziehen. Das mit dem Ausziehen könnte sich fortsetzen, und das wäre ein Problem.

Sie legte den Kopf schief. »Ich hoffe, du nimmst mir die Frage nicht übel, aber bist du glücklich?«

Es war eine so einfache Frage, und doch fühlte sich die Antwort unglaublich kompliziert an. »Ich bin zufrieden.« Glück war ein Zustand, den er nicht verstand. Mit Mary hatte er flüchtiges Glück erlebt, aber wahrhaftige Freude war ihm bislang nicht beschieden gewesen. Er suchte auch nicht danach – jedenfalls nicht so wie Tamsin.

»Zufriedenheit ist nicht dasselbe.« Ihr Tonfall war auf eine spielerische Art tadelnd, während in ihren Augen eine kokette Fröhlichkeit funkelte.

Es war ihm nicht recht, dass sie mit ihm flirtete. Nicht hier. Nicht jetzt. Das Band seiner Selbstbeherrschung bestand ohnehin schon nur noch aus einem dünnen Faden.

»Was würde dich glücklich machen?«, fragte sie und rückte näher an ihn heran, bis sie direkt vor ihm stand – es war so nah wie gestern Abend, als sie nur ihre Nachthemden getragen hatten. In jenem Moment schien sie seine Erektion nicht bemerkt zu haben, und er betete, dass sie von der jetzigen auch keine Notiz nehmen würde.

»Wood End macht mich ... glücklich.« Die Führung des Anwesens und seine Pflege, gaben ihm einen Sinn im Leben und Befriedigung. War das dasselbe wie Glück?

»Wie steht es mit mir?« Sie blickte ihm in die Augen, und ihr Blick war dabei weit geöffnet wie ein unbeschriebenes Blatt, das nur darauf wartete, dass jemand ihm seine Aufmerksamkeit zukommen ließ.

Isaac vermochte den Blick nicht abzuwenden, und er konnte ihr auch nicht verweigern, was sie sich von ihm wünschte – seine Aufmerksamkeit. »Wir sind Freunde«, brachte er hervor und seine Stimme klang dabei fast heiser. »Dafür bin ich dankbar.«

Zögernd legte sie eine Hand auf seine Brust. »Ich freue mich darauf, wenn du für mehr als das bereit bist, denn ich bin es schon.«

Deutlicher könnte eine Einladung nicht ausfallen.

»Tamsin, ich habe nicht vergessen, dass ich dir gesagt habe, vorerst nur auf dem Papier mit dir verheiratet sein zu wollen, aber die Wahrheit ist, dass ich nicht weiß, wie lange das dauern wird. Ich bin einfach noch nicht bereit, mit dir intim zu werden.«

Ihre Augen wurden groß, dann blinzelte sie. Sie zögerte, bevor sie sprach, und als sie es tat, war es kaum mehr als ein Flüstern. »Ich verstehe. Ich danke dir für deine Aufrichtigkeit.«

Er verabscheute sich für die Verwirrung und Enttäuschung, die er ihr bereitete. »Es hat nichts mit dir zu tun«, meinte er ernsthaft. »Ich bin ...« Er holte scharf Luft. »Das heißt, ich habe Schwierigkeiten, Menschen nahe zu sein.«

»Bist du noch Jungfrau?«, fragte sie und betrachtet sein Gesicht forschend.

»Äh, nein.« Er wollte in dieser Hinsicht nicht lügen. Er verheimlichte schon genug vor ihr – Mary und seinen Sohn –, weil er keine andere Wahl hatte. Er würde sie nicht mit seiner Schande konfrontieren.

Nun konnte er sehen, wie aufgewühlt sie in ihren Gedanken war. Sie hatte den Blick von ihm abgewandt und ihre Stirn war in tiefe Falten gelegt.

Er seufzte und urplötzlich kam er zu dem Schluss, dass sie zumindest ein Minimum an Wahrheit verdient hatte. »Ich habe dir gesagt, ich hätte in der Vergangenheit Dinge getan, auf die ich nicht stolz bin. Als ich das erste Mal nach Oxford ging, habe ich mich sehr unangemessen benommen. Ich musste mich zügeln. Seitdem habe ich mich fest im Griff gehalten.«

»Seitdem lebst du ... zölibatär?«

»In gewisser Weise. Ich gehe bestimmten Aktivitäten nach, aber ich, ähm, ich bezahle für den Service.« Hitze stieg ihm in den Nacken, und er wandte den Blick von ihr ab. »Wahrscheinlich sollte ich dir solche Dinge nicht erzählen.«

»Nein, dass solltest du unbedingt. Ich schätze es, die Wahrheit zu hören. Wirst du jetzt, wo wir verheiratet sind, weiter für diese Dienste bezahlen?«

Er richtete seinen Blick auf sie. »Nein«, erwiderte er vehement. »Ich werde dir treu sein.«

Isaac war es mehr als unangenehm, dass er praktisch zitterte. Das war mehr, als er jemals von sich preisgegeben hatte, und ihre verwirrte und unsichere Reaktion zu beobachten, erleichterte seine Verzweiflung nicht.

Schließlich nickte sie. Einmal. Zweimal. Ganz langsam. »Ich möchte es verstehen. Und ich möchte dich unterstützen.« Ein weiteres Mal traf ihr Blick den seinen, und obwohl weiterhin eine gewisse Unsicherheit darin lag, so war doch auch Mitgefühl darin. »Ich kann geduldig sein. Ich möchte, dass du dich wohlfühlst.« Sie schenkte ihm ein zaghaftes Lächeln.

»Danke«, hauchte er, als ihn eine erstaunliche Erleichterung erfasste.

Ohne nachzudenken, drückte er seine Lippen auf ihre Stirn und schloss die Augen, als er ihren berauschenden Duft einatmete. Dann küsste er ihre Schläfe. Ihre Haut war so weich unter seinen Lippen.

»Ich bin noch nie geküsst worden, Isaac.«

Die geflüsterte Aussage war ein Flehen, und Isaac konnte sich schließlich nicht mehr wehren. Er dachte nicht darüber nach, wie lange es her war, dass er dies getan hatte oder ob er es tun sollte, er senkte einfach seinen Kopf und strich sanft mit seinen Lippen über ihre.

Damit könnte es zu Ende sein, denn es war ein Kuss. Doch es reichte nicht. Nicht für sie, und schon gar nicht für Isaac. Jetzt, da er sie kaum gekostet hatte, drängte es ihn, unbedingt mehr von ihr zu schmecken.

Sie ließ ihre Hände zu seinen Schultern wandern und legte ihren Kopf etwas seitwärts, um dann mit ihren Lippen gegen seine zu pressen. Isaac umklammerte sie noch fester, zog sie an sich, und das unterdrückte Verlangen in ihm nahm überhand. Er küsste sie wieder und wieder, wobei er seine Lippen mit zunehmendem Druck gegen sie presste. Dann leckte er über ihre Unterlippe, bevor er seine Zunge in ihren Mund gleiten ließ. Sie öffnete sich für ihn, aber er merkte, dass es eine überraschte Reaktion war, denn sie zog sich ein wenig gegen den Druck seiner Hände zurück.

Er ließ sie los und zog sich ein wenig von ihr zurück. »Ich bitte um Entschuldigung«, murmelte er.

Ihre Hände blieben auf seinen Schultern, und sie drückte sie in seinen Frack. »Entschuldige dich nicht. Und hör nicht auf. Ich habe das genossen. Würdest du bitte weitermachen?«

Die in Isaacs Innerem herrschende Schlacht erreichte eine fiebrige Klimax. Sein Verstand verlangte, dass er sich fernhalten sollte, denn sie sollten besser langsam anfangen. Aber sein Körper drängte ihn, ihr zu geben, was sie wollte und sie wieder zu küssen. Und das wollten sie beide.

»Tamsin, du musst verstehen, dass ich mich dir vorenthalten habe, weil ich ein schrecklicher Halunke bin. Die Dinge, die ich dir antun will, sind nicht anständig. Sie sind nicht heiter und fröhlich. Sie sind dunkel und erotisch und werden von meinem absoluten Bedürfnis getrieben, dich zu besitzen. Kannst du das begreifen?«

Ihre Augen waren weit aufgerissen, und sie hatte die

Lippen geteilt. Ihre Zungenspitze tippte gegen ihre Unterlippe. Sie nickte. »Ich verstehe. Und ich möchte, dass du
mich besitzt.«

~

*T*amsin musste ein Höchstmaß an
Selbstbeherrschung aufbringen, um ihren Mann
nicht anzuschreien, damit er sie weiter küsste. Zauderte er
etwa, weil er befürchtete, sie könnte ihn für einen Halunken
halten? Sich nach körperlicher Intimität mit seinem
Ehepartner zu sehnen hatte nichts damit zu tun, ein Halunke
zu sein. Sondern es war, was sie wollte und *brauchte*. Noch
ehe sie ihn anflehen konnte – ja, sie war durchaus bereit
dazu –, näherte er sich ihr ein weiteres Mal.

Er senkte den Kopf und küsste sie erneut.

Tamsin ging der Kuss durch Mark und Bein. Ihr Körper
bebte von einem intensiven Verlangen, als er seine Lippen
auf ihre schmiegte. Dann glitt seine Zunge in ihren Mund,
und schockiert stellte sie fest, wie sehr sie dies mochte. Sie
ahmte seine Bewegungen nach, den Schwung seiner Lippen
und das Drängen seiner Zunge.

Etwas Neues entfaltete sich in ihr und erblühte. Es entwi-
ckelte sich zu einer Abfolge von Küssen, von denen einer
bezaubernder als der andere war.

So gern wollte sie mehr von ihm spüren, insbesondere
dort, wo das sehnsüchtige Gefühl am stärksten war. Ihre
Brüste fühlten sich schwer an, als sie gegen seinen Oberkörper drückten, und zwischen ihren Beinen hatte ein anhal-
tendes Pochen eingesetzt. Sie hielt seine Schultern
umklammert und in ihrem verzweifelten Begehren nach
mehr, ohne so richtig zu wissen, was das eigentlich war,
drückte sie ihn fest an sich.

Als ihre Hüften mit seinen zusammentrafen, keuchte sie

leise, denn genau das hatte sie gewollt. Sie wollte ihn dort spüren.

»Möchtest du, dass ich aufhöre?«, fragte er leise.

»Nein. Ich möchte dich nur dort unten spüren.« Sie spürte, wie es ihr heiß den Nacken hinaufstieg, was sowohl an ihrer Schüchternheit als auch an dem pulsierenden Bedürfnis in ihr lag. Ihr war danach, ihren Spencer abzulegen. Also löste sie ihre Hände von ihm und führte sie zwischen ihre Oberkörper, um das Kleidungsstück aufzuknöpfen. »Mir ist ein bisschen warm.«

Er beobachtete aufmerksam, wie sie den Spencer aufknöpfte und ihn von ihren Schultern streifte. Dann half er ihr, das Kleidungsstück über die Arme zu ziehen und legte es zu den anderen Dingen auf den Tisch. Wortlos zog er seinen eigenen Frack aus und legte ihn dazu.

Tamsin kam in den Sinn, wie er in seinem Nachthemd ausgesehen hatte … unter dem weiten Stoff waren die Konturen seines Körpers kaum erkennbar gewesen. Wie gern sie ihn in dem Moment berührt und gespürt hätte. Nun konnte sie ihrem Wunsch Genüge leisten. Allerdings hätte sie es lieber, wenn er nicht so viele Kleidungsstücke tragen würde.

Dann fanden sie zu einem weiteren Kuss zusammen, wobei er seine Hand um ihren Nacken schmiegte, während er ihren Mund in Besitz nahm. Sie bog den Kopf zurück, um sich ihm anzubieten und gierig anzunehmen, was er ihr darbot. Langsam fing sie zu begreifen an, was Verlangen bedeuten könnte, und sie wollte es so sehr wie er.

Er ließ seine Lippen zu ihrem Kiefer wandern, und sie erschauderte bei dem neuen Gefühl. Dann stellte sie sich vor, wie sie überall von ihm geküsst wurde, und ihr Körper erschauderte von einem noch stärkeren Bedürfnis.

Seine Hände waren inzwischen zu ihrem Rücken zurückgekehrt, doch nun schob er eine Hand zu ihrer Vorderseite, wo er ihre Brust umfasste. Es erwies sich als ein bisschen schwierig, seine Berührung durch ihr Korsett zu spüren, doch der Druck war göttlich. Sie wünschte sich, sie könnte sämtliche Kleidungsstücke auszuziehen.

Dann hob er sie plötzlich hoch, um sie zwischen zwei Stühlen auf den Tisch zu setzen. Er stellte ihre Füße jeweils auf einen der Stühle, spreizte ihre Beine und stützte ihre Stiefel auf die hölzernen Sitzflächen. Sein Blick begegnete dem ihren mit einem dunklen, verführerischen Versprechen. »Lass deine Beine genau so.«

Unfähig, auch nur ein einziges Wort zu formulieren, antwortete Tamsin nur mit einem Nicken. Das Pochen zwischen ihren Beinen wurde noch stärker.

»Verzeih mir«, raunte er leise und hob eine Hand zu ihrem Mieder. »Ich würde dich gerne betrachten. Wenn ich das lockere, lässt es sich dann aufklappen?«

»Ja.« Sie trug ein rundes Kleid, und das Mieder würde an der Vorderseite aufklappen. »Du kannst es aufbinden und die Schnüre lockern.«

Er fand die kleine Kordel, mit der das Mieder eng um ihren Leib gebunden war, und zog daran, sodass der Stoff offen lag. Rasch hatte Tamsin den oberen Teil des Mieders knapp unterhalb den Schultern gelockert, sodass das Oberteil bis zur Taille herabsank und ihr Korsett enthüllte. Es war wie die meisten ihrer Kleidungsstücke, vorne geschnürt – was eine Notwendigkeit war, wenn man keine Zofe hatte.

»Das kannst du auch abnehmen, wenn du möchtest«, meinte sie und wartete darauf, dass er ihrer Aufforderung nachkam.

»Vielleicht sollte man das Ganze ein bisschen lockern.« Er zog an den Schnüren, sodass das Korsett sich etwas mehr öffnete, ohne es allerdings ganz auseinanderzuziehen. Nun lag sein Blick auf ihrer Brust. Sein Gesichtsausdruck war eher starr, fast hungrig.

Dann fuhr er mit seinem Finger von der Vertiefung ihres Halses bis hinunter in das Tal zwischen ihren Brüsten. Tamsins Brust hob und senkte sich in rascher Folge, und ihr Puls hatte sich beschleunigt. Sie war sich nicht sicher, was genau sie erwartete, doch sie verzehrte sich nach dem, was auch immer zu tun er vorhatte. Ihre Brüste kribbelten, und wie sie bemerkte, sehnten sie sich nach seiner Berührung. Mit angehaltenem Atem wartete sie ab.

Mit langsamen, gemessenen Bewegungen liebkoste er sie am oberen Ansatz ihrer Brüste, ehe er dann seine Finger in ihr Korsett schob. Dort legte er die Handfläche um die Unterseite ihrer Brust und drückte sie nach oben über das gelockerte Kleidungsstück. Anschließend wiederholte er das Gleiche mit der anderen, bis ihre Brüste seinem Blick zur Gänze freigegeben waren.

Sie blickte an sich herunter, ihre hellen Brüste ruhten auf ihrem aufklaffenden Korsett, während die Brustwarzen hart und spitz waren, als würden sie sich ihm entgegenrecken. Mit beiden Händen umfasste er sie erst sanft und dann mit mehr Druck. Er ließ seine Daumen über ihre Brustwarzen fahren, was ihr ein leises Stöhnen entlockte, als eine neue Welle von Empfindungen über sie hinwegspülte. Das Pochen zwischen ihren Beinen verstärkte sich und ihre Hüften zuckten wie von selbst.

Dann nahm er ihre Brustwarze zwischen Daumen und Zeigefinger, drückte sie und zog dann sanft daran. Tamsin packte seine Oberarme und schloss die Augen, ihr Körper bebte vor verzweifelter Dringlichkeit.

Wieder küsste er sie, aber nur kurz, dafür jedoch leidenschaftlich, und seine Hände streichelten weiterhin ihre Brüste, bis sie sich beinahe von Sinnen wähnte. »Gefällt dir das, Tamsin?«, flüsterte er an ihrem Ohr, bevor er über den äußeren Rand leckte.

»Ja.«

»Dann wird dir noch besser gefallen, was ich gleich tun werde.« Er beschrieb eine Spur aus Küssen auf ihrem Hals, ehe er seinen Mund weiter nach unten wandern ließ. Sie begann zu begreifen, was als Nächstes kommen würde, aber als sich seine Lippen um ihre Brustwarze schlossen, war sie doch nicht ganz auf den Schock der Erregung und den Ansturm der Lust vorbereitet.

Keuchend schob sie eine Hand zu seinem Kopf und verflocht ihre Finger in seinem dunklen, welligen Haar, während er an ihren Brüsten leckte und saugte. Er zupfte an ihrer anderen Brustwarze, bis sie aufschrie. Irgendwie echoten seine sämtlichen Handlungen zwischen ihren Beinen wider, was dort einen Druck hervorrief, bis sie dachte, sie würde in Tränen ausbrechen, wenn sie keine Erleichterung fand. Aber was bedeutete das überhaupt?

Dennoch könnte sie ganz zufrieden sein, wenn er bis zum Ende der Zeit einfach so weitermachen würde. Sie klammerte sich an seinen Kopf, als er seinen Mund zu ihrer anderen Brust bewegte und sie mit den gleichen göttlichen Qualen verwöhnte.

Nichts dauerte jedoch ewig, und er zog seine Hand von ihrer Brust weg, obwohl er die andere weiterhin mit seinem Mund verwöhnte. Sie spürte, wie er mit seiner Hand langsam ihren Rock anhob und ihre Oberschenkel entblößte, um dann den Stoff um ihre Taille zu schlingen.

Als er den Kopf von ihr hob, fragte er: »Bist du für mehr bereit, oder genügt dir das für heute?«

»Mehr, bitte.« Noch immer war sie ahnungslos, was das bedeutete, und sie wusste nur, dass es nicht aufhören sollte, jedenfalls nicht bevor sie eine Art von Abschluss gefunden hätte. Dies würde doch nicht einfach abrupt aufhören, nicht wahr? Was würde dann aus dem anhaltenden Pochen zwischen ihren Beinen werden? »Ich brauche etwas, Isaac. Ich weiß nur nicht, was.«

Nun ließ er seine Hand an der Innenseite ihres Schenkels entlangwandern und ihre Muskeln spannten sich an. »Entspanne dich, meine Liebste«, besänftigter er sie, bevor er mit seinem Finger über ihr Geschlecht strich. »Ich weiß, was du brauchst. Ich werde dir Erlösung verschaffen – man sagt Orgasmus dazu. Du wirst in tausend Stücke zerspringen und dich auf wundersame Weise wieder zusammensetzen. Danach bist du fertig und wirst dich auf eine köstliche Weise befriedigt fühlen.«

Das hörte sich wundervoll für Tamsin an. Sie schlug die Augen auf. »Ja, bitte. Das möchte ich jetzt.«

Er formte seine Lippen zu einem sündhaften Lächeln, wie sie es nie zuvor gesehen hatte – weder bei irgendjemandem und schon gar nicht bei ihm. Tief in ihr rührte sich etwas. Sie schlang ihre Hände um seinen Nacken und küsste ihn, wobei sie nachmachte, was sie gerade von ihm gelernt hatte, indem sie mit ihrer Zunge tief in seinen Mund drang. Er erwiderte ihren Kuss, und mehrere lange Momente lang genossen sie einander, während Tamsins Erregung neue Höhen erreichte.

Dann begann er mit seinen Fingern abermals über ihre Schamlippen zu streichen, was zunächst ganz langsam geschah. Er liebkoste den oberen Teil ihres Geschlechts, und das gefiel ihr sehr. Das schien in der Tat die entscheidende Stelle für all das zu sein, was sie begehrte. Er beendete den Kuss und flüsterte: »Das ist deine Klitoris. Dort sammeln sich viele deiner Empfindungen. Wahrscheinlich könnte ich dich allein dadurch zum Orgasmus bringen, indem ich dich hier berühre. Allerdings fühlt es sich für dich auch wunderbar an – wenn nicht, musst du mir das sagen – wenn ich meine Finger in dich stecke.«

Er legte die Hand auf sie und sein Handballen drückte gegen ihre Klitoris. Lichter tanzten hinter ihren geschlossenen Augenlidern, als er sie streichelte. Ihre Hüften folgten, wie von selbst, seinen Bewegungen, während die Lust in ihr wuchs.

Dann ließ er einen Finger in sie gleiten. Tamsin grub ihrerseits ihre Finger in seine Schultern, als alles an Intensität gewann, was sie fühlte. Sie wollte mehr von ihm – und mehr von der köstlichen Reibung, die er mit seinem Finger erzeugte, während er in sie hinein und wieder herausglitt.

Sie fühlte sich erfüllter, bis sie feststellte, dass er einen zweiten Finger hinzugefügt haben musste. Das war noch besser, insbesondere, weil er sich allmählich schneller bewegte. Sie stemmte die Hüften vom Tisch hoch, und stieß auf ihrer Suche nach der Erlösung fordernd gegen seine Hand, die sie von dieser Qual befreien würde.

»So schön«, murmelte er, bevor er ihre Brustwarze ein weiteres Mal in den Mund nahm. Das Ziehen seiner Lippen an ihrer Haut und der Stoß seines Fingers ließen sie auf etwas Unermessliches zurasen. Er würde ihr bescheren, was sie so verzweifelt brauchte.

»Spürst du, wie sich ein Sturm aufbaut?«, fragte er zwischen Lecken und Saugen. »Wie dunkle Wolken, die sich auftun und einen Sturzbach herabregnen lassen. Dein Körper muss das Gleiche tun.« Er streichelte sie schneller und schneller, und sie fühlte, was er beschrieben hatte – einen Kataklysmus, der sich Bahn brechen musste.

Allerdings wusste sie nicht, wie sie sich verhalten sollte, außer seine Berührung zu genießen. Sie dachte an seine Worte, daran, sich zu öffnen …

»Ja, Tamsin, ich spüre, dass du nah dran bist. Komm jetzt für mich.«

Alles in ihr spannte sich an, als eine glühende Ekstase sie durchfuhr. Unfähig, sich auch nur noch einen Moment länger zu beherrschen, schrie sie auf. Sie hatte keine andere Wahl, als sich vollkommen gehen zu lassen. Und es war glorreich.

Isaac, der sie festhielt, flüsterte sanft in ihr Ohr und küsste dann ihre Wange und ihre Schläfe, während sie nach Luft rang. Ihr Körper bewegte sich langsam wieder ruhiger und seine Hand ebenfalls. Dann verließ er sie ganz und zog ihr sanft die Röcke über die Beine.

Er zog ihr Korsett hoch und drückte es so zusammen, dass es ihre Brüste bedeckte, und begann dann, an den Schnüren zu ziehen, damit es wieder enger wurde. Er verrichtete diese Tätigkeit, als wäre er ihre Kammerzofe.

»Ich kann das übernehmen«, meinte sie und hob ihre Hände. Aber sie zitterten immer noch, während ihr Körper weiterhin zurück zur Normalität zu finden versuchte. Obwohl Tamsin nicht sicher war, ob ihr das je wieder gelingen würde, insbesondere nach so etwas.

Er zog eine Augenbraue in die Höhe? »Bist du sicher? Warum lässt du mich nicht einfach machen?«

Sie ließ ihre Hand wieder in ihren Schoß sinken und ergab sich seiner Fürsorge. »Hast du diese Tätigkeiten schon einmal übernommen?« Sie schüttelte den Kopf. »Natürlich hast du das.«

»Nicht so oft, wie du vielleicht annimmst. Ich habe generell versucht, enthaltsam zu bleiben, aber es kommt immer wieder eine Zeit, in der es zu einer Notwendigkeit wird.«

»Warum hast du Enthaltsamkeit geübt?«

Seine Augen bekamen etwas Finsteres. »Teilweise ist es mit der Erziehung zu erklären, die mein Vater mir hat angedeihen lassen.«

»Und der andere Teil?«, fragte sie, denn sie wollte ihn unbedingt besser kennenlernen.

»Es ist einfach am besten, wenn ich diesen Aspekt von mir im Zaum halte. Ich habe seit mehr als einem Jahrzehnt auf Geschlechtsverkehr verzichtet.«

»Und du nennst dich einen Halunken«, meinte sie mit der

Andeutung eines Lächelns. »Ich dachte, Männer seien nicht imstande, ihre Impulse zu kontrollieren.«

»Ganz genau. Aus diesem Grund bin ich auch so bedacht darauf, das zu tun. Aber nur weil ich mich im Zaum halte, heißt das nicht, dass ich nicht im Kern ein Halunke bin.«

Tamsin konnte sich nicht entscheiden, ob sie ihm das glaubte. So wie sie diesen Mann kannte, war er freundlich und fürsorglich und absolut integer. Er war weit über das Notwendige hinausgegangen, um ihren Ruf zu wahren. »Wenn du dich dem Geschlechtsverkehr ein Jahrzehnt lang enthalten hast, für welche Dienste bezahlst du dann?«

»Willst du das wirklich wissen?«

Sie nickte mehrere Male nachdrücklich. »Ja.« Nach dem, was sie gerade zusammen erlebt hatten, war sie schrecklich neugierig darauf, mehr zu erfahren. Sie hatte das Gefühl, an der Grenze zu einer vollkommen neuen Welt zu stehen, die es zu erkunden galt.

»Was wir gerade getan haben, zum Beispiel. Ich kann auch meinen Mund auf dein Geschlecht legen. Ich nehme an, dass dies ein Genuss für dich sein wird.«

Sein Mund ... Tamsin stellte sich vor, wie das funktionieren sollte, wie seine Zunge sie leckte und vielleicht in ihr Geschlecht glitt. Das verlangende Pochen, das er gerade befriedigt hatte, setzte erneut ein, wenn auch nicht ganz so heftig. Jedenfalls noch nicht.

»Was ist mit dir?«, fragte sie. »Musst du nicht auch einen Orgasmus haben?«

»Ja, aber das ist heute nicht notwendig.« Er beendete das Schnüren des Korsetts, und sie war endlich ruhig genug, den Rest ihrer Kleidung zu übernehmen.

Sie zog das Mieder hoch und schnürte es an den Schultern wieder zu. »Soll ich meine Hand oder meinen Mund benutzen? Oder beides?«

»Was immer du willst.« Seine Stimme klang angestrengt, als ob er etwas sehr Schweres heben würde.

»Soll ich das jetzt tun? Es scheint nur gerecht.« Sie schaute an seinem Becken hinab und erblickte die deutlichen Umrisse seines Geschlechts durch die Hose. »Das sieht doch auch notwendig aus, nicht wahr?«

Dann schnaubte er, und obwohl es kein richtiges Lachen war, musste sie grinsen. Mutig streckte sie die Hand nach seinem Schaft aus und drückte ihre Handfläche dagegen. Ihre Blicke trafen sich und eine scharfe Hitze loderte darin.

»Tamsin, das ist keine gute Idee.«

Sie streichelte ihn durch seine Kleidung hindurch. »Warum nicht? Mache ich etwas falsch? Du musst mich anleiten. Du wirst sehen, ich bin eine ausgezeichnete Schülerin.«

Er stöhnte leise. »Daran habe ich nicht den geringsten Zweifel. Also gut.« Mit erstaunlicher Geschwindigkeit öffnete er seinen Schritt und befreite sein Geschlecht.

Tamsins Blick war ehrfürchtig, als sich sein Schaft stolz und hart erhob. So wie es ihre Brustwarzen vorhin für ihn getan hatten, schien er sich ihr entgegen zu recken.

»Leg deine Hand um den Ansatz«, wies er sie an.

Sie gehorchte schnell und streifte mit Daumen und Zeigefinger über die beiden darunter liegenden Hodensäcke.

»Jetzt führst du deine Hand mit streichelnden Bewegungen nach oben, nicht zu fest, aber auch nicht zu sanft.«

In der Hoffnung, den richtigen Druck gefunden zu haben, wanderte sie mit ihrer Hand an seinem Schaft hinauf und genoss die harte, glatte Oberfläche. »Ist das richtig?«

»Ja, jetzt wieder runter und wieder rauf, und zwar so schnell, wie es angenehm für dich ist.« Er klang immer noch so, als würde er riesige Granitbrocken umherschleppen.

Tamsin erinnerte sich, wie er sie mit seinen Fingern immer schneller berührt und wie gut sich diese Reibung angefühlt hatte. Bei ihm würde es ebenso sein. Sie streichelte ihn zunächst langsam, um den richtigen Rhythmus und Druck zu finden. »Wie fühlt sich das an?« Sie wollte ihm nicht wehtun. Sie wollte ihm dasselbe Vergnügen bereiten, das er ihr bereitet hatte.

»Wunderbar.«

Sie hob ihren Blick von ihrer Aufgabe und bemerkte, dass er den Kopf in den Nacken gelegt hatte und seine Augen geschlossen waren. Er sah atemberaubend gut aus und jetzt hatte sein Aussehen obendrein etwas teuflisch Berauschendes. Oder vielleicht hatte dies mit ihr und damit zu tun, dass sie ihn dazu brachte.

Sie konzentrierte sich wieder auf ihre Tätigkeit, und beobachtete, wie ihre Hand sich auf seinem Geschlecht auf und ab bewegte. Nun fingen seine Hüften an, sich so wie vorher ihre im Rhythmus zu bewegen. Sie stellte sich vor, wie ihre Körper das gemeinsam taten, und das führte dazu, dass die Hitze in ihr wieder aufflackerte.

Jetzt bewegte sie ihre Hand schneller, womit sie die Reibung hervorrief, nach der er sich sehnte. Er umklammerte ihre Oberarme, nicht schmerzhaft, aber fest. Sein Atem ging schnell, fast keuchend, als sie immer schneller wurde.

»Ich bin nah dran«, meinte er krächzend, und seine Hüften stießen ihr entgegen. »Es wird eine kleine Sauerei geben. Es tut mir leid.«

Das war ihr gleichgültig. Sie erfreute sich an seinem Vergnügen, streichelte ihn schneller und benutzte dann aus einer Laune heraus ihre andere Hand, um die Hoden darunter zu umschließen, so wie er ihre Brüste umschlossen hatte.

»Tamsin!« Er stöhnte, als warme Flüssigkeit aus der Spitze seines Geschlechts spritzte und ihre Hände bedeckte.

Trotzdem machte sie weiter, weil er immer noch zustieß. Sie würde nicht aufhören, bis er es tat.

Bald wurde er langsamer, und die Flüssigkeit hörte auf zu fließen. Sie nahm an, dass es sich dabei um seinen Samen handeln musste. Wenn sie ihren Mund benutzen würde, was würde dann damit passieren? Sollte sie ihn ... schlucken? Sie würde ihn fragen müssen.

Isaac drehte sich leicht, kramte in dem Picknickkorb und reichte ihr dann eine Serviette. »Damit du dich säubern kannst«, murmelte er.

»Danke.« Sie wischte sich die Hand ab, während er seinen Schaft wieder in seine Hose zurückschob. »Hoffentlich war das annehmbar.«

Sein Blick fand den ihren, und seine Augen funkelten mit einer bemerkenswerten Intensität. »Es war transzendent.«

Genau so hätte Tamsin ihre Gefühle beschrieben. Sie konnte ihr Lächeln nicht zurückhalten und erlebte sogar ein ganz neues Gefühl – Selbstgefälligkeit. Sie hatte ihm geholfen, *sich zu übertreffen*.

Er blickte zum Fenster, und plötzlich veränderte sich sein Gesicht. Er griff nach seinem Frack und sagte: »Zieh deinen Spencer an. Seales ist gerade angekommen. Ich wusste nicht, dass er kommen würde.«

Tamsin beeilte sich, der Aufforderung Folge zu leisten. »Gut, dass er nicht früher gekommen ist.« Sie lachte leise, aber eigentlich wäre das schrecklich gewesen.

»Wir sollten uns an die Arbeit machen«, meinte Isaac. Die Intensität seines Blicks war verraucht, und von der vorher herrschenden Aura der Entdeckung und der Ekstase war nichts mehr vorhanden.

Tamsin war jedoch nicht enttäuscht. Viel eher war sie ermutigt. Der heutige Tag war ein großer Schritt nach vorn gewesen, und sie war schon sehr gespannt, wie es weitergehen würde.

Sie berührte ihn an seinem Unterarm. »Isaac, ich danke dir – für das, was du mir heute geschenkt hast und dafür, dass du deine tiefsten Gefühle mit mir geteilt hast. Ich *werde geduldig* sein.« Sie ahnte, dass sie sich in ihn verliebte, also blieb ihr ohnehin keine andere Wahl.

Er gab ihr darauf keine Antwort, sondern nickte ihr nur schwach zu. Dann verließ er das Haus, um Seales zu begrüßen. Tamsin zog ihr Notizbuch wieder aus der Tasche und begann, eine Liste der Arbeiten für das Haus zu erstellen. Dabei lächelte sie die ganze Zeit über.

KAPITEL 17

Nachdem sie beim Dinner, zu dem auch Seales mit seiner Frau geladen war, die Pläne für das leerstehende Haus erörtert hatten, waren Isaac und Seales im Speisezimmer geblieben, um dort ihren Portwein zu trinken. Derweil hatten sich die Ladys in den Salon begeben. Es war alles sehr häuslich, und Isaac wollte gar nicht so recht glauben, dass dies nun sein Leben war. Nie hatte er sich dies alles so vorstellen können – dass er einmal Baron würde, ein großes Anwesen führte und eine warmherzige, fürsorgliche Frau heiratete.

Und dennoch war es so.

Das Intermezzo mit Tamsin heute Nachmittag in dem leerstehenden Haus hatte Isaac mit einem Gefühl zurückgelassen, das er, seines Glaubens, noch nie gekannt hatte – Hoffnung. Das Zusammensein mit ihr war irgendwie … einfach. Sie war liebenswert und zuvorkommend und sie brachte sogar das Kunststück fertig, ihn zum Lächeln zu bringen. Inzwischen hatte es ganz den Anschein, als würde ihr Optimismus womöglich auf ihn abfärben.

Seales räusperte sich, während seine Hand um den

Stängel seines Weinglases auf dem Tisch lag. »Hoffentlich stört es Sie nicht, wenn ich das sage, aber Lady Droxford ist sehr beeindruckend. Mit einem erstaunlichen Eifer hat sie angefangen, sich um die Angelegenheiten des Anwesens zu kümmern. Sie können sich als glücklichen Mann schätzen.«

Das war eine Beschreibung, von der Isaac niemals gedacht hätte, dass sie einmal auf ihn zutreffen könnte, doch womöglich hatte er nun eine vage Ahnung davon. Und all das hatte er Tamsin zu verdanken. Sie hatte sein düsteres Dasein mit Licht erfüllt und ihm Freude in seine Nüchternheit und scheinbar auch Hoffnung gebracht.

»Ich bin sehr erfreut zu hören, dass Sie meine Frau für effektiv halten. Sie ist bestrebt, alle Pächter kennenzulernen und ihnen auf jede erdenkliche Weise zu helfen.«

»Ja, und ihr besonderes Interesse gilt derzeit einem Paar, das sein erstes Kind erwartet«, meinte Seales. »Ich glaube, sie hat dafür gesorgt, dass eines der Dienstmädchen ihnen hilft, da die beiden keine familiäre Unterstützung haben und Mrs. Bowman kurz vor der Niederkunft steht.«

Isaac erinnerte sich an eine Erwähnung Tamsins diesbezüglich, aber da es um eine Geburt ging, hatte er rasch entschieden, dem keine besondere Aufmerksamkeit zukommen zu lassen. Auch als Mary ihren gemeinsamen Sohn zur Welt gebracht hatte, war er nicht dabei gewesen und irgendwie verknüpfte er in seinen Gedanken alle Geburten mit ihr und der Tatsache, sie versäumt zu haben. Und damit, aller Wahrscheinlichkeit nach, nie selbst eine Geburt erleben zu dürfen.

Nun war er jedoch verheiratet. Und wenn es mit Tamsin so weiterging, war es gut möglich, dass sie schwanger wurde.

Die Vorstellung bohrte sich mit aller Macht in ihn und hinterließ einen scharfen Schmerz. Er hatte keine glückliche Familie verdient, nachdem er bereits eine im Stich gelassen hatte.

Seales unterbrach Isaacs Gedanken, wofür dieser überaus dankbar war. »Haben Sie schon entschieden, ob in einigen Wochen ein Erntefest stattfinden wird? Einige der Pächter haben Lady Droxford danach gefragt, und sie hat sich erkundigt, wie dies in der Vergangenheit gehandhabt worden ist.«

Stets hatte Tante Sophia in der dritten Oktoberwoche ein Fest veranstaltet, nachdem alle Erntearbeiten weitestgehend erledigt waren. Diese Tradition hatte Isaac allerdings nicht fortgesetzt. In seinem ersten Jahr war es ihm nach dem Tod des Barons als unangemessen erschienen. Anschließend hatte er dies einfach nicht mehr als eine seiner Prioritäten erachtet.

»Das hat sie mir gegenüber nicht erwähnt«, entgegnete er. »Hat sie angedeutet, ob sie vorhat, dieses Jahr ein Fest auszurichten?«

Seales zuckte mit den Schultern. »Ich kann nicht sagen, was sie denkt, weshalb ich mich in dieser Frage an Sie wende. Meine Frau würde mit Feuereifer helfen. Man hat das Fest vermisst.«

Stirnrunzelnd richtete Isaac den Blick auf seinen Portwein, bevor er einen Schluck nahm. Es war ihm nicht bewusst gewesen, dass das Fest solche Bedeutung für die Leute hatte. Tatsächlich hatte er überhaupt keinen Gedanken daran verschwendet. »Ich wünschte, das hätte irgendjemand erwähnt.«

»Ich dachte, das hätten wir getan«, antwortete Seales zaudernd, bevor er noch mehr Portwein trank.

»Das ist möglich.« Wie auch die Tatsache, dass Isaac wahrscheinlich nicht so genau hingehört hatte. Er war eigentlich kein Freund von Festen und besuchte sie nicht gern. Das hieß allerdings nicht, dass die anderen keines haben sollten. Isaac erhob sich. »Kommen Sie und lassen Sie uns mit den Ladys darüber sprechen.« Isaac war keineswegs überzeugt, ob er sich darauf freute, das Thema zu erörtern oder eher, seine Frau zu sehen. Seit dem Nachmittag konnte er nicht aufhören, an sie zu denken, und aus dem Bedürfnis, ihre Gegenwart zu spüren, war ein ständiges Verlangen entwachsen.

Seales erhob sich und folgte Isaac aus dem Speisezimmer. Sie schlugen den Weg zum Salon ein, wo Tamsin, Tante Sophia und Mrs. Seales beieinander saßen.

Isaac bemerkte, dass Tamsin auf einem der Sofas saß – allein. Er setzte sich neben sie und rückte dabei ein bisschen näher als nötig. In dieser unmittelbaren Nähe zu ihr konnte er allerdings ihren blumigen Duft riechen. Das erinnerte ihn an die frühere Stunde an diesem Tag, als er sie mit seiner Aufmerksamkeit überhäuft und jeden Zentimeter ihres verlockenden Körpers genossen hatte. Da er nun seiner Besessenheit nachgeben hatte, konnte er es kaum erwarten, mehr von ihr zu kosten. Wäre es unhöflich, ihre Gäste zu bitten, sich zu verabschieden?

»Ihr wart nicht lange im Esszimmer«, bemerkte Tante Sophia lächelnd. »Ihr müsst uns vermisst haben.«

Isaac hatte seine Frau tatsächlich sehr vermisst, jedoch nicht unbedingt auf eine Weise, die er – mit Ausnahme von ihr – anderen mitteilen würde. »Wir sind gekommen, um das Erntefest zu erörtern. Ich habe versäumt, diese Tradition nach der Trauerzeit wieder aufzunehmen und das Fest auszurichten.« Er blickte zu Tamsin, deren Gesichtszüge ihm inzwischen schon so vertraut waren, dass er bei ihrem Anblick eine Anziehungskraft spüren konnte – es war eine tiefe Verbindung, die er nicht ganz verstand. Es war nicht das Gleiche, das er mit Mary geteilt hatte.

Tamsin wandte sich ihm zu und ihre blaugrünen Augen erinnerten ihn an das Meer … an ebenjenen Ort, an dem sie Bekanntschaft geschlossen hatten. Weston war, wie ihm klar wurde, von nun an ein besonderer Ort, was keineswegs mit seinen Freunden oder The Grove zusammenhing. Sie lächelte und ihre Gesichtszüge wurden lebhaft. »Ich würde das Fest gern wieder ausrichten. Ich bin so froh, dass du die Sprache darauf bringst, denn ich hatte vor, dich danach zu fragen.«

»Das wird für die Pächter herrlich werden«, bemerkte Tante Sophia mit einem Nicken. »Ich bin so froh, dass ihr es endlich wieder veranstaltet.«

Das Wort *endlich* bereitete ihm ein bisschen Verdruss, aber er hatte es wohl verdient. Isaac sah zu Tamsin. Beinahe übermannte ihn der Drang, sie zu berühren. Ihr Beisammensein heute Nachmittag hatte seine Lust nicht im Geringsten gesättigt. Er brauchte mehr von ihr. »Sag mir einfach, was du brauchst. Ich vertraue darauf, dass du eine außergewöhnliche Feier planst.«

»Danke.« Sie schenkte ihm ein derart freudiges Lächeln, dass er versucht war, es zu erwidern. Das wurde ja immer schlimmer.

Tante Sophia unterbreitete einige Vorschläge, die sie aus den Erfahrungen der vergangenen Festen bezog und auch Mrs. Seales trug einiges zu dem Gespräch bei. Die drei – Sophia und die Seales – würden sich zusammensetzen, um alles zu planen. Zum Glück dauerte es nur etwa eine Viertelstunde, bis die Seales sich dann verabschiedeten.

Nachdem sie gegangen waren, erhob sich auch Tante Sophia. »Ich werde mich jetzt zurückziehen. Ihr braucht so viel Privatsphäre, wie ihr nur bekommen könnt und ich habe mich viel zu viel in eurer Gegenwart aufgehalten.« Sie zwinkerte dem Paar noch einmal zu, ehe sie aus dem Raum ging.

Irgendwie brachte Isaac es fertig, sich nicht sofort auf Tamsin zu stürzen und über sie herzufallen. Er konnte sich auch beherrschen, sie nicht über seine Schulter zu werfen und sie nach oben zu tragen, wo er dann ebenfalls über sie herfallen könnte.

»Wirst du noch in deinem Arbeitszimmer zu tun haben, ehe du nach oben kommst?«, fragte Tamsin.

Es passte ihm gar nicht, dass sie diese Erwartung hatte, doch warum sollte das nach den letzten Tagen auch anders sein? »Nein.« Isaac konnte seinem Bedürfnis, sie zu berühren, nicht länger widerstehen und hob ihre Hand, um ihr dann einen Kuss auf die Innenseite des Handgelenks zu drücken. »Ich ziehe es vor, mich ebenfalls zurückzuziehen, obwohl ich nicht vorhatte zu schlafen. Jedenfalls noch nicht.« Dann küsst er die Innenseite ihres Unterarms und anschließend ihre Ellbogenbeuge und er spürte, wie sie unter seinen Lippen erschauderte.

»Wie wunderbar«, murmelte sie. »Sollen wir dann nach oben gehen?«

Isaac führte seine Hand zu ihrem Nacken, den er umfasste. »In einem Augenblick.« Er senkte seinen Mund auf ihren und küsste sie, wobei er sie mit seinen Lippen und seiner Zunge in Besitz nahm.

Sie hielt seine Schulter umklammert, und ließ ihre Hand dann zu seinem Kragen gleiten. Ihre Finger streichelten dabei sanft über seine Haut und er wünschte sich sehnlichst, sie ganz und gar zu entkleiden, denn er wollte ihren Körper ganz und gar für sich haben.

Dann beendete er den Kuss und stand auf, wobei er sie mit sich zog. »Ich würde dich jetzt tragen, aber die Dienerschaft wäre indigniert.«

»Oder angeregt«, meintes sie kichernd.

Isaac zog sie an sich. »Im Moment bin ich so erregt, dass es für den ganzen Haushalt reicht.« Sein Schwanz tobte vor Begierde, während er innerlich vor Lust pulsierte.

Sie schob ihre Hände an seiner Vorderseite hinauf und schlang sie um seinen Hals. »Vielleicht hilfst du mir die Treppe hinauf.«

Er würde sie hier verführen, wenn das nicht skandalös wäre, denn es gab kein Schloss an der Tür zum Salon. »Komm«, forderte er sie knapp auf, während das Verlangen seinen Blick trübte und seinen Puls zum Rasen brachte.

Er nahm ihre Hand und führte sie zur Treppenhalle. Er wollte die Treppe zwei Stufen auf einmal nehmend hinaufstürmen, doch er bemerkte noch rechtzeitig genug, dass ihre Schritte nicht so lang waren. Dennoch ging er schnell, und als sie oben ankamen, lachte sie leise.

»Ich habe bislang noch nicht erlebt, dass du dich so sehr für etwas anderes als die Arbeit interessierst«, meinte sie.

Isaac, den im Augenblick nichts anderes wichtig war, als Tamsin in seinen Armen zu halten, hob sie hoch und beschleunigte seinen Schritt, als er auf ihre Räume zuhielt. »Ich bin im Moment sehr zielstrebig.«

Sie schlang die Arme um seinen Hals und drückte ihm einen Kuss auf seinen Kiefer. »Das genieße ich ungemein.«

Fast hätte er vor Verlangen und auch vor Freude darüber aufgestöhnt, dass sie so begierig auf ihn war wie er auf sie. Er trug sie ins Wohnzimmer, schloss die Tür hinter ihnen und eilte dann in sein Schlafgemach weiter, wo er ebenfalls die Tür fest schloss. Erst als er das Podest erklommen hatte, ließ er sie herunter, sodass sie neben dem Bett zum Stehen kam.

»Soll ich dir deine Kleider ausziehen oder willst du das selbst tun?«

Sie blinzelte, und ihre Wimpern flatterten auf verführerische, fast kokette Weise, wobei er allerdings nicht wusste, ob sie das absichtlich tat oder ob sie einfach so verführerisch war. Er war eher geneigt, davon auszugehen, dass Letzteres zutraf.

»Da meine Garderobe noch nicht auf dem neuesten Stand ist, wie Tante Sophia sagt, und ich sie noch auffrischen muss, was eines unserer nächsten Projekte ist, genieße ich vorerst aber die Freiheit mich allein ganz ausziehen zu können. Ist dir das lieber?« Sie schüttelte ihre Schuhe von den Füßen. »Möchtest du mir dabei zusehen?«

Die sündigen Gedanken, die Isaac bei dieser Aussicht durch den Kopf schossen, hätten ihr die Röte ins Gesicht getrieben. Er stellte sich vor, wie sie sich ganz langsam ihrer Kleidung entledigte, um sich zu streicheln und ihn mit jeder neuen Enthüllung ihres verlockenden Körpers zu provozieren. Aber sie würde überhaupt nicht wissen, wie man so etwas macht. Er könnte es ihr beibringen...

Sie fing an, die Haarnadeln aus ihrer Frisur zu ziehen, und die braunen Locken fielen ihr in einer Kaskade über den Nacken und auf die Schultern. Fasziniert schaute er ihr zu, bis sie das Haar ganz gelöst hatte und die Nadeln auf dem Nachttisch ablegte. »Soll ich mir die Zeit nehmen, mein Haar zu flechten?«

»Nein. Ich will es offen sehen«, krächzte er.

Also führte sie ihre Hände auf den Rücken und lockerte ihr Kleid. Isaac merkte, dass er ihr helfen könnte, doch sie dabei zu beobachten nahm ihn viel zu sehr in Anspruch. Sie zappelte und zog, bis das Kleid locker war und dann schob sie es an ihrem Körper hinunter.

Als sie sich bückte, um es aufzuheben, meinte Isaac: »Lass es liegen. Mach weiter.«

Sie schob die Träger ihres Unterkleids von den Schultern, ohne dabei zu bemerken, dass die streichelnde Bewegung ihrer Hand über ihren Oberarm, als der Stoff über ihre Haut glitt, wahrscheinlich das Erregendste war, was Isaac je zu Gesicht bekommen hatte. Er schluckte und konnte sich kaum noch im Zaum halten. Sie zog an den Schnüren ihres Korsetts, bis es weit offen war, um es dann über ihre Hüften zu schieben, wobei sie wieder mit ihrem ganzen Körper zappelte, um das Kleidungsstück abzuschütteln. Sie stieg aus dem Kleiderhaufen, der sich zu ihren Füßen auftürmte, und schob ihn hinter sich.

Da sie nur noch ihr Unterhemd trug, zögerte sie. War sie nervös? »Du warst noch nie nackt mit einem Mann zusammen.«

Sie schüttelte den Kopf. »Natürlich nicht.«

»Ich will dich nackt sehen. Fühlst du dich wohl dabei?«

»Ja.« Sie griff nach dem Saum ihres Unterhemdes und zog es sich über den Kopf.

Jetzt stand sie nur mit Strümpfen und Strumpfbändern bekleidet vor ihm. Als sie nach dem ersten Strumpfband griff, hielt er ihre Hand fest und stoppte sie. »Warte nur. Das übernehme ich.« Er musste sie nur zuerst einen Moment bewundern. Sie war exquisit, von der geschmeidigen Rundung ihrer Brüste bis zu den prallen rosa Spitzen ihrer Brustwarzen. Ihre Taille zog sich zusammen und lud seine Hand ein, sie zu streicheln, während ihre Hüfte sich verbreiterte und ebenfalls um seine Berührung bettelte. Dunkle Locken verdeckten ihr Geschlecht, aber er wusste bereits, dass sie rosig und wahrscheinlich auch feucht war. Erst an diesem Nachmittag war sie so unglaublich feucht für ihn gewesen.

»Ist es noch zu früh nach heute Nachmittag?« Er wünschte, er hätte früher daran gedacht, das zu fragen.

Sie schüttelte den Kopf. »Ich hatte gehofft, du würdest das heute Abend tun wollen. Was auch immer du dir wünschst. Was ist das überhaupt?«

Isaac schloss den halben Schritt Abstand zwischen ihnen und legte seine Hände auf ihre Taille. Er hob sie hoch und setzte sie auf die Bettkante. »Ich werde meinen Mund auf dein Geschlecht legen und dich kommen lassen. Immer und immer wieder.«

Sie holte tief Luft. »Mehr als einmal?«

»Hoffentlich.« Jetzt grinste er, wie ein Wolf, der seine Beute beäugte.

Sie legte ihre Hände an seine Wangen, und ihr Blick war mit seinem verhaftet. »Du bist atemberaubend, wenn du das machst. Du hast mich vollkommen in deinen Bann gezogen.« Mit ihren Fingernägeln fuhr sie sanft über die kurzen Stoppeln seines Bartansatzes.

Er drückte seinen Mund zu einem gierigen Kuss auf den ihren. Sie erwiderte seine Leidenschaft, und hieß sein Verlangen willkommen, das sie zu ihrem eigenen machte. Isaac umfasste ihre Brust, die er drückte und streichelte, und kniff dann sanft in ihre Brustwarze. Sie fasste ihn um die Taille und zog ihn an die Bettkante. Sein Schaft rieb sich gegen die Matratze zwischen ihren geöffneten Beinen.

Obwohl er ihr die Strumpfbänder und Strümpfe mit erotischer Langsamkeit auszuziehen gedachte, riss er sie ihr jetzt fast gierig herunter. Als sie verschwunden waren, glitt er mit seinen Händen an ihren nackten Beinen empor und beanspruchte ihren Mund auf ein Neues.

Wie von Sinnen küsste er sie auf den Hals und ihre Brust, bis er eine Brustwarze fand, an der er heftig saugte, was ihr ein tiefes Stöhnen entlockte. Sanft drängte er sie zurück, bis sie flach auf dem Bett lag, und dann schob er sie weiter auf die Matratze. Jetzt war sie perfekt positioniert. Er schnappte sich ein Kissen und schob es unter ihre Hüften.

»Was tust du da?«, fragte sie atemlos.

»Ich bereite meinen Festschmaus vor.« Er schob ihre Beine weit auseinander und öffnete damit ihr Geschlecht für ihn. Mit einer Hand liebkoste er ihre rechte Brust, wobei er ein langsames, methodisches Streicheln zum Einsatz brachte, das von Massagen und Zwicken ihrer Brustwarze unterbrochen wurden. Ihr Körper bewegte sich mit seinen Berührungen wie von selbst und ihre Hüften kreisten.

Mit der anderen Hand rieb er ihre Knospe, was ihr ein

leises Stöhnen und Wimmern entlockte. Ihre Erregung wirkte berauschend auf ihn, und er musste sich anstrengen, um sie nicht zur Vollendung zu drängen. Er wollte diesen Akt in die Länge ziehen, um sicherzustellen, dass ihr Orgasmus wie eine Gewitterwolke über sie hereinbrach.

Er ließ einen Finger in ihr Geschlecht gleiten, was seine Vermutung bestätigte, dass sie feucht und bereit war. Mühelos könnte er mit seinem Schaft in sie eindringen. Der Gedanke daran ließ ihn vor Verlangen aufstöhnen. Davon würde er allerdings absehen. Jedenfalls heute Nacht. Das konnte er nicht einmal in Erwägung ziehen, schon gar nicht in seinem derzeitigen Zustand.

Widerstrebend nahm er seine Hand von ihrer Brust und drückte sie gegen ihre Hüfte.

»Das hat mir Vergnügen bereitet«, brachte sie wehmütig hervor.

Er schaute über ihren flachen Bauch und die Erhebung ihrer Brüste hinweg zu ihr auf. »Das kannst du selbst fortsetzen.«

Ihr Blick traf seinen mit einem Moment der Verwirrung.

»Berühre deine Brüste, Tamsin. Halte sie. Liebkose sie. Drücke sie. Tu, was immer du willst. Du musst lernen, dich selbst zu befriedigen.« Aufgrund seiner Entscheidungen hatte Isaac sich stark auf diese Fähigkeit verlassen. »Du kannst deine Hand hier so benutzen, wie ich es hier tue.« Er drückte seinen Daumen auf ihre Knospe und rieb sie, um dann mit seinen Fingern in sie einzudringen und sie auszu-füllen. »Du kannst dir deinen eigenen Orgasmus bereiten. Vielleicht wirst du das irgendwann einmal für mich tun, damit ich dir dabei zusehen kann.«

Bei seinen Worten hatten sie ihre Lippen geteilt, und ihre Augen hatten einen glasigen, unscharfen Glanz angenom-men. Dann legte sie ihre Hände auf ihre Brüste und fing an, sie zu streicheln, wobei ihre Finger sanft über ihre Haut glitten. Isaacs Körper dröhnte vor Verlangen. Er war sich nicht sicher, ob er je zuvor so erregt gewesen war und fragte sich, ob er seinen Samen möglicherweise bereits vergießen würde, ehe er seinen Schaft auch nur aus seiner Kleidung befreit hätte.

Bei diesem Gedanken stellte er fest, dass er noch immer vollständig angekleidet war und sein Frack ihm allmählich zu eng wurde. Schnell zog er das Kleidungsstück aus und warf es beiseite.

Tamsin hatte die Augen geschlossen und strich mit ihren Fingerspitzen über ihre Brustwarzen. Sie bewegte ihre Hüften auf dem Kissen.

»Kneif sie, Tamsin«, raunte er ihr zu, und beobachtete dann, wie sie seiner Aufforderung nachkam. Ein leises Stöhnen kam ihr über die Lippen. »Ja, mach das weiter. Was immer sich gut anfühlt.«

Er legte seine Hand wieder auf ihr Geschlecht und teilte ihre Schamlippen, ehe er über ihren Spalt leckte.

Mit einem spitzen Schrei bäumte sie sich gegen seinen Mund auf und umklammerte seinen Kopf mit einer Hand. Er legte seine Handfläche direkt auf ihren Venushügel und drückte sie wieder herab. »Verhalte dich für einen Moment still«, flüsterte er, ehe er sie wieder mit seiner Zunge provozierte. Sein Daumen lag auf ihrer Knospe, die er neckte, während er sie weiterhin festhielt. Die aufgestaute Energie in ihr war für ihn deutlich spürbar, wie auch ihr Bedürfnis, sich ihm entgegenzudrängen und sich auf eine Weise zu bewegen, die ihr Erlösung verschaffen würde.

Er spreizte sie mit seinen Fingern und stieß seine Zunge tief in sie hinein. Seine andere Hand schob er unter sie und umfasste ihren Hintern, während er sie weiterhin unerbittlich gegen seinen Mund presste.

Immer wieder leckte er und stieß zu, während er ihre empfindsame Knospe mit seinem Daumen streichelte. Sie bewegte sich im Einklang mit ihm und ihre Hüften kreisten, während ihre verzweifelten Rufe das Zimmer erfüllten.

Es dauerte nicht lange, bis er sie zu ihrem Höhepunkt gebracht hatte. Ihre Anspannung war für ihn deutlich zu spüren, als sie die Muskeln ihrer Schenkel um ihn herum zusammenzog. Sie drängte sich nun mit aller Macht gegen ihn und hielt seine Zunge in ihrem Geschlecht umklammert, als sie in einem Rausch aus ekstatischen Bewegungen und unartikulierten Lauten ihren Höhepunkt erreichte.

Während sie ihren Orgasmus zu Ende auskostete, wurde Isaac sich seiner eigenen Bedürfnisse nur allzu bewusst. Deshalb griff er mit einer Hand nach unten zu seiner Hose und knöpfte sie ungeschickt auf. Er ließ seine Hand hineingleiten und umfasste seinen Schaft. Dann schloss er die Augen vor Erleichterung, während er sich streichelte.

»*Halt.*«

Isaacs Augen flogen auf, und er sah, dass Tamsin sich in eine sitzende Position aufgerichtet hatte. Seine Hand erstarrte instinktiv.

»Du sollst mich das machen lassen«, rügte sie ihn in einem überraschend herrischen Ton, der seine Lust weiter anfachte. »Mit meinem Mund. Du hast gesagt, ich könnte das tun.«

Er ließ sich los und richtete sich auf. »Ich bitte um Entschuldigung. Ich war überwältigt.« Allerdings sorgte er sich ein bisschen, dass er ohne eine helfende Hand schon zum Höhepunkt kommen würde.

»Du musst dich jetzt ausziehen. Für mich, so wie ich es für dich getan habe.« Sie zog ihre Beine hoch und mit erwartungsvollem Blick thronte sie jetzt in sitzender Position auf dem Bett.

Isaac machte mit seinen Stiefeln und Strümpfen den Anfang, die er mit der gleichen Eile auszog wie ihre Strümpfe. Ein wenig langsamer knöpfte er dann seine Weste auf, aber nur, weil seine Finger vor Verlangen ganz fahrig waren. Als sie dann endlich aufgeknöpft war, entledigte er sich des störenden Kleidungsstücks.

Im Anschluss daran fasste er das Ende seines Krawattenschals, löste den Knoten und streifte den Seidenstoff von seinem Hals, um ihn dann auf den Boden sinken zu lassen. Die ganze Zeit während des Entkleidens blieb sein Blick auf Tamsins prächtigem Körper haften, dessen Haut von ihrem gerade erlebten Höhepunkt einen rosigen Farbton hatte. Ihre Brustwarzen waren voll und rosa, wie Rosenknospen, die kurz vor der Blüte standen.

Er musste seine Aufgabe zu Ende bringen. Rasch. Also zog er sich das Hemd über den Kopf und warf es beiseite, ehe er dann seine bereits aufgeknöpfte Hose über seine Beine herabschob und sie mit vielleicht mehr Wucht als nötig von sich schleuderte. Er stand vor ihr und sah, wie sich ihre Augen verengten und ihr Blick auf seinen prallen Schaft gerichtet waren.

»Was soll ich jetzt tun?«, fragte sie mit rauer und lustvoller Stimme.

Er überlegte, wie sie ihn am besten in den Mund nehmen könnte. »Du könntest vor mir knien. Oder ich kann mich auf das Bett legen. Was ist dir lieber?«

»Ich kann mich nicht entscheiden, aber da ich schon auf dem Bett liege, ist das wohl am schnellsten.« Sie rutschte zur Seite, damit er sich auf das Bett legen konnte.

Er nahm das Kissen, das er unter ihren Hüften benutzt hatte, und legte es am Kopfende des Bettes ab. Dann legte er sich auf den Rücken und bettete seinen Kopf darauf.

»Ich muss das Kissen nicht unter dich legen?«, fragte sie und bewegte sich auf seine Seite.

»Nicht unbedingt. Mein Schaft reckt sich dir schon begierig entgegen.«

Sie leckte sich über die Lippen, was ihm ein Stöhnen

entlockte und seine Hüften zum Zucken brachte. »Das sehe ich. Hast du Anweisungen für mich?«

»Nur wenn du das möchtest. Vorhin hast du erstaunliches Geschick mit deiner Hand bewiesen. Ich bin zuversichtlich, dass du deinen Mund ebenso erfolgreich zum Einsatz bringen wirst.«

»Wie förmlich das klingt«, stellte sie mit einem verschmitzten Lächeln fest. »Und ich will nicht ebenso erfolgreich sein, sondern *besser*, so wie du es gerade für mich gewesen bist. Ich werde sehen, ob ich kreativ sein kann.«

Ein Hitzeschub überfiel ihn und ließ das Blut in seinen Schaft strömen. Er war nicht imstande auch nur einen einzigen weiteren Moment zu warten. »Bitte, Tamsin. Lutsche ihn. *Jetzt*. Schiebe dich zwischen meine Beine.«

Sie kletterte über ihn und ließ sich zwischen seinen Beinen nieder, wobei ihre Aufmerksamkeit ganz auf seinen Schaft gerichtet war. Dann schmiegte sie ihre Hand um den Ansatz seines Schaftes und senkte den Kopf. Vor ungeduldiger Erwartung umklammerte Isaac die Bettdecke mit beiden Händen, und sein Körper spannte sich vor Verlangen an.

Sie leckte ihn zaghaft, und er umklammerte die Bettdecke noch fester, um nicht ihren Kopf zu packen und in ihren Mund zu stoßen. Er zwang sich, tief Luft zu holen, und gab sich ihr hin, als sie langsam mit ihrer Zunge über ihn fuhr. Sie umspülte ihn vollständig, erforschte ihn mit ihren Lippen und ihrer Zunge.

Isaac stöhnte, dann legte er seine Hand vorsichtig an ihren Kopf und verflocht seine Finger mit den weichen Locken ihres Haares. Sie hob ihren Kopf und strich mit ihrer Hand an seinem Schaft auf und ab. Ihr Mund schloss sich um die Spitze, und sie nahm ihn in sich auf, führte ihn über die raue Hitze ihrer Zunge.

Er stieß sanft zu und hielt sie fest, während er weiter in

ihren Mund eindrang. Sie wich nicht zurück und er spürte, wie sie schluckte, als er in ihren Rachen stieß.

Er packte ihr Haar fester, vorsichtig, um sie nicht zu verletzen, während er aufschrie. Sie wich zurück, ließ ihn fast los und verschlang ihn noch einmal. Wieder und wieder ließ sie ihn los und saugte ihn ein. Dann schneller, irgendwie wusste sie genau, was sie tun musste. Ihre Hand bewegte sich im gleichen Takt wie ihr Mund und trieb ihn an, bis er fast besinnungslos war. Wie von selbst hoben sich seine Hüften vom Bett ab, als er sanft in sie stieß.

Dann fasste sie ihm an die Hoden, und er verlor gänzlich die Kontrolle. Er rief ihren Namen und entschuldigte sich, als seine Hüften sich schneller bewegten. Sie hielt seine Hüfte fest umklammert, während sie ihr Tempo erhöhte und seiner sinnlosen Raserei nachkam, bis sich sein Körper verkrampfte. Er hatte ihr nicht gesagt, was als Nächstes kommen würde.

Isaac versuchte, sich von ihr loszumachen, aber sie hielt ihn fest und saugte ihn so lange, bis er sich nicht mehr zurückhalten konnte. Er erlöste sich und ein Schwall seines Samens überflutete ihren Mund. Dabei war er unfähig, etwas anderes zu tun, als sie zu halten und es seinem Körper zu erlauben sich zu erlösen.

Es dauerte einige lange Augenblicke, bis er wieder flach auf dem Bett lag, während sein Körper noch vom Nachklang seines Orgasmus bebte und sein Herz hämmerte. Er schlug die Augen auf und erkannte, wie sie sich über die Mund-winkel wischte. Sie lächelte ihn mit einem katzenhaften Lächeln an, das voller Zufriedenheit und Stolz war, und auch eine Prise Arroganz enthielt. Es war das Schönste und Verruchteste, was er je gesehen hatte.

Dann setzte er sich auf und zog sie an seine Brust, um sie dann ganz tief und innig zu küssen. Anschließend strich er ihr das Haar aus dem Gesicht und blickte ihr in die Augen. »Danke, dass du auf mich gewartet hast.«

»Ich bin ein geduldiger Mensch«, meinte sie schlicht. »Und du bist es wert, dass ich auf dich warte.«

Als Isaac kurze Zeit später einschlief, seine Frau an seine Seite gekuschelt, bemühte er sich, nicht zu sehr darüber nachzudenken, was sie gemeint haben könnte.

~

*E*ine Anzahl von Küssen auf Tamsins Schulter weckte sie aus dem Schlaf. Als sie die Augen aufschlug, sah sie, dass es noch sehr dunkel war. Isaac lag an ihre Seite geschmiegt.

Die Küsse hörten auf, und er murmelte etwas. Seine Hand schlängelte sich um ihre Taille und zog sie fester an sich.

Tamsin lächelte, ihr Körper erwachte bei seiner Berührung. Sie drehte sich zu ihm um, küsste seine Stirn und legte ihre Hand an seine Wange.

Er murmelte weiter, aber sie konnte nicht verstehen, was er sagte. In der Tat war sie nicht sicher, ob er wach war oder nicht. Sie war sich auch nicht ganz sicher, ob *sie* wach war. Vielleicht war das alles nur ein schöner Traum.

»Wir sind ..., Mary«, brummelte er. Da war wieder dieser Name.

Jetzt war Tamsin allerdings wach. Sie hielt den Atem an und wartete, ob er noch mehr sagen würde.

Als er das nicht tat, flüsterte sie: »Isaac?«

»Ja, Mary?«, antwortete er mit der klarsten Stimme, die er bislang benutzt hatte.

Wie konnte sie herausfinden, wer Mary war? Sie musste ihn wecken und fragen.

Er küsste ihren Nacken. »Ich liebe dich, Mary.«

Tamsin erstarrte. Er küsste ihren Hals. Dann verschränkte er sein Bein mit ihrem.

Nun war es ihr egal, ob er wach war oder nicht. »Wer ist Mary?«

Seine Lippen setzten ihren Weg an ihrem Schlüsselbeins entlang fort, und er reagierte nicht.

Sie berührte seine Schulter und versuchte, ihn zu wecken. »Isaac. Isaac.«

Er gab ein undeutliches Geräusch von sich und zog sich von ihr zurück. Dann rollte er sich auf die andere Seite und präsentierte ihr seinen Rücken.

Tamsin starrte auf seine Wirbelsäule, seine Schulterblätter, die Haarwelle in seinem Nacken. Wer war Mary, und warum liebte er sie?

Wie konnte er sie lieben? Vor allem, wenn Tamsin ihn liebte?

Die Erkenntnis traf sie so sicher, wie die Sonne aufgehen würde. Sie liebte diesen nüchternen, in der Regel nicht lächelnden, ungeselligen, mürrischen Baron. Wie auch sie, war er irgendwann einmal verloren gewesen. Tamsin hatte sich allerdings wiedergefunden. Er war noch immer dort draußen und kämpfte sich seinen Weg zurück. Sie wollte für ihn da sein, ihm helfen, das zu finden, was er suchte – was ihn glücklich machen würde.

So sehr hatte sie gehofft, dass sie dieses Glück für ihn sein würde. Ganz offensichtlich war es aber Mary.

Unfähig, weiter zu schlafen oder dieses Bett mit Isaac zu teilen, schlüpfte sie unter der Bettdecke hervor. Sie sammelte ihre verstreuten Kleidungsstücke ein und machte sich leise auf den Weg zu ihrem Schlafzimmer. Dort angekommen, zog sie ein Nachthemd an und räumte ihre Sachen auf, denn sie fand Trost in dieser Routine.

Nein, keinen Trost. Ihr Gehirn schwirrte weiterhin, denn

es war voller Fragen und ... Verzweiflung. Stumme Tränen liefen still und leise über ihre Wangen.

Ihr Bett war immer noch kaputt – wie auch ihr Herz –, also schürte sie das Feuer, nahm eine Decke und rollte sich in dem Sessel am Kamin zusammen.

Er liebte jemanden namens Mary. Nicht Tamsin. Was sollte sie unternehmen?

Wie könnte sie darin Freude finden?

KAPITEL 18

Isaac schlief länger als sonst und war überrascht, als Tamsin nicht bei ihm im Bett lag. Er zog sich schnell an und machte sich auf den Weg nach unten, nur um zu erfahren, dass sie früher gegangen war, um Mrs. Bowman zu besuchen. Er versuchte, seine Enttäuschung zu unterdrücken, zumal er sie seit ihrer Ankunft in Wood End größtenteils ignoriert hatte.

Er frühstückte an seinem Schreibtisch und arbeitete einige Stunden lang, wobei er oft an Tamsin dachte und daran, wie sich gestern alles verändert hatte. Er bedauerte nichts davon.

Mit einem Blick auf das Porträt seiner Mutter hielt er inne. Bedauerte er nicht, Geheimnisse vor seiner Frau zu haben?

Er wünschte, er könnte ihr beichten, dass er ein Kind hatte, das irgendwo dort draußen in der Welt lebte. Einen Jungen, den er niemals Sohn nennen konnte und dessen schiere Existenz Isaac das Gefühl gab, vollkommen versagt zu haben. Nichts, was er je Gutes tun könnte, konnte die Tatsache wettmachen, dass er den Jungen und seine Mutter im Stich gelassen hatte. Sie hatte als Mutter an einem unbekannten, ihr fremden Ort neu anfangen müssen. Weil es das »Richtige« gewesen war.

Genau das war sein größtes Bedauern und das würde es bis zu seinem Todestag bleiben.

Er schüttelte den Kopf und konzentrierte sich erneut auf seine Arbeit. Aber es dauerte nicht lange, bis seine Gedanken wieder bei seiner Frau angekommen waren. Was hatte sie heute bei Mrs. Bowman vor? Würde sie sich auch mit Tante Sophia und der Frau von Seales wegen des Erntefestes treffen? Er wollte wissen, was sie in jedem Augenblick tat, damit er im Voraus ermitteln konnte, wann sie für ihn verfügbar war. Er wollte sich auf das nächste Mal freuen, wenn sie zusammen sein würden.

Offenbar verwandelte er sich in einen liebeskranken Verehrer. Seine Freunde würden ihn hänseln. Oder? Niemand machte sich über Wellesbournes Liebe zu seiner Frau lustig.

Liebe?

Isaac erstarrte. Woher war dieses Wort gekommen?

Ein Klopfen an der Tür ließ ihn aufschrecken. Tante Sophia stürmte ins Arbeitszimmer, ihre dunkelroten Röcke wirbelten um ihre Knöchel. Ihre Augen leuchteten vor Aufregung. »Es tut mir leid, dass ich dich störe, aber ich muss unbedingt mit dir sprechen.«

Isaac lehnte sich in seinem Stuhl zurück. »Ist alles in Ordnung?«

»Oh ja, durchaus. Ich habe etwas gefunden, das dich sicher interessieren wird. Ich habe einige Kisten durchsucht, die im obersten Stockwerk gelagert wurden.« Eine kurze Grimasse überzog ihre Züge. »Ich hatte das eine Zeit lang vermieden – ich konnte es einfach nicht ertragen, einige der Dinge aus der Vergangenheit zu sehen, vor allem solche, die Geoffrey gehörten.«

Bei der Erwähnung seines Cousins fiel Isaacs Blick auf das Porträt von ihm, das an der Wand hing. Es war gemalt worden, als Geoffrey zwanzig war, vor etwa zehn Jahren. Er hatte die gleichen dichten Brauen wie Isaac und auch die gleiche Kieferpartie, aber Geoffreys Nase war schärfer, seine Lippen etwas voller.

»Es hat mich immer gefreut, dass du sein Porträt dort hängen gelassen hast«, meinte Tante Sophia leise und betrachtete nun das Bild ihres Sohnes.

Obwohl Isaac eigentlich gar nichts an der Einrichtung des Hauses verändert hatte, seit er Baron geworden war, wollte er in diesem Fall Geoffreys Porträt dort haben. Es erinnerte Isaac daran, dass nichts im Leben sicher war und er von der Tragödie eines anderen profitiert hatte. Er hoffte nur, dass es ihm gelingen würde, das Erbe, das für seinen Cousin bestimmt gewesen war, bewahren zu können.

Tante Sophia blickte wieder zu Isaac. »Ich wünschte, du und Geoffrey wärt zusammen aufgewachsen, du hättest ihn gut kennengelernt.«

»Das hätte ich mir auch gewünscht.« Wenn Isaac darüber nachdachte, stellte er sich Geoffrey als den Bruder vor, den er nicht gehabt hatte. Was dazu führte, dass er unweigerlich an seinen echten Bruder denken musste, den er ebenfalls verloren hatte. Das brachte ihn dann auf den Gedanken, wie viele Menschen um ihn herum gestorben waren, und jetzt fühlte er sich ganz allein.

Er war allerdings nicht allein. Direkt vor ihm stand Tante Sophia und er hatte auch Tamsin. Sein Herz wurde weit und ein weiteres Mal ergriff ihn dieses neue Gefühl von Hoffnung. Und Vorfreude auf die Zukunft.

»Wie ich schon erwähnte«, fuhr Tante Sophia fort, »habe ich die alten Sachen durchgesehen und eine Truhe gefunden, die ich vollkommen vergessen hatte. Der neue Pfarrer in

Dunster hat sie mir nach dem Tod deines Vaters zukommen lassen. Sie ist mit Dingen aus dem Pfarrhaus angefüllt.«

»Was für Dinge?« Isaac verspürte nicht das geringste Verlangen, nach irgendwelchen Dingen seines Vaters.

»Ich bin noch nicht dazu gekommen, den ganzen Inhalt durchzusehen, aber du kannst mir glauben, wenn ich dir sage, dass du den Inhalt ganz bestimmt mit eigenen Augen sehen willst.« Sie blickte ihn mit einem herzlichen, aufmunternden Lächeln an. »Es sind Bücher und Briefe sowie eine Unzahl anderer Dinge dazwischen.«

Noch war Isaac nicht überzeugt, doch da seine Tante eine solche Begeisterung an den Tag legte, würde er die Dinge durchsehen. »Ich danke dir, dass du mich informiert hast.«

»Ich habe die Truhe in dein Schlafgemach bringen lassen, damit du sie dir in Ruhe ansehen kannst. Ich kann mir vorstellen, dass auch Tamsin sich für den Inhalt interessieren wird.«

Also würde er die Sachen nicht einfach ignorieren können. Sie zusammen mit Tamsin durchzustehen, erschien ihm allerdings nicht nur durchführbar, sondern möglicherweise sogar unterhaltsam.

»Ist das ein Lächeln?«, fragte Tante Sophia. »Es kommt nicht sehr oft vor, dich lächeln zu sehen, obwohl mir seit deiner Hochzeit mehrmals Anzeichen davon aufgefallen sind. Du hättest keine bessere Frau für dich wählen können. Sie ist der Sonnenschein als Gegenpol zu deinen Wolken.«

Als Isaac ihr eine Antwort schuldig blieb, fuhr sie fort. »Damit will ich nicht sagen, du seist von Dunkelheit umgeben oder wie der Vorbote eines Sturms. Doch wegen deines Vaters hast du schon immer ein bisschen zu Melancholie geneigt«, fügte sie mit zusammengepressten Lippen hinzu.

»Du scheinst ihn gut gekannt zu haben – jedenfalls gut

genug –, trotzdem er so weit weg wohnte und euch nie
besuchte.«

»Dein Onkel kannte viele Geschichten aus der Zeit, als
sie noch jung waren. Die beiden hatten es mit ihrem Vater –
der dein Großvater war – wahrlich nicht leicht. Er war
ungemein anspruchsvoll und hatte schon sehr früh hohe
Erwartungen an jeden seiner Söhne gestellt. Von Anfang an
war von deinem Vater erwartet worden, dass er in den
Klerus eintritt, und als solcher war für ihn eine andere Art
von Erziehung und sogar Disziplin vorgesehen. Immer habe
ich geglaubt, er hätte deine Mutter geheiratet, weil auch sie
ein Lichtschimmer in seiner Dunkelheit war, wie Tamsin es
jetzt für dich ist.«

Noch nie war Isaac etwas davon zu Ohren gekommen,
wenn er auch von seinen Großeltern wusste, dass sie ihre
Tochter für einen klugen und wundervollen Menschen
gehalten haben. »Ich wusste nicht, dass du meine Mutter so
gut kanntest.«

»Das war nicht der Fall«, entgegnete Tante Sophia mit
einem wehmütigen Lächeln. »Allerdings sind wir uns einige
Male begegnet und sie besaß ein Wesen, das einen sofort
einnahm. Sie gehörte zu der Art von Mensch, bei dem man
sich wohlfühlte und glaubte ihn schon seit Jahren zu
kennen.«

Solche Dinge über seine Mutter zu hören, war bittersüß.
Einerseits war er für das Wissen über sie dankbar, aber auch
traurig, sie nie selbst kennenlernen zu können.

»Danke, dass du mir dies gesagt hast«, brachte er leise
hervor.

»Du kannst, ja du musst mich sogar alles fragen, was du
möchtest. Zu jedem Thema.« Sie legte die Hände vor der
Taille zusammen. »Ich freue mich, dass du dich endlich von
der Vergangenheit löst. Durch deine Familie und die
Geschehnisse in Oxford hast du sehr gelitten.«

Das vage Glück, das in Isaac gerade anfing Gestalt anzunehmen, kristallisierte sich mit einem Mal zu etwas Hartem und Steifem. Ganz langsam stand er auf. »Was weißt du über Oxford?« Er sprach mit leiser, zurückhaltender Stimme. Der Schutzwall, den er so sorgfältig um sich herum errichtet hatte und der seit kurzem ins Wanken geraten war, war in Windeseile wieder aufgerichtet.

»Glaube um Gottes willen nicht, die Sache wäre allgemein bekannt«, beschwor sie ihn. »Dein Onkel hatte mich um Hilfe mit der jungen Frau und ihrer heiklen Situation gebeten. Er war nicht bereit, das allein auf sich zu nehmen.«

Also hatte seine Tante die ganzen Jahre von Mary gewusst.

»Mir war nicht bekannt, dass du Bescheid wusstest. Warum hast du nie etwas gesagt?«

Sie sah ihn mitfühlend an. »Weil ich wusste, wie schwer die Trennung von ihr für dich gewesen war. Shefford erwähnte, du hättest sie heiraten wollen, doch dass du eingesehen hast, warum das nicht möglich war.«

»Ob ich es je wirklich begriffen habe, weiß ich nicht mit Sicherheit, doch ich habe stets befolgt, was mir gesagt worden ist, und erfüllt, was von mir erwartet wurde.« Für einen kurzen Moment verspürte er das ihm ständig gegenwärtige Bedauern noch schärfer.

Tante Sophia verzog das Gesicht gequält und presste die Hände zusammen. »Aber du weißt doch sicher, dass sich für deinen Sohn alles zum Guten gewendet hat. Das muss es doch ein wenig leichter machen?«

Warum hatte sie Mary mit keinem Wort erwähnt? »Ich war der Annahme gewesen, dass für seine Mutter und ihn alles gut gegangen war und dass die beiden irgendwo in Sicherheit lebten. Ich habe auch geglaubt, dass sie wahrscheinlich geheiratet und im letzten Jahrzehnt eine Familie gegründet hat.« Ein Gefühl der Beklemmung durchzuckte Isaac.

»Oje.« Tante Sophia errötete. »Vermutlich wusstest du nichts davon, aber Mary hat die Geburt nicht überlebt. Dein Sohn wurde von einer wohlhabenden Familie in Northumberland adoptiert. Er wird nie Not und Elend kennengelernt haben. Und er wird geliebt.«

Mary war *gestorben*.

Die ganze Zeit über hatte Isaac sich vorgestellt, dass die Familie, die er im Stich gelassen hatte, ohne ihn weiterlebte. Doch jetzt musste er erfahren, dass Mary die Geburt nicht überlebt hatte. Wie seine Mutter hatte sie ihr Leben geopfert, um ihr Kind zur Welt zu bringen.

»Der Junge hat überlebt?«, flüsterte Isaac.

»Ja«, antwortete Tante Sophia schnell. »Ich war dabei. Er war ein strammer Bursche, von dem Moment an, als er zum ersten Mal Luft holte.«

Sie war dabei gewesen.

Voller Verzweiflung begegnete Isaac ihrem Blick. »Warum hat mir das niemand gesagt?«

»Als das alles passierte, warst du zu verzweifelt, wie mein Mann mir erzählte. Vielleicht hätte ich mich mehr um dich persönlich kümmern sollen.« Sie sah ihn mit einem Ausdruck der Reue an. »Du hättest den Rat einer Mutter gebrauchen können. Ich hatte es deinem Onkel überlassen, mit dir zu sprechen, während ich mich darauf konzentrierte, die Adoption deines Sohnes in die Wege zu leiten. Es tut mir leid.«

»Und Mary?«, fragte er im Flüsterton. »Wusste sie, dass er lebt?«

Tante Sophias Gesichtszüge wurden weicher. »Ja, sie hat ihn im Arm gehalten und ihm gesagt, dass sie ihn liebt. Doch ihr Blutverlust war einfach zu hoch, hat die Hebamme gesagt, und dann starb Mary.«

Isaac musste nun dringend allein sein. Er hielt auf die Tür zu und sein Körper fühlte sich wie betäubt an, sodass er kaum das Gefühl hatte, von der Stelle zu kommen.

Seine Tante berührte seinen Arm, als er an ihr vorbeiging. »Sie ist friedlich und mit dem Wissen gestorben, dass ihr Sohn geliebt würde. Ich habe Sorge dafür getragen, dass sie das wusste.«

Er drehte den Kopf zu ihr und fürchtete, in diesem Moment einen finsteren und beängstigenden Gesichtsausdruck zu haben, was er allerdings nicht ändern konnte. »Was ist mit mir? Was hast du ihr über mich erzählt?«

Tante Sophia blinzelte. »Nichts. Wir haben nicht von dir gesprochen.«

Hatte Mary sich daran erinnert, dass er sie liebte und er ihr gelobt hatte, sie immer zu lieben, ganz gleich, was auch geschah? Oder erinnerte sie sich nur daran, dass er sie im Stich gelassen hatte, als er ihr gestand, sie nicht heiraten zu können, weil es nicht in seiner Macht läge?

Isaac drehte sich auf dem Absatz um und stakste aus dem Arbeitszimmer.

Wenigstens wuchs sein Sohn in einer Familie auf. Mit Liebe. Das war mehr, als Isaac jemals gehabt hatte.

~

*N*och immer war Tamsins Bett nicht repariert. Sie hätte dort geschlafen, aber stattdessen hielt sie sich im Schlafgemach des Barons auf und wartete auf Isaac. Er war nicht zum Dinner gekommen, und sie war nicht in sein Arbeitszimmer gegangen, um nach ihm zu suchen. Das Gespräch, das sie mit ihm führen wollte, musste also warten, bis er zu ihr kam.

Wenn er zu ihr käme. Es war schon recht spät.

Sie setzte sich in einen der Sessel beim Kamin, in dem ein

wärmendes Feuer loderte. Es war eine kühle Nacht; es hatte ganz den Anschein, als wollte der Herbst Einzug halten.

Fröstelnd stand Tamsin auf und ging auf die offenstehende Wohnzimmertür zu. Ihr Blick fiel auf die Truhe neben der Sitzgruppe. Sophia hatte ihr beim Abendessen erklärt, dass darin Dinge aus dem Pfarrhaus enthalten waren, in dem Isaac aufgewachsen war. Man hatte sie ihr nach dem Tod seines Vaters zugeschickt und sie waren auf dem Dachboden aufbewahrt worden, bis Sophia sie heute Morgen wiederentdeckt hatte.

Hatte Isaac darin etwas Beunruhigendes gefunden? Sie hatte die Truhe nicht geöffnet und würde auch weiterhin davon absehen, es sei denn, Isaac würde sie ausdrücklich dazu auffordern. Sie befürchtete, dass sein Ausbleiben heute Abend mit dem Inhalt der Truhe zu tun hatte.

Andererseits zürnte sie ihm aber noch immer. Sie musste erfahren, wer Mary war – die Frau, der seine Liebe gehörte. Das hatte allerdings nicht zu bedeuten, dass er ihr unwichtig war und sie ihn nicht mehr liebte. Und der Schmerz, der sie bei dieser Erkenntnis überkam, war schier unerträglich. Ihn zu lieben und dabei der Tatsache gewahr zu sein, dass seine Liebe einer anderen gehörte, wäre ein unerträgliches Los.

Ein Blick auf die Uhr auf dem Kaminsims sagte Tamsin, dass es bereits nach Mitternacht war. Vielleicht sollte sie sich einfach schlafen legen. Sie war allerdings nicht ganz sicher, ob sie dazu imstande war. Es war ihr gelungen, ihren aufgewühlten Zustand vor Sophia zu verheimlichen, aber sich selbst konnte Tamsin nicht täuschen.

Dann zeigte ein Klicken an, dass die Außentür des Wohnzimmers geöffnet wurde. Tamsin erstarrte, und ihr Puls begann zu pochen. Sie konnte die Vibration bis in ihren Gehörgang spüren.

Isaac trat ein und schloss die Tür. Als er sich umdrehte, trafen sich ihre Blicke und er hielt kurz inne.

Tamsin betrat das Wohnzimmer. »Ich war mir nicht sicher, ob du kommen würdest.«

»Du hättest nicht auf mich warten müssen«, murmelte er, wobei er den Kopf ein wenig zur Seite neigte und von ihr wegsah. Sein Blick richtete sich auf die Truhe.

»Ist etwas in der Truhe gewesen, das dich so beunruhigt hat?«, fragte sie und ging langsam darauf zu.

Sein Blick wanderte zu ihr, aber nur kurz. »Ich habe sie noch nicht geöffnet.«

Tamsin blieb stehen. »Oh.« Worin bestand dann sein Problem? Es war deutlich für sie zu erkennen, dass er aufgewühlt war. War ihm im Nachhinein bewusst geworden, dass er im Schlaf von Mary gesprochen hatte?

Sie richtete ihr Rückgrat gerade und nahm all ihren Mut zusammen. »Ich muss dich wegen einer Angelegenheit etwas fragen. Oder besser gesagt, wegen jemandem.« Sie hielt inne und wartete, bis er sie anschaute. Als das nicht geschah, fuhr sie fort, wobei ihre Frustration weiter zunahm. »Wer ist Mary?«

Sein Blick schoss wie ein Blitz zu ihr. Und der Sturm in seinen Augen war ebenso heftig. »Woher weißt du von ihr?« Seine Stimme war tief und dunkel, so stürmisch wie sein Blick.

»Du hast im Schlaf von ihr gesprochen. Zweimal.« Ob er sie liebte, wollte sie ihn gar nicht erst fragen. Wenn er ihr erklärte, wer Mary war, gäbe es möglicherweise einen vollkommen logischen Grund, warum er sie liebte – und Tamsin müsste dann nicht das Gefühl haben, als sei ihr Leben vorbei. All das klang so schrecklich dramatisch, aber wie sollte sie ihr Leben denn mit einem Mann verbringen, der eine andere liebte?

»Sie ist niemand.« Er fuhr sich mit der Hand durch das Haar und zerzauste es.

Diese Geste hatte sie bei ihm noch nie beobachtet. Heute

Abend war etwas sehr Merkwürdiges an ihm. Seine Stimmung ging über ernst oder mürrisch deutlich hinaus. Wenn er finster dreinschaute oder ungehalten war, so war das nie ein Grund zur Beunruhigung, und sie machte sich keine Sorgen um sein Wohlergehen. Heute Abend umflorte ihn allerdings etwas sehr Dunkles – Verzweiflung vielleicht.

»Ist dein Bett repariert?«, fragte er mit Blick in Richtung ihres Zimmers.

»Nein, und ich kenne den Grund dafür nicht. Ich werde Sorge dafür tragen, dass die Reparatur morgen früh ausgeführt wird.«

Er fing an, sich umzudrehen. »Ich muss gehen.«

Sie eilte auf ihn zu und berührte ihn am Arm, doch dann zog sie ihre Hand hastig wieder zurück. »Ich möchte wissen, wer Mary ist. Du hast gesagt, du liebst sie.«

Er drehte den Kopf wieder zu ihr, ohne sie jedoch anzuschauen. »Du willst nichts von ihr wissen. Vergiss es einfach.«

»Das kann ich nicht, Isaac. Bitte sag mir die Wahrheit. Meiner Ansicht nach bist du mir das schuldig, denke ich. Macht sie dich glücklich?«

Jetzt erwiderte er ihren Blick, und in seinen Augen brachen seine Emotionen hervor. »Das hat sie früher getan, aber jetzt ist sie tot.« Er klang so verzweifelt … so am Boden zerstört, dass Tamsin nicht anders konnte, als auf ihn zuzugehen.

»Es tut mir leid.«

Er zog seine Lippen kraus. »Ich habe dir gesagt, dass es in meiner Vergangenheit Dinge gab, die dich vertreiben würden. Nie wollte ich dich mit diesen Dingen belasten, denn dann wirst du bereuen, mich geheiratet zu haben.«

Tamsin schenkte ihm ein aufmunterndes Lächeln. »Das würde ich nie fertigbringen.« Sie streckte die Hand nach ihm aus, doch er entzog sich ihrer Berührung.

»Ich bin aber genau der Halunke, den du nicht haben wolltest. Ich habe mich abscheulich verhalten. Schlimmer als Bane.«

Sie stieß die Luft aus und trug eine heitere Miene zur Schau, obwohl sie innerlich in Aufruhr war. »Du wirst es mir schon sagen müssen, da ich dir nicht glaube.«

»Hör damit auf, so liebenswert und positiv zu sein!« Noch nie hatte er seine Stimme auf diese Weise erhoben. »Es handelt sich hier nicht um etwas, das man einfach weglächeln oder aufheitern kann.« Nun kam er auf sie zu – es war nur ein einziger Schritt, aber seine Gesichtszüge hatten sich inzwischen gänzlich verfinstert. »Ich hatte eine Liaison mit meiner Wäscherin in Oxford und sie bekam ein Kind von mir. Ihr Name war Mary, und sie starb bei der Geburt unseres Sohnes.«

Tamsin hob ihre Hand zum Mund, aber erst, als sie mit offen stehendem Mund aufgekeucht hatte. Sie rührte sich nicht, denn ihre Füße waren scheinbar auf dem Boden festgenagelt. Er hatte einen Sohn?

Tamsin atmete tief durch, um ihr rasendes Herz zur Räson zu bringen, und ließ sich seine Worte, die er jetzt und auch im Schlaf gesagt hatte, durch den Kopf gehen. »Du hast gesagt, du liebst sie.«

»Das habe ich getan.« Nun lenkte er seine Aufmerksamkeit von ihr auf einen Punkt an der Wand hinter ihr. »Sie hat mich glücklicher gemacht, als ich je zuvor gewesen war, aber ich habe die Kontrolle verloren. Ich habe mich unangemessen verhalten, und sie hat den Preis dafür zahlen müssen – den höchsten Preis, wie sich herausstellte.« In diesem Moment brach seine Stimme, und er schlug sich eine Hand vor den Mund.

Tamsin beobachtete, wie er darum kämpfte, seine Gefühle im Zaum zu behalten. Sie trat zu ihm und berührte seine Schulter. »Es ist alles gut«, flüsterte sie.

Er drehte sein Gesicht zu ihr, seine Augen weit und wild. »Wie kannst du das sagen? Ich habe meine Familie im Stich gelassen, und die Mutter meines Sohnes ist tot. Nichts daran ist gut.«

»Ich weiß, dass du kein schlechter Mensch bist«, beschwichtigte sie ihn und hasste den Tumult, den er durchmachen musste. »Ich kann mir nicht vorstellen, dass du die Frau, die du liebtest, im Stich gelassen hast.«

»Das *habe ich getan*. Weil sie mir es gesagt hatten – Shefford, mein Onkel, mein Vater. Sie sagten, ich könnte keine Wäscherin heiraten, und dass für sie gesorgt werden würde. Mein Onkel versprach, sie in einer Stadt anzusiedeln, die weit von Oxford, London und hier entfernt liegt. Sie wäre eine Witwe mit einem Baby, und es bestünde eine große Wahrscheinlichkeit, dass sie heiraten und eine glückliche Familie haben würde. Allerdings ist nichts davon geschehen.«

Nun wusste sie, dass Mary gestorben war, aber was war mit seinem Sohn? »Wo ist dein Sohn jetzt?«, fragte sie zaghaft. Vielleicht wusste er das nicht, und sie hätte nicht fragen sollen.

»Er wurde adoptiert. Das hat mir Tante Sophia erst heute Abend erzählt.« Er schloss kurz die Augen, sein Gesicht war von Kummer gezeichnet. »Ich hatte Mary heiraten wollen. Ich wollte, dass wir eine Familie werden.«

»Ich weiß, wie es ist, sich eine eigene Familie zu wünschen«, meinte sie leise. »Aber du warst jung. Wie hättest du für sie gesorgt?«

»Das hatte Shefford ebenfalls ins Feld geführt. Er hatte meinen Onkel ins Vertrauen gezogen, in der Hoffnung, er würde sich um Mary und das Baby kümmern, was er auch getan hat. Aber mein Onkel gab zu bedenken, dass ich wahrscheinlich meine Aufnahme in den Inns of Court aufs Spiel setzen würde, wenn ich sie heiratete. Damit würde mir das Leben nicht länger offenstehen, das ich angestrebt hatte.«

»Du hast den einzigen Weg gewählt, der dir in deiner Lage offengestanden hatte«, meinte Tamsin. »Du hast auf deine Familie und deinen Freund gehört, und du hast Sorge dafür getragen, dass Mary und das Baby versorgt waren. Du bist kein schlechter Mensch.«

Das Kräuseln seiner Lippen verriet, dass er mit ihrem Urteil nicht einverstanden war. »Hätte ich mich meinen niederen Bedürfnissen gar nicht erst hingegeben, meiner erbärmlichen Suche nach etwas Freude, wäre Mary noch am Leben. Nichts wird je meine diesbezüglichen Schuldgefühle lindern. Wie kannst du mit diesem Wissen über mich noch mit mir zusammen sein wollen?«

Es wollte ihr schier das Herz brechen, als sie sich vorstellte, wie der junge Isaac zum ersten Mal Liebe empfand und ihm diese Liebe versagt wurde. Es war kein Wunder, dass es ihm so schwerfiel, Freude zu empfinden. Als er sie endlich gefunden hatte, war sie ihm wieder genommen worden.

Es war nicht schwer zu verstehen, warum er sich damit so quälte. Er hatte dabei die Frau verloren, die er liebte und auch einen Sohn und eine Familie, die er nie besessen hatte. Sie konnte das sehr gut nachvollziehen, da sie selbst von ihrer Mutter verlassen worden war.

»Ich möchte mit dir zusammen sein, weil du ein guter Mensch bist, der einen Fehler begangen hat. Das macht dich nicht zu einem Halunken oder einem schlechten Menschen. Wenn ich daran denke, wie sehr dich das alles belastet haben muss und welche Art von Buße du dir auferlegt hast...« Sie schüttelte den Kopf. »Du bist *kein* schlechter Mensch. Im Gegenteil, du besitzt ein wunderbar gefühlvolles und fürsorgliches Wesen.«

Nun schaute er sie vollkommen verzweifelt an. »Mir ist

schleierhaft, wie du das sagen kannst, wo du doch die Wahrheit kennst. Ich habe Mary und meinen Sohn im Stich gelassen, so wie du von deiner Mutter im Stich gelassen worden bist.«

Oh nein, so durfte er nicht denken. »Das ist ganz und gar nicht dasselbe«, entgegnete sie heftig. »Du wurdest mehr oder weniger genötigt, auf etwas zu verzichten, weil es angeblich das Beste für dich, Mary und deinen Sohn war. Du hast keine Familie gegründet und dann entschieden, dass dir das nicht gut genug war.« Lang begrabene Gefühle stiegen in Tamsin auf. Sie hatte fast schon vergessen, wie sie sich nach dem Weggang ihrer Mutter gefühlt hatte. Tamsin hatte geglaubt, es sei ihre Schuld, weil sie in irgendeiner Weise ungenügend war und ihre Mutter vielleicht eine andere Tochter gewollt hatte.

Isaac blinzelte. Es schien, als ob er etwas sagen wollte, was er dann doch nicht tat.

»Du hast jetzt eine neue Chance, Isaac«, meinte sie und fast wäre ihr dabei ein Lächeln gelungen. »Du hast mich. Wir sind eine Familie. Wir können Kinder haben. Und wir können Liebe haben.«

Er schüttelte den Kopf, erst langsam, dann immer heftiger. »Das habe ich nicht verdient. Ich habe mich von meiner Familie abgewandt. Mary ist allein gestorben.«

Darauf zerbrach Tamsins Herz. »Aber *ich* verdiene es. Ich verdiene eine Familie.« Die ganze Zeit über hatte sie den Kopf hoch getragen und nach Freude gesucht, anstatt sich in Traurigkeit über ihren Verlust zu ergehen. »Ich liebe dich, Isaac. Lass es zu, dich von mir glücklich machen zu lassen. Lass uns zusammen glücklich sein.«

Als er sie daraufhin anschaute, war der Kampf in den Tiefen seiner Augen deutlich zu erkennen, den er mit sich selbst austrug. »Das ist unmöglich«, murmelte er. Dann drehte er sich um und stakste zur Tür. »Du musst mich allein lassen.« Er riss die Tür auf.

»Das werde ich, aber nur für heute Nacht. Ich kämpfe für dich, Isaac«, rief sie ihm nach. Doch er war schon fort.

Tamsin ließ sich auf den Fußboden sinken und gab sich all den dunklen Gefühlen hin, die sie normalerweise unterdrückte. Tränen rannen ihr übers Gesicht. Sie weinte um das Mädchen, dessen Mutter es verlassen hatte, und um den Jungen, der eine unvorstellbare Entscheidung hatte treffen müssen. Und schließlich weinte sie um den Mann, der glaubte, er hätte es nicht verdient, geliebt zu werden.

KAPITEL 19

Nachdem Isaac Tamsin allein zurückgelassen hatte, war er in sein Arbeitszimmer geflüchtet, wo er eine alte Flasche Whisky aufbewahrte, die seinem Onkel gehört hatte. Nun schenkte er sich ein großes Glas davon ein und kippte etwa die Hälfte seine Kehle herunter, ehe ihm bewusst wurde, dass ihm der Geschmack nicht besonders zusagte. Das war schade, denn er hatte all seine Hoffnung daraufgesetzt, dass es ihm mit Hilfe des Whiskys gelingen würde, die schrecklichen Gedanken zu vertreiben, die ihm durch den Kopf schossen.

Er hatte nicht gewollt, dass Tamsin je die Wahrheit erfährt. Offenbar musste er dann aber im Schlaf von Mary gesprochen haben. Wie lange ging das wohl schon so? Das würde niemand sagen können, da er immer allein schlief.

Der Ausdruck in Tamsins Augen, als sie ihn nach Mary gefragt hatte, hatte ihm das Herz zerrissen. Nachdem er von Marys Tod erfahren hatte, war er sich bereits wie ein gebrochener Mann vorgekommen. Aber Tamsins Qual mitansehen zu müssen, hatte alles noch schlimmer gemacht.

Trotzdem hat sie zu ihm gehalten. Sie hatte ihm Trost

und Verständnis gespendet. Und Liebe. Sie hatte ihm ihre Liebe gestanden.

Er hatte ohnehin kaum geschlafen, und jetzt fühlte er sich müde und ungepflegt. Noch immer trug er sein Hemd und seine Hose von gestern. Der Rest seiner Kleidung lag auf einem Haufen neben dem Sofa, auf dem er zu schlafen versucht hatte. Er passte nicht einmal auf das Möbelstück. Er hatte die Wahl, sich entweder aufzusetzen oder seine Knie-kehlen auf die andere Seitenlehne zu legen, sodass seine Füße herunterbaumelten.

Er fuhr sich mit einer Hand über das Gesicht, ehe er dann aufstand. Vielleicht könnte er sich über die Dienstboten-treppe nach oben schleichen. Allerdings wäre dann die Wahrscheinlichkeit gegeben, dass er auf diesem Weg jemandem von der Dienerschaft begegnete. Am besten, er hielt den Kopf gesenkt und ging zielstrebig zu seinen privaten Gemächern.

Würde er Tamsin dort antreffen? Das wollte er nicht. Er konnte ihr nicht gegenübertreten, nicht nach dem, was er ihr offenbart hatte. Auch wenn sie ihre Liebe zu ihm beteuert hatte, musste sie ihn für den allerschrecklichsten Menschen halten. Er hatte seinen Sohn und dessen Mutter im Stich gelassen, als sie ihn am meisten gebraucht hatten. Wie konnte Tamsin ihn dafür nicht anklagen?

Sie hatte behauptet, seine Tat sei nicht mit der zu verglei-chen, die ihre Mutter begangen hatte. Plötzlich fiel ihm wieder ein, was sie gesagt hatte – denn er hatte es in dem Moment gehört und sich dann von seinen Gefühlen über-mannen lassen.

Tamsin hatte gesagt, er hätte wenigstens nicht seine Familie verlassen, nachdem er zu dem Urteil gekommen war, dass sie nicht gut genug war. So etwas in der Art. War dies ihrer Ansicht nach der Grund, warum ihre Mutter sie verlassen hatte? Weil Tamsin nicht gut genug war?

Und jetzt hatte er sie verlassen, als sie versucht hatte, ihm zu helfen. Sie hatte zu ihm halten und ihn lieben wollen, und er war vor ihr weggelaufen. Er ließ sie im Stich.

Isaac schnappte sich seine Kleider. Er musste sie finden.

Er stürzte aus dem Arbeitszimmer und rannte praktisch zur Treppe. Merkwürdigerweise begegnete er niemandem. Er nahm zwei Stufen auf einmal und irgendetwas fiel ihm dabei aus den Händen, doch er blieb nicht stehen, um es wieder aufzuheben. Er ging weiter nach oben und in seine privaten Zimmer. Dort angekommen, ließ er seine Sachen einfach fallen. Das Wohnzimmer war verwaist, aber die Tür zu ihrem Zimmer stand einen Spalt offen.

»Tamsin? Bist du hier?« Ihm wurde klar, dass jemand in ihrem Schlafgemach sein könnte, der das Bett reparierte. Sie hatte gesagt, sie würde sich darum kümmern, dass es als Erstes repariert wurde.

Isaac ging in ihr Schlafzimmer, aber auch dieses war leer. Und das Bett war tatsächlich repariert. Ihm wurde klar, dass er lange geschlafen hatte, und offenbar war es lange genug her, dass jemand die Reparatur abgeschlossen hatte.

Aber wo war Tamsin?

In diesem Moment betrat sie das Zimmer aus dem kleinen Ankleidezimmer. Sie trug ein einfaches Tageskleid aus elfenbeinfarbenem Musselin mit blauen Blumen und einer blauen Schärpe. Ihr Haar war aus dem Gesicht gestrichen, aber sie hatte es nicht hochgesteckt. Sie sah einfach und herzzerreißend schön aus.

»Geht es dir gut?«, fragte sie mit zögerlicher Miene und wachsamem Blick.

»Nein.«

»Wo ist deine restliche Kleidung?«

»Im Wohnzimmer. Ich habe in meinem Arbeitszimmer geschlafen. Eigentlich habe ich nicht richtig geschlafen.«

»Das habe ich auch nicht«, meinte sie leise. »Ich habe

mich vergewissert, dass du in deinem Arbeitszimmer warst. Blunt sagte, er habe dich drinnen gehört.«

»Ich bin gekommen, um mich zu entschuldigen.« Seine Kehle war wie zugeschnürt und seine Augen brannten vor Rührung. Blinzelnd fügte er hinzu: »Du sollst wissen, dass ich dich nie verlassen würde – nicht für immer.«

Ein schwaches Lächeln flackerte über ihre Züge, doch es war schnell wieder verschwunden. »Das freut mich zu hören.«

Er schüttelte den Kopf. »Nein, nicht einmal ansatzweise.« Von Reue und dem Bedürfnis getrieben, dies hier absolut richtig zu machen, trat er auf sie zu. »Ich werde dich nicht verlassen. Niemals. Du hattest recht – ich habe eine Familie. Ich habe dich.«

Sie presste ihre Lippen aufeinander und nickte. »Danke, dass du das sagst. Hoffentlich glaubst du daran.«

Er wollte ihr versichern, dass er es wirklich tat, doch dann entschied er, von nun an vollkommen ehrlich zu ihr zu sein. »Ich versuche es. Ich möchte dich nur wissen lassen, dass ich mir bewusst darüber bin, dass du von deiner Mutter verlassen worden bist. Ich kann mir nur vorstellen, wie sich das angefühlt haben muss.« Er näherte sich ihr ein wenig mehr, bis sie sich fast berührten. Dann schaute er ihr tief in die Augen, um zu erkennen, ob sie wusste, dass er sie verstand. »Du warst gut genug. Du *bist* gut genug. Bitte sag mir, dass du das weißt.«

Sie nickte zweimal. »Das weiß ich, aber es ist auch sehr schön, es zu hören zu bekommen. Aber vergeude nicht noch mehr Zeit damit, mich zu überzeugen. Mein Optimismus wird siegen. Das tut er immer.«

»Davor habe ich große Ehrfurcht«, flüsterte er. »Wie kannst du immer die gute Seite finden?«

»Weil ich nicht weiß, was ich sonst machen sollte.« Sie lächelte, doch es rührte nicht von ihrer vertrauten Fröhlichkeit her. »Ich habe die Positivität benutzt, um meine Gefühle zu verbergen, so wie du dich bemüht hast, deine nicht zu zeigen. Ich habe mich auf meinen Vater und seinen Kummer konzentriert, anstatt auch für mich selbst da zu sein. Inzwischen ist mir bewusst, was mich in Weston zu dir hingezogen hat. Es war deine Art, mir das Gefühl zu geben, etwas Besonderes zu sein und mich zu beschützen, als ob ich wichtig wäre.«

Er nahm ihre Hände. »Natürlich bist du das. Du *bist* etwas Besonderes. Ich werde dich immer beschützen. Und das nicht nur vor übereifrigen, vermeintlichen Verehrern.«

Sie schenkte ihm ein kleines Lächeln. »Ist das etwa Humor?«

»Ich glaube, ich sollte versuchen, mehr davon aufzubringen.« Er musterte ihr Gesicht. »Heißt das, du wirst von nun an nicht mehr jederzeit optimistisch sein?«

»Ich glaube nicht, dass ich das lassen kann – so bin ich nun mal. Aber ich muss lernen, gelegentlich auch die dunkleren Gefühle zuzulassen. Vielleicht könnest du mir dabei helfen.«

Er lachte. »Sehr gern werde ich dir Lektionen im Grübeln und Trübsal blasen erteilen. Und du musst mir beibringen, wie ich mich nicht mit dem Schmerz der Vergangenheit blockiere.«

»Das kann ich tun. Wir können sogar jetzt schon damit anfangen. Du solltest die Truhe im Wohnzimmer durchsehen.«

»Hast du?«, fragte er.

»Habe ich nicht. Aber ich habe Tante Sophia vorhin getroffen, und sie hat mich gefragt, ob du den Inhalt durchgesehen hast. Als ich sagte, ich glaube nicht, dass du das getan hast, war sie sehr enttäuscht. Sie ist felsenfest davon überzeugt, dass du begeistert sein wirst.«

»Würdest du die Dinge mit mir zusammen ansehen?«

Sie blinzelte überrascht. »Wenn du es willst.«

»Bitte.« Er machte ihr ein Zeichen, ihm zurück ins Wohnzimmer zu folgen.

Tamsin bewegte sich an ihm vorbei, wobei ihre Röcke sein Bein streiften. Eine Woge des Verlangens – so verlockend und beharrlich – überrollte ihn. Wie hatte er nur so viel Glück haben können, um mit dieser erstaunlichen, fürsorglichen Frau verheiratet sein zu dürfen?

Er folgte ihr ins Wohnzimmer und setzte sich zu ihr vor die Truhe. »Ich erinnere mich jetzt, dass diese Truhe hierhergeschickt worden war. Damals sagte ich, es sei mir einerlei, was sich darin befindet und meine Tante hat sie fortgeräumt.«

»Ich bin froh, dass sie sich wieder an die Truhe erinnert hat.« Sie sah ihn mit einem hoffnungsvollen Blick an. »Was, wenn die Truhe etwas Wunderbares enthält?«

Ihr Optimismus war wie ein Leuchtfeuer, das ihm in einem Sturm den Weg durch die Dunkelheit wies. Über sein Ziel herrschte Unklarheit, doch mit ihr in Führung, war er sicher, dass er an keinem schlechten Ort ankommen würde.

Sie nahm seine Hand, kniete nieder und zog ihn mit sich hinunter. »Mach du sie auf.«

Isaac entriegelte den Deckel und schob ihn auf. Obenauf lag ein Buch, das er aus seiner Jugendzeit kannte. Er nahm es in die Hand und roch an dem Buchrücken. Der Geruch erinnerte ihn an das Pfarrhaus, an Steifheit und Anstand. Aber das Buch selbst erinnerte ihn an Zerstreuung und wenn nicht an Freude, so doch an eine flüchtige Verzückung. »Bücher gehörten zu den wenigen Dingen, deren Besitz mir von meinem Vater erlaubt wurde.«

»Was ist es?«

Er öffnete den Umschlag und las den Titel: »*Das Leben und die Wanderschaft einer Maus*«.

Sie lächelte. »Ich erinnere mich an dieses Buch. Ich habe es geliebt.«

»Das habe ich auch. Es hat mich glücklich gemacht.« Wann hatten die Dinge aufgehört, ihn glücklich zu machen?

Nach Mary. Er konnte seinem Vater nicht die Schuld für seine Unzufriedenheit geben, nicht ganz.

»Hat es das?« Sie klang überrascht und freudig erregt. »Das macht *mich* glücklich.«

Isaac legte das Buch vor die Truhe auf den Boden und nahm mehrere weitere Bücher heraus, die allesamt Erinnerungen an eine Zeit und einen Ort auslösten, an dem er sich sicher und geborgen gefühlt hatte. Dann fand er etwas wirklich Schockierendes. Etwas, das er nicht gekannt hatte.

Tamsin nahm ein Gemälde in die Hand. »Bist du das?«

Das Porträt zeigte eine Frau, auf deren Schoß ein Kind saß. Sie schaute ihn voller Bewunderung an, und er lächelte über einen ausgestopften Hund, den er in der Hand hielt. Die Frau hatte dunkelblondes Haar, das größtenteils auf ihrem Kopf hochgesteckt war. Ein Lockenbüschel fiel ihr jedoch seitlich in den Nacken. Sie trug eine Halskette mit einem kleinen goldenen Kreuz, das mit Granaten besetzt war. Isaac erinnerte sich an diese Halskette. Er konnte sie sogar jetzt noch zwischen Daumen und Zeigefinger spüren.

Sein Atem stockte. »Das ist meine Mutter.«

»Ich erkenne sie von dem Porträt in deinem Büro«, meinte Tamsin. »Sie war sehr schön.«

Dieses Bild war viel größer als das auf seinem Schreibtisch. Es könnte aufgehängt werden, vielleicht in der Porträtgalerie. Er würde einen Platz dafür finden - einen Ort, an dem er es jeden Tag sehen würde.

»Willst du das in deinem Arbeitszimmer aufhängen?«, fragte Tamsin. »Dann wirst du es jeden Tag sehen.«

Sie hatte seine Gedanken gelesen und eine vernünftige Lösung angeboten. Aber er verabscheute es, dass sie annahm, er würde jeden Tag in seinem Arbeitszimmer verbringen. »Du sollst wissen, dass ich dir ausgewichen bin«, gestand er. »Es ist zwar richtig, dass ich viel und gerne arbeite, aber ich habe auch versucht, die Distanz zu dir zu wahren. Ich wusste, dass ich dir die Wahrheit über meine Vergangenheit sagen musste, doch mir hat der Mut dazu gefehlt. Ich habe dir gesagt, dass ich ein Halunke bin.«

Ihre Augen waren dunkel und grimmig. »Mary zu lieben und zu versuchen, das Richtige zu tun, macht dich nicht zu einem Halunken. Auch nicht dein Versuch, mich zu beschützen - obwohl ich das *nicht* brauche. Im Gegenteil, du bist ein Mann, der sich um andere kümmert und niemals wissentlich jemandem Schaden zufügen würde.«

Er war sich nicht sicher, ob er Tamsin das glauben konnte, aber er würde es versuchen. Um ihretwillen. Sie verdiente eine Familie und den Mann, den sie gerade beschrieben hatte. »Du bringst mich dazu, dieser Mann sein zu wollen.«

»Für mich bist du es bereits.« Sie drückte ihre Lippen auf die seinen und sah dann wieder auf das Porträt.

»Was das Bild angeht, nun ich glaube, ich hätte es lieber in unserem Wohnzimmer, wenn du nichts dagegen hast.«

Ihre Gesichtszüge wurden weicher, als sie das Bild seitlich neben der Truhe abstellte. »Das macht mir gar nichts aus. Dann kann ich mit ihr reden und sie kennenlernen.«

Isaac spürte, wie er lächelte. »Ich glaube, das würde ihr gefallen.« Das konnte er natürlich nicht wissen, aber es fühlte sich richtig an.

Tamsins Augen leuchteten auf. »Du lächelst.«

»Du scheinst eine besondere Art zu haben, mich dazu zu bringen.«

Tamsin schüttelte den Kopf und sagte: »Nein, das liegt einzig und allein an deiner Mutter. Es ist genau so, wie es sein sollte. Ich bin so froh, dass sie dich zum Lächeln bringt.

Was ist wohl noch in dieser Truhe?«, fragte sie, und wandte
sich ihr ein weiters Mal zu, um dann hineinzugreifen. »Noch
mehr Bücher. Und einige Papiere. Es scheint sich um
Kinderzeichnungen zu handeln.« Sie holte den Packen
heraus und zeigte sie ihm. »Hast du die gezeichnet?«

»Das könnte sein. Ich finde es seltsam, dass mein Vater sie
behalten hat.«

»Vielleicht war es jemand anderes. Eure Haushälterin?«
Isaac hatte Mrs. Wilkes Tamsin gegenüber beiläufig
erwähnt, wobei er sich allerdings nicht sicher war, ob er ihr
irgendetwas erzählt hatte, das sie zu diesem Eindruck hätte
verleiten können. »Das könnte sie meiner Vermutung nach
getan haben.«

»Ich habe den Eindruck, als hätte sie sich so gut es nur
ging, um dich gekümmert. Es wäre also verständlich, dass sie
vielleicht ein paar Dinge von dir aufgehoben hat. Sieh nach,
ob da noch mehr ist.« Sie nickte in Richtung der Truhe.

Er warf einen Blick hinein und schob einige Bücher hin
und her. Sein Blick fiel auf einen Stapel gefalteter Schriftstü-
cke, die mit einem Band zusammengehalten waren. Er nahm
sie aus der Truhe, lehnte sich zurück und löste die Verschnü-
rung um das Paket. Das Band fiel auf den Boden. Er öffnete
das erste Stück Papier.

Die Luft verließ seine Lunge vollständig.

Die Handschrift war natürlich nicht zu erkennen, aber er
sah, dass der Brief an ihn adressiert war, dann überflog er
den Brief nach unten und sah: »In Liebe, Mama«. Tränen
stachen ihm in die Augen. Auf so einen Schatz hätte er nie
und nimmer gehofft.

Er sah zu Tamsin hinüber, die ihn mit großen Augen
ängstlich beobachtete. »Es sind Briefe. An mich. Von meiner
Mutter.«

»Wie wunderbar«, meinte sie mit einem zärtlichen
Lächeln. »Ich werde dich allein lassen, um sie zu lesen.«

Isaac war bereits dabei, den ersten Brief zu lesen, blickte aber zu ihr hinüber, als sie aufstand. »Danke.«

Sie nickte ihm zu und ging leise hinaus.

~

*I*saac wusste nicht mehr, wann er das letzte Mal tagsüber geschlafen hatte. Vielleicht noch nie. Aber nachdem er die Briefe seiner Mutter gelesen hatte, war er vor lauter Erschöpfung auf seinem Bett zusammengebrochen.

Als er aufwachte, war es bereits später Nachmittag. Er hatte nach seinem Kammerdiener geklingelt und ein wunderbar heißes und auf gewisse Weise auch heilsames Bad genommen. Er konnte kaum glauben, wie viel besser es ihm im Vergleich zu gestern ging, als er von Tante Sophia die Wahrheit über Mary erfahren hatte.

Der Gedanke an ihren Tod, hatte noch immer zur Folge, dass er sich innerlich verkrampfte, und vielleicht würde das auch für immer so bleiben. Er konnte nur hoffen, dass Tante Sophia recht hatte, und es seinem Sohn gut ging, und er hoffentlich glücklich war.

Jetzt wurde ihm klar, dass er es Tamsin hatte sagen müssen. Wie hätte er ihr jemals die Wahrheit vorenthalten können? Wie hätte ihre Ehe ohne Offenheit und Vertrauen je eine Chance haben können? War er wirklich der Annahme gewesen, er hätte sie sowohl körperlich als auch seelisch auf Distanz halten können? Sie war eine Frau, von der er besessen war und wahrscheinlich hatte er sich sogar in dem Moment in sie verliebt, als sie zu den anderen gesagt hatte, dass sie nicht mit dem Boot nach Steep Holm fahren wollte.

Sie hatte ihm nicht einmal gezürnt. Sie hatte ihn nicht nur unterstützt und Verständnis gezeigt, sondern sie hatte ihm obendrein ihre bedingungslose Liebe geschenkt. Mögli-

cherweise hatte dies den Unterschied in seiner heutigen
Befindlichkeit bewirkt. Er *wurde* geliebt.

Ja, er musste sie dringend finden. Unten in ihrem Wohnzimmer begann er mit seiner Suche nach ihr. Ihnen würde
gerade noch genügend Zeit bleiben, um sich vor dem Abendessen miteinander zu unterhalten.

Er traf in Tamsins Wohnzimmer auf Tante Sophia, wo er
seine Frau zuerst vermutet hatte. Sie saß schreibend an dem
kleinen Sekretär und sah auf, als er eintrat.

»Guten Abend, Isaac«, begrüßte sie ihn zögernd.

Als er in den Raum trat, überlegte er dabei, was er zuerst
sagen sollte. Er war seiner Tante eine Entschuldigung schuldig. Was musste sie nun nach seiner gestrigen Reaktion über
Mary von ihm halten?

Tante Sophia stand auf und strich mit den Händen glät-
tend über die Vorderseite ihrer Röcke, ehe sie die Arme ein
wenig steif sinken ließ. Ihr gesamter Körper schien angespannt, was auch für ihre Gesichtszüge galt. »Ich muss mich
für unser gestriges Gespräch entschuldigen. Ich hätte wissen
sollen, dass du nichts von meiner Beziehung zu Mary und
deinem Sohn geahnt hast. Dein Onkel wollte dich vor all
dem bewahren. Seiner Ansicht nach war dein Weiter-
kommen wichtiger als dein Fehl...« Sie unterbrach sich.
»Besser gesagt, das was passiert ist.«

»Du wolltest Fehler sagen«, entgegnete er leise. »Das ist
in Ordnung. Denn es war ein Fehler. Wenn ich mich nicht
von meinen fleischlichen Bedürfnissen hätte hinreißen
lassen, wäre Mary heute noch am Leben.«

Tante Sophia hatte die Stirn tief gefurcht, als sie mit
erhobener Hand auf ihn zuging. »Das darfst du nicht denken.
Wie kann es je ein Fehler sein, jemanden zu lieben?«

Sie klang genauso wie Tamsin. Dennoch würde er sich
wahrscheinlich für alle Ewigkeit dafür verantwortlich
fühlen, wie er sich in Marys Leben gestohlen hatte und es

dann endete. »Ich muss mich bei dir für meine Reaktion entschuldigen. Ich hätte nicht fortlaufen dürfen.«

Sie schüttelte den Kopf. »Du bist von deinen Gefühlen übermannt worden – verständlicherweise. Ich trage die Schuld daran. Das hätte ich dir nicht sagen dürfen – jedenfalls nicht auf diese Weise. Ich war der Annahme, du hättest allem Anschein nach das Geschehene nach all der Zeit überwunden, doch wie ich sehe, ist es zu einem unauslöschlichen Abschnitt in deinem Leben geworden.«

»Was auch der hauptsächliche Grund für meine mürrische Art ist.« Absichtlich verwendete er ihre Worte. »Allerdings glaube ich, dass endlich die Sonne durchgebrochen ist.«

»Tamsin?«, fragte Tante Sophia mit einem Lächeln.

Er nickte. »Es hat mir gutgetan, dass du mir erzählt hast, was wirklich passiert ist. Ich bin froh, dass gut für meinen Sohn gesorgt wurde. Bist du dir dessen sicher?«

»Auf jeden Fall«, bestätigte sie entschlossen.

Ihm kam in den Sinn, dass er wahrscheinlich nach dem Aufenthaltsort seines Sohnes fragen könnte. Scheinbar wusste seine Tante genau, wo er war und bei wem. Doch er würde davon absehen. Am allerwichtigsten war, dass sein Sohn eine Familie besaß und geliebt wurde. Alles andere war für Isaac nicht wichtig. Er würde das Leben des Jungen nicht stören.

»Ich hoffe du wirst es nicht bereuen«, meinte Tante Sophia sanft. »Insbesondere dein Verhalten nicht. Du hast nicht falsch gehandelt. Viele junge Männer haben sich in denselben oder ähnlichen Umständen zurechtfinden müssen.«

»Das macht es aber nicht richtiger.« Isaac würde sein Verhalten immer bereuen. Er hatte es besser gewusst, als sich wie ein Halunke zu verhalten. Seine gesamte Erziehung war von seinem Vater darauf ausgerichtet gewesen, von Isaac

Anstand, Rechtschaffenheit und Verantwortung zu erwarten. Bei Mary hatte er auf ganzer Linie versagt, und diese Erkenntnis über sein Scheitern würde er mit ins Grab nehmen.

»Vielleicht nicht«, antwortete Tante Sophia, die den Blick niederschlug. Nach einem Moment hob sie ihn wieder und er sah die Tränen in ihren Augen glitzern. »Meine Beteiligung in der Angelegenheit tut mir wirklich leid Ich hatte wirklich nur versucht, zu helfen und für alle Betroffenen die bestmögliche Lösung zu finden. Sie fuhr sich mit einem Finger unter ihrem Auge entlang.

»Du hast dein Bestes getan, und ich bin mehr als froh, dass du bei Mary warst, als sie diese Welt verließ. Ich bin zuversichtlich, dass sie sich bei dir geborgen gefühlt hat, und, was noch wichtiger ist, dass du ihr versichert hast, es würde ihrem Sohn an nichts fehlen. Es gibt kein größeres Geschenk, das du ihr hätten machen können.«

Tante Sophia schniefte, während sie sich das andere Auge wischte. »Danke, dass du das sagst.« Sie schluckte und neigte den Kopf zurück. »Meine Güte, ich bin eine absolute Heulsuse. Du hast es vermutlich noch nicht geschafft, die Truhe durchzusehen?«

»Doch das habe ich tatsächlich schon getan.« Die Briefe seiner Mutter hatten ihn aus seiner Finsternis ins Licht geführt. Sie hatte ihn gerettet. »Du hattest recht mit dem Inhalt. Er ist unermesslich wertvoll für mich. Ich kann dir nicht genug dafür danken, dass du die Truhe wieder gefunden hast.«

»Das freut mich sehr.« Tante Sophia strahlte. »Ich habe gesehen, dass es Bücher und ein Porträt gibt. Weißt du schon, wo du es aufhängen willst?«

»Ja. Es gab auch Briefe – von meiner Mutter.«

Tante Sophia holte tief Luft. »Das ist erstaunlich. Dann

freue ich mich über meinen Fund noch einmal ganz besonders.«

Isaac kam auf den Grund dessen zurück, der ihn überhaupt hierhergeführt hat. »Weißt du, wo ich Tamsin finden kann?«

»Oh, ja. Sie ist bei den Bowmans und hilft ihnen bei der Geburt ihres Kindes. Sie ist schon seit einigen Stunden dort. Vielleicht solltest du einmal nach dem Rechten sehen?«

Er musste an Mary denken und daran, dass sie die Geburt nicht überlebt hatte. Und an seine Mutter. »Ich muss gestehen, dass mich die Vorstellung mit Grauen erfüllt, in der Nähe einer Geburt zu sein.«

»Es ist normal, dass du dich so fühlst, nachdem was du erlebt hast.« Tante Sophia schenkte ihm ein mitfühlendes Lächeln. »Sieh dir allerdings nur mich und deine Cousinen an. Wir alle haben die Geburt eines Kindes überlebt – die meisten Frauen tun das.«

»Ich werde mich auf den Weg machen.« Er würde Tamsin keinen Grund zu der Annahme liefern, dass er nicht für sie da war, und das schon gar nicht nach seinem Verhalten seit ihrer Ankunft auf Wood End.

»Gut.« Tante Sophia nickte ihm aufmunternd zu. »Ich bin mir nicht ganz sicher, wie eure Ehe ihren Anfang genommen hat, aber ich bin voller Zuversicht, dass sie sich vielversprechend entwickelt. Ich kann sehen, wie gut ihr beide harmoniert, wenn ihr das vielleicht auch noch nicht selbst wisst.«

Isaac warf ihr einen strengen Blick zu. »Warum hat es so lange gedauert, bis Tamsins Bett repariert wurde?«

Ihre Augen weiteten sich, und sie zuckte mit den Schultern. »Hat es lange gedauert?«

Jetzt beschlichen ihn Zweifel, ob das Bett überhaupt marode gewesen war. Und die Unabkömmlichkeit seiner Tante, die sie daran gehindert hatte, Tamsin zu dem leerste-

henden Haus zu begleiten. Das Picknick verriet die dahinter-
steckende Motivation, aber Isaac hatte nicht bedacht, bis zu
welchem Grad seine Tante sich eingemischt haben könnte.
Hätte sie die Seile an Tamsins Bett durchsägen lassen? Er
fragte sie lieber nicht danach.

Ganz bestimmt aber sollte er dankbar sein. Ohne Tante
Sophias sanften Anstoß wären er und Tamsin wahrscheinlich nicht dort, wo sie heute waren.

Oder wo sie, wie er hoffte, sein könnten.

»Dann mach dich schon auf den Weg«, ermunterte Tante
Sophia ihn. »Ich lasse Mrs. Corwin wissen, dass du und
Tamsin später zu Abend essen werdet – vorausgesetzt, sie
kommt heute Abend zurück. Da dies Mrs. Bowmans erstes
Kind ist, könnte es die ganze Nacht und sogar bis morgen
dauern. Bei Geoffrey hat es fast einen Tag gedauert. Aber er
war jeden Schmerz wert«, fügte sie mit einem Lächeln hinzu,
bevor sie Isaac aufmerksam ansah. »Ich hoffe, du weißt, was
für ein wichtiger Teil dieser Familie du bist und dass du mir
sehr ans Herz gewachsen bist. Du wirst geliebt, und ich
hoffe, du wirst nie daran zweifeln oder es vergessen.«

In Isaacs Brust wallten die Emotionen auf und schnürten
ihm die Kehle zu. Er musste sich erst räuspern, ehe er sprechen konnte. »Ich danke dir. Das ist mir jetzt klar, und ich
werde es nicht vergessen.« Er küsste sie auf die Wange, dann
drehte er sich um und verließ das Wohnzimmer, um mit
schnellen Schritten zu den Stallungen zu gelangen.

Er musste bei seiner Frau sein. Jetzt und für immer.

KAPITEL 20

*E*ine halbe Stunde später fuhr Issac vor dem Haus der Bowmans vor. Nichts erschien auf den ersten Blick ungewöhnlich. Hatte er damit gerechnet, dass dem so sein würde? Vielleicht einen Aufruhr bei der Geburt des Babys? Ruhe und Normalität wären in dieser Situation wünschenswert.

In diesem Moment trat Bowman aus dem Haus. Der Mann schloss die Tür, stieß einen Schrei aus und hob die Faust in die Luft, als er von der Veranda auf den Boden sprang. Er wirbelte herum, blieb dann abrupt stehen und drehte sich in Isaacs Richtung. »Wer ist da?«, rief er.

Die Sonne war untergegangen, und nur die Lampen im Haus und der Halbmond am dunklen Himmel spendeten ein wenig Licht. Isaac stieg vom Einspänner herunter und ging auf Bowman zu. »Ich bin's, Droxford. Ist alles in Ordnung?«

Jetzt war Isaac nahe genug, um den Ausdruck des Mannes zu sehen. Er grinste breit, ja geradezu wild. »Ich habe einen Sohn, Mylord!« Bowman stieß einen weiteren Freudenschrei aus.

Isaac atmete erleichtert aus. Er war sich fast sicher gewe-

sen, dass der Lärm und die Possen des Mannes beim
Verlassen des Hauses ein Ausbruch von Freude waren, aber
er war froh, eine Bestätigung zu haben. »Glückwunsch. Das
ist in der Tat ein glücklicher Anlass.« Es fiel ihm erstaunlich
leicht, zu lächeln.

»Kommt herein und wir stoßen mit einem Bier an«,
meinte Bowman und wandte sich wieder dem Haus zu.

Isaac zwang sich voranzuschreiten und folgte Bowman
ins Haus. Aus dem oberen Stockwerk ertönte das Weinen
eines Babys, und Isaac erstarrte. Die Gedanken an seinen
Sohn, an alles, was er aufgegeben hatte, überfluteten ihn. Er
hätte nicht kommen sollen.

»Sollen wir hochgehen und ihn uns ansehen?«, fragte
Bowman. Er war bereits dabei, die Treppe hinaufzugehen,
das Ale hatte er anscheinend vergessen.

Nicht, dass Isaac Ale wollte. Oder gar das Baby sehen
wollte.

Langsam tat er einen Schritt nach dem anderen, bis er
den Fuß der Treppe erreicht hatte. »Ich warte hier«, meinte
er nervös, während sein Blick nach oben schweifte, wo
Bowman angekommen war.

Dann erschien sie. Tamsin. Sie trug ein Baby. Der Anblick
zwang Isaac fast in die Knie. Wie konnte etwas, das so herzzerreißend schön aussah, eine so unerträgliche Angst, ja fast
Panik auslösen? Da war es – das Porträt der Familie, die er
haben könnte. Das hatte er nie erwartet.

Sie sagte etwas zu Bowman, das Isaac nicht hören konnte.
Bowman beugte seinen Kopf, um dem Baby einen Kuss auf
den Kopf zu drücken, und verschwand dann aus dem
Blickfeld.

»Isaac?« Tamsins vertraute, mit einem leichten aus Cornwall stammendem Akzent gefärbte Stimme drang zu ihm
herüber.

»Ja.«

»Komm und sieh dir den Kleinen an«, ermutigte sie ihn mit sanfter Stimme.

Seine Füße schienen in Granitblöcken zu stecken, als Isaac die Treppe zu ihr hinaufstieg. Oben angekommen, blieb er einige Meter von Tamsin und dem Kind entfernt stehen. Es war fest gewickelt, und Tamsin hielt es an ihrer Brust.

»Wo ist Bowman?«, fragte Isaac.

»Er ist hineingegangen, um sich um seine Frau zu kümmern.« Tamsin lächelte. »Was bedeutet, dass ich das Glück habe, ihren Sohn für ein paar Minuten halten zu dürfen.«

»Er hat so viele Haare«, bemerkte Isaac.

»Ja, und so dunkel.« Sie streichelte sanft über den Kopf des Babys. Er rührte sich nicht. Seine Augen waren im Schlummer geschlossen.

»Kann ich ihn halten?« Die Frage überraschte Isaac, und einen Moment lang fragte er sich, ob er sie laut ausgesprochen hatte.

»Natürlich.« Tamsin kam näher und hielt ihm das Baby entgegen. »Achte darauf, dass du eine Hand hinter seinen Kopf legst. Er braucht diese Unterstützung.«

Isaac tat, was sie ihm befahl. Das Gewicht des Babys und seine Wärme lösten etwas in ihm. Er drückte den Jungen an seine Brust und blickte in sein schlafendes Gesicht. Alles an ihm war so perfekt. Isaac schloss kurz die Augen und stellte sich seinen eigenen Sohn vor. Schmerz und Bedauern stiegen in ihm auf, aber sie fühlten sich weniger hart an als zuvor.

»Geht es dir gut?«, fragte Tamsin.

Isaac öffnete die Augen wieder und erwiderte ihren Blick. Er nahm seinen Mut zusammen und stieß auf eine innere Ruhe, die er nicht erwartet hatte. »Ich glaube schon. Ist Mrs. Bowman wohlauf?«

»Ich weiß nicht, ob ich es als ›wohlauf‹ bezeichnen

würde.« Tamsin lachte leise. »Sie ist erschöpft und überglücklich. Die Hebamme sagt, die Geburt sei so gut verlau-
fen, wie man nur hoffen kann.«

Isaac atmete aus. »Es tut gut, das zu hören.«

Tamsin berührte seinen Arm und lächelte ihn an. »Ich
weiß, wie schwer das für dich wegen all der Erinnerungen
sein muss, die wieder geweckt werden.«

Er nickte. »Du musst mich für lächerlich halten.«

»Nein, ganz und gar nicht. Ich finde es mutig, dass du
dich deinen Ängsten stellst. Wie ich schon sagte, müssen wir
uns unseren Gefühlen stellen, denn nur so können wir
heilen.«

Heilen. Das war es also, was er spürte, denn der Schmerz
ließ nach. Die Wunde schloss sich.

Bowman trat aus einem Zimmer, in das er wohl gegangen
war, um bei seiner Frau zu sein. »Laura ist jetzt bereit für
Jakob. Die Hebamme sagt, sie muss versuchen, ihm die Brust
zu geben.«

»Natürlich.« Isaac übergab das Baby an seinen Vater, der
vor Stolz und Liebe strahlte. »Nochmals herzlichen Glückwunsch, Bowman. Machen Sie sich keine Sorgen um den
Rest Ihrer Ernte. Wir werden dafür sorgen, dass das erledigt
wird.«

»Ich kann helfen – wahrscheinlich.« Bowman schwankte
sanft mit seinem Sohn in seinen Armen. »Wir haben Hilfe
von dem Dienstmädchen, das Lady Droxford geschickt hat.
Das war ein wahres Geschenk des Himmels, Mylady.« Er
warf Tamsin einen dankbaren Blick zu.

»Es ist uns eine Freude, zu helfen. Sie haben genug
Vorräte, um sich die nächsten zwei Wochen zu ernähren,
denke ich. Und wir sind hier, wenn Sie noch etwas brauchen.
Bitte sagen Sie Laura, dass ich morgen nach ihr sehen
werde.«

Bowman nickte. »Das wird sie zu schätzen wissen, Mylady.«

»Dann gute Nacht«, meinte Isaac mit einem Lächeln.

Als Bowman ins Schlafgemach zurückging, drehte Isaac sich um und legte seine Hand auf Tamsins Rücken. »Bist du bereit zu gehen?«

»Ja. Ich glaube, ich brauche ein Bad.«

»Das können wir einrichten.« Isaac dachte, er hätte sich ihr vielleicht angeschlossen, wenn er nicht schon vorher gebadet hätte. Aber warum sollte ihn das davon abhalten? Er könnte ihr zumindest behilflich sein. Ein Dutzend sündiger Gedanken schossen ihm durch den Kopf.

Sie verließen das Haus, und Isaac half ihr in den Einspänner. »Hast du Hunger? Ich kann dir das Abendessen ins Wohnzimmer bringen lassen, während du dein Bad nimmst«, bot Isaac an.

»Daran habe ich gar nicht gedacht, bis du gerade gefragt hast, aber ja, ich bin ausgehungert. Vielleicht könnten wir einfach in die Küche gehen, wenn wir ankommen?«

Isaac lachte. »Ich schätze, das könnten wir.« Er fuhr nach Hause.

»Sieh dich an, wie du lächelst und jetzt auch noch lachst«, meinte Tamsin und schnalzte mit der Zunge. »Ich würde dich kaum wiedererkennen.«

»Ich erkenne mich nach den letzten zwei Tagen selbst kaum wieder.« Er dachte, dass die Heirat mit Tamsin sein Leben verändern würde – und dem war auch so –, aber sich seiner Vergangenheit zu stellen und sie mit ihr zu teilen, war letztendlich die wahre Veränderung, die er hatte vollziehen müssen.

Sie rückte dicht an ihn heran, sodass sich ihre Schultern berührten. »Du bist derselbe Mann, der du immer warst, nur offener. Wir dürfen nie vergessen, so miteinander umzugehen – keine Gefühle verborgen halten oder uns hinter einem finsteren Blick oder einem Lächeln zu verstecken.«

»Es ist klar, wer von uns beiden was tun wird«, kommentierte er trocken. Er blickte zu ihr hinüber. »Danke, dass du bei mir geblieben bist und nicht vor dieser Ehe wegläufst, die ich mit meinem schurkischen Verhalten erzwungen habe. Ich hätte gar nicht auf dieser Soiree sein sollen, aber ich konnte mich nicht von dir fernhalten.«

»Nun, ich bin froh, dass du es nicht konntest, sonst hätte ich Brimble eigenhändig abwehren müssen.« Sie schmiegte sich an ihn. »Ich bedaure nichts, Isaac. Ich glaube sogar, wir waren füreinander bestimmt.«

Das wollte auch er gern glauben. Tamsin war ein Geschenk, das er nicht verdient hatte, doch er würde sein Leben damit verbringen, zu versuchen, ihrer würdig zu sein.

»Ich wollte dir von den Briefen meiner Mutter erzählen«, meinte er und hoffte, dass er die starken Emotionen unterdrücken konnte. Sollte ihm das nicht gelingen, würde er als eine noch schlimmere Heulsuse dastehen als seine Tante.

»Das hatte ich gehofft.«

»Sie hatte sie in den letzten Wochen, als sie mit meinem Bruder schwanger war, geschrieben. Sie war müde und fühlte sich unwohl. Ich denke, sie muss gewusst haben, dass ihr Ende nahe sein könnte. Sie schrieb von ihrer Liebe zu mir, von ihren Hoffnungen, wie ich aufwachsen würde. Ich wünschte, ich hätte diese Briefe gelesen, als ich jünger war. Vielleicht wäre ich dann mit deinem Optimismus gewappnet gewesen.« Er hatte sich gefragt, warum er diese Briefe nie gesehen hatte. Hatte sein Vater sie ihm absichtlich vorenthalten? Oder waren sie einfach der Zeit zum Opfer gefallen, als sie von dem Ort, an dem seine Mutter sie aufbewahrt hatte, in diese Truhe und dann in das oberste Stockwerk von Wood End gebracht worden waren? Er würde es nie erfahren, und vielleicht war das auch besser so.

»Das klingt wunderbar«, meinte Tamsin.

»Du kannst sie gerne lesen. Dann kannst du sie auch kennenlernen.«

»Das würde ich gerne.«

Isaac fuhr den Einspänner zum Stall und half Tamsin beim Aussteigen, während einer der Pferdeburschen das Pferd übernahm. Isaac bedankte sich bei dem jungen Mann und begleitete Tamsin zum Haus. »Willst du in der Küche vorbeischauen?«

Sie lachte leise. »Nein, ich kann warten. Aber lass das Abendessen hochschicken. Ich möchte mich nach meinem Bad nicht anziehen.«

»Perfekt, denn ich will auch nicht, dass du es tust.«

Tamsin hielt inne und wandte sich ihm zu. »*Flirtest* du mit mir?«

»Ich glaube schon«, antwortete er fast ungläubig. »Ist das in Ordnung?«

Sie schmiegte ihre Handflächen an seine Brust und schenkte ihm ein sündhaftes, verführerisches Lächeln. »Es ist sogar sehr willkommen.«

Issac küsste sie, und seine Lippen streiften sanft über die ihren. Er liebte sie so sehr. Er konnte kaum abwarten, ihr dies zu beichten, sobald sie allein in Schlafgemach wären. Das plante er in dem Augenblick zu tun, in dem er sie in seinen Armen hielt und sich ihr gänzlich hingab.

～

Tamsin hatte in ihrem Zimmer gebadet. Ihre Zofe half ihr beim Trocknen ihres Haars, aber Tamsin hielt ihre Toilette schlicht. Sie schlüpfte in einen Morgenmantel und band ihr Haar mit einem Band zurück.

Mit einem Blick auf das nun wiederhergestellte Bett fragte sie sich, wo sie heute Nacht schlafen würde. Isaac hatte klar signalisiert, dass er sich Intimität wünschte, aber was bedeutete das genau?

Sie hoffte, dies bald herauszufinden.

Beim Betreten des Wohnzimmers stellte Tamsin fest, dass der Tisch für ihr Abendessen elegant gedeckt war. Isaac stand an ihrem Stuhl und hielt die Lehne fest. Er war noch angezogen, hatte sich aber seines Fracks entledigt. Wenn er nur mit seinem Morgenmantel bekleidet wäre, könnte es durchaus möglich sein, dass sie sich die Mühe erspart hätten, eine Mahlzeit zu sich zu nehmen. So hungrig sie auch war, war sie dennoch hungriger nach ihrem Mann.

Es war nicht nur ihr inbrünstiges Verlangen, das gestillt werden wollte, es war ihr Bedürfnis, ihn zu halten, ihm zu zeigen, wie viel er ihr bedeutete. Wie sehr sie ihn liebte.

Sie setzte sich, und er schenkte ihnen den Wein in die Gläser. »Kein Diener?«, fragte sie.

Er schüttelte den Kopf, als er sich setzte. »Heute Abend wollte ich lieber mit dir allein sein. Ich hoffe, das ist für dich akzeptabel.«

»Durchaus. Mir wäre es sogar lieber gewesen, wenn du einen Morgenmantel trügest, wie ich es tue, doch das hätte zu ablenkend sein können, fürchte ich.«

»Ich verstehe. Es kostet mich meine gesamte Selbstbeherrschung, dir nicht deine Kleidung auszuziehen und dich statt des Dinners zu verspeisen. Allerdings werde ich mir das für den Nachtisch aufheben, wenn du einverstanden bist.«

Tamsin wurde ganz heiß, so sehr erregten seine Worte sie. Beinahe hätte sie vorgeschlagen, das Dinner einfach ausfallen zu lassen, doch dann sprach er weiter: »Wir sollten jetzt essen.« Er nahm den Deckel von seinem Teller, und Tamsin tat dasselbe.

Es gab Rindersteaks und dazu Pastinaken und Erbsen. Sie kicherte.

»Warum lachst du?« Er sah hinreißend verdattert aus.

»Pastinaken und Erbsen. Aber wir haben leider niemanden, nach dem wir sie werfen könnten.«

Isaacs Augen leuchteten fröhlich auf und er lächelte. »Das ist bedauerlich. Aber ich werde diesem Gemüse auf ewig dankbar sein, da es für die Vertiefung unserer Bekanntschaft eine entscheidende Rolle gespielt hat.«

»Ich fand dich so attraktiv«, schwärmte sie. »Damals schon. Ich dachte wirklich, du würdest mich an jenem Tag am Strand küssen. Und dann noch einmal im Hotelgarten, aber dann hast du behauptet, du hättest das gar nicht vorgehabt.«

Er verzog das Gesicht zu einer Grimasse. »Ich habe gelogen. Ich fühlte mich auch zu dir hingezogen. Und zwar auf verwegene Weise. Ich wollte unbedingt nach Wood End zurückkehren, um deinem Zauber nicht völlig anheim zu fallen.«

Sie schnitt ein Stück von ihrem Rindersteak ab. »Warum hast du es nicht getan?«

»Weil ich von dir hingerissen war. Ich habe sogar eingewilligt, an Bord dieses verdammten Bootes zu gehen, nur damit ich bei dir sein könnte.«

»Ich glaube, ich habe dich noch nie fluchen hören«, meinte sie.

Mit nachdenklicher Miene hielt er inne. »Nein, das hast du glaube ich nicht. Im Allgemeinen unterlasse ich das, weil mein Vater es mir verboten hatte und mir unaufhörlich Vorträge über die Sünden des Fluchens hielt. Das ist mir immer im Gedächtnis geblieben.«

»Bis jetzt?«

»Ich fühle mich wie ein anderer Mensch. Nein, nicht anders, sondern … erneuert. Als ob ich endlich mit der Vergangenheit abschließen könnte. Viel lieber möchte ich in die Zukunft blicken.« Er formte die Lippen zu einem kleinen, herzlichen Lächeln, bevor er eine Pastinake verspeiste.

Vor Schwindelgefühlen schlug Tamsin innerlich Purzel-
bäume. »Erzähle mir mehr darüber, warum du dich
entschieden hattest, dich deiner Angst zu stellen und auf das
Boot zu gehen.«

»Es ging weniger darum, mich meiner Angst zu stellen,
als vielmehr darum, den Tag in deiner Gegenwart zu
verbringen«, meinte er ironisch. »Aber als ich am Dock
ankam, wurde mir klar, dass ich das nicht schaffen würde,
ohne schwerwiegende Folgen für mein inneres Gleichge-
wicht in Kauf zu nehmen.«

»Ich konnte erkennen, wie aufgeregt du warst. Ich wollte
nicht, dass du auf das Boot gingst, nicht wenn es dich so aus
dem Konzept brachte.«

Er sah sie mit leicht gerunzelter Stirn an. »Ich fand es
schade, dass du nicht mitfahren konntest.«

Sie zuckte mit den Schultern. »Ich hatte den Tag viel
lieber mit dir verbringen wollen, oder zumindest einen Teil
davon.« Sie schenkte ihm ein kokettes Lächeln, bevor sie ein
paar Erbsen von ihrem Teller pickte.

Sie aßen eine Weile schweigend. Tamsin dachte daran,
wie weit sie seit den Tagen in Weston gekommen waren.
Sein Geschenk in Form von der Muschel, hatte sie zuvor in
die Tasche ihres Morgenmantels gesteckt. Jetzt holte sie sie
heraus und legte sie auf den Tisch. »Warum hast du sie für
mich gesucht?«

»Weil ich wusste, dass es dich glücklich machen würde.
Oder besser gesagt, glücklicher. Du bist immer glücklich.«

Tamsin lachte. »So erscheine ich, aber ich gestehe, dass ich
nicht immer glücklich bin. Ich versuche nur, es zu sein. Inzwischen habe ich aber beschlossen, dass ich es mir erlauben kann,
auch einmal traurig zu sein. Oder frustriert. Oder was auch
immer ich anderes außer glücklich sein möchte. Ich weiß, dass
das Glück immer für mich da ist, wenn ich es fühlen will.

Besonders jetzt«, fügte sie fast schüchtern hinzu. Sie fühlte eine unglaublich überwältigende Liebe für ihn. Allerdings dachte sie nicht daran, das Gleiche im Gegenzug zu erwarten.

»Du brauchst für mich nicht glücklich zu sein«, meinte er in einem sehr ernsten Ton und einem sehr direkten Blick. »Vermutlich hattest du das für deinen Vater getan, um seine Traurigkeit zu lindern, nachdem deine Mutter euch verlassen hatte. Ist das falsch?«

So hatte Tamsin das noch nicht betrachtet, aber sie wusste, dass er recht hatte. »Nein. Mein Vater war nie überschwänglich, aber nachdem meine Mutter uns verlassen hatte, veränderte er sich. Ich bin mir nicht sicher, ob mir das gleich aufgefallen war, aber mit der Zeit habe ich einfach akzeptiert, dass er mürrisch war, und ich machte es mir zur Aufgabe, ihm ein Gefühl der Leichtigkeit und Heiterkeit zu vermitteln.«

»Das ist eine große Verantwortung für einen jungen Menschen.«

»Wahrscheinlich, aber irgendwie ist mir dies in Fleisch und Blut übergegangen und deshalb hat es mir nichts ausgemacht.« Wieder schwiegen sie, während sie aßen, und Tamsin hielt inne, um an ihrem Wein zu nippen. Es war ein dunkler Rotwein, der kräftiger war als alle anderen, die sie bisher probiert hatte.

Auch Isaac trank von seinem Wein, um sich dann in seinem Stuhl zurückzulehnen und seinen Blick mit einer Hitze über sie gleiten zu lassen, die sie tief in ihrem Inneren spürte. Sie wollte plötzlich mit dem Essen fertig werden, damit er sie in seine Arme nehmen und ins Bett tragen konnte. Dort würde er sie hoffentlich zum Nachtisch verspeisen, wie er sein Vorhaben bereits angekündigt hatte. Oder vielleicht würde er sogar noch weiter gehen. Sie sehnte sich so sehr danach, ihn in sich zu spüren – mit seinem

Schaft und nicht den Fingern. Aber sie würde alles nehmen, was er ihr anbot.

Er schreckte sie aus ihren zunehmend wollüstigen Gedanken auf, indem er etwas zu ihr sagte. »Ich wollte dir sagen, dass ich mich in Weston in dich verliebt haben muss. Warum sonst hätte mich dieser Bumble Kretin so wahnsinnig eifersüchtig gemacht?« Er seufzte. »Ich hätte ihn nicht schlagen sollen, aber er war ja vorher von mir gewarnt worden.«

Vorsichtig setzte Tamsin ihr Weinglas ab, damit sie den Inhalt nicht noch verschüttete. Hatte sie ihn gerade richtig verstanden?

Isaac stellte sein Glas ebenfalls ab und erhob sich. Er kam um den Tisch herum, nahm ihre Hand und half ihr auf Beine. »Ich bereue diesen Abend nicht, auch nicht, dass ich Bumble geschlagen habe.«

Sie kicherte. »Du nennst ihn ständig Bumble.«

»Ist das nicht sein Name?« Er zuckte mit den Schultern. »Ich bin nur froh, dass ich nicht vor dieser Soiree abgereist bin. Hätte ich das getan, würde ich sicher bereuen, dass ich nicht weiterverfolgt habe, was zwischen uns hätte sein können. Nur weil ich Angst hatte.«

Tamsin konnte kaum atmen, als sie seinen Enthüllungen lauschte. Sie war über die Maße glücklich. »Ich bin mir nicht sicher, ob du Angst hattest, aber du warst auf eine bestimmte Denkweise festgelegt. Du musstest selbst sehen, dass du Glück verdienst, dass du Liebe verdienst. Ich liebe...«

Er legte seinen Finger an ihre Lippen. »Nein. Sag es nicht. Nicht bevor ich es tue. Ich liebe dich so sehr, Tamsin, mehr als ich mir je habe träumen lassen, jemanden zu lieben. Mehr als ich je für möglich gehalten hätte. Du erfüllst mich mit Licht und Hoffnung und einer unglaublichen Freude. Für immer werde ich dankbar sein, dass du in mein Leben getreten bist.«

Sie küsste seine Fingerkuppe. »Ich liebe dich auch.« Dann leckte sie darüber.

Isaac stöhnte leise. »Ich hoffe, du bist mit dem Essen fertig.«

»Ganz fertig.«

Er neigte den Kopf zu ihr herab und küsste sie. Ihre Lippen und Zungen trafen sich zu einem leidenschaftlichen Tanz. Jeder Kuss war heißer und leidenschaftlicher. Tamsin zerrte an seinem Krawattenschal und zog ihn ihm vom Hals, um ihn dann zu Boden fallen zu lassen. Dann begann sie, seine Weste aufzuknöpfen.

Als sie das Kleidungsstück geöffnet hatte und anfing, es ihm von den Schultern zu schieben, wich er einen Schritt zurück. Beide atmeten schwer, und mit der Absicht, ihn wieder zu sich zurückzuziehen schlang Tamsin ihre Hände um die Kanten seiner Weste.

»Ich muss noch etwas sagen«, meinte er, mit einer vor Verlangen angespannten Stimme. »So sehr ich dich auch liebe und so anders ich mich heute auch fühle, bin ich in gewisser Weise immer noch der Mann, der ich gewesen bin. Ich weiß nicht, ob ich schon bereit bin, mit dir ein Kind zu bekommen. Ich werde einige Zeit brauchen, um zu akzeptieren, dass dies mein Leben ist, und ich es verdient habe. Außerdem habe ich, wenn ich ehrlich bin, ein bisschen Angst davor, Vater zu werden. Ich hatte kein gutes Vorbild, und ich habe bereits einen Sohn im Stich gelassen.«

»Willst du lieber warten?«, fragte sie. »Du hast deutlich gemacht, dass wir einander auf viele Arten befriedigen können, ohne die Zeugung eines Kindes zu riskieren.«

Seine Nasenlöcher blähten sich. »Gott, du bist eine unvergleichliche Frau. Es macht dir wirklich nichts aus?«

»Ich kann geduldig sein«, meinte sie mit einem breiten Lächeln.

»Oh, ich werde heute Abend auf jeden Fall meinen Schaft

in deinem Schoß versenken. Ich muss dich um mich herum spüren.«

Hitze durchflutete Tamsins Inneres. Sie wimmerte fast vor Verlangen. »Aber wie können wir das machen?«

»Ich werde aufpassen, dass ich mich nicht in dir erlöse. Wenn ich meinen Samen nicht in dir zurücklasse, wird es kein Baby geben. Allerdings ist diese Methode nicht narrensicher. Ich weiß, dass es manchmal trotzdem passieren kann. Mit diesem Risiko kann ich leben.«

Sie schob ihm die Weste von den Schultern. »Dann lass uns anfangen.«

Rasch hatte er ihren Morgenmantel geöffnet und schob ihn auseinander, sodass ihre Brüste und ihr Geschlecht freilagen. Er umfasste sie und drückte ihre Brustwarzen, ehe er seine Hände dann weiter zu ihrem Rücken wandern ließ, wo er ihr Hinterteil umfasste. Er grub seine Finger in ihr Fleisch und spreizte die Pobacken ein wenig, als er sie anhob. »Leg deine Hände um meinen Hals und schlinge deine Beine um meine Taille.«

Tamsin tat, was er verlangte, und genoss den Druck seiner Hände auf ihrem Hinterteil, während sie seinen Schaft an ihrem Geschlecht fühlen konnte. Sie küsste ihn und schob ihre Zunge in seinen Mund, während er sie zum Schlafzimmer trug.

Als sie die Schwelle überschritten hatten, stieß er die Tür mit dem Fuß zu, ehe er sie zum Bett trug. Nachdem er die Stufen des Podestes erklommen hatte, setzte er Tamsin auf die Bettkante.

»Darf ich verlangen, dass du dich ausziehst?«, fragte sie, während sie sich ihren Morgenmantel abstreifte.

Als Antwort fing er an, seine Stiefel auszuziehen, und alles andere folgte in schneller Folge, bis er nackt und prachtvoll vor ihr stand. Er stellte sich zwischen ihre geöffneten Beine und küsste sie. Ein weiteres Mal schlang sie ihre

Beine um ihn, und sein Schaft drückte sich nun gegen ihr Geschlecht. Ihre Empfindungen überschlugen sich und sandten einen Schwall der Lust direkt zu ihrem Innersten.

Er ergriff ihr Haar, das sie mit dem Band zusammengebunden hatte, und hielt ihren Kopf fest, während er ihren Mund verheerte. Als Antwort darauf presste sie ihre Hüften fest gegen seine, denn ihr Geschlecht verlangte nach mehr.

Er riss seinen Mund von ihrem los und fuhr mit seiner Zunge an ihrer Kehle hinunter, bis er ihre Brust erreichte und ihre Brustwarze zwischen seine Lippen nahm. Vorsichtig streifte er mit seinen Zähnen darüber und dann saugte und zog er kräftiger, bis sie aufschrie.

Isaac umschlang sie mit seinen Armen und hob sie weiter auf das Bett. Dann folgte er ihr auf die Matratze, während sie sich zurücklehnte und sein Körper sich zwischen ihren Beinen bewegte.

Er streichelte ihr Geschlecht und fuhr mit seinen Fingern an ihrem Spalt entlang, bis er ihre Knospe ertastete, um sie dann zu reiben, während er seinen Kopf weiter gesenkt hielt, um noch einmal an ihrer Brust zu saugen. Tamsin hielt seinen Kopf umklammert und sehnte sich verzweifelt nach der Erlösung, die sich in ihr aufbaute. Doch sie wollte auch nicht, dass dieses verruchte Vergnügen aufhörte.

Sie stöhnte auf, als er sich küssend und leckend zu ihrem Geschlecht vorarbeitete und seine Zunge über ihre Knospe strich. Er hielt eine Hand auf ihrer Brust, wobei er ihre Brustwarze zwischen seinen Fingern hin und her drehte. Sie war überzeugt, dass sie zum Orgasmus kommen würde, bevor er seinen Schaft in sie eingeführt hätte.

Aber dann spürte sie seine Zunge an ihrem Geschlecht und ein heftiges Lecken, dass sich einige Male wiederholte, ehe er an ihrer Knospe saugte und seine Finger in sie gleiten ließ, womit er sie ausfüllte.

»Ich will deinen Schaft«, brachte sie mit Mühe krächzend

hervor, als ihr Höhepunkt über sie hereinzubrechen drohte. Doch sie war noch gar nicht bereit dafür. Sie wollte ihn ganz in sich haben.

Tamsin wich mit ihren Hüften zurück und griff zwischen seinen Beinen nach seinem Geschlecht, das sie in seinem vollen Umfang umfasste und dann vom Ansatz bis zur Spitze streichelte. Isaac stöhnte auf, als er sich an ihr bewegte und mit seinem Schaft an ihre Öffnung stieß.

»Führe ihn in dich ein«, stieß er hervor und legte seine Hand um ihre. »Zusammen.«

Seine Spitze glitt in ihre Scheide, und sie wurde von einem unmittelbaren Anflug von Ekstase erfasst. Als sie sich um ihn dehnte, warf sie dabei den Kopf in den Nacken und stöhnte und wimmerte.

»Schling deine Beine um mich, Tam.« Er hielt ihre Hüften, während er ganz in sie eindrang.

Tamsin leistete seiner Aufforderung Folge und stützte sich mit ihren Fersen auf seinem Hintern ab. Er füllte sie vollständig aus, und ihr Körper pochte vor ungestilltem Verlangen. Sie war ihrem Orgasmus so nahe gewesen, doch nun schien er weiter entfernt.

Isaac fing an, kleine Bewegungen auszuführen. Die Reibung seiner Stöße erregte sie erneut und löste einen Sturzbach der Lust aus, als er immer schneller zustieß. Sie hielt seine Schultern umklammert und grub die Finger in seine Haut. Um ihm noch stärker entgegenzukommen, stemmte sie ihre Hüften vom Bett ab, und ihre Körper stießen hart aneinander, während sie die ultimative Verzückung zu finden suchten.

Er schob seine Hand zwischen sie beide und massierte ihre Knospe, was sie wieder in den Zustand zurückversetzte, in dem sie vorher schon einmal gewesen war. »Komm jetzt, Tamsin. Ich will, dass du kommst. Ich muss mich vorher zurückziehen, also komm *jetzt*.«

Ihr Orgasmus hatte bereits begonnen, als er seine Aufforderung dazu aussprach. Sie spannte ihre Beine fest um ihn
an, während sich ihr Körper unter der Wucht ihres
Orgasmus verkrampfte. Immer und immer wieder schrie sie
auf, als ein unvorstellbares Vergnügen über sie hereinbrach.
Noch nie hatte sie eine so herrliche Befriedigung, eine derart
grenzenlose Freude erlebt.

Sie war noch nicht ganz wieder auf dem Boden der Wirklichkeit angekommen, da hatte er sich auch schon aus ihr
zurückgezogen. Als sie die Augen wieder aufgeschlagen
hatte, sah sie ihm zu, wie er seinen Schaft streichelte und den
Kopf dabei in den Nacken warf. Sie rutschte herum und
drehte sich, um ihm zu helfen, indem sie ihre Hand auf seine
legte und seinen Schaft massierte. Doch dann leckte sie an
der Spitze, wo sich ein wenig Flüssigkeit angesammelt hatte.
Sie war zäh und salzig und sie schluckte es hinunter.

»Tamsin«, stieß er hervor, seine Hüften stießen wild, als
sie ihn in den Mund nahm. »Das kannst du nicht«, protes-
tierte er.

Anstatt sich seinem Widerspruch zu fügen, schob Tamsin
seine Hand einfach beiseite und übernahm das Kommando.
Sie saugte seinen Schaft tief in ihren Mund und hielt dabei
seine Hoden umfasst. Er zuckte, und ein warmer Schwall
von Flüssigkeit ergoss sich über ihre Zunge. Sie hörte nicht
auf, sondern hielt ihn einfach weiter fest und liebkoste ihn
mit ihrer Zunge, als er sich erlöste.

Sie schluckte alles, was er für sie hatte, und als seine
Hüften sich langsamer bewegten, ließ sich schließlich von
ihm ab. Dann sank sie auf das Bett zurück und schnappte
nach Luft, wobei sich ihre Brust heftig hob und senkte. Ein
Lächeln umspielte ihre Lippen, und sie glaubte, noch nie in
ihrem Leben glücklicher gewesen zu sein.

Er ließ sich neben ihr fallen – nun lagen sie beide in
Seitenlage auf dem Bett. Er drehte sich zu ihr und übersäte

ihren Kiefer, ihre Wange und die Stelle unter ihrem Ohr mit Küssen. »Konntest du dich selbst an meinem Schaft schmecken?«, flüsterte er.

Das nahm sie an, aber sie war sich nicht sicher. »Erregt dich das?« Sie hatte die Erregung in seiner Stimme gehört.

»Ja.«

»Dann werde ich es wieder tun.« Sie wandte sich ihm zu und drückte ihre Lippen auf die seinen.

Er liebkoste ihre Wange und schob ihr eine Haarsträhne hinters Ohr, die sich gelöst hatte. »Jetzt, da ich weiß, wie experimentierfreudig und begierig du bist, werden wir andere Wege erörtern, wie wir einander Vergnügen bereiten können, einschließlich einer Methode des Geschlechtsverkehrs, die niemals zu einem Kind führen wird.«

»Wie geht das?«, fragte sie gebannt, und ihr Körper regte sich wieder.

Er flüsterte ihr die Antwort ins Ohr, die sie prompt schockierte. Andererseits löste sie aber auch einen gewissen Kitzel aus. »Wenn du einverstanden bist«, fügte er hinzu. »Ich habe nichts dagegen, wenn du es nicht bist.«

»Ich bin für alles offen, was ich zusammen mit dir erleben kann. Sollen wir es jetzt versuchen?«

Leise schmunzelnd küsste er sie, und seine Zunge streichelte die ihre. »Nein, meine Liebe, du solltest dich ausruhen. Wir werden auf diese besondere Art des Aktes hinarbeiten müssen. Ich werde mit meinem Finger beginnen und irgendwann, wenn du dann noch bereit bist, kannst du dann meinen Schaft fühlen.«

Sie zitterte vor Erwartung. »Heißt das, wir gehen jetzt schlafen?«

Er lachte. »Das war, glaube ich, ein verbaler Schmollmund.« Er bewegte sich über sie und drückte sie flach auf die Matratze. Als er dann auf sie herabblickte, waren seine

Augen dunkel und gefährlich verführerisch. »Du bist wohl noch nicht ganz fertig, wie ich vermute.«

»Kann ich noch einen Orgasmus haben?«, fragte sie, ihr Geschlecht pochte bereits vor Verlangen.

»Das können wir herausfinden.« Er zog eine Augenbraue in die Höhe und dann senkte er seine Lippen erneut auf ihre.

So kam es, dass sie noch zwei weitere Orgasmen erlebte, von denen sie einen mit ihm teilte, während er ihr zeigte, wie sie sich einander gleichzeitig mit dem Mund befriedigen konnten.

Alles in allem war es eine wundervolle Nacht, und als sie viel später in seinen Armen lag, schlief sie mit der Erinnerung an sein Lachen und seine unzähligen Liebesbeteuerungen ein.

KAPITEL 21

Am nächsten Abend begleitete Tamsin Isaac zu den Bienen, um ihm bei der Honigernte zuzusehen. Es war ein kühler, aber klarer Abend, der für diese Aufgabe einfach perfekt war. Die Sonne stand tief am Horizont und die Tage wurden kürzer, da sie sich der Sonnenwende näherten.

Isaac arbeitete akribisch, und zwei Helfer, darunter Oliver, gingen ihm dabei zur Hand, die Schubladen zu entfernen und die Waben herauszunehmen. Tamsin beobachtete die Arbeit aus der Ferne, während sie auf einer Decke am Fuße der nahegelegenen Anhöhe saß.

Als die Männer fertig waren, bedankte sich Isaac bei Oliver und dem anderen Pächter für ihre Hilfe. Dann entfernten sich die Männer mit den Honigwaben, welche von der Frau des Pächters weiterverarbeitet würden, indem sie den Honig vom Wachs trennte.

Isaac näherte sich Tamsin auf der Decke und bemerkte, dass sie einen ängstlichen Gesichtsausdruck aufgesetzt hatte. »Kein einziger Stich«, verkündete er in der Hoffnung, sie zu beruhigen. »Und was noch wichtiger ist: Alle Bienen sind am Leben.«

Sie entspannte sich, worauf sich ihre Gesichtszüge glätteten, und ihre Lippen verzogen sich zu einem breiten, stolzen Lächeln. »Das ist eine erstaunliche Leistung. Was wirst du unternehmen, um auch andere Menschen davon zu überzeugen, ihre Art der Honigernte zu überdenken?«

Nun setzte er sich neben sie auf die Decke. »Daran habe ich noch nicht gedacht, aber ich könnte wahrscheinlich einen Artikel für die Veröffentlichung oder eine Art von Propaganda dafür schreiben.« Er wölbte eine Braue zu ihr. »Willst du mich etwa ermutigen, mehr zu arbeiten?« Erst heute Morgen hatte er ihr versprochen, nicht mehr so viel Zeit ohne sie zu verbringen. Er glaubte ohnehin, dass er das gar nicht mehr könnte. Tatsächlich kam jeder Moment, den er heute von ihr getrennt verbrachte, einer Qual gleich.

Tamsin lachte. »Ich kann in deinem Arbeitszimmer sitzen, während du schreibst. Ich werde lesen. Oder sticken.«

Er knabberte an ihrem Hals und küsste ihre zart duftende Haut. »Das wird ganz sicher keinen ablenkenden Effekt haben. Es werden keine fünf Minuten vergehen, bis ich deine Röcke hochwerfe und mich an dir vergreife.«

»Versprochen?« Als sie nun den Kopf drehte, brannte ihr Blick vor Verlangen, und sie küsste ihn mit feuriger Leidenschaft.

Sie drückte ihn auf den Rücken und setzte sich in gespreiztem Sitz auf ihn, wobei sie ihre Röcke so anordnete, dass sie nackt auf ihm saß – ihr Geschlecht rieb sich an seinem dicker werdenden Schaft durch seine Hose. Sie beugte sich vor und küsste ihn erneut.

Isaac legte seine Hand um ihren Nacken und hob die andere, um ihre Brust durch die frustrierende Anzahlt von Kleidungstücken hindurch zu streicheln. Wenn sie hier nicht offen in der Natur wären, würde er sie lockern und ihnen beiden bescheren, was sie suchten.

Es dauerte mehrere Minuten, bis sie ihren Mund von seinem nahm. Seufzend richtete sie sich auf. »Ich mag die Aussicht von hier oben.«

»Gut. Ich glaube, du musst mich später auch so reiten. Du kannst das Tempo und die Stöße kontrollieren und mich so tief in dich aufnehmen, wie du willst, oder auch nicht. Und deine schöne Knospe wird sich mir für meine Streicheleinheiten perfekt darbieten.« Er wackelte mit den Augenbrauen. »Ich habe vor, dich zu lieben, bis du von Sinnen bist.«

Sie hatte die Lippen gespreizt, und er konnte sehen, wie der Puls in ihrer Kehle pochte. »Lass uns jetzt gehen.«

»Wir essen erst mit Tante Sophia zu Abend.« Während er sprach, schob er seine Hand unter ihre Röcke und fand ihre feuchte Hitze.

Sie keuchte leise, dann richtete sie sich ein wenig auf und drückte ihre Schenkel weiter auseinander, damit er sie leicht streicheln konnte. »Ist das klug?«, fragte sie in einem rauen Flüsterton.

»Du musst die Augen offen halten und Ausschau halten, ob sich jemand vom Haus her nähert.« Sie hatte genau das richtige Blickfeld. Das reizvolle Heben und Senken ihrer Brüste, die sich gegen ihr Kleid drückten, war das Einzige, das sich seinem Blick bot.

Isaac streichelte ihre Knospe und dann führte er seine Finger in ihre erwartungsfreudige Scheide ein. Ihre Hüften kreisten wie wild und sie presste sich an ihn.

»Ich halte meine Augen offen«, hauchte sie, während sie ihre Hände um sein Revers schloss.

Er beobachtete, wie sich ihre Augen zu Schlitzen verengten und sie ihre Hüften bewegte, als er mit seinen Fingern in sie eindrang. Da ihm bewusst war, dass sie sich beeilen sollten, bewegte er sich schneller. Er bezweifelte allerdings, dass jemand auf sie zukommen würde, doch er konnte natürlich auch nicht ausschließen, dass seine Helfer bei der Honigernte aus irgendeinem Grund zurückkehrten. Also streichelte er sie schneller und heftiger, während er mit der anderen Hand ihre Hüfte festhielt.

Er spürte, wie sie ihre Muskeln anspannte, als sich ihr Geschlecht um ihn herum zusammenzog. »Nicht schreien.« Das hatte sie letzte Nacht einmal getan, und er hatte das Geräusch so gut er konnte mit einem Kuss herunterschlucken müssen.

»Das ist so schwierig«, presste sie mit zusammengebissenen Zähnen hervor. Dann fielen ihr die Augenlider flatternd zu und sie ließ den Kopf in den Nacken sinken.

Isaac begleitete sie durch ihren Orgasmus, ehe er dann seine Hand unter ihren Röcken hervorzog. Sie hob ihr Bein über seinen Körper und setzte sich schwer auf die Decke, wobei ihr Atem sehr schnell ging. Als er sich aufsetzte, leckte er an seinem Finger, und Tamsins Augen weiteten sich.

Er zuckte mit den Schultern. »Du schmeckst himmlisch.«

»Das war leichtfertig«, stellte sie atemlos fest und strich mit den Händen ihre Röcke glatt, die allerdings keineswegs in Unordnung waren. »Jemand hätte uns entdecken können.«

»Das war nicht sehr wahrscheinlich. Und du hast aufgepasst – jedenfalls bis kurz vor dem Ende.«

Sie errötete. »Das habe ich versucht. Aber mal sehen, ob du einen Orgasmus mit offenen Augen überstehen kannst. Ich wette, das ist unmöglich.«

»Hmm. Das habe ich noch nie versucht. Später würde ich gern ein Experiment durchführen. Würdest du mir dabei helfen?«

Sie beugte sich vor und küsste ihn. »Worauf du dich verlassen kannst.«

Er half ihr auf, und sie hob die Decke vom Boden, um sie

zu falten. Er nahm sie ihr ab, und Hand in Hand schlenderten sie zum Haus zurück.

Noch nie in seinem gesamten Dasein war Isaac so glücklich gewesen. Es hatte außerhalb seiner Vorstellungskraft
gelegen, dass ein solches Maß an Freude möglich war. Der
Gedanke, dies von nun an jeden Tag zu erleben, war ungemein erhebend.

Und er konnte sich des Eindrucks nicht erwehren, dass es
einfach eine Ungerechtigkeit gegenüber der armen, von ihm
so geliebten Mary war, dass sie weder das noch irgendetwas
anderes erleben durfte. Er wollte sich allerdings nicht mit
derart rührseligen Dingen aufhalten. Er konnte nichts
anderes tun, als zu versuchen, das Geschehene aus einer
optimistischen Perspektive zu betrachten. Ja, sie war gestorben, aber sie hatte auch ihren Sohn im Arm halten und ihm
sagen können, dass sie ihn liebte. Und sie hatte gewusst, dass
er in Sicherheit war und umsorgt wurde.

Isaac war nur Letzteres geblieben, wenn er auch wusste,
dass er sich mit der Zeit damit zufriedengeben würde. Sein
Schmerz fühlte sich noch immer gewaltig an, aber er war
schon weniger als gestern geworden, und er wusste, dass
dieser Schmerz dank Tamsins Liebe und Unterstützung
weiter schwinden würde. Aber er würde sie niemals
vergessen – weder Mary noch seinen Sohn.

Tamsin hatte heute Morgen die Briefe seiner Mutter gelesen. Sie hatte geweint, aber es waren Freudentränen gewesen, denn sie war überglücklich, seine Mutter darin
kennengelernt zu haben.

»Ich habe heute Nachmittag einen Brief von meiner
Großmutter erhalten«, meinte sie und unterbrach seine
Gedanken. »Sie freut sich, Weihnachten hier bei uns zu
verbringen und bedankt sich für die Einladung. Ich frage
mich, ob Somerton und seine Mutter enttäuscht sein
werden, dass sie das Fest nicht mit ihnen verbringen wird.«

»Müssen wir sie auch einladen?«, fragte Isaac. Die Vorstellung, so viele Leute einzuladen, begeisterte ihn zwar nicht, aber er würde es schaffen. Dass Somerton sein Freund war, half ihm dabei.

»Ich kann meine Großmutter danach fragen, wenn ich ihr schreibe, aber ich denke, seine Schwestern könnten nach Winterstoke kommen, und wenn sie stattdessen hierher kämen, wären das sehr viele Gäste. Ich glaube insbesondere für unsere erste Weihnacht wünschst du dir als Allerletztes eine Hausparty zu Weihnachten.«

Er lächelte sie an und ihre Blicke trafen sich, als sie ihren Gang unterbrachen. »Du kennst mich schon so gut.«

Sie setzten sich wieder in Bewegung, und sie sagte: »Eines Tages werde ich vielleicht darum bitten, eine Hausparty auszurichten, aber nicht so bald. Ich lerne gerade, wie man dieses Erntefest zu planen hat. Tante Sophia sagt, es sei eine gute Übung für die Feste, die ich in London ausrichte. Ich bin sehr erleichtert, dass sie den letzten Teil der Saison in London verbringt.«

Isaac war so dankbar, dass seine Frau und seine Tante ein enges Band geknüpft hatten. Er hatte wirklich eine Familie, und sie bestand sogar aus mehr als nur den dreien. Da waren auch die Töchter seiner Tante mit ihren Familien, Tamsins Großmutter, Somerton und seine Familie, und sogar seine anderen Freunde, Shefford und Price. Allerdings nicht Bane. Er hatte diese Freundschaft eingebüßt, als er Tamsins Freundin ruiniert hatte. Isaac dachte, dass er den Mann jetzt, da er Tamsin geheiratet hatte, noch weniger mochte.

»Du grübelst«, meinte Tamsin.

»Nein, das tue ich nicht. Ich lasse meine Gedanken schweifen. Ich habe eigentlich an meine Großfamilie gedacht. Daran, dass sie eigentlich schon immer da war. Ich habe sie nur nicht auf diese Weise gesehen. Was ich insbesondere mit Shefford hätte tun sollen.«

»Ich gebe zu, ich habe mich gewundert, warum du ihm
nicht böse warst, weil er sich bei der Sache mit Mary eingemischt hat«, meinte Tamsin. »Allerdings ist er dir ein guter
und treuer Freund, und ich bin zu dem Schluss gelangt, dass
du das erkannt haben musst.«

»Oh, ich habe ihm danach eine ganze Zeit lang gezürnt.
Aber du hast natürlich recht, und ich war nicht nachtragend.
Ich glaube aber, dass ich das bei Bane sehr wohl sein könnte.
Ich bringe es nicht über mich, ihn auf dieselbe Weise zu
sehen wie meine anderen Freunde.« Wieder blieb er stehen
und schaute sie an. »Das Schlimmste daran ist, dass ich nicht
viel besser als er bin.«

»Du hast Sorge dafür getragen, dass Mary versorgt wird.
Du bist nicht vor deiner Verantwortung davongelaufen,
sondern hast sie übernommen. Du bist kein Halunke«,
meinte Tamsin fest und trat näher an ihn heran. Sie ließ
seine Hand gehen und berührte sein Gesicht. »Ich habe mit
dir fast jede Regel für Halunken gebrochen, und das würde
ich immer wieder tun, insbesondere die, dass ich dir mein
Herz zeige, denn es gehört dir allein, Isaac. Ob du es willst
oder nicht.«

»Oh, und ob ich es will.« Er zog sie in eine Umarmung.
»Zusammen mit jedem anderen Teil deines Körpers.«

Sie schlang ihre Arme um seinen Hals. »Ich liebe dich,
Isaac. Du bekommst alles von mir.«

»Ich liebe dich, meine geliebte Tamsin – denn du bist
alles, was ich bin und alles, was zu sein ich mir erhoffe.
Danke, dass du mir Freude und Hoffnung bringst.«

Als er sie küsste, tauchte die Sonne im Westen unter, und
das Glück zog tief in seine Seele ein.

EPILOG

London, April 1816

Isaac betrat das private Wohnzimmer, das er gemeinsam mit Tamsin in ihrem Londoner Haus benutzte, nachdem er die letzten Gäste verabschiedet hatte. »Ich würde sagen, deine erste Dinnerparty war ein voller Erfolg.« Er knüpfte seinen Krawattenschal auf, während er seine Frau betrachtete. Sie hatte sich bereits ihrer Abendgarderobe entledigt und war in einen kuscheligen Morgenmantel gehüllt. Ihre Füße hatte sie auf einem Schemel abgestützt.

Tamsin gähnte. »Das hoffe ich. Jedenfalls fand ich sie gelungen.«

Isaac warf den Krawattenschal auf einen Sessel und zog seinen Frack aus, bevor er sich neben dem Fußschemel hinkniete. Er hob einen von Tamsins Füßen auf und begann das Fußgewölbe zu massieren. »Verzeih, aber du siehst erschöpft aus.«

Sie ließ ein zufriedenes Stöhnen hören, während sie mit den Zehen wackelte. »Das fühlt sich gut an. Bitte hör nicht auf. Und ja, ich bin müde. Es war ein langer Tag.«

»Dann werde ich dich gleich schlafen lassen«, meinte er und wandte sich ihrem anderen Fuß zu.

»*So* müde bin ich nicht«, entgegnete sie ironisch.

Sie waren nun seit sechs Monaten verheiratet und hatten ihre Meinung über ein Kind nicht geändert. Wenn es dazu käme, wären sie glücklich, doch sie wollten eine Schwangerschaft nicht willentlich herbeiführen. Vielleicht würde sich das eines Tages ändern, aber im Moment war er damit zufrieden, sein Leben – und die ganze Liebe in seinem Herzen – mit Tamsin zu teilen.

»Bist du bereit für Almacks nächste Woche?«, fragte sie.

Er ließ ihren Fuß los, setzte sich auf den anderen Sessel und lockerte seinen Hemdkragen. »Nein. Aber ich werde hingehen. Dir zuliebe.«

»Es ist nicht für mich, sondern für Gwen. Sie ist furchtbar nervös. Sie hat Angst, dass niemand sie zum Tanzen auffordert, und sie als Mauerblümchen abgestempelt wird, bevor der Abend vorbei ist.«

»Das wird nicht passieren. Ihr Vater hat eine hohe Stellung, und sie ist hübsch.«

Tamsin verdrehte die Augen. »Du sprichst wie ein Halunke oder ein Mann, der Halunken als Freunde hat. Sie ist sehr belesen, und das kann auf manche Männer abschreckend wirken. Seit ich in London bin, habe ich erfahren, dass die Männer es nicht mögen, wenn Frauen zu klug sind.« Tamsin schnitt eine Grimasse.

Isaac schaute finster drein. Das war nach wie vor einer seiner Lieblingsausdrücke. »Diese Männer sind Einfaltspinsel. Ich habe Mitleid mit ihnen. Wahrscheinlich sind sie selbst nicht sehr klug. Sie fühlen sich von einer Frau eingeschüchtert, die sie übertreffen kann.«

»Gwen ist ganz bestimmt dazu imstande. Ich hoffe, es fordert sie niemand zu einer Schachpartie heraus. Ihr Können bei diesem Spiel ist absolut furchterregend.«

Tamsin erhob sich von ihrem Stuhl und setzte sich auf seinen Schoß. Sie strich ihm die Stirn glatt. »Kein finsteres Gesicht in unserem Schlafgemach. Nur Lachen.«

»Nur Lachen?«, fragte er, während er ihren Hals küsste.

»Es war schön, unsere Freunde heute Abend hier zu haben«, meinte sie seufzend. »Aber ich wünschte, Pandora wäre in London.«

Offenbar war sie in Bath. Allerdings waren ihre Schwester und Wellesbourne hier gewesen. Ebenso Evan Price, seine Eltern und seine Schwester Gwen, die sich anschickte, ihre Saison anzutreten. Somerton und Shefford waren nicht anwesend gewesen.

»Werden wir sie erst wiedersehen, wenn wir im August in Weston sind?«, fragte er, während er weiter ihren Hals küsste und ihrer Kehle dabei besondere Aufmerksamkeit schenkte.

»Ja, es sei denn, sie ändert ihre Meinung und kommt nach London, aber ich weiß, dass sie das nicht tun wird. In Bath geht sie allerdings etwas mehr aus, das ist doch schon mal ein Anfang. Apropos Weston, würde es dir etwas ausmachen, bei meiner Großmutter zu wohnen, statt auf The Grove?«

»Es gibt keinen Ort, an dem ich lieber wäre.« Isaac schob den Saum ihres Morgenmantels zur Seite, damit er ihr Schlüsselbein küssen konnte.

Sie bebte unter seinem Mund. »Ich will einfach nur bei dir sein, wo auch immer das ist.«

»Ich nehme an, wir sollten uns bei Mrs. Lose Zunge bedanken, obwohl wir das auch tun können, wenn wir ihr in London begegnen.« Er hatte ihren neuen Spitznamen erfahren und fand, dass er perfekt zu ihr passte.

»Auf keinen Fall«, widersprach Tamsin entschlossen und

schüttelte den Kopf. »Es ist mir egal, dass wir ihr alles verdanken. Wenn ich sie sehe, werde ich sie direkt schneiden.« Sie zog eine Grimasse und legte kurz die Hand an ihre Lippen. »Meine Güte, das ist sehr gemein von mir. Verrate niemandem, dass ich nicht immer nett bin.«

Das brachte Isaac zum Lachen, was wiederum seine Frau dazu veranlasste, ihm mit den Fingern durchs Haar zu streichen. »Du weißt, was mit mir passiert, wenn du lachst.« Ihre Augen hatten sich vor Verlangen verdunkelt, und Isaacs Körper reagierte ebenfalls mit einem Aufflammen seiner Leidenschaft.

»Ja. Und ich schwöre, es geschieht nicht mit Absicht.« Er legte den Kopf schief. »Sehr oft.«

»Es ist mir einerlei, warum oder wie du das anstellst, hör einfach nie auf.« Sie küsste ihn, und er spürte die ganze Liebe und Freude, die ihr innewohnte und die ihn in ein Licht hüllte, das die Dunkelheit für immer vertrieben hatte.

Er war in der Tat der glücklichste aller Männer.

Verpassen Sie das nächste Buch mit dem Titel *Wenn der Viscount lockt* aus der Serie *Regeln für Halunken* nicht, das von Gwen Price und Lazarus, Lord Somerton, handelt.

Als ein bücherliebender Blaustrumpf sich von einer gesellschaftlichen Katastrophe erholen muss, nimmt sie die Hilfe vom Bruder eines Freundes an – einem unseriösen Halunken, der selbst um einen Gefallen bitten muss ....

Ich danke Ihnen sehr, dass Sie Untadelig gelesen haben. Ich hoffe, es hat Ihnen gefallen!

Möchten Sie erfahren, wann mein nächstes Buch verfügbar ist? Sie können sich für meinen Deutscher Newsletter anmelden, mir auf Amazon.de folgen und meine Facebook-Seite liken. Alle Newsletter-Abonnenten erhalten exklusive Bonus-Geschichten, die sonst nirgends erhältlich sind.

Rezensionen helfen anderen, Bücher zu finden, die für sie geeignet sind. Ich schätze alle Bewertungen, ob positiv oder negativ. Ich hoffe, dass Sie erwägen werden, eine Bewertung bei Ihrem bevorzugten der Seite Ihres bevorzugten Internet-Netzwerkes abzugeben.

Ich mag meine Leser so sehr. Danke!

Sind Sie an weiterer Regency-Romantik interessiert? Schauen Sie sich meine anderen historischen Serien an:

Der Phönix Club
Die exklusivste Einladung der feinen Gesellschaft ...

Willkommen im Phönix Club, in dem Londons waghalsigste, anrüchigste und intriganteste Ladys und Gentlemen Skandale, Erlösung und eine zweite Chance finden.

Die Unberührbaren
Geraten Sie ins Schwärmen über zwölf der begehrtesten und schwer fassbaren Junggesellen der feinen Gesellschaft und die Blaustrümpfe, Mauerblümchen und Außenseiterinnen, die sie in die Knie zwingen!

Die Unberührbaren: Die Prätendenten
In der faszinierenden Welt der Unberührbaren spielend, handelt die Saga von einem Geschwistertrio, die sich darin auszeichnen, sich als jemand auszugeben, der sie nicht sind.

Werden ein unerschrockene Bow Street Ermittler, ein
niedergeschmetterter Viscount und eine desillusionierte
Dame der feinen Gesellschaft es schaffen, ihre Geheimnisse
zu lüften?

Chroniken der Ehestiftung
Der Pfad der wahren Liebe verläuft niemals geradlinig.
Manchmal ist eine Hausparty zur Ehestiftung vonnöten.
Wenn Paare sich auf einer Hausparty kennenlernen, ereignen
sich provokative Flirts, heimliche Rendezvous und
Verliebtheit im Überfluss.

Ruchlose Geheimnisse und Skandale
Sechs unglaubliche Geschichten, die sich in den glamourösen
Ballsälen Londons und den herrlichen Landschaften
Englands abspielen.

Die Liebe ist überall
Herzerwärmende Nacherzählungen klassischer
Weihnachtsgeschichten im Regency-Stil, die in einem
gemütlichen Dorf spielen und von drei Geschwistern und
dem besten Geschenk von allen handeln: der Liebe.

Der Club der verruchten Herzöge
Sechs Bücher, geschrieben von meiner besten Freundin,
Erica Ridley, und mir. Lernen Sie die unvergesslichen
Männer von Londons berüchtigtster Taverne, dem
Verruchten Herzog, kennen. Verführerisch attraktiv, mit
Charme und Witz im Überfluss, wird eine Nacht mit diesen
Wüstlingen und Filous nie genug sein ...

Die Bräute von Marrywell
Kommen Sie nach Marrywell, im schönen England, denn
hier findet schon seit Hunderten von Jahren alljährlich das

Maifest zur Partnerfindung statt, bei dem hoffnungsvolle Romantiker zusammenkommen. Die Herzöge und Halunken des Regency-Zeitalters begegnen hier temperamentvollen und bezaubernden Ladys, die ihnen ihre Herzen stehlen könnten.

BÜCHER VON DARCY BURKE

Historische Romantik

Regeln für Halunken

Falls der Herzog es wagt

Frohsinn für den mürrischen Baron

Wenn der Viscount lockt

Der Phönix Club

Ungehörig: Das Mündel des Earls

Leidenschaftlich: Eine zweite Chance für das Eheglück

Intolerabel: Die Schwester des besten Freundes

Unschicklich: Eine Vernunftehe

Unmöglich: Eine Schöne und ein Scheusal im Liebesglück

Unwiderstehlich: Eine Scheinehe mit dem Spion

Untadelig: Eine geheime, verbotene Affäre

Unersättlich: Der geläuterte Lebemann und die unwillige
Debütantin

Die Unberührbaren

Ein Earl als Junggeselle (prequel)

Der verbotene Herzog

Der wagemutige Herzog

Der Herzog der Täuschung

Der Herzog der Begierde

Der trotzige Herzog

Der gefährliche Herzog

Der eisige Herzog

Der ruinierte Herzog

Der verlogene Herzog

Der betörende Herzog

Der Herzog der Küsse

Der Herzog der Zerstreuung

Der unverhoffte Herzog

Der charmante Marquess

Der verwundete Viscount

Die Unberührbaren: Die Prätendenten

Geheimnisvolle Kapitulation

Ein skandalöser Pakt

Des Gauners Rettung

Chroniken der Ehestiftung

Der verstockte Herzog

Ein Earl als Junggeselle

Der ausgerissene Viscount

Die unechte Witwe

Die Bräute von Marrywell

Ein Herzog wird verzaubert

Erbin dringend gebraucht

Die Heiratsvermittlerin und der Marquess

Ruchlose Geheimnisse und Skandale

Ihr ruchloses Temperament

Sein ruchloses Herz

Die Verführung des Halunken

Verliebt in eine Diebin

Die Schöne und der Halunke
Einmal Halunke, immer Halunke

Die Liebe ist überall
(eine Regency Weihnachtstrilogie)
Der Earl mit dem flammendroten Haar
Das Geschenk des Marquess
Eine Freude für den Herzog

Der Club der verruchten Herzöge
Eine Nacht zum Verführen by Erica Ridley
Eine Nacht der Hingabe by Darcy Burke
Eine Nacht aus Leidenschaft by Erica Ridley
Eine Nacht des Skandals by Darcy Burke
Eine Nacht zum Erinnern by Erica Ridley
Eine Nacht der Versuchung by Darcy Burke

ÜBER DIE AUTORIN

Darcy Burke ist die USA Today Bestsellerautorin für sexy, emotionale, historische und zeitgenössische Romantik. Darcy schrieb ihr erstes Buch im Alter von 11 Jahren – mit einem Happy End – über einen männlichen Schwan, der von der Magie abhängig war, und einen weiblichen Schwan, der ihn liebte, mit nicht sehr gelungenen Illustrationen. Schließen Sie sich ihr an newsletter!

Darcy, die in Oregon an der Westküste der Vereinigten Staaten geboren wurde, lebt am Rande des Wine Country mit ihrem auf der Gitarre spielenden Ehemann und ihren beiden ausgelassenen Kindern, die das Schreiben geerbt zu haben scheinen. Sie sind eine nach Katzen verrückte Familie mit zwei bengalischen Katzen, einer kleinen, familienfreund-lichen Katze, die nach einer Frucht benannt ist, und einer älteren, geretteten Maine Coon, die der Meister der Kühle und der fünf-Uhr-morgens-Serenade ist. In ihrer ›Freizeit‹ ist Darcy eine regelmäßige ehrenamtliche Mitarbeiterin, die in einem 12-stufigen Programm eingeschrieben ist, in dem man lernt, ›Nein‹ zu sagen, aber sie muss immer wieder von vorne anfangen. Ihre Lieblingsplätze sind Disneyland und das Labor Day Wochenende in The Gorge. Besuchen Sie Darcy online unter https://www.darcyburke.de.

facebook.com/darcyburkefans
instagram.com/darcyburkeauthor
pinterest.com/darcyburkewrites
goodreads.com/darcyburke

IMPRESSUM

Deutsche Erstausgabe von:
Darcy E. Burke Publishing
Zealous Quill Press
13500 SW Pacific Hwy., Ste. 58-419
Tigard, OR, 97223
USA

Für die Originalausgabe:
Copyright © BECAUSE THE BARON BROODS, 2024 by
Darcy Burke, All rights reserved.

Für die deutschsprachige Ausgabe:
Copyright © 2024 by Petra Gorschboth
Redaktion: Nicole Wszalek
Umschlaggestaltung: © Dar Albert, Wicked Smart Designs.

ISBN: 9781637262061

www.darcyburke.de

www.ingramcontent.com/pod-product-compliance
Lightning Source LLC
Chambersburg PA
CBHW050511110726
47899CB00005B/1416